MYSTIQUE
by Amanda Quick
translation by Haruna Nakatani

黒衣の騎士との夜に

アマンダ・クイック

中谷ハルナ［訳］

ヴィレッジブックス

愛をこめて、兄のジェームズ・キャッスルに捧げる

黒衣の騎士との夜に

おもな登場人物

アリス	自然哲学を研究する23歳の女性
ヒュー	伝説的な騎士。スカークリフの新たな領主
ベネディクト	アリスの弟
ダンスタン	ヒューの側近
ヴィンセント	ヒューと敵対する騎士
ジョーン	スカークリフの修道院の院長
カルバート	修道士
キャサリン	修道女。治療師
エルバート	ヒューの執事
ジュリアン	ヒューの使用人

1

わたしはものの道理をきちんとわきまえ、教養もしっかり身につけている、とアリスは誇りに思っていた。淑女として、伝説のようなものを信じた記憶はあまりない。それが、いまのいまになって、伝説的人物に助けてもらわなければならなくなった。

あろうことか、その伝説的人物が、リングウッド館の大広間にある長テーブルの上座に坐っている今夜、アリスは心から伝説を信じたかった。

〝非情なヒュー〟として知られる黒ずくめの騎士は、ごくふつうの人のように、リーキのポタージュと豚のソーセージの食事をとっていた。いくら伝説的人物でも、ものを食べないわけにはいかない。

そんな現実的なことを考えて気持ちを奮い立たせながら、アリスは塔の階段を降りていった。大事な機会にそなえて、彼女はいちばんいいドレスを着ていた。素材は深緑色のベルベットで、絹のリボン飾りがついている。髪は結って、母親の形見の金糸で編んだ美しいネットで包み、金色の細い金属の輪で留めた。やわらかな革の室内履きも、緑色だ。

伝説的人物を迎える心がまえは万全だ、とアリスは自信があった。

けれども、階段の下のほうまで降りてきた彼女は、目《ま》の当たりにした光景に、一瞬、体の動きを止めた。

〝非情なヒュー〟は、ごくふつうの人のように食事をしていたかもしれないが、ふつうに見えるのはそこまでだった。不安と期待がこみ上げて、アリスはかすかに身震いをした。伝説はすべて危険なものであり、それはサー・ヒューにも当てはまるのだろう。

アリスは階段の最後の一段で立ち止まり、ドレスのスカートを両手でつかんだまま、人でいっぱいの大広間を不安そうにながめた。なんとも言えない非現実感が襲ってくる。妖術使いたちの作業部屋にまぎれこんでしまったのではと、ふと心配になった。

おおぜい人がいるにもかかわらず、大広間は不気味な静寂に包まれていた。不吉の兆しと暗い見通しに満ちて、空気は重苦しくよどんでいる。召使いのひとりとして、動く者はいない。

吟遊詩人の竪琴は、音をたてない。犬たちは、投げてもらった骨に見向きもせず、長テーブルの下に身を寄せ合ってうずくまっている。長椅子に坐っている騎士や騎兵たちは、石像と見まごうばかりだ。

中央の炉で揺らめく炎は、わき上がっては逆巻く闇にいまにも呑み込まれてしまいそうだ。

なじみ深い大広間に魔法がかけられ、よそよそしく不自然なものに変わってしまったかのようだ。驚くにはあたらない、とアリスは思った。非情なヒューは、どんな妖術師ともくらべようがないほど恐ろしいという噂《うわさ》だから。

いずれにしても、〈嵐を呼ぶもの〉と刻まれているという、噂の剣を持つ男なのだ。

アリスは広間の奥に視線をやり、ヒューの黒ずくめの姿をまっすぐ見つめて、三つのことを心の底から確信した。まず、もっとも危険な嵐はこの男性のなかで荒れ狂っていて、彼の剣が呼ぶものではない、ということ。二つ目は、彼の奥深くでうなりをあげている刺すように冷たい風は、揺るぎない意志と決意の力に抑えられ、支配されている、ということ。

アリスが一目見るなり悟った三つ目は、ヒューがみずからの伝説的評判を、自分の有利になるよう利用するすべを知っている、ということだった。表向きは客人でも、彼は大広間とそこにいる者をひとり残らず、支配していた。

「レイディ・アリスだろうか？」威圧的な暗がりの中心から、ヒューが言った。その声は、かぎりなく暗い洞窟にある、かぎりなく深い泉の底から響くようだ。

これまでに耳にした噂は大げさではなかった。闇の騎士が身につけている黒ずくめの衣装には、まったく装飾がない。上着も、剣帯も、ブーツもすべて、星のない闇夜の色だ。

「アリスでございます」ことさら意識して丁寧に、深々とお辞儀をした。礼儀正しくされて気を悪くする者はどこにもいないだろう。アリスが顔だけ上げて前を見ると、ヒューが深く興味をかき立てられたように彼女を見ていた。「お呼びでしょうか？」

「そうだ《アイ》、レイディ。さあ、話ができるように、もっとそばへ来てくれ」頼んでいるというよりも、命じている。「あなたは、私が持っていてしかるべきものを持っているそうではないか」

アリスはこの瞬間を待っていた。優雅にかがめた膝をゆっくり伸ばす。ずらりと並んだ長テーブルのあいだを歩きながら、この三日間でヒューについて学んだすべてを思い出そうとした。

どう考えても乏しい情報は、おもに噂話や伝説から仕入れたもので、そのていどの知識ではとても満足できるとは言いがたい。もっといろいろ知っていたらどんなにいいか、とアリスは思った。その情報量で、今後数分間に、この謎めいた男性にうまく対処できるかどうかが決まる。

しかし、すべてはもうあとの祭だ。村のあちこちや、叔父の館の広間で交わされるささやき声に耳を澄まし、苦労して集めた情報のかけらや断片だけで、なんとか間に合わさなければならない。

広々とした室内で聞こえるのは、アリスのスカートが床の敷物にこすれるかすかな音と、炉の炎がぱちぱちとはじける音だけだ。恐怖と極度の緊張感に、室内の空気が張りつめている。

アリスは、危険な客人の隣に坐っている叔父、サー・ラルフをちらりと見た。汗をかいているのか、はげ頭がてかてかと光っている。カボチャ色のチュニックを着て、丸まるとしたカボチャのような体形がことさら強調された姿は、ヒューから放射されているように見える暗がりに呑み込まれそうだ。指輪のめりこんだずんぐりとした手で、エールの蓋《ふた》付きジョッキを強く握りしめているが、飲む気はまるでないらしい。

いつもは大声で怒鳴り散らしてばかりいるのに、とアリスは思った。今夜のラルフは不安のあまり縮み上がっているようだ。彼女のたくましい従兄弟たち、ジャーヴァスとウィリアムも、同じくらい心配そうにしている。ふたりとも、低めのテーブルにしゃちほこばって坐り、じっとアリスを見つめている。アリスには、従兄弟たちの藁《わら》にもすがるような思いが手に取るようにわかり、その理由も知っていた。従兄弟たちの前には、ヒューに付き従う百戦錬磨の強者たちのいかめしい顔が、ずらりと並んでいる。炉で燃え盛る炎を受けて、彼らの剣の柄《つか》がきらめく。

ヒューをなんとかうまくなだめる役目は、アリスが負っていた。今夜、血を見るかどうかは、彼女の腕一つにかかっている。

非情なヒューがリングウッド館の大広間にやってきた理由は、だれもが知っていた。彼が探しているものがそこにないことは、館の住人だけが知っている。そんな不快な知らせを受けて、ヒューがどう反応するか予想がつくからこそ、全員が膝をがたがた震わせているのだ。

状況をヒューに説明するのはアリス、とすでに決まっていた。〝非情な騎士〟がやってくるという知らせを受けてからきょうまで三日間というもの、ラルフは相手かまわず、こんな不幸な目に遭わなければならないのはすべてアリスのせいだと、声高にぼやきつづけた。

そして、なんとかヒューを説得して、怒りを荘園の破壊に向けるべきではないと納得させる義務はおまえにあると、アリスに強く主張した。叔父はわたしに腹を立てている、とアリスはわかっていた。同時に、ひどくおびえているのも知っている。無理もない、と思った。館のあるリングウッド荘園には、ほんの数えるほど、寄せ集めの騎士や騎兵がいるにはいるが、彼らは実際には農民であって戦士ではない。経験もなければ、きちんとした訓練さえ受けていないのだ。名にし負う〝非情なヒュー〟の襲撃を受ければ、ひとたまりもないのは火を見るより明らかだ。ヒューと彼に付き従う戦士たちは、それこそ瞬く間に、荘園を丸ごと、最悪のミンスミート・パイ（挽肉にスパイス、ドライフルーツを加えて脂肪で固めたパイ）に変えてしまうだろう。ラルフがヒューをなだめる責任を姪にかぶせたと聞いて、妙に思う者はどこにもいなかった。それどころか、ラルフがそうしないほうが不自然だと感じただろう。荘園にいるだれもが、アリスはちょっとやそっとのことでは、たとえ相手があの伝説的人物だろうと、おじけづきはしないと知っていた。

二十三歳の彼女は、断固とした考え方の持ち主であり、それを隠そうとはしなかった。そんな決然とした性格ゆえに、叔父に快く思われていないことを、アリスは重々承知していた。彼女が関節痛をやわらげる薬を処方してあげるときは、そんなことはおくびにも出さない叔父だが、じゃじゃ馬と陰口をたたかれているのもよく知っている。

たしかにわたしは強情なほうだ、とアリスも自覚していたが、彼女は愚か者ではない。いま、目の当たりにしている危険には気づいていた。しかし、同時に、今夜、ヒューとともになにものにも代えがたい機会がめぐってきたのもわかっていた。なんとかこのチャンスをつかまなければ、彼女も弟も、一生、リングウッド荘園から逃れられなくなる。

アリスは上座のテーブルの前で立ち止まり、大広間ではもっとも上質の、彫り物のあるオーク材の椅子に身を沈めている男を見つめた。明るい日射しのもとでは美男子とは言いがたいという評判だが、今夜、炎の明かりと影に揺らめく姿は、悪魔かと見まごうほど不気味に見える。

髪はオニキスよりも黒く、額を出してうしろになでつけている。金色がかった不思議な琥《こ》珀《はく》色の目は、その輝きに底知れぬ知性がうかがわれる。〝非情〟と言われるのも無理はない、とアリスは思った。ほしいものを手に入れるためなら、なにがあろうとためらわずに突き進む男性だと、一目見てわかった。

アリスの体を悪寒が貫いたが、決意は揺るがない。

「食事をごいっしょしてもらえず、がっかりしたぞ、レイディ・アリス」ヒューはゆっくりと言った。「食事の支度は、あなたが指図されたと聞いた」

「はい《アイ》、おっしゃるとおりです」アリスはせいいっぱい愛想よくほほえんだ。かき集めたわずかな情報から、ヒューが手の込んだ味のいい料理に目がないことは知っていた。料理の出来映えには、文句のつけようがないはずだと自信があった。「お食事は、お気に召したでしようか？」

「興味深い質問だ」哲学か論理学の問題を吟味するかのように、ヒューはしばらく考えこんだ。「料理の味わいにも、多様さにも、遜色《そんしょく》はなかった。存分に堪能したと認めよう」

アリスの笑みが消えた。持って回った言い方にも、感謝の言葉の一つもないことにも、むっとせずにはいられない。きょうは何時間も厨房に立って、宴会の準備を指図してきたというのに。

「料理にこれといった不備がなかったとうかがい、うれしく思います」アリスは言った。つっけんどんな口ぶりに、叔父が身をすくめるのが視界の端に見えた。

「食事に問題はなかった」ヒューは認めた。「しかし、言わせていただければ、食事の準備を指図した本人が食事に手をつけないと聞いて、もしや毒が入っているのではといぶかるのは無理もないこと」

「毒」アリスの頭にかーっと血が上った。

「そのような思いは、料理にとってある種のスパイスとはならないだろうか？」

目の前でヒューが剣を抜いたかのように、ラルフは縮み上がった。そばにいた使用人たちが恐怖におののき、いっせいに息を呑む。長椅子に坐っている騎兵たちが、気まずそうにもぞもぞと体を動かした。剣の柄に手をかけた騎士もいる。ジャーヴァスとウィリアムは、いまにも嘔吐《おうと》しそうな顔をしている。

「いいえ《ネイ》、それはちがいます」ラルフが早口でまくしたてた。「私の姪があなたさまに毒を盛ったのではと、お疑いになるような理由はまったくございません。誓って申し上げます、この娘は、そのようなことはいたしません」

「存分にいただいたにもかかわらず、私がこうしてここに坐っているからには、あなたの言うとおりだと認めざるをえまい」ヒューは言った。「しかし、事が事であるし、私が用心深くなるのも無理はないだろう」

「事が事とは、どういう意味でしょう？」アリスは詰め寄った。

アリスのぶっきらぼうな口調がさらにぶしつけな調子に変わり、ラルフはもうだめだと言いたげにきつく目を閉じた。なごやかな話の流れにならないのはわたしのせいじゃない、とアリスは思った。敵意をこめていろいろ言ってくるのは非情なヒューで、わたしではない。

毒、とは驚きだ。毒を盛ろうと、わたしが考えると思われるだけでも侮辱だ。

母から教えてもらった体に悪い処方箋を使おうかと、考えないことはないかもしれないが、それにせよ、ヒューが愚かで、冷たい、教養のかけらもない野蛮人だとわかった場合の最後の手段だ。たとえそうなっても、彼を殺すつもりは毛頭ない、と、ますます腹を立てながら、アリスは思った。

たいして害のない薬草を調合して、ヒューやいっしょにいる騎兵たちが、眠くてたまらなくなったり、ひどい吐き気を催したりして、館の者たちを虐殺するのを阻むだけのことだ。

ヒューはじっとアリスを見つめた。そして、彼女の心を見透かしたように、涼しげな口元の一端をかすかにほころばせた。冷ややかにおもしろがっているだけで、温かさのかけらもない微笑だ。

「慎重になっている私を、責められますか、レイディ？　あなたは古い書物の研究をされていると、つい最近、知った。古代の人びとが毒の扱いに長《た》けていたことは、よく知られている。それに、あなたの母上は訳のわからない不思議な薬草に、ひじょうにくわしかったと聞いている」

「よくもそんなことがおっしゃれますね？」いまやアリスは激怒していた。細かな心遣いをして、目の前の男に応対しようという心がまえも、警戒心も、どこかへ消し飛んでいた。

「わたしは学者であって、毒殺者ではありません。邪悪な技術ではなく、自然哲学を学んでいるのです。おっしゃるとおり、母は、専門の薬草医で、偉大なヒーラーでした。でも、だれかを傷つけるために、自分の技能を使うようなことは断じてありません」

「それを聞いて、当然のことながら、安心した」

「わたしも、人を殺すことに興味はありません」アリスはつい口を滑らせた。「たとえ相手が、無礼で不愉快な客人であっても。まさにあなたのような」

エールのマグを握るラルフの手が、びくんとひきつった。「アリス、後生だから黙ってくれないか」

アリスは叔父を無視した。目を細めてヒューをにらみつける。「生まれてこのかた、人を殺したおぼえはありませんから、どうぞご安心ください。あなたはまちがいなく、こんなふうには断言なされないでしょうけれど」

人びとの上に垂れ込めていた恐ろしいほどの静寂が破られ、アリスの言葉を聞いていた数人が、恐怖のあまり押し殺した悲鳴をあげた。ラルフはうめき、両手で頭をかかえた。ジャーヴァスとウィリアムはただぼう然としている。

広間にいて落ち着いて見えるのは、ヒューだけだ。考え深げにアリスを見つめている。

「残念ながら、あなたのおっしゃるとおりだ、レイディ」ささやくように言った。「断言はできない」

あきれるほど率直に認められ、アリスは煉瓦の壁に激突したような衝撃を受けた。突然、どう返事をしていいのかわからなくなる。

アリスは目をしばたたき、なんとか平静を取りもどした。「ええ、そうよ、そう、思ったとおりです」

ヒューの琥珀色の目が、さも興味深げに輝いた。「思ったとおりというのは?」

ラルフは勇気をかき集め、悪くなるいっぽうの話の流れをくい止めようとした。頭を上げて、チュニックの袖で額をぬぐい、すがるような顔をしてヒューを見つめた。「どうかご理解ください。私の愚かな姪は、あなたを非難する気など毛頭なかったのです」

ヒューは疑わしげな顔をした。「そうだろうか?」

「もちろんです」ラルフはすかさず言った。「われわれといっしょに食事をしなかったというだけで、アリスを疑われるのは見当ちがいというものです。じつを言いますと、アリスはこの大広間で、家のほかの者といっしょに食事をしたことは一度もないのです」

「妙な話だ」ヒューはつぶやいた。

アリスは室内履きの先でとんとんと床を打った。「おふたりとも、これ以上はもう時間の無駄ですわ」

ヒューはちらりとラルフを見た。

「その娘は、その、自分の部屋でひとりでいるほうが好きだと申すのです」ラルフは早口で説明した。

「なにか理由があるのか？」ヒューは注意をアリスにもどした。

ラルフはうなるように言った。「本人に言わせると、この広間で交わされる会話の、知的レベルがあまりに低すぎて好みに合わないそうでして」

「なるほど」ヒューは言った。

ラルフは刺すような視線をアリスに投げかけ、何度も繰り返してきた得意の愚痴を、熱心に語りだした。「われらがレイディは知的水準があまりに高く、率直で豪胆な騎兵たちが食事中に交わす会話は、高尚さに欠けるということのようです」

ヒューは眉を上げた。「というと？　レイディ・アリスは、男たちが午前中にすませた槍的突き《クインティン》の練習や、狩りでしとめた獲物について、詳しい話を聞くのは好まないと？」

ラルフはため息をついた。「おっしゃるとおりです。残念ながら、そういったことがらにはまったく興味を示しません。私に言わせれば、女を教育するとどんな愚かしいことになるか、姪はその典型です。頭でっかちな強情者になる。そのうち、自分たちもズボンをはくべきだと思いこむでしょう。最悪なのは、女たちを守り、食べさせて雨露をしのぐ家を持たなければならないという、哀れむべき不幸な男たちへの感謝や尊敬の心を忘れてしまうことです」

アリスはかっとして嚙みつきそうな目をしてラルフを見た。「ばかばかしいにもほどがあります。叔父様がわたしと弟に救いの手を差しのべてくださり、それにたいして、わたしたちがきちんと感謝していることは、叔父様もよくご存じのはずです。叔父様がいらっしゃらなかったら、わたしたちはどこへ行っていたでしょう？」

ラルフの顔にさっと赤みがさした。「さあ、もういい、アリス、もうたくさんだ」

「叔父様がしっかり守ってくださらなかったら、ベネディクトとわたしがどこへ行っていたか、お教えしましょう。わたしたちの大広間で、わたしたちのテーブルで食事をしていたでしょう」

「なんということだ、アリス。頭がどうかしてしまったのか？」恐怖と戦慄《せんりつ》を募らせながら、ラルフはアリスを見つめた。「いまは、そんな話を持ち出すときじゃないだろう」

「よくわかりました」アリスは不気味な笑みを浮かべた。「では、話題を変えましょう。わたしの父の荘園をあなたが息子にあたえたあげく、わたしがかろうじて手元に残していた遺産を、あなたがどうやって使い果たしたか、その話のほうがお好みかしら？」

「まったくもって信じられん、おまえだって、無駄遣いばかりしているではないか」アリスへのさまざまな不満が一気にこみ上げ、ラルフは一瞬、煙たく思っていたヒューの存在さえ忘れた。「ついこのあいだ、おまえにさんざんねだられて買った本は、優秀な猟犬より高いのだぞ」

「あれは、レンヌのマーボード主教様の手による、宝石に関するとても重要な古書なんです」アリスは言い返した。「ありとあらゆる宝石や貴石の特色がくわしく記されているのはもちろんのこと、信じられないような掘り出しものでした」

「そうかね？」ラルフは声を張り上げた。「あの金は、ほかにどうやって使うべきだったか教えてやろう」

「そこまで」形のいい大きな手を伸ばして、ヒューがワインのカップをつかんだ。

動きは小さくても、底知れぬ静寂の湖の奥深くに沈んでいた者が急に動いたので、アリスはぎくりとした。反射的に、一歩あとずさる。

つづけてアリスにぶつけようとしていた非難の言葉を、ラルフはあわてて呑みこんだ。

愚かな言い争いをした自分への腹立たしさとばつの悪さに、アリスは真っ赤になった。いまは、片づけなければならないもっと大事な問題があるのに。この気性の激しさは身の破滅のもとだ、とアリスは思った。

ヒューはどうやって、あのように巧みに癇癪《かんしゃく》を抑えているのだろうと、アリスはうらやましさをこめて思った。彼が鋼鉄のような意志の力で癇癪を抑えこんでいるのは疑いようもない。それもあって、あれだけ危険な雰囲気をにじませているのだ。

炉の炎を映した目で、ヒューはアリスを見つめた。「家族同士の積年のいさかいのようだが、そのことはしばらく忘れていただこう。仲介をする時間も忍耐も、私は持ち合わせていない。今夜、私がここへ来た理由をご存じだろうか、レイディ・アリス？」

「はい、存じております」とぼけて本題から逃げてもしかたがないと、アリスは心を決めた。「あなた様は緑の石を探していらっしゃる」

「その忌まわしい石を追いつづけて、もう一週間以上になる。クライドメアで、その石をリングウッド館の若い騎士が買ったと知らされた」

「実際、そのとおりです」アリスはきびきびと答えた。すぐに核心に迫りたいのは、ヒューと同じだった。

「その騎士は、あなたのために石を？」

「そうです。クライドメアの夏の市で行商人が売っているところを、従兄弟のジャーヴァスが見つけました」アリスが見ていると、名前を口にされたとたん、ジャーヴァスは文字どおり跳び上がった。「いかにもわたしが興味を持ちそうな石だと思い、親切にも、わたしのために手に入れてくれたのです」

「その後、行商人が喉をかき切られた姿で見つかったことを、彼は？」ヒューはさらりと訊いた。

アリスは口のなかがからからになった。「いいえ、従兄弟からはなにも聞いていません。そのような悲劇について、ジャーヴァスは知らなかったのでしょう」

「そのようだ」ヒューは、獲物を見るような目でちらりとジャーヴァスを見た。

二度、口を開け閉めしてから、ジャーヴァスはようやく声を出した。「誓って申し上げます。あの石がそんなに危険なものとは知りませんでした。それほど高いものでもなく、きっとアリスがおもしろがるだろうと思って買い求めたのです。彼女は、変わった石のようなものが大好きなので」

「あの緑の石に、とくにおもしろいところなどありはしない」ヒューが身を乗り出し、いかめしい姿を浮き上がらせている光と影の模様が変わった。その顔は、いっそう悪魔に似て見える。「まったく、追いかければ追いかけるほど、私には不愉快な石っころに思えてくる」

ふと気づいて、アリスは眉をひそめた。「行商人の死と緑の石は、ほんとうに関係しているとお思いでしょうか?」

あしたも太陽は昇るだろうかと尋ねられたように、ヒューはアリスの顔を見た。「私が心にもないことを言っていると、疑っているのか?」

「いいえ、疑うなど、とんでもない」アリスはつい小声でうめきそうになるのをこらえた。ちょっとでも理屈を否定されると、男性というのはおかしいくらいいきり立つ。「ただ、わたしには、緑の石と、行商人が命を奪われたことが関係しているとは思えないので」

「そうだろうか?」

「はい。緑の石は、わたしの見たところ、とくに心を引かれるものでも価値のあるものでもありません。濁りもあって、とても美しいとは言えません」

「あなたの専門的ご意見は、もちろん、ありがたく頂戴しよう」

皮肉をこめて言われても、アリスは気に留めなかった。気持ちは先へ先へと進んで、興味深い問題を推理せずにはいられない。「凶暴な強盗が、あの石を価値あるものと誤解していたなら、手に入れるために人殺しをするというのはありうる話かもしれません。でも、実際、あれはほんとうに安いもので、そうでなければ、ジャーヴァスが買うわけがありません。それに、もう石は売られてしまっているのに、哀れな行商人が殺されたのはなぜでしょう？　筋が通らないと思います」

「石の行方を知られたくない場合、人を殺すということは充分にありうる」ヒューは嫌味なくらい穏やかに言った。「それよりもっと取るに足らない理由で、男たちは殺したり殺されたりするものだ」

「ええ、そうかもしれません」アリスは一方の手で肘を支え、もう一方の手の指先で、とんとんと顎をたたいた。「殿方というのはほんとうに、愚かで不必要な暴力沙汰がお好きなんだわ」

「そうらしい」ヒューは認めた。

「それでも、行商人の殺害と緑の石には関連があるという、動かしがたい証拠をお持ちならともかく、つながりがあると断言される理由がわかりません」自分の理屈に満足して、アリスはこっくりうなずいた。「行商人は、関係のないほかの理由で殺されたということも、充分に考えられます」

ヒューはなにも言わなかった。恐ろしいくらいの好奇心をこめて、アリスを見つめた。目の前に突然、見たこともない奇妙な生き物が姿を現したかのように。そんな彼女をどう理解するべきかわからず、その夜初めて、戸惑いがちに表情を曇らせた。

ラルフは苦しげなうなり声をあげた。「アリス、後生だから、サー・ヒューに口答えをするのはやめてくれ。いまは、おまえの雄弁術や討論法の腕を磨くときではないだろう」

どう考えてもいわれのない非難に思えて、アリスはむっとした。「わたしは失礼なことはなにもしていません、叔父様。きちんとした証拠もなく、殺人の動機のような大事なことを推理するのは無謀だと、サー・ヒューに指摘しているだけです」

「この件については、私の言葉を信じていただくしかあるまい、レイディ・アリス」ヒューは言った。「行商人は、あの忌まわしい石のせいで殺された。この件では、これ以上、命を落とす者が出ないのが最善、ということでは同意してもらえると思うが？」

「もちろんです。そして、あなた様は、わたしが礼を失しているとは思っていらっしゃらないと信じています。わたしはただ、質問を――」

「ありとあらゆることを尋ねずにいられないようだな、レイディ・アリス。べつの機会なら、あなたのそんな性分も少しは楽しめたかもしれないが、今夜は、そんな面倒ごとに付き合う気分ではない。私がここへ来た目的はただ一つ。緑の石を手に入れることだ」

アリスは覚悟を決めた。「気を悪くなさらないでいただきたいのですが、はっきり申し上げたいのは、従兄弟はあの石をわたしのために買ってくれた、ということです。現実問題として、あの石はいまやわたしのものです」

「やめないか、アリス」ラルフが悲鳴のような声をあげた。

「頼むから、サー・ヒューに喧嘩《けんか》をふっかけるのはやめてくれよ」ジャーヴァスが金切り声で言った。

「僕たち、もうだめだ」ウィリアムがぼそっと言った。

ヒューは三人を無視して、アリスだけを食い入るように見つめた。「緑の石は、〝スカークリフの石たち〟の最後の一つなのだ、レイディ。私はスカークリフの新たな領主だ。すなわち、石は私のもの」

アリスは咳払いをして、慎重に言葉を選びながら言った。「石が、かつてあなたがたのものだったのは認めます。でも、厳密に言って、いまはもうあなたのものではない、というのは正当な主張であると、わたしは信じます」

「そうだろうか？　あなたは、自然哲学と同じように、法律についても学ばれたのか？」

アリスはヒューをにらみつけた。「ジャーヴァスはあの石を、法的に完璧に正当な商いの取り引きを介して手に入れました。それを、贈り物としてわたしに渡した。それをあなたのものだとおっしゃる意味がわかりません」

また、いっせいに息を呑む音がして、広間を締めつけているような不自然な静寂が破られた。つづいて、蓋付きのジョッキが床に落ちる音。カンカンカンと、石の床に金属がころがる耳障りな音が、広間じゅうに響きわたった。犬が哀れっぽく鼻を鳴らす。

ラルフが喉を締めつけられたように小さく声をあげた。さらに、目をひんむいてアリスをにらみつける。「アリス、なにをしているつもりだ？」

「緑の石はわたしのものだと、正当な主張をしているだけです、叔父様」アリスはヒューの目を見てつづけた。「非情なヒューは一筋縄ではいかないけれど、公正で尊敬に値する方だというもっぱらの噂です。そうではないのでしょうか？」

「非情なヒューは」不安を引き起こすような口調でヒューは言った。「自分のものを手放さないすべを心得ている男だ。はっきり言うが、レイディ、私はあの石を自分のものだと思っている」

「あれは、わたしの研究になくてはならないものです。さまざまな石の特性を観察しているところなのですが、あの緑の石ほど興味を引かれるものはありません」

「さっきは、不格好な石だと言っていたが」

「はい、おっしゃるとおりです。でも、経験から言えることですが、表面的な美しさや魅力に欠けるものに、すばらしく知的興味を引かれるものが隠されていることはままあります」

「あなたのその持論は、人間にもあてはまるのだろうか？」

一瞬、アリスはなにを言われたのかわからなかった。「は？」

「私を魅力的だとか、すてきだとか言う者はまずいない、マダム。だから、あなたには興味深い存在になるのかと、そう思っただけだ」

「まあ」

「つまり、知的な面で」

アリスは舌先でかすかに唇をなめた。「ええ、そう、そういう意味では、もちろん、興味深い方だと言えると思います。まちがいなく」うっとりさせられる方、というほうがふさわしい、とアリスは思った。

「それはうれしい。私の異名はなんの根拠もなくつけられたものではないと知ったら、さらにあなたの興味が深まるのはまちがいない。〝非情〟と言われるのは、ほしいものがあれば手に入れるまで追いつづけるというたちゆえだ」

「おっしゃるとおりなのでしょうが、わたしの緑の石をあなたのものであると主張させることは、どうしてもできません」アリスは輝くような笑みを浮かべた。「よろしければ、あとでお貸しいたしますわ」

「石を取ってくるのだ」ヒューの声は恐ろしいくらい落ち着き払っていた。「いますぐに」

「理解していらっしゃらないんだわ」

「そうではない、レイディ、わかっていないのはあなただ。あなたは楽しんでいるようだが、こんなゲームにはもう飽き飽きした。いますぐ石を持ってこなければ、あとで後悔することになるぞ」

「アリス」ラルフが金切り声をあげた。「なんとかしなさい」

「そうだ」と、ヒューは言った。「なんとかするのだ、レイディ・アリス。いますぐ、緑の石を私に渡しなさい」

アリスは胸を張って、悪い知らせを告げる準備をした。「恐れながら、それはできません」

「できないのか、それとも、する気がないのか？」ヒューはささやくように訊いた。

アリスは肩をすくめた。「できないのです。つまり、わたしも、あなたと同じ運命に遭遇したばかり、ということです」

「いったいなにを言っている？」

「ほんの数日前、緑の石を盗まれてしまったのです」

「なんたること」ヒューは声をひそめて言った。「でたらめや紛らわしい言葉を口にして、私を怒らせせようとしているなら、希望はかなったも同然だ、マダム。しかし、警告しておこう。その結果、どうなるかは保障できないぞ」

「とんでもない」アリスはあわてて言った。「わたしは純然たる事実を口にしているだけです。石はこの一週間以内に、わたしの仕事部屋から消えてしまいました」

ヒューは問いただすような冷ややかな視線をラルフに向けた。ラルフが暗い表情でうなずく。ヒューはまたアリスを見て、すごみさえある視線で情け容赦なく彼女を刺し貫いた。

「それが嘘偽りない話なら」ヒューの冷たい声が響いた。「今夜、ここへ着いてすぐに、そう知らせられなかったのはなぜだ？」

アリスはまた咳払いをした。「石はわたしのものだから、なくなったこともわたしの口からお知らせするべき、というのが叔父の考えなのです」

「そして、同時に、石は自分のものだと告げるつもりだった？」ヒューの微笑は、丹念に鍛えられた剣の刃を思わせた。

わかりきったことを否定しても意味はない。「おっしゃるとおりです」

「石が失われたことを告げるのは、私が腹いっぱい料理を食べたあとにしようと決めたのも、あなたにちがいない」ヒューは小声で言った。

「そのとおりです。男性というものは、おいしい食事をしたあとのほうが聞き分けがいいと、いつも母が申しておりました。さて、そこでお伝えしたいのですが、幸いなことに、わたしには石を取り返すための計画があるのです」

ヒューはアリスの話など聞いていないように見えた。自分だけの思いに浸っているようすだ。「あなたのような女性には、ついぞお目にかかった覚えがないぞ、レイディ・アリス」

一瞬、アリスはどぎまぎした。思いがけず、体の奥から熱い喜びがこみ上げてくる。「わたしを興味深いとお思いですか?」やっとの思いで、あとをつづけた。「知的な面で?」

「そうだ、マダム。とても興味深い」

アリスは真っ赤になった。いままで、こんなお世辞を言ってくれた男性はひとりもいなかった。それどころか、男性からお世辞と名のつくものを言われたおぼえさえ、一度もない。気持ちが高ぶり、わくわくした。自分がヒューに感じているのと同じように、彼も自分を興味深く思ってくれているという事実に、頭がくらくらしてくる。アリスはなんとか意志の力で不慣れな感覚を脇へ押しやり、片づけなければならない問題に気持ちを引きもどした。

「ありがとうございます」状況を思えば、称賛に値するような落ち着いた態度で、言った。「先ほども申しましたように、あなたがこちらへいらっしゃるとうかがい、わたしはごいっしょに緑の石を取りもどす計画を立てたのです」

ラルフはまじまじと彼女を見た。「アリス、なにを言っているんだ?」

「なにもかも、すぐに説明いたします、叔父様」アリスは満面に笑みを浮かべてヒューを見た。「もちろん、くわしい話を聞きたくてうずうずしていらっしゃることと思います」

「ごくわずかだが、過去のさまざまな局面で私を裏切ろうとした者がいた」と、ヒューが言った。

アリスは眉をひそめた。「裏切る? あなたを裏切ろうとした者など、ここにはいません」

「その者たちの命は、もはやない」

「話を元にもどすべきだと思います」アリスはぴしゃりと言った。「あなたもわたしも、あの緑の石に興味があるのだから、ふたりの力を合わせるのが道理に合ったやり方です」

「こんなことは言いたくないのだが、私を相手に、危ない芝居を打った女性も、ひとりかふたりいた」いったん言葉を切って、つづける。「彼女たちがどんな運命をたどったか、もちろん、あなたは聞きたくはあるまい」

「話が本題からそれています」

ヒューはワインの注がれたゴブレットの脚を指先でなでた。「しかし、愚かな芝居をして、私をいらだたせたわずかばかりの女性を思い返すに、あなたとはまるでちがうタイプだったと言わざるをえまい」

「当然ですわ」アリスはまた血が頭に上りはじめるのを感じた。「わたしは芝居などしていませんから。その正反対です。ふたりで石を取りもどすべく、わたしの分別とあなたの騎士としての技能を組み合わせれば、たがいの利益になります」

「そう簡単にはいかないだろう、レイディ・アリス。私は、あなたに分別があるという証拠はなに一つ目にしていないのだ」ヒューは指ではさんだゴブレットの脚をくるくるとねじって回した。「それどころか、目にしたのは無分別な証拠ばかり」

アリスは激怒した。「なんという侮辱でしょう」

「アリス、おまえのせいでわれわれは皆殺しになってしまう」ラルフが絶望的な声をあげた。

ヒューは館の主人に目もくれなかった。ただアリスを見つめつづけている。「あなたを侮辱したのではなく、レイディ、明白な事実を指摘しただけだ。いまのようにして私をもてあそべると信じているなら、あなたの知性は消し飛んでしまったにちがいない。真に賢い女性であれば、ごくごく薄い氷の上を歩いていると、とうの昔に悟っているはずだ」

「こんな無意味なやりとりはもうたくさん」アリスは言った。

「私もだ」

「聞き分けのないことをおっしゃるのはやめて、わたしの計画をお聞きになりたいのか、そうではないのか、どちらです？」

「緑の石はどこだ？」

とうとうアリスの堪忍袋の緒が切れた。「盗まれたって言ったはずよ」と、大声を張り上げる。「泥棒の正体は目星がついているから、居所を探ってあなたの力になってもかまわない。その代わり、あなたと取り引きをさせていただきたいわ」

「取り引き？　私と？」ヒューの目がたとえようもなく恐ろしげな色をたたえた。「もちろん、冗談だろう、レイディ」

「いいえ、これ以上、真剣にはなりえません」

「私が提示する条件を知ったら、とても取り引きを交わす気にはなるまい」

アリスは警戒感もあらわにヒューを見つめた。「なぜでしょう？　取り引きにどんな条件が含まれるのです？」

「おそらくは、あなたの魂そのものが」ヒューは言った。

2

「るつぼをのぞきこむ錬金術師のような目つきをしておられる」昔からの癖で、ダンスタンは手近な障害物の向こうに唾を吐いた。このときの障害物は、リングウッド荘園を囲んでいる古い外壁だ。「気に入りませんね。経験から言わせてもらうと、不吉な表情です。私のガタのきた骨がそう言っています」

「おまえの骨は、感じの悪いしかめ面の一つ二つより、もっと過酷な試練を乗り越えてきたはずだ」ヒューは外壁の上に両手の前腕をのせて、まだ薄暗い夜明けの風景を見渡した。

半時前に目を覚ましたのは、なじみの焦燥感にかられてのことだった。あの感じは、わかりすぎるくらいわかっている。体の奥深くにいつもある、嵐が騒ぎはじめていた。これまでにない渦を巻いて、新たな動きを起こしている。ヒューの人生が新たな局面を迎えるときは、いつもそうだ。

最初にこの感覚を味わったとき、ヒューはまだ八歳だった。祖父の死の床に呼ばれて、ソーンウッドのエラスムスのところへ行って世話になれと言われた日だ。

「サー・エラスムスはわしの主君であらせられる」トーマスの薄い色の目が、やせ衰えた顔のなかで熱を帯びた。「おまえを家に置くことを了承してくださった。おまえを騎士として育て、鍛えてくださるのだ。わかるか？」

「はい、お祖父《じい》様」ヒューはおとなしくベッドの脇に立っていたが、不安でたまらなかった。瀕死の状態で横たわっている弱々しい老人が、両親を失って以来、彼を育ててくれた荒々しくて気むずかしい騎士とはとても信じられず、畏敬《いけい》の念をこめて、ただ黙って祖父を見つめていた。

「エラスムス様は、若くてもお強い方だ。腕のいい有能な戦士であられる。二年前、十字軍の遠征にも参加された。そして、輝かしい名誉と富を手に、もどられたばかりなのだ」トーマスはいったん言葉を切り、激しく咳きこんでから、さらにつづけた。「われわれがリヴェンホール家に復讐を遂げるために、おまえが知らなければならないことを教えてくださるだろう。わしの言っていることがわかるか、坊主？」

「はい、お祖父様」

「しっかり勉強しろ。エラスムス様のお世話になっているあいだに、学べることはすべて学ぶのだ。そのうち一人前になれば、なにをどうするべきかはわかる。過去について、わしが話してやったことはなに一つ忘れてはならないぞ」

「忘れません、お祖父様」

「なにがあろうと、母親の記憶にかけて義務を果たさねばならぬ。もうおまえしか残されていないのだ、坊主。たとえ嫡出でない子だろうと、わが一族の血を引くのはおまえだけだ」

「わかっています」

「汚《けが》れを知らぬわしのマーガレットをたぶらかした、あの悪党を生んだ家に恨みを晴らすべを見つけるまで、休んではならぬぞ」

リヴェンホール家の邪悪さについては、さんざん教えられていたが、若いヒューには、こともあろうに自分の父親の一族に復讐を果たすことが、すべて正しいとは思えなかった。いずれにせよ、父親は母親と同じように、すでに亡き者なのだ。たしかに報いは受けている。しかし、そんな報いでヒューの祖父は満足しなかった。なにものも、サー・トーマスを満足させることはできない。

ふとよぎった疑念を、八歳のヒューはおとなしく頭の隅へ押しやった。これは名誉にかかわる問題で、自分や祖父の名誉はなによりも大切なのだ。それだけは、わかりすぎるほどわかっている。生まれ落ちた瞬間から、名誉の大切さを教えこまれてきたのだ。非嫡出子に持てるのはそれだけだ、とサー・トーマスはことあるごとに指摘した。

「休みはしません、お祖父様」八歳の少年ならではの一途な思いをこめて、きっぱり言った。

「決して休んではならんぞ。名誉と復讐がすべてだと、肝に銘じておけ」

たったひとりの孫にたいして、愛の言葉も別れの祈りも口にしないまま祖父が逝ってしまっても、ヒューは驚かなかった。トーマスから愛情や温かさを感じたおぼえはまったくない。愛する娘が若くして誘惑と裏切りを経験して、あげくに死んでしまったことへの恨みと怒りが、老人の感情をすべて毒してしまったのだ。

とは言え、トーマスが孫を気にかけていなかったわけではない。祖父にとって自分はかけがえのない存在だと、ヒューはいつも自覚していたが、それも、トーマスにとって復讐を果たす唯一の手段だったからにほかならない。

トーマスは干からびた唇で娘の名をつぶやきながら死んだ。「マーガレット。わしの美しいマーガレット。おまえが生んだ非嫡出子が、おまえの敵をとってくれるぞ」

マーガレットの非嫡出子にとって幸いなことに、ソーンウッドのエラスムスは、トーマスがヒューにあたえられなかったものをほとんどすべて、あたえてくれた。洞察力にすぐれて教養があり、不器用ながら愛情深いエラスムスは、ヒューを引き取ったときはまだ二十代前半だった。聖地で勝利をおさめたばかりの彼は、ヒューの人生で父親代わりをつとめた。まだ幼いヒューは、すべてにおいて導いてくれる彼を尊敬し、子供らしいあこがれの気持ちを抱いた。

おとなになったいまも、ヒューは主君に揺るぎない絶対の忠誠を誓っている。それは香辛料のごとく、この時代ではめったにない、珍重されるべき傾向だった。

ダンスタンは灰色のウールのマントの端をつかんで、恰幅《かっぷく》のいい体にしっかり巻きつけ、さりげなく横目でヒューのようすをうかがった。ダンスタンがなにを考えているか、ヒューはわかっていた。緑の石を探し求めることを快く思っていないのだ。時間の無駄だと考えていた。石そのものではなく、それが表すものに価値があるのだと、ヒューはわかってもらおうとした。スカークリフの人心を掌握するのに、これ以上に確実な方法はない、と。しかし、ダンスタンは聞き入れなかった。よい武器と屈強な騎兵たちこそスカークリフをまとめる鍵、というのが彼の考えだった。

ヒューより十五歳年上の歴戦の強者は、エラスムスと同じ十字軍の遠征に加わっていた。日に焼けてしわの刻まれた険しい顔つきには、旅の過酷さが表れている。エラスムスとはちがって、ダンスタンは苦労に見合う名誉も金も手にしないまま、遠征からもどった。

戦士としてのダンスタンの技量はエラスムスの力になったが、だれもが、とりわけエラスムス本人が認めているように、彼が地味ながら手ごわい領主でいられるのは、戦略家としてのヒューの並みはずれた才能のおかげだった。そんな忠実な部下にエラスムスは、かつてヒューの母方の一族が所有していた領地、スカークリフをあたえたばかりだ。ダンスタンはヒューとともに、彼の新たな領地へおもむく道を選んだ。

「気を悪くしないでほしいが、ヒュー、あなたのしかめ面は独特なのだ」ダンスタンは隙間だらけの黄色い歯をむき出して、にやりと笑った。「悲運を思わせる底知れぬ憂愁の影のようなものがにじみ出ている。この私でさえ、たまにぞっとすることがある。黒ずくめの危険な騎士、という伝説をすっかり自分のものにしてしまったらしい」

「それはちがう」ヒューはかすかにほほえんだ。「ゆうべのレイディ・アリスの態度から判断するなら、まだまだ伝説に見合う男になったとは言えまい」

「そうだった」ダンスタンの表情が曇った。「後ずさって縮み上がるのがほんとうだろうに、平気な顔をしていた。おそらく目が悪くてよく見えないのだろう」

「取り引きをしようと躍起になって、私の忍耐力がすり切れかけているのも気づかなかった」

ダンスタンは苦々しげに口をゆがめた。「賭けてもいい。あのレイディなら悪魔と面と向かっても後ずさりさえするまい」

「まったくもって変わった女性だ」

「経験から言わせてもらえば、赤毛の女性は決まって面倒を引き起こします。ロンドンの旅籠《はたご》で赤毛のメイドと仲良くなったことがある。しつこくエールを勧められて、いつのまにか彼女のベッドで眠りこんだ。目が覚めたら、彼女と私の財布は消えていた」

「私の金から目を離さないように、気をつけるとしよう」

「そうしてください」

ヒューはほほえむだけでなにも言わなかった。彼にとって金や財産を監視するのは造作もないこと、とふたりともわかっていた。ヒューは商才に長けていた。騎士の仲間で、そういった実際的な問題にかかずらおうという者はめったにいない。金は湯水のごとく使い、ふだんの収入――身代金や、馬上槍試合の報酬や、運に恵まれた土地持ちは、ずさんな経営をしている荘園からの収入――に頼って、なんとか財産を守っている。ヒューは、もっと確実な方法で収入を安定させるほうを好んだ。

ダンスタンは悲しげに首を振った。「緑の石を追いかけた結果、レイディ・アリスのような女性に行き合った、というのは残念な話です。いいことなんか、一つもありゃしない」

「彼女がもっと楽に言いなりにできる者だったら、話はもっと簡単だったかもしれない。それは認めるが、幸先の悪い話の展開になったとは、私はまだ確信していない」ヒューはゆっくり言った。「ゆうべはあらかた、この件について考えていた。そして、可能性のある話だと思ったのだ、ダンスタン。おもしろい可能性だ」

「では、不運に見舞われそうですな」ダンスタンは哲学者のような表情で言った。「あなたがあれこれ真剣に考えたときにかぎって、厄介ごとに見舞われると決まっているのです」

「あとで確かめるといいが、彼女の目は緑色だ」

「そうですか？」ダンスタンは眉を寄せた。「目の色までは気づかなかった。赤毛だけで充分に不吉なしるしに思えましたから」

「ちょっとほかにない色合いの緑色だ」

「つまり、猫の目のような？」

「あるいは、エルフの王女のような」

「ますます悪い。エルフとは、あきれるほどこずるい魔力を使うものです」ダンスタンはしかめ面をした。「炎のような髪の、緑色の目のじゃじゃ馬と取り引きをしなければならないあなたを、うらやましいとは思いませんね」

「最近、たまたま気づいたのだが、私は赤毛と緑色の目が好きだ」

「はっ。目も髪も黒い女性がお好みだったではないですか。私に言わせれば、レイディ・アリスはとりたてて美人というわけでもない。あなたは、ほかにちょっとない彼女の大胆さに引かれただけだ。あなたに食ってかかった彼女の度胸を、おもしろがっているだけのこと」

ヒューは肩をすくめた。

「たまたま珍しいものに出会っただけです」ダンスタンはきっぱりと言った。「ワインを飲み過ぎたときの頭痛のようなもので、すぐに消えてしまいます」

「彼女は家事に通じている」ヒューは考え深げにつづけた。「ゆうべ、彼女が取り仕切った饗宴は、有能な男爵夫人も顔負けのすばらしさだった。どんな高貴な大広間で饗されても恥ずかしくない。そんな技量をもってして、家事を取り仕切ってくれる者が必要なのだ、私には」

ダンスタンはまさかという表情を浮かべた。「いったいなにを言っているんです？　彼女の物言いを忘れたのですか？　舌鋒《ぜっぽう》の鋭さときたら、私の剣並みだ」

「意識して行儀よくしているときの彼女は、淑女そのものだ。あれほど優雅なお辞儀はめったに見られないぞ。あのように客人をもてなしてもらえたら、主人も鼻高々というものだ」

「ゆうべ、この目で見たことと、ここへ来て以来、耳にした噂から判断するに、彼女は、そのような好ましい態度はめったに見せないようにしているようですな」ダンスタンはたたみかけるように言った。

「彼女ほどの年になれば、自分がなにをしているかはしっかりわかっている。私は、必要以上に守ったり、猫かわいがりしなければならない純情可憐な乙女と付き合うつもりはない」

ダンスタンはあわててヒューに顔を向け、目をむいた。「いやはやまったく、本気のわけがない」

「なぜだ？　緑の石を取りもどしたら、私は目が回るほど忙しくなる。スカークリフには、やらなければならない仕事が山積みだ。新たな領地の問題を片づけるほかに、古い城も改修しなければならない」

「なりません」ダンスタンは、かぶりついたミートパイを喉に詰まらせたような顔をした。「いま、あなたが言おうとしていることが、あなたが言うだろうと私が考えていることと同じなら、どうかご再考を願います」

「彼女は、家事の采配を振る才をしっかり身につけている。私がいつも、有能な専門家を雇えばまちがいない、という持論を守っているのは、おまえも知っているだろう、ダンスタン」

「執事や、鍛冶屋や、機《はた》織り職人を選ぶ場合ならうまくいくかもしれないが、いま、あなたが話しているのは奥方のことです」

「だからなんだ？　私の職業は騎士だ。家事の取り仕切り方などまったく知らないし、それはおまえだって同じだろう。私は、厨房に足を踏み入れたことさえない。そういった場所でなにが行われているかもよくわからないのだ」

「それが、いまの話とどう関係するのです？」

「大いに関係するぞ、美味なるものを食したいならば。私はうまい料理に目がないのだ」

「ええ、それは事実です。気を悪くしないでいただきたいが、食にたいするあなたのこだわりは、常軌を逸しているとしか思えません。簡単な羊のあぶり焼きとうまいエールで満足できない理由がわかりません」

「羊のあぶり焼きとエールだけの食事では、そのうち飽きてしまうではないか」ヒューはもどかしげに言った。「美味なる料理を作るほかにも、家事にはやらなければならない大事なことがある。数えきれないほどある。広間や部屋の掃除。厠《かわや》の洗い流し。寝具を風に当てる。使用人の監督。すがすがしい香りを服に染み込ませるには、どうやればいいのだろう？」

「私は、そういった問題にはとんと無頓着なもので」

ヒューはかまわずつづけた。「要するに、スカークリフ城はきちんと管理されなければならず、それには私が仕事のさまざまな部門で必要としているのと同じ、専門家が必要なのだ。大所帯の管理を取り仕切れるように、きちんと仕込まれている淑女が不可欠ということだ」

ヒューは、こうあってほしいと願う将来を思い浮かべた。当然、居心地のいい自室はほしかった。饗宴では、天幕の飾られた上座に坐って、おいしい料理を味わいたい。清潔な夜具にくるまれて眠り、香りのいい湯にもつかりたい。なかでもいちばんの望みは、主君のソーンウッドのエラスムスを、その身分にふさわしいやり方でもてなすことだった。

そう思ったとたん、光り輝いていた将来像がくすんだ。六週間前、ヒューが謁見室に呼び出されてスカークリフの領地を賜《たまわ》ったとき、エラスムスはひどく具合が悪そうに見えた。明らかに、エラスムスは以前より痩せていた。神経を張りつめてびくびくしているようすで、目は生気を失ってうつろだった。ほんのささいな物音にも、ぎょっとする。ヒューは心配でたまらなかった。体調をくずされたのかとエラスムスに尋ねた。しかし、そういう話はしたくないとエラスムスに拒まれてしまった。

エラスムスの城からの帰り道、ヒューは噂を耳にした。城に呼び寄せられた医者たちが、脈と心臓の患いについて口にしながら帰っていったというのだ。ヒューは医者というものを信頼していなかったが、このときばかりは不安な気持ちに襲われた。

「あなたの奥方になってきちんと務めを果たす、ということなら、もっとはるかにふさわしい淑女がほかにいるはずです」ダンスタンは必死になって言った。

「おそらくいるだろうが、そのような者を探している暇はない。いまを逃せば、春まで妻を探す機会はないだろう。この一冬を、いまのようなありさまのスカークリフ城で過ごしたくはないぞ。ちゃんとした住まいがほしいのだ」

「わかります、しかし――」

「とてつもなく効率がよいし、好つごうではないか、ダンスタン。考えてもみろ。前に話したように、緑の石を取りもどすだけでは、私が正当な領主であるとスカークリフの人びとを納得させるのは並みたいていではない。妻を連れて新たな領地にもどったら、どれだけ人びとの印象がよくなるか、考えてもみろ」

「ご自分がなにを言っているのか、わかっていないらしい」

ヒューは満足げにほほえんだ。「人びとの気持ちをすべてわしづかみにできるのはまちがいないぞ。私が領地での暮らしに将来を見いだしているのは一目瞭然だからな。そうなれば、自分たちの将来も安泰だと安心するだろう。スカークリフを豊かで暮らし向きのよい領地にしたければ、つかむべきは民の心と信頼なのだ、ダンスタン」

「否定はしませんが、ほかの女性を見つけるほうが賢明です。彼女の見た目は好ましいとは言いがたい。それは否定できない事実です」

「それは認めよう。一見したところ、レイディ・アリスはあまり素直にも従順にも見えない」

「そこまで気づいているとは、ありがたい」ダンスタンは小声で言った。

「しかし、だ」ヒューはつづけた。「彼女は知性に恵まれているうえ、若い小娘たちにありがちな浮ついた時期はとっくに過ぎている」

「そうです。ほかにも二、三、過ぎたことがあるのはまちがいありません」

ヒューは目を細めた。「もう処女ではないと言いたいのか？」

「レイディ・アリスが奔放な性分であるのは火を見るよりも明らかだと、それだけ言わせてもらいます」ダンスタンは小声で言った。「恥じらいに頰を染めるような、まだ堅いつぼみとはちがう」

「たしかに」ヒューは眉をひそめた。

「赤毛と緑色の目は情熱家のしるし。ゆうべも、癇癪を起こしたのを見たはずです。今後も、折に触れて感情をむき出しにするにちがいない。それよりなにより、二十歳を三つも過ぎているのですよ」

「ふむ」ダンスタンに言われて、ヒューは考え込んだ。「彼女はまちがいなく聡明な女性だ。そういったことに興味をおぼえないはずもない。しかし、思慮分別を働かせただろう」

「そう願うしかありますまい」

ヒューはダンスタンが示した危惧《きぐ》の念をことごとく払いのけた。「私と彼女なら、きっとうまく付き合っていけると確信しているぞ」

ダンスタンはうめき声をあげた。「いったいなにがどうなると、そんな確信が持てるんです？」

「さっきから言っているだろう、彼女は聡明な女性だ」

「言わせてもらえれば、必要以上の知性や学問は女性を扱いにくくするだけです」

「彼女となら、うまく折り合っていけると私は信じている」ヒューは言った。「頭がよいのだから、学ぶのも速いはずだ」

「なにを学ぶんです？」ダンスタンは詰め寄った。

「私にもそれなりに知性はある、と」ヒューはちょっとだけほほえんだ。「そして、私の意志も決断力も、彼女など相手にならないほど強固だ、と」

「レイディ・アリスと取り引きをするなら、実際のあなたは、いま彼女が信じているよりはるかに危険な男であることを、まず見せつけてやることです」

「そのために最良と思われる策があれば、なんでもやろう」

「それにしても、私は気に入りませんね、こんなことは」

「わかっている」

ダンスタンはまた塀の向こう側に唾を吐いた。「あなたに道理を説こうとしてもむだと、承知しています。新たな領地を支配する仕事は、思っていたよりたいへんだと感じはじめているのではないですか?」

「そうだな」ヒューは認めた。「しかし、こういう状況になったのも巡り合わせのような気がする。私もだんだん慣れてきた」

「たしかに。最初から簡単にできることなど、どこにもないのでしょうね? 努力していれば、神もたまには情けをかけてくれるはずです」

「スカークリフをきっちり治めるためにやらなければならないことは、なんでもやるぞ、ダンスタン」

「そのことなら、露ほども疑っていません。レイディ・アリスと取り引きをするなら、どうか油断なきよう、それだけはお願いします。彼女にかかわり合うと、だれよりも勇敢な騎士さえ、あっさりと不幸な結末を迎えそうな気がします」

忠告は了解したとばかりに、ヒューはうなずいたが、内心では大きなお世話だと思った。この午前中に彼は、謎だらけで予測不可能なレイディ・アリスと取り引きしようと決めていた。そつがなく、見るからに誇り高い彼女には、予想以上のものにかかわってしまったと、なんとしてでも気づかせるつもりだった。

ゆうべ、最初に思っていた以上にしたたかな相手と向き合っているような気がして、ヒューは人でいっぱいの広間に向かい、人前で取り引きをする気はないと告げた。その後、明日、ふたりだけで取り引きについて話し合いたいと、アリスに伝えた。

実際のところ、交渉を先延ばしにしたのは、ただでさえ込み入った現状に、新たに加わった面倒ごとについて考える時間がほしかったからだ。

思えば、この冒険が始まってからというもの、不吉な忠告を何度か受けた、とヒューは振り返った。しかし、アリスについて忠告した者はひとりもいなかった。

彼女の性格の一端が初めてうかがわれたのは、彼女の叔父がアリスの名前を口にしながら、深々とため息をついたときだった。その淑女は、いかにもラルフの苦悩の種のように思えた。

得られたわずかばかりの情報からヒューは、性悪でおこりっぽく、生きたまま男の皮をはぐような毒舌家のオールドミスと取り引きをすることになると予想した。しかし、正しいのは、ものをはっきり言う性分だというところだけ。アリスが思ったことを躊躇《ちゅうちょ》なく口にするのはまちがいなかった。

大胆な物言いはともかく、ゆうべ、広間で彼に挑んできた女性はラルフが説明した人物とはまるでちがっていた。

アリスは性悪ではない、とヒューはすぐに気づいた。しっかりしているのだ。彼はたちどころに、そのちがいを知った。おこりっぽいのではなく勝ち気で、まわりにいるだれよりもはるかに頭がいいのは明らかだった。やっかいな女性かもしれないが、文句なく興味を引かれた。

ラルフが姪について説明するのを聞いて、ヒューは自分の軍馬並みにがっちりとした、見上げるような女性と向き合うことになると思っていた。

そして、びっくり仰天した。

レイディ・アリスはとてもほっそりとして、優雅でしとやかだった。軍馬を思わせるようなところは一つもない。丈の長い緑色のドレスは、しなやかな体の曲線をふんわりと覆い、胸は桃くらいの大きさで、ウエストは驚くほど細く、ヒップは豊かでふっくらとしているのが、なんとなくわかる。

一つだけダンスタンは正しかった、とヒューは思った。アリスはたしかに、どんな男でも焼き尽くしてしまうだけの炎を秘めていて、それは髪を見るだけですぐにわかる。炎の色の長い髪は結われ、炉の炎を受けてきらめく金色のネットに包まれていた。

アリスはほっそりした顔立ちで、鼻はつんと引き締まり、顎は華奢《きゃしゃ》だがしっかりして、口元は表情豊かだ。目はかなり大きく、目尻がかすかに吊っている。その上の、細くて赤い眉が、挑発するように弧を描いている。そびやかした肩とちょっと突き出した顎から、自尊心と意気込みがありありと見て取れた。アリスは断じて不器量ではないが、美しさで男の視線を引き寄せる女性ではない。それでも、なぜか見つめてしまう。

　つい見つめないではいられない女性だった。

　ラルフがほのめかしたように、アリスが二十三歳にもなって結婚できずにいる自分を呪っていたとしても、ヒューにはそのしるしがまるで見えなかった。それどころか、夫に従わなくてもいい立場を楽しんでいる節がかなりあり、それはちょっと問題かもしれないと思った。しかし、その手の厄介ごとを片づけるのは得意だと自負している。

「レイディ・アリスはあなたとの取り引きを望んでいます」ダンスタンは言った。「あなたを手伝って緑の石を探す代わりに、なにを要求してくると思いますか？」

「おそらく本だろう」ヒューは上の空で言った。「叔父によると、本の虫だというから」

　ダンスタンはうめき声をあげた。「では、お持ちの本を一、二冊、あたえるのですか？」

　ヒューはほほえんだ。「たまに貸してほしいと言うなら、そうしてもいい」

　そして、ヒューは早朝の黙想にもどった。空気はひんやりと冷たい。初秋である。鉛色の空の下、リングウッド荘園の農場も畑もまだ静まりかえって動きはない。収穫はほぼ終わったらしく、大部分の土地は茶色い土がむき出しで、駆け足で近づいてくる冬の冷え込みを待っている。ヒューはできるだけ早くスカークリフへもどりたかった。やらなければならないことがいくらでもあるのだ。

鍵を握っているのはレイディ・アリスだ。ヒューにはそれが痛いほどわかった。彼女がいればば、あの忌まわしい緑の石が見つかり、将来も開けるだろう。遠路はるばるやってきたのだ。もう待ちくたびれたし、渇望もし尽くした。もうだれも私を止められない。

彼は三十歳だが、きょうのように冷え込む朝は、もう四十歳近いような気がした。内なる嵐が騒ぎだしてじっとしていられなくなり、自分でもよくわからない混沌《こんとん》とした欲求がうずきだすのだ。

ふだんから、自分が身にまとっている嵐を思わせる不穏な気配は意識していたが、夜遅く、あるいは夜明けの灰色の靄《もや》のなかで、たまに、ほんとうに自分を突き動かしている暗い風の存在に気づくことがあった。できることなら、気づきたくはなかった。嵐の中心を深々とのぞきこみたくはない。

いま、ヒューは目の前の仕事に気持ちを集中させていた。自分の領土があるのだ。やらなければならないのは、それを維持することだけ。それがなかなか厄介だと、だんだんわかりかけてきた。

この二、三週間で気づいたのは、スカークリフの領地の持ち主が、ここ何年かのあいだに、つぎつぎと変わっていることだった。

持ち主たちがみな、スカークリフを所有してほどなく、死や不運が原因で土地を手放したのは事実だった。凶兆や不運やたたりに取りつかれている、と言う者もいる。

石たちを見いだし、この土地を治める者は、
強者たちの手で緑なる玉を守らねばならぬ。

ヒューは、大昔の予言など信じてはいなかった。いまの自分の立場を築くもとになった騎士としての技能と、揺るぎない意志のほかに、信じるものはほとんどない。しかし、人びとの心に影響をおよぼす戯言《たわごと》の力には、少なからず敬意を払ってもいる。ヒュー自身は予言をばかばかしいと思っていても、スカークリフの意気消沈した住人たちは古い伝説を信じていた。われわれの新たな領主は、緑なる玉を守って力量を示さなければならない、と。

まだ一か月もたたないが、領地を治めにやってきて以来、ヒューは自分を「領主様」と呼ぶ住人たちが驚くほど無愛想なことに気づいていた。スカークリフの誠実な民は、恐ろしいからしかたなくヒューに従っても、彼に治められる将来にはなんの希望も抱いていない。彼らの憂鬱《ゆううつ》は、だらだらした粉の挽《ひ》き方や、いかにもやる気のなさそうな畑仕事のやり方など、やることなすことすべてに表れていた。

ヒューは命令を下すのはお手のものであり、そうすべく訓練を積んできた。成人してからは、どんなときでも気づくと自分がリーダーになっていた。治めている者たちに無理じいすれば、最低限の協力は得られると知っていたが、それだけでは不充分だともわかっている。

領地に住んでいるすべての者のためにスカークリフを繁栄させるには、自発的な忠誠心が必要なのだ。

領地の住人は、ヒューが領主として長く土地を治めると思っておらず、それがなによりの問題だった。これまでの領主はみな、一、二年しか持たなかったのだ。

領地に到着して何時間もしないうちにヒューは、いまに災いが起こるという不吉な噂を耳にした。畑の作物は、反乱騎士の一群に踏みしだかれていた。季節はずれの嵐で落雷を受け、教会はほとんど崩壊状態。最後の審判と滅びについて説く放浪の修道士の姿も、領地の近辺で見かけた。

スカークリフの住人にとって、地元の修道院の保管室から緑の石が盗まれたのは、ほかに類を見ない一大事だった。それはまた、一縷《いちる》の望みの消滅をも意味した。人びとの目を見れば、自分が真の領主としてまったく認められていないことはヒューにもわかった。

そして、彼らの信頼を手っ取り早く得るには、緑の石を取りもどすのがいちばんだと、すぐに気づいた。ではそうするまでだ、と彼は思った。

「どうか気をつけてください」ダンスタンは忠告した。「レイディ・アリスはあなたの評判を耳にして恐れおののく乙女ではありません。ロンドンの小売り商人のように交渉にかかるに決まっています」

「きっとおもしろい思いができるだろう」

「ゆうべ、あなたから手に入れようとしているものの代償に、彼女が自分の魂さえ進んで差しだしかねなかったことを、どうかお忘れなきよう」

「そうだな」ヒューはもう少しでほほえみそうになった。「彼女の魂こそ、私が必要としているものかもしれないな」

「代わりに、ご自身の魂を安く手放したりしないでください」ダンスタンは素っ気なく言った。

「捧げてなくなるような魂など、持っていないぞ」

ねじれた脚のせいで、ベネディクトはアリスの書斎の戸口から飛び込んで入ってはいけなかった。それでも、紅潮した顔と殺気だった緑色の目で、抑えがたい怒りをどうにか伝えた。

「アリス、狂気の沙汰だよ」ベネディクトはデスクの前で立ち止まり、片方の脇に杖を挟みこんだ。「〝非情なヒュー〟と取り引きするなんて、本気のわけがない」

「あの方は、スカークリフのヒューになられたのよ」アリスは言った。

「僕が聞いたところでは、まさに非情な男だというじゃないか。なにをやっているつもりなの？　だれに訊いても、あれほど危険な男はいないっていう話だ」

「でも、正直なのはまちがいないわ。取り引きをしたら、その条件は守る人だそうよ」

「サー・ヒューと交わされる取り引きなんて、条件はすべて彼にとって有利にできてるに決まってる」ベネディクトは言い返した。「アリス、彼はものすごく頭がよくて、策略を練るのが大好きだそうだよ」

「だからなに？　わたしだって頭はかなりいいわよ」

「彼のことも叔父さんと同じように、手玉に取れると思ってるのはわかってる。でも、ヒューみたいな男が、そうやすやすと人の思いどおりになるわけがない。相手が女性となれば、なおのことだよ」

アリスは鵞《が》ペンを置いて、じっと弟を見つめた。ベネディクトは十六歳だ。両親がなくなって以来、彼にかかわる責任はすべてアリスが引き受けてきた。弟への義務を果たしそこなったことを、アリスはよく承知していた。弟が相続するべき遺産をみすみすラルフに横取りされてしまった埋め合わせに、できることはなんでもやるつもりだった。

母親のヘレンは三年前に亡くなった。父親のサー・バーナードは二年前、ロンドンの売春宿のすぐ外で、辻強盗に殺された。

バーナードが殺された知らせを、いち早く聞きつけたのがラルフだった。ほどなくアリスは、ベネディクトが相続するはずだったささやかな荘園の所有権をめぐって、勝ち目のない法的な争いに巻き込まれ、にっちもさっちもいかなくなった。ちっぽけな荘園の支配権を維持しようと最善を尽くしたアリスだったが、この件では、知能は牛並みでもラルフの作戦にしてやられた。

二年近く、議論と説得を重ねた末にラルフは、彼とアリスの領主でもあるミドルトンのフルバートに、荘園は騎士として訓練を受けた者が支配するべきだと納得させてしまった。女性のアリスに荘園をきちんと管理する能力はないし、脚の悪いベネディクトは騎士になる訓練を受けられない、というのがラルフの主張だった。ラルフにさんざんたきつけられたフルバートは、バーナード卿が所有していた小さな荘園は、しっかり戦える男に管理させたいと結論を出した。

アリスが怒りのあまり吐き気さえ催したことに、フルバートは父親の荘園をラルフにあたえた。その土地をラルフは、長男のロイドにあたえた。

それからほどなく、アリスとベネディクトはリングウッド荘園へ移り住まなければならなくなった。無事に領地を手にしたロイドは、近隣の騎士の娘と結婚した。六か月前、ふたりのあいだには息子が生まれた。

現実的に考えて、法廷でどれだけ的確に所有権を主張したところで、ベネディクトの相続財産を取りもどすのはまず無理だろうと、アリスはわかっていた。ベネディクトにたいする責任を果たしそこねたと思い返すたびにアリスの心は深く痛み、決して癒されはしない。やるべき仕事を、とりわけこれほど重要な務めに失敗することはめったにないのだ。

この大失敗を、唯一、可能な方法で埋め合わせようと心に決めたアリスは、世の中で出世する可能性のもっとも高いチャンスをベネディクトにあたえようと動きだした。学問の都であるパリかボローニャになんとしてでも弟を送り出して、法律の勉強をさせるつもりだった。

横取りされた領地の埋め合わせは不可能でも、できるかぎりのことをしようとアリスは決めていた。そして、ベネディクトがひとりでしっかり人生を歩んでいけると納得したら、自分の夢を実現させる。立派な図書館のある修道院に入るのだ。そこで自然哲学の勉強に没頭するつもりだった。

ほんの二、三日前まで、そんな二つの目標にはとても手が届きそうもなかった。ところが、非情なヒューが館にやってきたとたん、新たな道が開けたのだ。この機会を逃すわけにはいかない、とアリスは心に決めていた。

「心配しないで、ベネディクト」アリスはぴしゃりと言った。「わたしは確信してるの。サー・ヒューは分別のある人だって証明されるわ」

「分別がある？」ベネディクトは空いているほうの手を大きく振った。「アリス、彼は生きながら伝説になっているんだ。そんな男に、分別なんてあるわけがない」

「あら、そうとはかぎらないわよ。ゆうべのあの方は、合理的な話し合いだってできそうに見えたわ」

「ゆうべ、あの男は姉さんをからかっていたんだ。アリス、聞いて。ソーンウッドのエラスムスはサー・ヒューの主君なんだ。どういうことかわかる？」

アリスは鵞ペンを手に取り、すぼめた唇に羽根の先で軽く触れながら、考え込んだ。「エラスムスという名前は聞いたことがあるわ。とても影響力のある方だそうね」

「そう、だから、彼の部下のサー・ヒューの影響力も大きいということになる。気をつけなければいけないよ。サー・ヒューを相手に、村の市場にいる行商人みたいに交渉できると思ったら、大まちがいだ。正気の沙汰とは思えないよ」

「ばかばかしい」アリスはなだめるようにほほえんだ。「あなたは心配しすぎよ、ベネディクト。そういうところ、最近になってよく目につくけれど、短所だわ」

「心配するのはちゃんとした理由があるからだ」

「いいえ、理由などありません。いいこと？　サー・ヒューとわたしはきっとうまくやっていけるはず」

大きな人影が戸口をふさぐようにぬっと現れ、幅の広い黒々とした影が絨毯《じゅうたん》に広がった。アリスは、部屋のなかが急に冷え込んだような気がした。戸口に目をやると、ヒューが立っている。

「あなたの考えは私と同じだ、レイディ・アリス。今回のことに関して、たがいに同じ気持ちでいるとわかって、うれしいぞ」

ヒューのよく響く低音が書斎に満ちて、アリスは肌の表面がちりちりするのを感じた。とても静かな話し声だが、その言葉は、あたりから聞こえるもっともかすかな物音さえ静まらせてしまうようだ。窓の下枠に留まっている小鳥がさえずるのをやめた。中庭のほうから響いていた馬の蹄《ひづめ》の音も、やんだ。

アリスは、期待感に体の奥のほうがきゅっとすぼまるのを感じた。どうしても自分を抑えきれず、まじまじとヒューを見つめてしまう。ゆうべ、炉の炎に照らされた広間で対面して以来、彼を見るのは初めてだ。初対面のときと同じように、今朝の自分も彼にたいして妙な反応をしてしまうかどうか、確かめたくてしかたがない。

たしかに、反応してしまう。

頭で考えても、実際に自分の目で見ても、とても信じられないのだが、非情なヒューはアリスがこれまで会ったなかでもっとも引きつけられる男性だった。ゆうべと同じで、朝の光のなかで見る彼もたいしてハンサムではなかったが、それでもやはり、彼のなにかに引きつけられてしまう。

特殊な感覚が発達して、聴覚、視覚、触覚、味覚、嗅覚の五感のおよばないなにかを感じているような気もした。いずれにしても自然科学でこんなに興味をそそられる問題はない、とアリスは思った。

ベネディクトはさっと振り返ってヒューと向き合った。杖がアリスのデスクにぶつかる。「お言葉ですが」ベネディクトはぎゅっと顎を引き締めた。「姉と私は、ごく内輪の話をしていました。あなたがそこにいらっしゃるのが見えなかったものですから」

「見過ごすのはむずかしいと、いつも言われているのだが」ヒューは言った。「きみはベネディクトかね？」

「はい、そうです」ベネディクトはぐいと肩をそびやかした。「アリスの弟として言わせていただきますが、姉とふたりきりで会うのはやめてください。不適切です」

アリスはあきれたように目玉を天井に向けた。「ベネディクト、やめてちょうだい、こんなのばかげているわ。わたしは、評判を気にしなければならないうら若き乙女じゃないんですから。サー・ヒューとは、取り引きの件で話し合おうとしているだけよ」

「正しいことじゃないよ」ベネディクトはあとに引かなかった。

ヒューは幅の広い肩のいっぽうで戸口の側柱に寄りかかり、腕組みをした。「私がきみの姉上になにをすると思っている？」

「わかりません」ベネディクトは小声で言った。「でも、許すわけにはいきません」

アリスは我慢できなくて言った。「ベネディクト、もうたくさん。席をはずしてちょうだい。サー・ヒューとわたしは話し合いにかからなければならないから」

「でも、アリス――」

「あなたとはあとで話すわ、ベネディクト」

ベネディクトは怒りで顔を赤黒く染めて、ヒューをにらみつけた。ヒューはただ肩をすくめてから背中を伸ばし、ベネディクトが通れるように戸口からちょっと離れて道を空けた。

「心配にはおよばない」ヒューは静かに言った。「姉上が望んでいる取り引きをするあいだに、誘惑するようなことはないと誓おう」

ベネディクトの顔色はさらに赤みを増した。最後にもう一度、じろりとアリスをにらんでから、きまりが悪そうにヒューの前を行き過ぎて、廊下の向こうへと歩き去った。

ヒューは、ベネディクトが充分に遠ざかるまでなにも言わなかった。それから、アリスに視線を合わせた。「若い男の自尊心は、扱いがむずかしい。少しは心遣いをしてやらなければ」

「弟のことなら、ご心配にはおよびません。あの子の責任は、すべてわたしが引き受けていますから」アリスは片手を振って、木のスツールを示した。「どうぞおかけください。話し合わなければならないことはいくらでもありますから」

「そうだ」ヒューはちらりとスツールを見たが、坐ろうとはしなかった。金属製の火鉢に近づいて、真っ赤に燃えている石炭に手をかざして暖を取った。「話は山ほどある。それで、どんな取り引きが望みなのだろうか、レイディ？」

冷静な振りはできず、アリスはつい食い入るようにヒューを見つめた。かなり融通がききそうな人だ、と思った。面倒なことを言い出しそうな気配はまったくない。思っていたとおり、話のわかる理性的な人だ。

「単刀直入に言わせていただきます」

「ぜひそうしてもらいたい。私も、ざっくばらんなほうがずっといい。第一、時間の無駄にならずにすむ。そうではないか？」

「はい」アリスはデスクの上で両手を組み合わせた。「泥棒がわたしの緑の石をどこへ持ち去ったか、明確にお話しするご用意があります」

「あの石は私のものだ、レイディ・アリス。どうしてもそのことを忘れがちのようだが」

「その件に関する細かなことは、またべつの機会に議論するべきです」

ヒューはかすかにおもしろがっているような表情を浮かべた。「議論をするつもりはない」

「すばらしいわ。あなたが道理のわかる方と知って、うれしゅうございます」

「そのための努力は怠らない」

アリスは満足そうにほほえんだ。「それでは、先ほど申し上げたように、いまの時点であの石がどこにあるのか、わたしが、ここ、と信じている場所を申し上げます。さらに、石の所在地まであなたに同行して、泥棒を特定することさえいといません」

ヒューはしばし考えた。「たいへん、ありがたい」

「ご理解いただき、うれしく思います。でも、この取り引きに関して、わたしにはまだ申し上げることがあるのです」

「つづきを聞きたくてたまらないぞ」ヒューは言った。

「わたしはあなたが石を探されるお手伝いをするだけではなく、もう一段階、踏み込むつもりです」これから言うことを強調しようと、アリスは身を乗り出した。「石の所有権の放棄に、同意する用意があります」

「私が認めていない所有権だな」

アリスの表情が曇り出した。「でも――」

「それで、その気前のいい申し入れの代償は？」ヒューは穏やかにさえぎった。「私になにを求めるつもりなのか、レイディ・アリス？」

アリスは気持ちをしゃんとさせた。「引き替えに、二つのことをお願いしたく存じます。一つ目は、これから二年たち、弟がふさわしい年齢になったら、あの子をパリや、ひょっとしたらボローニャへやって、あちらの講義に参加できるように手配していただきたいのです。あの子には、教養科目と、とくに法学をしっかり勉強させて、いつの日か、裁判所や裕福な主君や貴族の家で、尊敬される仕事につければいいと願っています」

「弟さんは書記や事務官になろうと？」

「仕事に関して、あの子にはあまり選択肢がありません」アリスは両手をぎゅっと握りしめた。「わたしは、あの子が引き継ぐべき遺産を、叔父の手から守ってやれませんでした。ですから、ベネディクトにとって二番目によい道を用意してやらなければなりません」

ヒューはじっと考えながらアリスを見つめた。「なるほど、それについては私が口を出すべき問題ではないだろう。では、石を私のものにしてくれたら、弟さんの学費の面倒はみよう」

アリスは肩の力を抜いた。これでいちばん厄介な問題は片づいた。「ありがとうございます。そう言っていただけて、うれしいです」

「私に望む、二つ目はなんだね？」

「とてもささやかなお願いです。あなた様のような立場にいらっしゃる方には、たいしたことではありません」アリスはよどみなく言った。「それどころか、あなた様ならほとんどお気に留めもしないでしょう」

「だから、具体的に言うと、なんなのだ？」

「持参金をいただきたいのです」

そこになにかおもしろいものを見つけたかのように、ヒューは火鉢の石炭に見入った。

「持参金？　結婚したいのかね？」

アリスはくすりと笑った。「まさか。いったいどうして、そんなふうにお考えになるのでしょう？　もちろん、結婚する気などありません。どうしてわたしが夫を？　修道院に入ることを目指しているのに」

ヒューはゆっくり振り返ってアリスを見た。琥珀色の目をきらきらさせながら。「理由を訊いてもかまわないだろうか？」

「もちろん、自然哲学の研究をつづけるためです。それには、蔵書の充実した図書室が必要で、そういった施設は豊かな修道院にしかありません」アリスは控えめに咳払いをした。「そして、そんな裕福な修道院に入るには、当然ですが、相当な額の持参金が必要です」

「なるほど」ヒューは獲物を見つけた鷹《たか》のような表情で言った。「それは残念だ」

アリスの気持ちは沈んだ。ほんのしばらく、失望感を隠そうともせず、ただヒューを見つめた。取り引きに応じてもらえるとばかり思っていたのだ。

アリスはすがるような思いで説得を始めた。「お願いですから、よくお考えになってください。緑の石は、あなた様にとって真に大事なもののはず。それを、あなたの手にもどしてさしあげると言っているのです。わたしの持参金くらいの価値はあるはずです」

「誤解しているらしい。私は、喜んで持参金を出すつもりだ」

アリスの表情がぱっと輝いた。「ほんとうですか？」

「ほんとうだ。しかし、持参金といっしょに花嫁もほしい」

「なんですって?」

「あるいは、少なくとも花嫁になると約束してほしい」

驚きのあまり、アリスははっきりものが考えられなかった。「意味がわかりません」

「わからないと? 単純な話ではないか。あなたは、この取り引きで私に求めるものをすべて手に入れられるのだ、レイディ・アリス。しかし、その代わりに私は、緑の石の探索に出かける前に、あなたと私が婚約することを要求したい」

3

生まれてこのかた、アリスが口をきけなくなったのはこのときが初めてだと知っても、ヒューは驚かなかっただろう。

彼はアリスの緑色のつぶらな目と、半開きの唇と、愕然《がくぜん》とした表情をつくづく見つめて、なかなかおもしろいと思い、少なからぬ満足感を覚えた。この女性の動きを一瞬のうちに止めてしまう才能に恵まれた男は、そう多くはいまい。

部屋のなかをとりとめもなく歩きながら、アリスがしゃべれるようになるのを待った。なにを見てもヒューは驚かなかった。リングウッド館のほかのたいていの場所とちがって、部屋には埃《ほこり》一つなく、掃除が行き届いていた。新鮮なハーブの香りが鼻をくすぐる。思ったとおりだ、とヒューは思った。

ゆうべ、ぴりっとして冷たい緑色のソースで仕上げたチョウザメや、絶妙に味付けされた西洋ニラネギのパイなどのごちそうを食べながら、ヒューはアリスが家事を取り仕切る才能に舌を巻いた。しかし、今朝、早くもわかったように、アリスが宴会のために発揮した魔法のような技は、サー・ラルフの館のほかの部分にはまったく使われていなかった。ただし、館のこの一角だけはべつだ。おそらくアリスは、建物のこちら側の部屋はすべて、彼女と弟だけが使うと主張したのだろう。

ここにあるものはなんであれ、しみ一つない。すきま風よけのために壁にきちんとかけられたタペストリーからつややかな床まで、すべてが効率と秩序に支配されている。

朝の日の光は、この一角以外のサー・ラルフの館の、まるでちがう光景もあらわにしていた。便所は悪臭を放ち、床は埃だらけ。絨毯はすり切れて、どの部屋もカビ臭く、アリスが自分の小さな世界のほかに、非凡な才能を発揮する気がないのは一目瞭然だった。

アリスの書斎で、ヒューは予想どおりの清潔さのほかにさまざまな興味深い品を見つけた。書斎には、好奇心をそそる不思議なものがいろいろとあった。

よく使いこんだ手引き書と、革表紙の高そうな本が二冊、近くの棚のいちばん目立つ場所に置いてある。

何種類もの死んだ昆虫が、木箱にずらりと収めてある。魚の骨らしきかけらや断片、さまざまな貝殻もテーブルに並んでいる。部屋の片隅に目をやると、火のついていないロウソクの上に金属製のボウルが固定してあった。器のなかに白い粉のようなものが残っていて、なにか実験をしたあとらしい。

ヒューは興味をかきたてられた。こんなものを集めるのは、快活な知りたがり屋にちがいない。

「あの」ようやく、アリスはかろうじて声を出した。「いったいぜんたい、なにをおっしゃっているのですか?」

結婚と聞いてたじろいでしまったらしい、とヒューは気づいた。それなら、もっとあいまいなやり方でゴールを目指そう、と決断を下す。戦略を練るのは大の得意だった。そんな才能を、妻を得るのに生かさない手はないだろう。

「聞こえたはずだが。私には、私のものだと言える淑女が必要なのだ」

「でも——」

「一時的に」

「あの、わたしを自分のものだなんて、おっしゃるのは無理です。ほかの女性を探してください。受け入れる女性は、このあたりにはいくらだっているはずです。まちがいありません」

ああ、しかし、あなたのような女性はいない、とヒューは思った。いや、世界じゅうを探してもいない。「しかし、あなたならほんとうに、とてもつごうがいいのだ、レイディ・アリス」

かーっと頭に血が上ったが、アリスは穏やかに怒りをあらわにした。「わたしは男性にとってつごうのいい女ではありません。わたしがどんなにつごうのいい女か、叔父にお訊きになったらいいわ。それはとんだ考えちがいだと言われるに決まっています。叔父にとってわたしは苦痛の種なのです」

「わざとそう思われるようにし向けているのだから、無理もない。しかし、私の望みは、あなたと敵対者ではなく同輩として取り引きをすることだ」

「同輩」アリスはおそるおそる繰り返した。

「仲間だ」と、さらにわかりやすく言う。

「仲間」

「そう、取り引き仲間だ。ちょうどあなたが、ほかでもないあなたが、ゆうべ、私と取り引きしたいと言った折り、ほのめかされたように」

「こういう流れは、わたしが思っていたのとはちょっとちがいます。ほんとうにどういうつもりなのか、もっと具体的に説明していただきたいわ」

「そうせざるをえないだろう」ヒューは、円形の真鍮《しんちゅう》板に物差しのようなものが組み合わされた複雑な道具の前で立ち止まった。「この美しい天体観測器《アストロラーベ》は、どこで？ イタリアへ行ったときを最後に、この手のものはまったく見たことがないが」

アリスは眉をひそめた。「父が送ってくれたものです。数年前、ロンドンのお店で見つけたと言っていました。こういった道具にはくわしくていらっしゃるの？」

ヒューは天体観測器に覆いかぶさるように、身をかがめた。「私が剣で生計を立てているのは事実だが、レイディ、だからといって私を純然たる能なしと思われるなら、まちがいというもの」金属盤を斜めに横切る定規のようなものを試しに動かして、地球にたいする星の位置を移動させた。「そのような過ちを過去に犯した者はたいてい、報いを受けた」

アリスははじかれたように立ち上がり、足早にデスクをまわって前に出てきた。「あなたが能なしだなんて、とんでもありません。そのまったく逆です」天体観測器に近づいて、眉をひそめてじっと見入る。「それよりも、わたし、この道具のちゃんとした使い方がわからなくて、それから、天文学にくわしい知り合いもいなくて、ほんとうに困ってるんです。使い方を教えていただけますか？」

ヒューはすっと背中を伸ばし、真剣な表情のアリスを見つめた。「いいだろう。きょう、取り引きの内容が固まりしだい、天体観測器のきちんとした使い方を教えると約束しよう」

ほかの女性なら恋に浮かされていると勘ちがいされるほど、アリスの目が熱をおびて輝いた。みるみる顔が赤くなる。「これ以上にうれしいことはありません。地元の修道院にある小さな図書室で、この道具について書いてある本を見つけたのですけれど、使い方の説明がなくて。ほんとうに、あんなにじれったいことはありませんでした」

「使い方の説明を婚約の贈り物と思ってもらってかまわない」

アリスの大きな目が急に輝きを失った。情熱はあとかたもなくなり、すぐに警戒の色が浮かんだ。「その婚約の件です。先ほども申し上げたように、あなたからの説明を聞かせてください」

「もちろんだ」ヒューは、石や玉がびっしりと並べられたテーブルに近づいていった。大きめの赤い石をつまみ上げ、目をこらす。「残念な話だが、私はひどく厄介な呪いをかけられているのだ、レイディ」

「きっと自業自得なんだわ」アリスはぴしゃりと言った。

とげとげしい口調に驚いて、ヒューは石から目を上げた。「自業自得？」

「はい。母がいつも言っていました。そういうたぐいの病気は、売春宿に入り浸っているとなる、って。テリアカ（さまざまな薬品から作られる万能解毒剤）を飲んで、瀉血《しゃけつ》するしかありませんね。同時に、質のいい下剤も使ったほうがいいかもしれません。言わせていただければ、そういう場所に出入りしていた報いですからしかたがありませんわ」

ヒューは咳払いをした。「そういう治療法にくわしいようだが？」

「母は薬草のことならなんでも知っていました。体液のバランスをよくするにはどのように薬草を使うべきか、それはいろいろなことを教えてくれました」アリスはじろりとヒューをにらんだ。「でも、母はいつも言っていました。体調を崩して治療するより、ある種の病気はあらかじめ予防するほうがはるかに賢明だ、と」

「その説に異論はない」ヒューはアリスを見つめた。「母上はどうされたのだろう？」

アリスの表情にさっと影が差した。「三年前に亡くなりました」

「それは気の毒な」

アリスは小さくため息をついた。「母は、めったにない変わった薬草を受け取ったばかりでした。それで、いろいろ試したくてしかたがなかったのです」

「試す？」

「はい、母は四六時中、薬草を調合していました。そして、とにかく、受け取ったばかりの薬草の一部を使い、新たに発見した調合法を試したのです。胃腸の激痛に苦しめられている患者さんの治療に有効、ということだったようです。その調合薬を、母はうっかり飲みすぎたのです。そして、命を落としました」

ヒューははらわたが凍えるような気がした。「母上は毒を飲まれたのか？」

「事故でした」ヒューの早合点に驚き、アリスはあわてて言った。「さっきも言いましたが、母は薬草の効き目を試していたのです」

「自分の体で試していたのか？」とても信じられないとばかりに、ヒューは訊いた。

「新しい薬を病人にあたえる前に、母はよく自分で試していました」

「私の母も、よく似た状況で亡くなった」そんな秘密を打ち明けるのは賢明かどうかよく考える間もなく、ヒューはつい口にしていた。「毒を飲んだのだ」

アリスの美しい目が静かな思いやりをたたえた。「ほんとうにお気の毒なことです。お母様は珍しい薬草の研究かなにかをなさっていたのでしょうか？」

「いいや」ヒューは赤っぽい石をぞんざいに置いた。不用意な自分の行動が腹立たしかった。母親が自殺したことも、服毒する前に父親に致死量の毒薬を飲ませたことも、これまで話題にしたおぼえは一度もない。「話せば長い話だ。それに、人に聞かせるのは気が進まない」

「そうでしょうね。話すのはおつらいでしょう」

同情されてヒューはいらだった。そんな感傷には慣れていなかったし、これ以上、同情されるのはごめんだった。同情は弱さにつながる。「誤解されているようだ、レイディ。呪いをかけられたと言ったのは、病気に苦しんでいるという意味ではない」

アリスは不思議そうにヒューを見た。「まさか、魔術でかけるような呪いのことではないでしょう？」

「それだ」

「でも、そんなものはこの世にありえません」アリスはあざ笑った。「魔法だとか呪いを信じる人には我慢ならないわ」

「私も同じだ」

ヒューの返事はアリスの耳には届かなかったらしい。彼女の頭のなかはもう、新たな話題のことでいっぱいだった。「近ごろ、古代から伝わる魔法の秘密を求めて、トレドへ旅することが有識者のあいだではやっているのはよく知っています。でも、あんなのは時間の無駄に決まっています。魔法のようなものは、この世にないんですから」

「魔法のばかばかしさなら、私も同じように考えている」ヒューは言った。「しかし、私は現実的な男だ」

「だから？」

「だから、今回の場合、もっとも手っ取り早く目的を果たすには、古くから伝わる伝説、つまり、そこには呪いも含まれるわけだが、それが求めていることを満たそうと決めた、というわけだ」

「伝説ですか？」

「そうだ」ヒューはまだら模様のある小さなピンク色の石をつまみ上げ、明かりにかざした。「近年、スカークリフのよき民は、さまざまな領主に従ってきた。しかし、地元の人びとに慕われた領主はひとりもいない。支配がつづいた者もいない」

「あなたは例外になろうとしてらっしゃる、ということでしょうか？」

「そうだ、レイディ」ヒューはピンク色の玉をもどしてテーブルにもたれかかり、一方の手を剣の柄に置いた。「スカークリフは私の領地であり、この体に息があるかぎり、私がしかと守り抜く」

アリスは探るようにヒューの顔を見つめた。「あなたのお気持ちを疑いはしません。伝説が求めている条件とは、具体的にどんなことなのです？」

「スカークリフの真の領主は二つのことをなさねばならぬ、と言われている。まず、いにしえの宝の最後の一つである石を守らなければならない。つぎに、残りの〝スカークリフの石たち〟を探し出さなければならない」

アリスは目をぱちくりさせた。「では、緑の石は、ほんとうに価値のあるものだったのですね？」

ヒューは肩をすくめた。「私の民にとってはそうだ。かつて、とても値の付けられないほど貴重な宝石の大規模なコレクションがあり、その一つだったと信じられている。緑の石以外はすべて、はるか昔に失われてしまった。残された緑の石は、ごく最近まで、地元の修道院が管理をしていたのだ。しかし、それも二週間前に消えてしまった」

「つまり、盗まれたのですか？」

「そうだ。しかも、これ以上はない最悪のときに」

アリスは鋭い目をしてヒューを見つめた。「スカークリフの新たな統治者として、あなたがいらした直後に？」

「そうだ」この女性は頭の回転がいい、とヒューは思った。「なんとかして石を取りもどしたい。そうすればきっと、人びとの恐れも不安も収まるはずだ」

「そうですね」

「石と、ふさわしい花嫁とともに領土にもどれば、私が真の領主になるつもりでいるのだと、人びとに理解してもらえる」

アリスは見るからに動揺していた。「わたしと結婚されたいのですか？」

「あなたと婚約したいのだ」一度に一つずつだ、とヒューは自分に言い聞かせた。いまの時点でおじけづかれたくはない。この戦法を思いついたからには、うまくいかないわけがない、と自信はあった。しかし、それにはアリスに協力してもらわなければならない。ほかに花嫁を探す時間はない。「ごく短期間だけでいい」

「でも、婚約の誓いは、結婚の誓いと同じくらい拘束力があります」と、アリスは抗議した。「それどころか、拘束力は同じで、両者に実質的なちがいはない、と言っている宗教学者さえいます」

「そういう学者は少数派だと、私と同様、あなたも知っているはずだ。実際、婚約はすぐに解消できる。当事者のふたりが同意するなら、なおのことだ。なにも問題はない」

「うーん」

アリスは長いあいだ、一言も発しなかった。眉間にしわを寄せて、真剣に考え込んでいた。求婚について考えに考え抜き、どこかに落とし穴はないか、罠はないかと確認しているのだろう、とヒューにはわかった。ますます興味を引かれて、アリスを見つめる。

彼女は戦略を練っているときの私に似ている、とふと気づいて、ヒューはどきりとした。彼女がなにを考えているか、手に取るようにわかるのだ。そんな彼女を観察するのは、不思議な経験だった。彼女の心のなかを、ちらり、ちらりと盗み見しているようにも思える。ほんの一瞬、ヒューは不気味な親近感にとらわれた。出会ったばかりのアリスを、ずっと以前から知っているような妙な感じがした。

アリスが自分に劣らず理解力があり、ひょっとしたら同じような思考回路を持っているかもしれないとわかって、ヒューは混乱した。自分以外の者と、ましてや女性と、きわめて根源的な部分で似通っているかもしれない、という考えは意外だった。

思えば、彼はつねに自分を他人と切り離してとらえ、他人の人生とは無関係であると考え、おおぜいのなかにいてさえ、彼らとのあいだに距離を感じていた。これまでずっと、自分は島に住み、それ以外の世界じゅうの人たちは対岸に住んでいるような思いで暮らしてきた。

それが、ほんのわずかのあいだでも、アリスが同じ島にいるように感じたのだ。

アリスはうかがうような目をしてヒューを見つめた。「わたしは、弟が無事に実社会へ旅立ちしだい、できるだけ早く修道院に入るつもりでした」

ヒューは妙な感覚を振り払い、目の前の問題に気持ちを集中させた。「婚約を破棄した女性が修道院に入るのは、珍しいことではない」

「ええ」アリスはそのまま黙りこくった。取り引きについて、考えに考えを重ねているのはまちがいない。

ヒューは突然、彼女は男性とベッドで重なっているときも、こんなふうにどきりとさせられるような切ない表情を見せるのだろうか、と思った。

そういえば、彼女は男性とベッドをともにしたことがあるのだろうか、とさらに考えこむ。いずれにしても、アリスは二十三歳で、ダンスタンの言うとおりなのだ。いわゆる、恥ずかしがり屋のまだ堅いつぼみではない。

とは言え、彼女は浮ついた女性ではない、とヒューは思った。石や干からびた昆虫のコレクションや、書斎のあちこちに置かれたさまざまな器具から判断して、彼女は情熱や欲望より自然哲学にかかわることにより気持ちをかき立てられがちのようだ。

アリスは腕組みをして、指先で両手の肘のあたりをたたきながら訊いた。「あなたの目的を果たすには、具体的にどのくらいの期間、婚約していなければならないのですか？」

「はっきりは言えないが、おそらく二、三か月というところだろう」

「二、三か月」

「たいして長くもあるまい」ヒューはさらりと言った。「春までには、スカークリフのすべてを把握して管理できるようにする」春までに、無事にあなたを娶《めと》り、ベッドをともにしよう。「ほかに行くあてはないのだろう？」

「はい、でも――」

「スカークリフで冬を越すがいい。もちろん、弟さんも歓迎する」

「わたしと一つ屋根の下で暮らしているあいだに、あなたが真に心引かれる女性が現れて、婚約したくなったらどうなさいます？」

「そういうことは、実際そうなったときに考えよう」

「よくわかりません。わたしが計画していたものと、なにもかもちがいすぎるので」もう勝ったも同然、と思いながら、ヒューは最後の一押しをした。「春はもうすぐそこだ。どうしてもスカークリフが気に入らないとなれば、あなたの立場をどうするべきか、またべつの解決法を考えればいい」

アリスはくるりと背中を向けた。両手を背中で組み合わせて、書斎をうろうろ歩きはじめる。「わたしと婚約するなら、あなたは叔父の許可を得なければなりません」

「許可を得るのは造作もないだろう」

「ええ」アリスは顔をしかめた。「わたしを厄介払いしたくてしょうがないんですから」

「それなりの量の香辛料を提供すると伝えて、ますます快くあなたを手放してもらうとしよう」

アリスは回れ右をしながら、また食い入るようにヒューを見つめ、もと来た方向へ歩き出した。「香辛料の蓄えをお持ちなの？」

「そうだ」

「おっしゃっているのは、めったに手に入らない貴重な香辛料でしょうか？　それとも質の悪いただのお塩？」

ヒューはついほほえみそうになるのをこらえた。「扱うのは最高級品だけだ」

「では、シナモンは？　サフランは？　胡椒は？　質のいい白い塩は？」

「それもあるし、ほかにもある」ヒューは一瞬ためらった。個人的な経済状況はどこまで伝えるべきだろう？

父親から財産を受け継がなかった騎士で運に恵まれた者はたいてい、馬上集団戦《トーナメント》で捕虜にした騎士からの身代金や、戦利品で富を築く。さらに馬上槍試合で賞金を得たり、働きに報いてくれる気前のいい国王に仕えたりして、富を増やす。わずかだが、身を落として商売に手を染める者もいる。

ヒューはさまざまな馬上試合で戦い、身代金も、高価な鎧兜《よろいかぶと》も、頑丈な軍馬も手に入れた。運のいいことに、悪辣《あくらつ》な国王に仕えたことは一度もなかった。しかし、彼の個人的財産がめざましいいきおいで増えつづけているのは、香辛料の取り引きをしているからだ。

いまのいままで、ヒューは商売を低く見る世間の考え方など、まるで気に留めていなかった。しかし、いま、商売にたずさわっていることでアリスに軽蔑されたくない、という気持ちが急にわいてくるのがわかる。

しかし、アリスは合理的な考えの持ち主だ。おそらく、気にしないだろう。手堅くて安定した収入があると知れば、いい加減な気持ちで婚約を持ちかけているのではないとわかってもらえるかもしれない。

ヒューはその見込みを素速く計算して、思いきってほんとうのことを話そうと決めた。「ふだん、あまり人には話さないのだが」と、声をひそめて言った。「私は、剣だけをたよりに収入を得ているわけではない」

アリスは驚いてヒューを見た。「香辛料の取り引きをなさっているの？」

「そうだ。この数年のあいだに、東方からの商人たちと規模の大きな取り引きをするようになった。あなたが修道院へ入る気になったときには、相当な額の持参金を持たせることもできるぞ、レイディ」

「そうですか」アリスは困惑顔で言った。「格式の高い修道院に入るには、多額の持参金が必要です」

「当然だ。結婚を望む地主一族の男に劣らず、修道院もえり好みが激しい。そうではないか？」

「よくない評判に目をつぶらなければならない場合は、とくに」アリスは小声で言った。

「あなたの婚約者としていっしょに暮らし、結局は結婚しなかったら、わたしの評判はがた落ちです」

ヒューはうなずいた。「たしかに、夫婦同然に暮らしていたと思われるだろう。しかし、あなたが言うようにそれ相応の持参金があれば、格式の高い修道院だろうとなんだろうと、そんなささいなことには目をつぶるはずだ」

アリスはなおも指先で腕をたたきつづけた。「あなたがわたしのために多額の持参金を払ってくださるつもりでも、そのことはサー・ラルフにはおっしゃらないほうがいいと思います。あなたからお金をだまし取ろうとするかもしれませんから」

ヒューは思わず笑みをもらしそうになった。しかし、なんとか口元を引き締める。「だまされるのはごめんこうむりたいね、レイディ。心配にはおよばない。交渉の経験は数知れないのだ。あなたのために過分な支払いはしないと肝に銘じておこう」

まだ安心できなくて、アリスは眉を寄せた。「サー・ラルフはお金のこととなると良心がどこかへ行ってしまいます。わたしの弟の相続財産も横取りしたんです」

「わずかな金で彼のもとからあなたを奪い、その埋め合わせにさせてやろう」

アリスはまた黙りこくり、書斎をうろうろしはじめた。「そこまでしてくださるのは、わたしが緑の石を見つけるお手伝いをして、一時的にあなたと婚約するからでしょうか？」

「そうだ。それが目的に達するための、もっともつごうのいい最短の道なのだ」

「だからこそ、あなたはごく自然にその道を選ばれた」

「時間を無駄にするのは、私の主義に反する」

「はっきりおっしゃりすぎだわ」

「私たちは似合いのふたりだと思う」ヒューは穏やかに言った。

アリスは急に立ち止まった。表情豊かな顔が、いままでにない活気を帯びて光り輝く。

「結構です、あなたとの取り引きに応じましょう。あなたの婚約者として、スカークリフであなたとともに冬を過ごします。春になったら、また状況を見直しましょう」

押し寄せる歓喜の波の大きさに、ヒューはわれながらびっくりした。たんなる取り引きだ、と自分に言い聞かせる。それ以上のものではない。こみ上げる満足感をなんとか抑えようとする。

「すばらしい」ヒューはさらりと言った。「交渉成立だ」

「でも、まだたいへんな問題があります」

「と言うと？」

アリスは天体観測器のところで立ち止まった。「わたしを厄介払いできるとわかって、叔父は大喜びするでしょうが、自分の幸運を素直に喜ぶような人ではない、という気がしてなりません」

「どうか心配なきよう、レイディ・アリス」取り引きが成立したいま、ヒューはつぎの段階へ進みたくてならなかった。「言っているように、叔父上との交渉は私にまかせなさい」

「でも、あなたが急にわたしと結婚したがるのは、なにか裏があるからだと叔父は思うでしょう」アリスはなおも言った。

ヒューは眉をひそめた。「というと？」

「お忘れなら申しますが」アリスはちょっとやけになって言った。「わたしは、花嫁にふさわしい年齢を少々過ぎております」

ヒューはかすかにほほえんだ。「あなたが私の要望にうってつけである理由の一つは、レイディ・アリス、もう無邪気で浮ついた小娘ではないということだ」

アリスは鼻にしわを寄せた。「おっしゃるとおりだわ。こんな取り引きを、まだ子供みたいだったり、世の中の経験がまるでなかったりする女性とする気になれないのは、当然だと思います」

「そのとおり」その世の中の経験というのをアリスはどのくらいしているのだろう、とヒューはまた思った。「私に必要なのは、取り引きで結ばれた同士であって、私が忙しくてかまってやらないとふくれっ面をしたり、すねたりする厄介な花嫁ではない。成熟した、経験豊かな女性だ」

アリスはふと考え込むような表情を浮かべた。「成熟した、経験豊かな女性。ええ、まさにわたしのことです」

「では、われわれの取り決めがうまくいかないわけがない」

アリスはちょっと口ごもってから言った。「さっきの話にもどりますが、あなたがほんとうにわたしと結婚したがっていると、叔父に信じさせるのはむずかしいと思います」

「さっきから言っているように、その件は安心して私にまかせておきなさい」

「あなたが考えていらっしゃるほど簡単ではないわ」アリスは言った。「サー・ラルフは、弟とわたしをわたしたちの実家から追い出してリングウッド荘園へ住まわせ、その直後に何度か、わたしを結婚させて厄介払いしようとしたんです」

「その試みは失敗に終わったらしい」

「はい。叔父はなにがなんでも話をまとめようと躍起になり、わずかですが持参金もつけると申し出たのですが、それでもやはり、叔父の隣人はだれひとりとして、わたしをもらう気にはなれなかったようです」

「ひとりとして？」ヒューは驚いた。いずれにしても、持参金は持参金だ。喉から手が出るほどほしがる貧しい男は、多くはないかもしれないがいないわけがない。

「近くにささやかな土地をお持ちの騎士がひとりかふたり、荘園へやってきて、わたしとふたりきりで会うところまではいきました。でも、話をするうちに、すぐにわたしへの興味をなくされてしまって」

「というよりも、興味を失うようにし向けたのでは？」ヒューはそっけなく訊いた。

アリスはかすかに顔を赤らめた。「ええ、それは、どの男性もわたしには耐えがたく、少しのあいだもいっしょにいられなかったものですから。実際に結婚すると考えただけで、ヒステリーの発作が起こりました」

「ヒステリー？　あなたはヒステリーを起こすような女性には見えないが」

アリスはきらりと目を輝かせた。「ほんとうに、求婚者ふたりの前で、最悪の発作に見舞われたのです。それ以来、わたしに求婚したいという人は現れなくなりました」

「叔父上の荘園にとどまるほうが結婚するより好ましいと思ったのだろうか?」

アリスは肩をすくめた。「両方ともいやですが、そのほうがましだと思っていました、さっきまでは。結婚せずにいれば、少なくとも目的を達する機会はあります。結婚してしまえば、それも望めません」

「結婚はそんなにひどいものだろうか?」

「叔父が選ぶような無骨者と結婚すれば、耐えがたいことになっていたでしょう」アリスはきっぱりと言った。「わたしがみじめな思いをするばかりでなく、相手の男性もわたしの弟の存在に我慢ならなかったでしょうから。戦いに備えて体を鍛えてらっしゃる男性は、武器を手にして訓練を受けられない若者にたいして、概して情け知らずで、不親切ですから」

「あなたが言うのももっともだ」ヒューは穏やかに言った。彼女の決断はほとんど、弟への気遣いにもとづいている、と気づいたのだ。

アリスはきゅっと口元を引き締めた。「ベネディクトがポニーから落ちて脚を怪我してからというもの、父は弟をまるで相手にしなくなりました。騎士として鍛えるのは無理だからなんの役にも立たない、というのです。それ以来、よほどのことがないかぎり、弟を無視しつづけました」

「ほかの目上の男から、弟さんが同じようなつらい目に遭うのをあなたが避けたがるのももっともだろう」

「はい。実の父から無視されつづけて、弟はもう充分苦しみました。弟が受けたひどい扱いを埋め合わせようと、わたしはできることはなんでもやりましたが、それだけでは足りませんでした。男の子の人生で父親が果たす役割をだれが代わりにできますか？」

ヒューはエラスムスを思った。「むずかしいが、できないことではない」

悲しい思い出を頭から振り払うように、アリスは小さく身震いした。「でも、あの、あなたの問題ではありませんから。ベネディクトの面倒はわたしがみます」

「いいだろう。私はいますぐサー・ラルフに話をしよう」ヒューはアリスに背中を向け、書斎を出ようと戸口へ向かった。

取り決めの結果には、このうえなく満足していた。実際は、婚約の誓いをすると、首尾よくアリスの同意をとりつけただけだが、婚約すれば結婚したのも同然だ。そのあとの手はずや細かなことは、とにかく彼女をスカークリフ城へ連れていってから考えようと思った。

アリスはさっと手を上げてヒューの注意を引いた。「お待ちください、サー・ヒュー」

ヒューは立ち止まり、彼女のほうへ体を向けた。「なにか？」

「さっきもお伝えしたように、サー・ラルフに疑念を起こさせて、わたしと引き替えに莫大なお金を要求させるようなことがあってはいけません。ですから、あなたがわたしと結婚したくなった、そのもっともらしい理由を考えるべきだと思うのです。なんと言っても、あなたはわたしと出会ったばかりですし、わたしから差し上げる持参金もないんです」

「なにか考えてみよう」

アリスはいぶかしげにヒューを見た。「でも、どんなことを？」

ヒューはつくづくアリスを見つめた。そして、朝の光のなかで見る彼女の髪はなんと美しいのだろうと思った。澄みきった聡明そうなまなざしには、引きつけられずにいられない。青いドレスに覆われた胸のふくらみは、とても魅惑的だ。

ヒューは一歩、アリスに近づいた。口のなかがからからになって、股間がこわばるのがはっきりとわかる。「現状では、私があなたに求婚するもっともな理由が一つしかないのは疑いようもない」

「どんな理由ですか？」

「一目惚れだ」

耳慣れない異国の言葉を耳にしたかのように、アリスはぽかんとしてヒューを見つめた。

「一目惚れ？」

「そうだ」ヒューはさらに二歩、前進して、アリスとの距離を縮めた。

アリスは口を開けて、また閉じた。「ばかげています。あなたのような伝説の騎士が、そんなつまらない理由で婚約するほど……無分別だなんて、叔父が信じるわけがありません」

ヒューは立ち止まり、アリスの華奢な肩に両手を置いた。その感触のあまりの心地よさに、ぎくりとする。体つきはほっそりしていても、どこか力強い。女らしい弾力にぞくぞくさせられる。ヒューの手の下で、彼女の体はまぎれもなく息づいていた。間近に迫った髪のハーブの香りが、鼻をくすぐる。

「それはちがうぞ、マダム」ヒューは舌がもつれて、うまくしゃべれなかった。「一目惚れのような無分別な情熱のほかに、男の正気や理にかなった論法を打ち砕く強い力はないのだ」

なにをしようとしているのかアリスにさとられる前に、ヒューは彼女を胸に引き寄せて、口と口とを重ね合わせた。

そして、いまのいまになって初めて気づいた。こうしてキスをしたいという欲求は、炉の炎に照らされた広間で初めてアリスを見たときから、体の内側でじわじわと育ちつづけていたのだ、と。

きらきらと光り輝く魅力の塊だ、とヒューは思った。こんな女性に触れるのは生まれて初めてだ。

どうかしている。これほどまでに影響されてしまう女性は、どこにもいなかった。いま、まさにかき立てられている危険なほどの官能的好奇心をおさめるには、その衝動に身をまかせるのがなにより簡単だ、とヒューはわかっていた。しかし、いま、アリスの体から伝わってくるかすかな震えを感じながら、自分のなかの予想よりはるかに押しとどめがたい力を解き放ってしまったような気もした。

どう反応していいのかわからないのか、アリスは抱き寄せられたまま、凍りついたように動かない。

ヒューはアリスが混乱しているのをいいことに、彼女を存分に味わっていた。彼女の口は、蜂蜜と新鮮なショウガに漬け込んだイチジクのように温かく、みずみずしく湿っている。

いくら味わっても味わい尽くせない、とヒューは思った。アリスにキスをするのは、珍しい香辛料でいっぱいの倉庫へ足を踏み入れるより、わくわくと胸が高鳴る行為だ。彼女は、男が夜の闇に包まれながら期待するものすべてだった。甘くて、やわらかく、繊細だ。彼女のなかには、男の感覚をすべて焼き尽くしてしまう炎が燃えている。

ヒューはキスを深めて、アリスからの反応を待った。アリスが、くぐもったかすかな声を漏らす。それは、不満の声でも恐怖の悲鳴でもない。純粋な驚きの息が、喉に詰まってはじけたようにヒューには思えた。

さらにアリスを引き寄せると、ドレスの下のやわらかい胸のふくらみが感じられた。彼女の下半身がぴったりと腿に押しつけられる。ヒューの股間がびくんと跳ね上がった。

アリスはまた小さくうめき声をあげた。それから、その場に縛りつけられていた魔法が解けたかのように、突然、ヒューの上着の袖をつかんだ。つま先立って彼にしがみつき、すり寄る。ヒューはアリスの脈が速まるのを感じた。

アリスがふさがれた唇を開くのがわかって、ヒューは心から満足した。さらに機会を逃さず、開かれた口のなかのおいしさをむさぼる。すると、まだ名のない、どうにもたとえようのない新種の香辛料を求めるように、彼女のすべてをわがものにしたいという欲求が狂ったようにこみ上げてきた。

女性という珍しい香辛料が男の感覚におよぼす影響なら、ヒューはわかりすぎるほどわかっていた。そんな香辛料にたいする嗜好《しこう》を抑え、加減するすべを学んでから、もうずいぶんになる。自分の好みを自由に制御できない男は、いつの日か、その嗜好に振り回され、征服されるのが落ちだ。

しかし、そうやって気持ちをコントロールすることが、突然、耐えがたいほどむずかしくなった。アリスという香辛料の調合は、まさに絶妙だった。彼女の味と香りが、ヒューがもう長いあいだ経験したことのないやり方で、彼を招いている。いや、こんな誘われ方は、生まれてこのかた経験したためしがない。

もっとほしい、とヒューは思った。もっと、もっと。

「サー・ヒュー」アリスがついにあえぎながら言った。口を離して、驚きに大きく見開いた目で、ヒューを見上げる。

それでもまだしばらく、ヒューはもう一度アリスの口を味わうこと以外、考えられなかった。そして、ふたたび頭を下げはじめる。

アリスは指先でヒューの唇に触れた。たしなめるように眉間にしわを寄せている。「お願いですから、待ってください」

ヒューは意識して大きく息を吸い込み、気持ちを静めようとした。生まれてからこれまでずっと、巧みに保ちつづけてきた鉄壁の自制心を、危うく失いかけたと気づいて愕然とする。

アリスという女性の魅力にはあらがえないかもしれない、という不穏な疑念を、ヒューは振り払った。もちろん、心配にはおよばない。まだ青春に足を踏み入れたばかりのころはともかく、女性の手練手管に翻弄された覚えはないのだ。特定の女性に、自制心という名の鎧《よろい》を突き崩されるつもりはなかった。

なにもかも計算してやったことだ、とヒューは自分に言い聞かせた。アリスにキスをしたのも作戦の一つにすぎない。彼女が頬をバラ色に染めているからには、作戦はうまくいったのだ。この女性は情熱的なやりとりには免疫がない。そのことはまちがいなく、あとで役に立つと思われた。

「さっきから言っているように」ヒューは小声で言った。「情熱に目をくらまされたのだと、叔父上を納得させる自信はある」

「はい、では、その件はすべてあなたにおまかせします」頬をあざやかなピンク色に染めて、アリスは言った。ヒューから目をそらしたまま、背中を向ける。「あなたは、ご自分がなにをするべきか、しっかりわかっていらっしゃるようですから」

「わかっているから、心配はいらない」ヒューは大きく息をつき、戸口に向かって歩き出した。「あなたも、弟さんも、旅の仕度にかかるように。昼までには出発したい」

「承知しました」アリスはちらりとヒューを見た。満足感と女性としての喜びに、澄んだ目をきらめかせながら。

「出発する前にあと一つだけ、ささいなことだがはっきりさせておくべきことがある」ヒューは言った。

アリスは、しとやかに尋ねるような目をしてヒューを見た。「なんでしょう？」

「どの方角を目指して旅立つのか、私に伝えるのを忘れているようだが。そろそろ、取り引きの最後の条件を示してもらわなければなるまい、アリス。緑の石は、どこへ持ち去られたのだ？」

「ああ、石ですね」アリスはくすりと笑いを漏らした。「あれやこれやで、今回の取り引きでわたしがやるべきことを忘れるところでした」

「緑の石は、この取り引きのすべてと言っていい」ヒューは突き放すように言った。

アリスの目からみるみる輝きが失われた。「もちろんです。さあ、石の在処《ありか》へお連れいたしましょう」

4

サー・ラルフは、朝のエールを喉に詰まらせた。「私の姪と婚約？」唾を飛ばし、咳き込み、でっぷりした体を身もだえさせながらしかめ面をする。「どうもすみません」息を切らして言った。「しかし、私の聞きまちがいでしょう？　あのアリスと結婚されたいと？」

「姪御さんは、私が求める妻の条件にぴったりだ」ヒューはくさび形の乾いたパンを手に取った。まるで食欲をそそられない朝食は、ゆうべ、アリスが宴会の準備をして以来、台所の用事に興味を失った証拠だ。かの淑女は目的を達し、そのとたん、魔法を操るのをやめてしまったらしい。

　今朝、彼女は自分たちだけの書斎でなにを食べたのだろう、とヒューは皮肉をこめて思った。おそらく、気の抜けたエールと乾いたパンよりは気の利いたものだろう。

　驚きにぽかんと口を開けたまま、ラルフはヒューを見つめた。「あの子があなたの条件を満たしていると？　アリスがあなたにふさわしい妻になると、ほんきで信じていらっしゃるのですか？」

「そうだ」

ラルフが信用しないのも無理はない、とヒューは思った。アリスの並みはずれた家事能力という恩恵に浴していないのだから。

今朝、壮大な広間には、炉辺の小さな食卓に向かっているヒューとラルフがいるだけで、それ以外は、むっつりした下働きの者たちが数人、だらだらと動いているだけだ。ゆうべ、宴会が終わると、使用人たちはしかたなく片づけにかかるそぶりを見せたが、やる気がなかったのは明らかだった。雑巾でおざなりにあちこちぬぐったり、ちょこちょこと適当に板張りの床をこすったりしただけだ。石鹸も水もろくに使っていない。

ゆうべ、石造りの床を覆っていたイグサはエールまみれのまま放置され、そこかしこに食べ物のかけらや切れ端が埋もれている。香りのいいハーブをどれだけまき散らしても、腐った肉やワインの酸っぱい臭いはごまかせない。いわんや、腐敗中の敷き草にわざわざ香草をまこうという者はひとりもいない。

「挙式は、春ごろには執り行わなければと思っている」ヒューは干からびたパンに目をやった。空腹だったが、あれをもうひとかけら食べるほどひもじくはない。「いまのところ、きちんと式を挙げる暇がないのだ」

「なるほど」

「それから、結婚の実務的な面も考える必要がある」

ラルフは咳払いをした。「それは、もちろんです。実務的な話は必要です」

「アリスと彼女の弟は、スカークリフへもどる私に同行するのが最善だろう。あとで、私がまた花嫁を迎えにやってくる手間が省ける」

「きょう、あの子たちを連れていらっしゃるのですか？」ラルフのぎらぎらした小さな目に、隠しきれない驚きの色が浮かんだ。

「そうだ。彼女には、若いベネディクトといっしょに荷造りをして、昼までには出発できるようにと言ってある」

ラルフは何度かまばたきを繰り返した。「どうにも事情がわかりません。すみません。あなた様の個人的な事情を詮索《せんさく》するつもりはありませんが、この成り行きには首を傾げずにはいられません。たしかに、アリスは年のわりに若く見えますが、二十三歳になるのをご存じないのでしょう？」

「たいした問題ではない」

「しかし、花嫁は年を食っているよりは若いほうがはるかに仕込むのがやさしい。若い娘は従順ですからね。言うがままにしやすい。私の妻も結婚したときは十五歳でした。ちょっとでも手こずらされた覚えはありません」

ヒューはラルフを見つめた。「レイディ・アリスを操るのが厄介とは、予想だにしていない」

ラルフはびくっとした。「それはそうでしょう、もちろんです。あえて反抗はしないでしょう、あなたには」そう言って、みじめったらしく息をついた。「ともあれ、私に反抗するようなかたちでは。まったく厄介な子でしたよ、私には」

「そうなのか？」

「はい。あの子にも、足の悪い弟にも、あれだけよくしてやったというのに」たるんだ下顎を震わせ、怒りをあらわにする。「父親が亡くなってから、ふたりには住む場所も食べるものもちゃんとあたえてきたんです。きちんと義務を果たした私は、兄の子供たちから感謝の一つもされたでしょうか？　されるものですか。あの子たちは暇さえあれば文句を言い、厄介な要求を突きつけてくるばかりでした」

ヒューは重々しくうなずいた。「それは迷惑な話だ」

「迷惑なんてものじゃありませんよ」ラルフは苦々しげに顔をゆがめた。「いいですか、ゆうべのように自分の目的に合う場合を除いて、アリスは私の館の切り盛りにはいっさい手を出さないのです。しかし、そのうちわかると思いますが、あの子たちの部屋は掃除が行き届いているし、よい香りがするのです」

「そう」ヒューはついほほえんだ。「そうだった」

「東の塔には、べつの所帯に住んでいるようなものです。あそこがリングウッド館の一部とはとても思えません」

「それは徹底しているな」ヒューは声をひそめて言った。

「自分たちの部屋で若いベネディクトとふたりきりで食事をするばかりか、料理について厨房に指示をあたえもするのです。それが、私たちが口にしているものとはまるでちがう料理でして」

「驚きはしないぞ」

ラルフはもう、ヒューの返事も耳に入らないようだった。本人にとっては正当な怒りの海原へと、全速力で突き進んでいく。「七年前に妻が亡くなって以来、自分の館でちゃんとした料理を食べたのはゆうべが初めてでした。アリスをここへ連れてきたときは、こんなことになるとは思ってもいませんでした。女性が果たすべき責任を負ってくれるものだとばかり思っていたわけです。父親の荘園を取り仕切っていたように、うちのことも管理してくれると決めつけていました」

「しかし、そうはいかなかったように見えるが？」アリスは自分なりのやり方で叔父に復讐していたのだろう、とヒューは思った。

ラルフは力なくため息をついた。「アリスからは、あの子と弟を自宅から連れ出した私が悪いと責められます。しかし、うかがいますが、ほかになにができたでしょう？　当時、ベネディクトはまだ十五歳でした。それに、ご覧になったでしょう。足が不自由です。どんなに訓練したって、ろくな戦士にはなれません。おそらく、自分の領地だって守れなかったでしょう。私の領主様、ミドルトンのフルバート様は、兄の領地は私が守るべきだと判断されました」

「だから、あなたは自分の息子をそこの領主にすえた」ヒューは穏やかに分析した。

「ほかに方法がなかったというのに、口やかましい姪はそんな現実を理解しようとしませんし」ラルフはごくりとエールを飲み、テーブルにたたきつけるようにマグを置いた。「あの子が安定した将来を過ごせるように、私はできるかぎりのことをしました。夫を探してやろうとしたんです」

「それは、彼女にあなたの館の家事を取り仕切る気がないとわかったあとだろう？」ちょっと興味を引かれて、ヒューは尋ねた。

「近隣の若者が、だれひとりとしてあの子を妻に求めなかったのは、私のせいですか？」

ヒューは、アリスがタイミングよくヒステリーの発作を起こした話を思い出した。「いや、断じてあなたのせいではない」

「あれだけやってやったのに、あの子からは感謝の言葉の一つもありません。それどころか、あの子のために義務を果たそうとする私の努力をことごとくくじこうとしているとしか思えないのです。証拠こそありませんが、あの子はあらかじめ計略を練って、求婚者にその気を失わせていたと私はにらんでいます」

気は進まなかったが仕方なく、ヒューはもう一切れだけ、干からびたパンを食べることにした。「そんな厄介ごととは縁が切れるのだ、サー・ラルフ。姪御さんのことではもう二度と悩まずにすむぞ」

「ふん。そうおっしゃるが、あなたはまだアリスと知り合ったばかりではないですか」ラルフは目を細めた。「まだいっしょになにもしていないのも同然です。あの子がどんな人間か、ご存じないのです」

「一か八か賭けてみようと思う」

「ほんとうに？　気が変わって、婚約を解消する気になったらどうされます？　二、三週間もしたら、あの子の辛辣《しんらつ》な物言いと、気むずかしさに閉口して、うちへ送り返されるに決まっています。そうなったら、私はどうすればいいんです？」

「私の気持ちは変わらない。誓ってもいい」

ラルフはまだ納得しかねていた。「あの子があなたにふさわしいと、なぜそのように確信されているのか、うかがってもよろしいでしょうか？」

「彼女は頭がよく、健康で、有能だ。この館ではめったに披露する気にならないようだが、妻に必要な仕事をうまくこなすように鍛えられているのは明らかだ。それに、淑女としてのマナーも身につけている。男として、ほかになにが望めるだろう？　私の立場からすると、なにもかもひじょうに好ましく、これ以上は望めないほど実情に即しているように思える」

アリスへの言葉とは裏腹に、ヒューは急いで結婚の話をまとめたいのは一目惚れをしたからだと、告げる気はなかった。ヒューもラルフも世情に通じた大人の男だ。肉欲もどきの情熱を、結婚のような大事な契約を結ぶ理由にするのはばかげていると、ふたりともわかっていた。

アリスの書斎での出来事を思い返し、ヒューはなぜ一目惚れを理由にしようと口にしたのか、よくわからなかった。いったいなにが原因であんなことを思いついたのか、眉をひそめて考え込む。これまで、情熱に影響を受けたためしなど一度もなかったというのに。

ラルフは、見るからに落ち着かない表情でヒューを見つめた。「アリスと結婚するのは、きわめて効率的な手段だと信じてらっしゃるのですね？」

ヒューはそっけなくうなずいた。「新たな所帯を取り仕切ってくれる妻が必要なのだ。しかし、そのような者を確保するのに、たっぷりと時間をかけて骨を折るつもりはない。とてつもなく厄介なことになるに決まっている。交渉には何か月も、それどころか何年もかかってしまう」

「たしかに。しかし、アリスはちょっと変わっていまして、それも年を食っているのだけが理由ではないのです」

「どうでもいいことだ。彼女はうまくやると確信している。私としては、すぐに取りかからなければならないほかの用事が山ほどあって、わざわざ時間をかけてべつの花嫁を探す気はない」

「わかりました。もちろんですとも。あなたほどの立場のお方は、花嫁ごときのことでやきもきしたり心配したりなさりたくはないでしょう」

「そうだ」

「男たる者、妻を娶らねばなりません。それなら、早いに越したことはないでしょう。跡継ぎをつくり、領地を守るのがつとめです」

「そう」ヒューは言った。「跡継ぎと領地だ」

「そうですとも。そして、あなたはアリスならつごうがいいと思われた」

「大いに」

ラルフはパンの塊をもてあそんだ。ヒューの冷静な表情をちらりと盗み見て、すぐに目をそらす。「あの、こんなことをうかがって申し訳ないのですが、この件についてアリス本人と話し合われたのでしょうか？」

ヒューは一方の眉を上げた。「この問題にたいする彼女の気持ちが気がかりなのか？」

「いえ、いいえ、そうではありません」ラルフはあわてて打ち消した。「これまでの私の経験からして、最初にその気にならないかぎり、計画に協力するようアリスを説得するのは至難の業です。おわかりでしょうか？　あの子はいつだって独自の計画を持っているようなのです」

「そのことなら心配にはおよばない。彼女と私は、今回の取り決めに同意している」

「同意を？」

「そうだ」

「その計画にあの子が同意したというのは、たしかなのですね？」

「そうだ」

「驚いた。こんなにびっくりしたことはありません」ラルフの目に初めて、希望の光が見え隠れした。

ヒューはもう干からびたパンをかじる気になれず、脇へ押しやった。「さあ、目の前の片づけなければならない問題にとりかかろう」

とたんに、ラルフの表情がずるがしこそうに引き締まった。「けっこうですね。それで、いくらになりましょう？　あらかじめ申し上げておきますが、アリスにまとまった額の持参金を付けてやる余裕はありません。今年は、思うような収穫が得られなかったので」

「そうだったのか？」

「はい。不作でした。それに、アリスと弟を養うには金がかかります。正直な話、ベネディクトはたいした問題ではありませんが、アリスは、残念ながら金がかかります」

「胡椒と良質のショウガを大箱にいっぱいずつ、婚約の贈り物として渡す用意がある」

「あの子は、本や、収集している石や、ほかにもつまらないものがほしいと言っては、金を要求し——」ヒューの言葉をようやく理解したラルフは、あ然として言葉を切った。「胡椒とショウガを一箱ずつ？」

「そうだ」

「言うべき言葉が見つかりません」

「花嫁への贈り物を受け取ると言って、この件は一件落着とさせてくれ。遅くなってしまう」

「アリスへの祝いの品を私にくださると？」

「それがしきたりでは？」

「花嫁が嫁入り道具も持たず、着の身着のままで嫁ぐ場合はちがいます」ラルフは言った。

「あの子は土地を持って嫁ぐわけじゃありませんよ」

「土地は私が持っている」

「ええ、その、あなたが状況を把握してらっしゃるなら問題はありません」ラルフは戸惑いの表情を浮かべた。「じつは、あの子を連れていくのと引き替えに、あなたから多額の持参金を要求されるとばかり思っていました」

「アリスは身一つで連れていくつもりだ」じれったくなって、ヒューは語気を荒らげた。

「取り引きは成立か？」

「はい」ラルフはあわてて言った。「もちろんです。胡椒とショウガと引き替えに、アリスはあなたに差し上げます」

「村の神父を呼んで、婚約の誓いに立ち会ってもらう。できるだけ早く出発したいのだ」

「すぐに手配します」ラルフは太った体を引き上げ、椅子から立ち上がりかけた。ふと思い直して、体の動きを止める。「あの、すみません、サー・ヒュー、些細なことですが、あと一つだけ、婚約の手続きをする前にはっきりさせなければなりません」

「というと？」

ラルフはぺろりと唇をなめた。召使いに盗み聞きされていないのをたしかめるように、部屋のなかを見回す。そして、声をひそめて言った。「結婚はやめた、とあなたが決められた場合、いただいた胡椒やショウガはお返ししなければなりませんか？」

「いいや。取り引きの結果にかかわらず、胡椒とショウガはあなたのものだ。とっておくがいい」

「それも、誓っていただけますか？」

「わかった。〝非情なヒュー〟が誓おう」

ラルフはほっとしてほほえみ、丸々とした両手をこすり合わせた。「さてと、では、仕事にかかりましょう。ぐずぐずしていてもしょうがない、そうでしょう？　すぐに召使いに命じて、神父を連れてこさせます」

回れ右をして、ばたばたと部屋を出ていったラルフは、ヒューが館にやってきてから見たこともないほどうれしそうだった。

戸口でなにかが動いた気がして、ヒューはそちらに目をやった。

険しい表情のダンスタンが、大股で部屋に入ってきた。ヒューが向かっているテーブルの前で、立ち止まる。なにが気に入らないのか、暗い目をしている。

「問題です」

ヒューは思いやりをこめてダンスタンを見つめた。「明日にもこの世の終わりがくるような顔をしているぞ。どうしたのだ、ダンスタン？　敵に包囲されたか？」

ダンスタンは聞こえないふりをした。「数分前、荷物を馬車に運んでほしいと言うレイディ・アリスに兵士がふたり、呼びつけられました」

「すばらしい。荷造り一つに手間取るタイプではないとわかって、うれしいぞ」

「あの方が荷車になにを積もうとしているかわかっても、そのように大喜びしていられるとは思えませんが」

「そうか？　気をもませないでくれ、ダンスタン。彼女は馬車になにを積んで、そのようにおまえをぴりぴりさせたのだ？」

「石です」ダンスタンは顎を引き締めた。「それも二箱分。あの方が言うには、われわれが運ばなければならないのは、庭の塀でも作れそうな山ほどの石だけではなく、もう一箱、本と、羊皮紙と、ペンとインクの詰まった箱もあるとか」

「なるほど」

「さらに、四箱目には、妙な錬金術の仕掛けのようなものがぎっしりと」むらむらと怒りがこみ上げ、ダンスタンの顔はまだらに赤くなった。「そのほかに、あの方の服と靴と身の回りのものもあります」

「レイディ・アリスはそれほど衣装持ちなのか？」ちょっと驚いて、ヒューは訊いた。

「そうではありませんが、ほかにも運ぶべき箱があるのは明らかです。われわれははなはだ重要な使命を帯びていると、あなたははっきりおっしゃった。なによりも急がなければならない、とも言われた。無駄にする時間はない、と」

「そのとおりだ」

「お言葉ですが、われわれは鎧に身を包んだ騎士であって、旅芸人の一座ではありません」ダンスタンは両手を広げて肩をすくめた。「婦人が集めた石ころや錬金術の仕掛けを積んだ荷馬車を引いて、どうやって使命を果たせると言うのです？」

「問題の婦人は、私の将来の妻だ」ヒューはさらりと言った。「私にたいするように、彼女の指示にも従うように」

ダンスタンはまじまじとヒューを見つめた。「しかし、私は――」

「旅の支度にかかれ、ダンスタン」

ダンスタンはぎりぎりと音をたてて歯ぎしりをした。「わかりました。旅の行き先をお訊きしてかまわないですか？」

「私もまだ知らないのだ。婚約の誓いを交わしたあと、尋ねるとしよう」

「気を悪くなさらないでいただきたいが、われわれがどちらへ向かって旅立とうと、結局、行き着く先は一つしかないような、いやな予感がします」

「そして、その行き着く先とは？」ヒューは丁重に訊いた。

「厄介ごとです」ダンスタンはぼそっと言った。

「どんな場合も、なじみの縄張りは居心地がいいものではないか？」

ダンスタンはヒューの軽口を聞き流した。なにごとか不穏な言葉を吐きながら、かかとでくるりと回れ右をして、大股で戸口に向かって歩き出した。

ヒューは広間を見回した。時を告げるものは、砂時計も、単純な水時計さえ見当たらない。そういった便利で役立つ仕掛けに、ラルフは興味がないらしい。

外へ出て太陽の位置を確認しようと、ヒューは椅子から立ち上がりかけた。そのとき、耳障りな足音と、木のなにかを引きずるような音が塔の階段から聞こえて、腰を浮かせたまま一息ついた。

ベネディクトだった。若者の表情は見るからに不安そうだが、同時に、決然とした意志に満ちている。肩を怒らせて、ヒューに近づいてきた。

ヒューはじっくりとベネディクトを観察した。左脚にひどい障害があるのをのぞけば、アリスの弟は長身で姿のいい若者だった。肩や胸板が薄いのは、武具をつけて訓練をしたことがないせいだろう。

ベネディクトの髪の色は、姉の燃え立つような赤毛より暗く、濃い茶色と言っていい。しかし、目はアリスとほとんど同じ、珍しい色合いの緑色で、ほぼ同じ知性を宿してきらきらと輝いている。

「いま、この場でお話をさせてください」

ヒューは身を乗り出し、両肘をテーブルについて両手の指をゆるやかに組み合わせた。

「なんだろう、ベネディクト？」

ベネディクトはさっと素速くあたりを見渡してから、だれにも話を聞かれないように、さらにヒューに近づいた。「たったいま、姉と話をしてきました」と、声をひそめて言う。「あなたがたふたりが結んだという、正気とは思えない取り引きについて聞きました。春まであなたと婚約して、あなたの目標にとってつごうのいいときに、婚約が解消されることになっている、と」

「彼女がそう言ったのか？　私の目標にとってつ、ご、う、の、い、い、ときに、と？」

ベネディクトはいらだたしげに肩をすくめた。「ええ、なにかそれに近い言葉を使っていました。あなたは効率と便宜を重んじる方だと姉は言いました」

「きみの姉上も現実的な方だ。ここで一つはっきりさせよう、ベネディクト。春に婚約を解消すると言ったのは、レイディ・アリスだ」

ベネディクトは眉を寄せた。「それを言ったのがだれだろうと関係ないでしょう？　二、三か月で終わることになっているものが、ほんものの婚約と言えないのは明らかです」

「われわれの取り決めに不満があるようだが？」

「当たり前です」すさまじい目をして言った。「あなたは姉の弱みにつけこもうとしているに決まっています。自分の目的のために姉を利用するつもりなんです」

「なんと」

「姉の貞操を奪い、春まで妻として利用するつもりなのでしょう？　そして、ぽいと捨てるつもりなんだ」

「彼女のために大金を出しているのだから、そんなことはしない」ヒューは小声で言った。

「金は無駄にしない主義だ」

「ちゃかすのはやめてください」ベネディクトは声を荒らげた。「脚は悪いかもしれないけど、僕はばかじゃない。それに、アリスの弟です。姉を守る義務があります」

ヒューは長々とベネディクトを見つめた。「きみがわれわれの取り決めに反対だと言うなら、べつにもう一つ方法がある」

「どんな方法ですか？」ベネディクトは詰め寄った。

「私が求めている情報を無償であたえるように、姉上を説得するのだ」

ベネディクトは拳をテーブルに打ちつけた。「分別を働かせるようにと、姉にはさんざん説得を試みたんだ」

「きみは、石の在処を知っているのか？」

「いいえ、アリス自身も、ほんの二、三日前に推測して思いついたんだって言っています。僕にはなにも教えてくれませんでした。そのころにはもう、あなたが石を追っているとわかっていたので」浮かぬ顔で言う。「それで、アリスはすぐに計画を練りはじめたんです」

「もちろん、そうだろう」

「計画を練ることにかけて、姉の右に出る者はいません。あなたがあの石を探していると耳にして、姉はふたりでリングウッド荘園から逃れられるように計画を立てはじめました」

「われわれの取り引きで姉上が求めたのは、それだけではなかった」ヒューは言った。「聞いていないかもしれないが、私は、彼女が選ぶ修道院への多額の持参金を提供することと、きみをパリとボローニャへ送り出して法律の勉強をさせることを約束させられている」

「僕は法律など勉強したくないんだ」ベネディクトは言い返した。「それは姉さんが勝手に考えていることです」

「しかし、叔父上から逃れたいのはたしかだろう？」

「はい、でも、アリスの評判をおとしめてまでとは思いません」

ヒューはベネディクトを不憫《ふびん》に思った。「私といっしょにいれば、姉上の身は安全だ」

「お言葉ですが」ベネディクトは歯のあいだから押し出すように言った。「あなたが非情なヒューと呼ばれるのは理由があってのことだと思います。たいした策略家だという噂も聞きました。アリスのことで、ひそかになにか企んでいるのではと、僕はそれが心配なのです。弟として、姉を傷つけさせるわけにはいきません」

ヒューは胸を打たれた。「いまのきみのように、私に挑もうとする者はあまりいないぞ」

ベネディクトはさっと顔を赤らめた。「わかっています。僕は武器の扱いにはうといし、あなたの敵じゃないことはわかっています、サー・ヒュー。でも、ただ突っ立って、あなたが姉をいいようにするのを見ているわけにはいきません」

「私はレイディ・アリスを傷つけるつもりはないと言えば、きみの弟としての懸念は消えるだろうか？」

「どういう意味ですか？」

「婚約の誓いを尊重しよう、ということだ。私の保護下に入った瞬間から、アリスにたいする義務はすべて私が負う」

「でも、それでは姉と結婚するのと同じです」ベネディクトは反論した。「姉はあなたとの結婚は望んでいません」

「それは姉上の問題だろう？」

ベネディクトはとまどいの表情を浮かべた。「おっしゃることがよくわかりません。まさか、ほんきで姉と結婚するつもりではないでしょう？」

「姉上は、われわれが交わした取り決めに満足している。残念だが、いまのところは、きみも納得するしかあるまい。私としてはきみに、姉上の面倒はきちんとみると誓うしかない」

「でも、サー・ヒュー――」

「誓って守ると言っているのだ」ヒューは穏やかに繰り返した。「世間一般で言えば、たいした保証だと思うが」

赤黒く顔を染めて、ベネディクトはしぶしぶ受け入れた。「はい、わかりました」

「きみの疑念については、叔父上にはいっさい告げてはならないぞ。そんなことをしても無駄だ。サー・ラルフは聞く耳を持たないだろうし、アリスは動揺するだろう」ヒューはほほえんだ。「きみがしゃべったとわかったら、私も黙ってはいない」

ベネディクトはなにか言いかけて口をつぐんだ。それから、あきらめたように口を真一文字に結んだ。「承知しました、サー・ヒュー。おっしゃることはよくわかりました」

「あまり心配しないように、ベネディクト。私は戦略の達人なのだ。今回の作戦もうまくいく」

「その作戦が実際にどんなものか、わかっていればいいんだけど」ベネディクトはぼそっと言った。

三時間後、アリスはヒューの手を借りて馬に乗りながら、不思議な期待感がこみ上げるのを感じていた。計画はうまくいった。ベネディクトとふたりで、やっとサー・ラルフから逃れられたのだ。

数か月ぶりに、突然、将来が光り輝いて見えるような気がした。さわやかな風に吹かれて、旅行用コートのひだが揺れる。アリスの灰色の小型乗用馬が、出発を待ちきれないかのように毛むくじゃらの頭を振った。

アリスは横目を使い、弟が自分の馬にまたがるのを見た。悪いほうの脚が思うように動かず、杖もじゃまだったが、ベネディクトはやや奇妙ながら驚くほど手際よく、だれの手も借りずに鞍《くら》にまたがる方法をあみ出していた。彼を知っている者たちが手助けをしなくなってから、もうずいぶんたつ。

馬にまたがるベネディクトをそれとなく見つめているヒューに、アリスは気づいた。ヒューが弟に手を貸すように部下に命じるのではと、一瞬、不安になる。しかし、思い過ごしとわかり、ほっとした。

ちょうどそのとき、ヒューがアリスを見て、なにを考えているかわかっていると言いたげにかすかに眉を上げた。アリスは感謝をこめてほほえんだ。ヒューはうなずき、自分の馬にふわりとまたがった。

ヒューはわかっているのだ。ちょっとした無言のやりとりをしただけで、アリスのなかを不思議な温かい波が通り過ぎていった。

自分たちの運命が急に変わったことを、ベネディクトが快く思っていないのは百も承知だった。アリスに劣らずリングウッド荘園から逃れたがっていたベネディクトだが、ただでさえ悪い状況がもっと悪くなるかもしれないと不安を抱いている。

アリスは弟よりはるかに楽観的にかまえていた。なにもかもびっくりするほどうまくいく、と彼女は自分に言い聞かせた。

アリスの持ちものは、ベネディクトの身の回りの品といっしょに、ヒューの荷馬車の一台にきちんと積み込まれていた。少し前、箱に詰めた石や器具のことで、サー・ダンスタンから声高に苦情を言われたときはちょっと心配した。しかし、それもすぐに解決した。頑固なダンスタンが荷物のことで毒づくのをやめた理由はよくわからなかったが、結果だけで満足だった。

婚約の誓約は、村の神父の言葉を繰り返すだけで、ほんの数分で終わった。ラルフに握られた手が、ヒューの手のなかへと導かれたときは、妙な震えが体を貫いたが、気持ちが高ぶっているし、男性の肌の感触に不慣れなせいだとアリスは思った。

同じように、男性にキスをされるのも慣れていない、と思い返した。ヒューに抱き寄せられた記憶がよみがえり、肌寒い日にもかかわらず、体がかーっと熱くなる。

「さて、レイディ？」ヒューはアリスを見て、手綱を握った。コートの端がめくれて、剣の柄があらわになる。日の光を受けて、黒いオニキスの指輪がきらめいた。「われわれの取り決めで、あなたの役目を果たすときがやってきた。さて、行き先は？」

アリスは大きく息をついた。「イプストークです。あすから、馬上槍試合や定期市が開かれることになっている町です」

「イプストーク？」ヒューは眉をひそめた。「馬で二日もかからないではないか」

「はい。わたしの石を盗んだのは、ギルバートという名の吟遊詩人です。彼はまちがいなく、市に現れます」

「吟遊詩人が石を盗んだ？　たしかなのか？」

「はい。ギルバートはしばらく、叔父の館で寝泊まりしていました」アリスはきゅっと唇を結んだ。「彼は愚かな悪党です。滞在中、だれかれかまわず女性の使用人に言い寄りました。ろくな詩を詠《よ》まないし、まともにチェスの相手もできません」

「たしかに、ろくでもない吟遊詩人だ」ヒューは、アリスが不安になるほど一心に彼女を見つめた。

「はい。しかも、泥棒でした。口実を作ってわたしの書斎に入ってきて、緑の石を見たのです。どういう石かと、わたしに尋ねました。彼がリングウッド荘園を離れてほどなく、石がなくなっていることに気づいたのです」

「石がイプストークの市へ持ち去られたと思う理由は？」

アリスはにっこりした。推理の筋道には自信があった。「ある晩、ワインでしたたかに酔っ払った彼が、もごもごと口にしたんです。イプストークへ行って、馬上槍試合に集まる騎士たちに下手な歌を聴かせるようなことを」

「なるほど」

「疑う理由はどこにもありません。吟遊詩人が取る行動としてはまちがいなく理にかなっています。競技に参加しようと、イプストークにはおおぜいの騎士が集まるのでしょう?」

「そうだ」ヒューは静かに言った。「馬上槍試合が開かれるなら、町は騎士と騎兵であふれるだろう」

「そのとおりです」アリスはうれしそうにほほえんだ。「そして、競技に参加したり、槍試合で戦って身代金を得ようとする騎士たちがいる場所には、彼らを楽しませるべく吟遊詩人がやってきます。そうではありませんか?」

「そのとおりだ」

「詩を歌って小銭を稼ぐ機会を得るほかに、ギルバートは市でわたしの緑の石を売るつもりかもしれません」

ヒューはしばらくなにも言わなかった。やがて、うなずいた。「あなたの理論は筋が通っているぞ、レイディ。たしかに、イプストークにちがいない」

「ギルバートはまだ、あなたがわたしの石を追っているとは知らないはずです」アリスは言った。「でも、ひょんなきっかけから、あなたに追われていると気づいたら、すぐにイプストークから離れるかもしれません」

「では、私が石を追っていることは悟られないように気をつけて、彼に逃げる暇をあたえないようにしなければ。一つだけ、言わせてほしいのだが、レイディ」

「はい?」

「あなたは、緑の石の真の持ち主は私だということを、つい忘れる癖がついてしまったらしい」

アリスはみるみる真っ赤になった。「それはまだ、意見の一致しない問題です」

「いいや、マダム。これは事実だ。石は私のもの。取り引きは成立したのだ」

ガタガタと車輪や鎧の音をたてる一行とともにリングウッド荘園の門をくぐりながら、アリスは振り返った。ラルフと従兄弟たちが館の前のステップに立っていた。唯一、少しは親しみを感じていたジャーヴァスにアリスは手を振った。彼も手を挙げて、別れの挨拶を返した。

前を向きかけたアリスは、ラルフがほほえんでいるのに気づいた。叔父は心底うれしそうだった。疑念がこみ上げて、アリスは不安になった。

「結婚の祝いの品について耳にした噂は、たんなる噂だと信じています」ヒューが大きな黒い牡馬を操り、彼女の小型乗用馬に並ぶのを待って、アリスは言った。

「私は、噂話には耳を貸さない主義だ」

アリスは横目でうかがうようにヒューを見た。「信じられないでしょうが、館ではあなたが叔父に、なんと大箱二つ分の香辛料を渡す約束をしたという、もっぱらの噂でした」

「二つ分？」

「はい、一つは胡椒で、もう一つはショウガです」ばかばかしいにもほどがあると思い、アリスは含み笑いを漏らした。「こんな突拍子もない噂は嘘に決まっていると、わかっています。でも、ひょっとしたらあなたがだまされたのではと心配です。祝いの品として、サー・ラルフに具体的になにを渡されたのですか？」

「そのような細かい話に心をくだくにはおよばないぞ、レイディ。どうでもいいことだ」

「法外な要求をされたのではないでしょうね？」

ヒューはかすかに口元をほころばせた。「心配無用。実務には自信がある。取り引きとは、出した金にふさわしいものを得ることだと学んで、もうずいぶんたつ」

5

イプストークは人であふれ、にぎやかな色彩に満ちていた。古い城壁の外に点在する色鮮やかな旗や縞模様のテントを目にすると、ベネディクトの陰鬱な気分さえ軽くなった。さまざまな行商人やパイ売りのあいだを縫うように、軽業師や、旅芸人や、騎士、騎兵、農民たちが行き交っている。子供たちは喜んで大声を上げながら、そこらじゅうを走り回っている。

見上げるような軍馬に、耳の長いロバ、荷車を引くがっちりしたポニー。鎧兜を積んだ荷馬車が、野菜や毛織物を満載した屋台の横を軽やかに走り去っていく。吟遊詩人や楽士が人混みのなかをのんびり歩いている。

「一か所にこれだけたくさん人がいるのを見るのは、ほんとうに、生まれて初めてだ」ベネディクトがあたりを見回し、感嘆の声をあげた。「きょうは、イギリスじゅうの人がここに集まってると思う人もいるだろうなあ」

「そうでもないわ」アリスは言った。彼女とベネディクトが立っているなだらかな丘の上には、ヒューの命令で陰気な黒いテントが張られていた。アリスの頭上では、黒い旗が風にはためいている。ヒューの色の好みは、まわりのテントや旗の、鮮やかな赤や、黄色や、緑色とあまりにかけ離れていた。「パリやボローニャへ行けば、これよりはるかにすばらしい景色を目にできるわ」

感激して目を輝かせていたベネディクトが、ちょっと真顔になった。「アリス、もう決まっているみたいに、僕がパリやボローニャに行く話をするのはやめてほしいな」

「ばかね」アリスはほほえんだ。「もう決まったも同然なのよ。サー・ヒューが手配をしてくださるわ。取り引きの条件に含まれているし、あの方はきちんと約束を守る方だと、だれもが断言しているのよ」

「姉さんがあの方と交わした取り引きだけど、僕は気に入らないな。叔父上のことは大好きってわけじゃなかったけど、非情なヒューなんてあだ名される人より悪魔と取り引きするほうがましだよ」

アリスは眉をひそめた。「あの方はいまやスカークリフのヒュー様よ。非情だなんて、やめてちょうだい」

「どうして？　部下の人たちだってそう呼んでいるのに。僕はずっとサー・ダンスタンと話をしていたんだ。彼が言うには、あだ名はぴったりだって。これと決めたものは、手に入れるまでぜったいにあきらめないらしい」

「誓ったことは、スペインの鋼鉄でこしらえた鎖みたいに固く守る方でもあるそうよ。わたしにとっては、それだけが重要なの」アリスは、この話はこれでおしまいとばかりに、さっと手を振った。「無駄話はもうたくさん。わたしは、取り引きをきちんと果たしにいかなければ」

ベネディクトは驚いてアリスを見た。「どういうこと？　姉さんはサー・ヒューをここへ、イプストークへ連れてきて、緑の石を盗んだ吟遊詩人の名前も告げたんだ。もうなにもする必要はないよ」

「そんな単純な話じゃないわ。忘れてるかもしれないけれど、吟遊詩人のギルバートを見分けられるのは、あなたとわたしだけなのよ。サー・ヒューの騎士たちも、彼を見たことはないわ」

ベネディクトは肩をすくめた。「あの人が調べて探すって。ギルバートはすぐに見つかるよ」

「ギルバートがべつの名を使っていたら？」

「どうしてそんなことをするんだよ？」ベネディクトは詰め寄った。「サー・ヒューが彼を探してここまで来てるなんて、知るわけないんだから」

「それはわからないわ」アリスはしばらく考えこんだ。「そう、わからないわ。ギルバートを見つけるには、わたしが人混みに入っていって探すのがいちばん手っ取り早いの。ぜったいに、このあたりのどこかにいるんだから。彼がまだ、緑の石を売り払っていなければいいんだけれど。そんなことになったら、ますます話がややこしくなるわ」

ベネディクトは姉をじろりと見た。「ひとりでギルバートを探すつもり？」

「ついてきたいなら、そうしていいわよ」

「そんなことは言ってないよ。姉さんがやろうとしていることについて、サー・ヒューとは話し合ったの？」

「いいえ、でも、それほど大事なことじゃないと思うわ」草地を横切って近づいてくるダンスタンが見えて、アリスは口をつぐんだ。

これまで見たことがないほど楽しそうだ、とアリスはすぐに気づいた。やる気と期待感に満ちて、いつもは苦虫をかみつぶしたような顔がいきいきと輝いている。足取りもはずむようだ。鎧帷子《よろいかたびら》を身にまとい、磨きあげたばかりの兜を一方の脇に抱えている。

「マイ・レイディ」ぞんざいで打ち解けない挨拶をする。ダンスタンがあまりアリスに好意を持っていないことは、ますます明らかになりつつあった。

「サー・ダンスタン」アリスは小声で言った。「戦争にいらっしゃるところのように見えます」

「そんな退屈なものじゃありません。馬上槍試合です」

アリスはびっくりした。「槍試合に参加されるのですか？　ほかに大事な用事があって、わたしたちはここにいるはずですが」

「計画は変更されました」

「変更！」アリスは驚いてダンスタンを見つめた。「計画が変わったことを、サー・ヒューはご存じなのですか？」

「だれが計画を変更したと思っているんですか？」ダンスタンは皮肉っぽく訊いた。そして、ベネディクトのほうへ体を向けた。「鎧と馬の世話をする人手が足りない。きみに力を貸してほしいとサー・ヒューがおっしゃっている」

「僕に？」ベネディクトは驚いた。

アリスは眉をひそめた。「弟は、鎧や武器や軍馬を扱うような訓練を受けていません」

ダンスタンはぽんとベネディクトの肩をたたいた。「きみもそういう勇ましい方面の訓練を受ける時期だろうと、サー・ヒューはおっしゃっている」

ベネディクトはよろめき、杖にすがってなんとかバランスを保った。「そういうのを学ぶことには、とくに興味もないので」

ダンスタンはにっこりした。「きみに知らせることがある、若いベネディクトよ。いまやきみはサー・ヒューの配下にあり、きみの新しいご主人様はこう思っておられる。ふさわしい訓練を受けず、城が包囲攻撃を受けた場合、戦力に数えられないような男を城に置くのはいかがなものか、と」

「包囲攻撃」アリスはぞっとした。「ちょっと待ってください。弟を危険にさらすなんて許しません」

ベネディクトはアリスをにらみつけた。「子守りはいらないよ、アリス」

「当然だ、坊主」ダンスタンはにやりとアリスに笑いかけた。その表情が、ささやかな戦いは自分の勝ちだと告げている。「弟さんはすぐに男になるだろう。男の道を学ぶには遅いくらいだが」

「でも、弟は法律の勉強をするんです」腹が立って、アリスは声を張り上げた。

「だからどうだと？　法律を勉強する男ならとくに、自分の身は自分で守れなければなるまい。いくらでも敵はできるはずだ」

「いいこと？」アリスは語気荒く言いかけた。「わたしはぜったいに——」

ダンスタンはアリスを無視して言った。「さあ、行こう、ベネディクト。テントに案内して、騎士の従者たちに紹介しよう」

ベネディクトは不本意ながら興味を引かれた。「わかりました」

「ベネディクト、あなたはここにいればいいの、わかった？」アリスがぴしゃりと言った。

ダンスタンは耳障りな忍び笑いを漏らした。「知っているか、ベネディクト？　サー・ヒューはまもなくみずから試合に出られる予定だ。ご自身の武器の扱いを、きみにも手伝わせてくださるだろう」

「ほんとうにそう思われますか？」ベネディクトは訊いた。

「とんでもない話だわ」アリスはわが耳を疑った。「サー・ヒューが、ばかげた槍試合で時間を無駄にするつもりだなんて」

ダンスタンはさわやかな笑顔でアリスを見た。「弟さんと同じくらい、あなたも学ぶことがあるようですね、レイディ・アリス。もちろん、サー・ヒューは、きょう、競技に出られる。ここにリヴェンホールのヴィンセントが来ているからには」

「リヴェンホールのヴィンセントとは、どなたですか?」アリスは訊いた。「この状況と彼がどう関係するのでしょう?」

ダンスタンはもじゃもじゃの眉をつり上げた。「婚約されたご領主様からすぐに説明があるはずです、マイ・レイディ。私ごときが説明できることではありません。では、失礼します。ベネディクトと私はやらなければならないことがあるので」

「待ちなさい」アリスの怒りは最高潮に達していた。「こんな事態の変化には、はなはだ不満です」

「ご不平、ご不満はサー・ヒューにぶつけるしかなさそうだ」ダンスタンは小声で言った。

「さあ行くぞ、ベネディクト」

「待って」アリスは命じた。「わたしにはベネディクトの助けが必要なの」

「でも、アリス——」ベネディクトが不満そうに言った。

「きょうの午後、ベネディクトの助けが必要になるわけがありません」ダンスタンはアリスに請け合った。

アリスは彼をにらみつけた。「どうしてそうだとわかるんです、サー・ダンスタン?」

「わかるとも」ダンスタンは気持ちが悪いくらい無邪気な笑顔をアリスに向けた。「あなたには、きわめて重要な用事ができるからです」

「重要な用事とはなんですか？」アリスは冷ややかに訊いた。

「それはもう、言うまでもありません。婚約したばかりのご婦人がみなさんそうであるように、あなたも将来の旦那様が馬上試合で活躍されるのをご覧になりたいでしょう」

「そんな気はこれっぽっちもありません」

「ばかな」ダンスタンは言った。「ご婦人はみんな、槍試合を観るのが大好きと決まっているんだ」

アリスがさらに怒りを募らせる前に、ダンスタンはベネディクトを引っ張るようにして、さっさとテントのほうへ向かった。控えのテントは、広々とした草地の反対側に張られていた。騎士や従者や騎兵たちがテントの下に集まり、馬上試合に備えている。

アリスは腹が立ってしかたがなかった。たかが槍試合のために、緑の石を探すという予定を変更したヒューが信じられない。どう考えても理屈に合わないと思った。

ダンスタンとベネディクトが人混みのなかに消えると、アリスはくるりと体の向きを変えて、黒いテントのほうへ歩き出した。ヒューを探し出して、この状況にたいする自分の考えをはっきり伝えるつもりだった。はるかに重要な用事を片づけなければならないのに、馬上槍試合に出ようとするあなたはどうかしている、と。

巨大な黒い軍馬に行き先をはばまれ、アリスははっと立ち止まった。だれの馬かはすぐにわかった。並はずれて大きい蹄、幅の広い頭部、筋肉隆々とした肩、がっしりとたくましいこの骨格は、ヒューの比類なき牡馬だ。剣と革に染み込んだ油の臭いが鼻をつく。

鐙《あぶみ》におさまっているヒューのブーツの足を見て、アリスは目をぱちくりさせた。ゆっくりと視線を上げていく。鎖帷子を身につけたヒューを見るのは初めてだった。鐙の、みごとにつながった小さな鉄の環が、午後の暖かい日射しを受けてきらめいている。一方の脇には、頭全体を覆う兜を抱えている。

ヒューは、ふだんから相当に威圧的だが、鎧に身を包んだ非情なヒューは、ぎょっとするほど恐ろしげだ。アリスは片手を目の上にやって日射しをさえぎり、彼を見上げた。

「最近、上流階級の婦人たちのあいだでは、お気に入りの騎士が身につけて馬上試合で戦えるように、お守りを渡すのが習慣だそうだ」ヒューが穏やかに言った。

アリスは一息つき、急いで気力をかき集めた。わたしはかんかんに怒っているのよ、と自分に言い聞かせる。「まさか、馬上槍試合に参加するつもりではないでしょうね？」

「私が参加しなければ噂になるだろう。ここ、イプストークにいるほんとうの理由を詮索されたくない。覚えているだろうが、まずは市の人混みにまぎれるのが作戦の基本だ」

「きょうの午後、馬にまたがってくだらないゲームにかまけ、長々と時間をむだにする必要がどこにあるのでしょう？　吟遊詩人のギルバートを追いつめられるというのに」

「くだらないゲーム？」

「わたしにはそうとしか思えません」

「なるほど。そういった競技を観て楽しむ婦人はおおぜいいるぞ」ヒューはゆっくり間を置いた。「とりわけ、主人が参加している婦人は」

「ええ、そうでしょうが、わたしはそういった競技にはほとんど興味がないんです」

「お守りをくれるだろうか？」

アリスは疑わしげな目でヒューを見た。「どんなお守りでしょう？」

「スカーフでも、リボンやレースの切れ端でもいい」

「流行《はやり》の習慣というのは、ほんとうに訳がわからないですね？」アリスはあきれて首を振った。「考えてもみてください。長くてきれいなスカーフや、上等の絹のリボンを渡された男性は、泥を蹴散《けち》らして走り回るんですよ。あなたのおっしゃるお守りは、台無しになってしまいます」

「おそらく」ヒューは判読しがたいまなざしでアリスを見下ろした。「それでも、お守りを渡してくれたほうが賢明だと思うぞ、アリス」

アリスはぽかんとしてヒューを見つめた。「どういうことでしょう？」

「それが当然だからだ」ヒューはとても穏やかに言った。「なんといっても、われわれは婚約しているのだから」

「わたしたちがほんとうに婚約していることをまわりのみんなに納得させるために、わたしからのお守りを身につけたいのですか？」

「そうだ」

「でも、わたしの緑の石はどうなるんです？」

「焦《じ》れるにはおよばない」

「石は、あなたにとってなによりも大事なものと思っていました」

「そのとおりだし、きょうじゅうに手に入れるつもりでいる。しかし、ほかに用事ができてしまったのだ。石と同じくらい大事なことだ」

「それはどんなことでしょう？」たたみかけるように訊いた。

「リヴェンホールのヴィンセントがここにいて、馬上槍試合に出る予定だというのだ」ヒューの声には不思議なほど感情がこもっていなかった。まったく抑揚のない、ぞっとするような声だ。

「どういうことでしょう？」アリスは不安そうに訊いた。「それでもやはり、わたしとしては、競技への参加はおやめになって、石を取りもどされたほうがいいと思います」

「はっきり言うが、リヴェンホールのヴィンセントと槍試合で戦う機会を逃さぬことは、石を取りもどすのと同じくらい重要なのだ」

「ほかの騎士と戦って、能力を示さなければならない方とは思っていませんでした」アリスは不満そうに言った。「もうそういう時期は過ぎたのだとばかり」

「私についてあまり決めつけるのはやめたほうが賢明だぞ、アリス」

アリスは口のなかがからからになった。それでも、じろりとヒューをにらむだけで我慢した。「わかりました。今後いっさい、憶測はしません」

「サー・ヴィンセントのことは、べつの機会にきちんと説明するから、安心しなさい」ヒューは片手を伸ばした。「いまは時間がない。さあ、よろしければ、あなたのお守りを」

「困ったわ」アリスは自分の服を見下ろした。「その飾りのリボンならいいかもしれない。どうしてもとおっしゃるなら」

「どうしても」

「よごさないように気をつけていただけますか? 質のいいリボンは高いのですから」

「だめになったら、新しいのを買ってあげよう。そのくらいの余裕はある」

からかうような目でみつめられ、アリスは体がか一っと熱くなった。新しいリボンを買うくらい、ヒューにはなんでもないことは、ふたりともよく知っている。

「いいでしょう」アリスはそでのリボンを解いた。

「ありがとう」ヒューは手を伸ばして、緑色の細長い生地を受け取った。「市場の反対側の、黄色と白の天幕の下から、槍試合を観るといい。ほかにもご婦人がたが坐っておられるだろう」

「槍試合を観るつもりはありません」アリスはいきおいこんで言った。「わたしには、もっと大事な用事がありますから」

「もっと大事な?」

「そうです。ギルバートを探します。ふたりそろって午後を無駄にしてもしかたがありません」

ヒューの鎖帷子をつけた手が、緑色のリボンをきつく握りしめた。「その吟遊詩人の件で心配するにはおよばないぞ、アリス。やつはすぐに私が見つける。いまのところ、あなたはほかの見物人といっしょに試合を観ていればいいのだ」

アリスの返事も待たず、ヒューは傍目《はため》にはそれとわからない合図を大きな軍馬に送った。馬は驚くほど軽やかにくるりと後ろを向いて、槍試合の競技場のほうを目指していきおいよく駆けていった。大きな蹄に蹴られて、大地がびりびりと震える。

「でも、サー・ヒュー、さっきも言ったように、わたしは試合は観たくないんん——」アリスはうんざりして言葉を切った。遠ざかっていく軍馬の臀部《でんぶ》に抗議してもしかたがない。

アリスは、ヒューと交わした取り引きについて初めて、ほんとうにこれでよかったのだろうかと不安を感じた。同等のパートナーでいることのほんとうの意味を、取り引き相手がよく理解していないのは明らかだった。

6

バラ色の頰をしたパイ売りの女性は、蜜で甘くした挽肉の詰まったぱりぱりのパイをアリスに手わたした。「ええ、もう、吟遊詩人ならいくらでも見かけるよ。でも、黄色とオレンジ色の上着を着てるってのは気づかなかったねえ」売り子はアリスが差し出した硬貨を受け取り、ベルトにぶら下げた袋に放り込んだ。「さてと、ほかになにかご入り用かい、お嬢さん？」

「いいえ」

売り子は両手からパイのかけらを払い、体の向きを変えてつぎの客の相手をはじめた。「はいよ、お兄さん、なんにします？　フルーツ・パイは最高だし、ラムのもおいしいよ。さあ、どっちにする？」

アリスはうんざりした顔でパイを見下ろし、屋台から離れていった。この一時間に買った四つ目のパイだった。どう考えても食べられそうにない。

ギルバート探しは端から順番に抜かりなく進めるつもりだったが、いったんはじめると、これが思ったよりたいへんだった。これまでに、まだ会場全体の三分の一しか見て歩いていない。これだけ混み合った場所で特定の吟遊詩人を見つける作業は、遅々として進まない。

まず、いくつかの露店やテントに寄ってさりげなく話しかけてみたが、どうでもいい話をして時間を無駄にしたがる者はいないと、すぐに気づいた。行商人も、パイ売りも、ほかの小売商も、相手が気前よく金を使ってくれそうだとわかると、アリスの慎重に言葉を選んだ質問にきちんと答えてくれると気づいて、気は進まなかったが、彼女はそれを実践した。驚いたことに、すでに小銭入れはほとんど空っぽなのに、手がかりはなにもつかめていなかった。これまでにアリスは、パイを三つとシードルを二杯、平らげていた。

色鮮やかなストライプの屋台テントがずらりと並んだ端まで来て、アリスは立ち止まり、買ったばかりのパイをどうしようかと思った。捨てるのはいやだ。なんであれ、無駄にするのは気持ちが許さない。

「ちょっと、ねえ、お嬢さん。こっち」

アリスがパイから視線を上げると、十六歳くらいの若者が近くの日よけの陰をうろついていた。若者はあかじみた顔でにっと笑いかけてきた。

「こんなにいい買い物はないよ、お嬢さん。来て、見てみて」若者はちらりと振り返って背後を確かめ、薄汚い上着のなかからさっと短剣を取り出した。

アリスは息を呑み、一歩後ずさった。市では、いつひったくりやスリに襲われるかわからない。スカートをつかんで引き上げ、走って逃げようとした。

「ちがう、ちがう、こわがらないでよ、お嬢さん」若者の黒っぽい目が不安におののいた。「なにもしないよ。俺はファルク。このいかした短剣を売りたいんだ。ね？　最高級のスペイン製の鋼でできてるんだよ」

アリスはほっとして肩の力を抜いた。「そうね、きれいな短刀だけれど、わたしには必要ないわ」

「じゃ、領主さんにプレゼントしたら？」ファルクは決めつけるような目をして言った。「男ならだれだっていい短剣を使いたいさ」

「サー・ヒューは武器はもう充分にお持ちなの」アリスは言い返した。ヒューが午後を馬上試合の競技場で無駄にするほうを選んだという事実に、まだ腹を立てていた。

「いい鋼はいくらあったっていいんだ。もっとこっちへ来てよ、お嬢さん、で、この匠の技を見て」

アリスはつまらなそうに短剣をながめた。「これはどこで手に入れたの？」

「市場の向こう側の露店で、親父が短剣やナイフを売ってんだ」と、よどみなく言う。「俺は親父を手伝って、こっちから人混みに入っていってお客を探すのさ」

「そんな話、信じると思ったら大まちがいよ」

「そっか」ファルクはうめいた。「ほんとうの話を言えっていうなら、道端に落っこちてるのを見つけたんだ。だれだか知らないが、うっかりしてるよなあ？　行きずりの旅人かなんかだろう。たまたま落っことしたに決まってる」

「そうじゃなくて、刀剣屋の露店から盗まれたんだわ」

「ちがう、ちがうよ、お嬢さん。誓って言うけど、この剣は偶然に見つけたんだ。盗んだんじゃない」ファルクは短剣を裏返して、象眼模様の柄を見せた。「ほら、こんなにきれいだよ。はまってるのは、珍しくて価値のある宝石に決まってる」

アリスは冷ややかにほほえんだ。「わたしをだまそうとしても無駄よ、坊や。財布には小銭しかないし、それだって、短剣よりもっと役に立つものを買うのに使うつもりなの」

ファルクは天使のような笑顔で訊いた。「なにを買うつもりなの、お嬢さん？　教えてくれたら、俺が行って、買ってきてやる。で、お嬢さんは俺に金を払うだけでいい。汚らしい露店をあちこち見てまわる手間がはぶけるよ」

アリスはじっと考えながらファルクを見た。「たしかにそれは便利だわ」

ファルクはさっと、上品と見えなくもないお辞儀をした。「力になれたら、身に余る光栄だよ、お嬢さん」

ほんとうにうまい助けになるかもしれない、とアリスは思った。「必要なのは、ある情報なの」

「情報？」ファルクは手慣れたようすでひょいと手首を曲げ、短刀を上着の袖のなかへしまった。「お安いご用だ。俺はちょくちょく情報も売ってるから。形のないそういうもんを買いたがる人はびっくりするほど多いんだ。で、あんたはどんな情報を探しているの？」

アリスは、パイ屋の売り子や行商人に聞かせた作り話を繰り返した。「ハンサムな吟遊詩人を探しているの。茶色の長髪で、ちょっぴりあごひげをはやしていて、目は淡いブルー。よく黄色とオレンジ色の上着をきているわ。前に彼の歌を聴いたことがあって、もっと聴きたいと思っているんだけれど、この人混みでは探せないわ。彼を見かけたことがある?」

ファルクは首をかしげ、鋭い視線をアリスに向けた。「その吟遊詩人に惚れたのかい?」

アリスはむっとして危うく抗議しそうになったが、なんとかこらえた。そして、切なそうに聞こえればいいと思いながら、ため息をついた。「ほんとうに、見目麗《みめ》しい方なんだもの」

ファルクはあきれたように鼻を鳴らした。「そう思ってる女の人はあんただけじゃないよ。それにしてもなあ、俺には吟遊詩人ってもんがぜんぜんわからない。いっつも、きれいなご婦人がたを足下にはべらせてさ」

アリスはぎくりとした。「では、彼を見たことがあるの?」

「あるよ。あんたのすてきな詩人を見かけた」ファルクは一方の肩をぞんざいにすくめた。「あんたが言ったとおりの、すごくきれいな上着をきてたよ。俺も前から黄色とオレンジ色が好きなんだ」

「どこで彼を?」アリスはいきおいこんで訊いた。

「ゆうべ、たき火を囲んでいた騎士のグループのために歌っていたよ。俺は、そう、たまたま、そのとき近くを通りかかって、やつの歌を聴いたんだ」

「そのとき、落とし物の短剣を見つけたのね?」さりげなく訊いた。

「偶然にね」アリスに鎌をかけられ、ファルクはあっさり答えた。「騎士ってやつらはうっかり者ばかりで、とくにしこたまワインを飲んだときはひどいもんさ。短剣や財布やほかにもいろいろ、なくしてばかりなんだ。さてと、それで、あんたのハンサムな吟遊詩人を探してやったら、いくら払ってくれる？」

アリスはほとんど空の財布をもてあそんだ。「コインはもう二、三枚しか残っていないの。情報の価値はたぶん、コイン一枚分くらいだと思う。すぐに見つけてくれたら、二枚あげるわ」

「決まった」ファルクはまたほほえんだ。「いっしょに来なよ、お嬢さん。どのあたりに吟遊詩人がいるかは、だいたいわかってるから」

「どうしてそんなに自信満々なの？」

「言っただろ？　やつに惚れてるのはあんただけじゃないって。ゆうべ、やつがあるブロンドのご婦人に話しているのを聞いたんだ。きょう、彼女の旦那が馬上試合に出場してるあいだに会おう、って」

「なんと、まあ」アリスはつぶやいた。「ほんとうに情報通なのね、ファルク」

「さっきも言ったけど、情報ってやつは形のあるものに負けないくらいよく売れるうえに、危険な目に遭う可能性はほとんどないんだ」ファルクはくるっと背中を向け、露店の迷路のあいだを意気揚々と軽やかな足取りで進んでいった。

アリスは口をつけていないパイをぽいと横に放り、あわてて彼のあとを追った。

十五分後、アリスは市が開かれている広場から遠ざかっていた。ファルクのあとについて、イプストーク城を囲んでいる古い石塀の向こう側へまわりながら、不安にかられて振り返って背後を見た。人混みはもう遠い。彼女はファルクとふたりきりだった。

ファルクに導かれて、ゆるやかな丘を登っていく。登りきると、ふたたび背後を見た。点在するテントや旗の連なりが、遠くの馬上試合会場までつづいている。

試合を見物しに集まってきた観客がぎっしりと会場を埋めている。アリスが見ているあいだにさえ、わっと客席が沸いた。その歓声がそよ風にのって伝わってくる。二手に分かれた騎士のグループが、会場の両端から相手側に向かって突進していく。

両グループが激突するのを見て、アリスは思わず身をすくめた。もんどり打って倒れ、ぞっとするようないきおいで地面をころがる馬や騎士もいる。陽光を受けて鎧がきらめき、馬たちが身を躍らせてジグザグに進んでいく。ふと気づくとアリスは、見慣れた黒い旗を探していたが、遠すぎてヒューも彼の部下たちも見分けられなかった。

「こっちだよ、お嬢さん」ファルクが声をひそめて言い、いまにも倒れそうな物置小屋の横手をまわっていった。「早く」

ヒューは賢いし、武器を扱う腕も並みはずれているから怪我などするわけがない、とアリスは自分に言い聞かせた。彼ほどの騎士になると、模擬戦はなによりの生きがいなのだ。そう思うと、ぶるっと体が震えた。アリスの父親も同じだった。サー・バーナードは人生のほとんどを北フランスで過ごし、栄光と富を求め、果てしなく馬上試合に参加していた。旅つづきの人生でバーナードが求めていたのはそれだけではない、とアリスは切ない思いで振り返った。夫であり、父親であるにもかかわらず、その責任からの逃避を求めていた。

父親の記憶は断片的にしかなかった。切れ切れの思い出は、ちぎれた紐《ひも》から飛び散ったビーズ玉のように、色鮮やかな一粒一粒が長い年月の広がりにちりばめられている。

バーナードはハンサムな男だった。さわやかな笑い声に、縮れた赤ひげ、透きとおった濃い緑色の目。騒々しくて、ばかがつくほど陽気で、狩猟と馬上試合を熱烈に愛し、アリスの母のヘレンによると、ロンドンの売春宿にも目がなかった。

バーナードはめったに家に寄りつかなかったが、子供時代のアリスにとって、父親が荘園にもどってくるのはなによりもうれしい出来事だった。父親は、家族への贈り物と土産話を山ほど持って、いきなりもどってきた。アリスを腕に抱き上げたまま、広い館じゅうを歩き回った。バーナードが家にいるあいだ、母親を含めてすべてが喜びと幸せにきらめいているようにアリスには思えた。

しかし、バーナードはある日突然、遠くで行われる馬上試合に出かけたり、ロンドンへの長い旅に出てしまう。アリスの幼いころの記憶の多くは、そうやってバーナードがいなくなってしまったあとの、泣いている母親の姿だった。

跡取りである息子が生まれると、バーナードが館で過ごす時間は増えた。この時期のヘレンは、文字どおり光り輝いていた。しかし、ベネディクトが落馬して脚が不自由になると、バーナードは以前の生活にもどってしまった。ロンドンと北フランスへ頻繁に出かけて、なかなか帰ってこなくなった。

時がたつにつれ、ヘレンは夫がいない日々を、教本の執筆や薬草の調合に没頭して過ごすようになった。研究に取りつかれたようになり、子供たちと接する時間も減っていった。

やがて、ヘレンはバーナードが気まぐれにもどってきてもう、以前のようにうれしそうに目をきらきらさせて迎えなくなった。バーナードに旅立つと告げられても、もう何時間もめそめそしなくなり、それはそれでよかったとアリスは思った。

母親が書斎にこもる時間は日増しに長くなり、アリスは家庭や荘園を管理するための無数の責務を少しずつ引き受けていった。ベネディクトを育てる役も引き継いだ。母親にも父親にもなろうと努力したが、残念ながらあまりうまくいったとは思っていない。無神経な父親に放ったらかしにされたベネディクトの心の痛みは、埋め合わせられなかった。父親のことが話題になるたび、いまだにベネディクトの目に静かな憎しみが浮かぶのを見ると、アリスは泣きたくなる。

しかし、数々の失敗はあっても、ベネディクトの相続財産を横取りされたことにくらべれば取るに足らない失敗と言わざるをえなかった。

「お嬢さん？」

アリスは憂鬱な思い出を脇へ追いやった。「わたしたち、どこへ向かっているの、ファルク？」

「しーっ」激しく手を振って、アリスを黙らせる。「あの人たちに聞こえちまう」

「どこへ連れていかれるのか、知りたいのよ」傾きかけた物置小屋の横手をまわっていくと、ファルクがうっそうとした茂みの手前にしゃがみ込んでいた。

「ゆうべ、例の吟遊詩人がブロンドのご婦人に、小川のほとりの茂みで待ってるって言うのを聞いたんだ」

「それはたしかなの？」

「あそこにやつがいなきゃ、金はいらないよ」ファルクは堂々と言った。

「いいわ」アリスは言った。「行ってみましょう」

ファルクは、向こうに流れている小川が見えないくらいうっそうとした茂みに分け入った。アリスもスカートの裾を持ち上げ、そろそろとついていった。やわらかい革のブーツがだめになってしまう、と思いながら。

すぐに、もの悲しげな金切り声が聞こえて、アリスは立ち止まった。ファルクの腕をぐいとつかむ。

「いまのはなに？」こわくなって小声で訊いた。

「ほぼまちがいなく、ブロンドさんだろう」驚いたそぶりはまったく見せず、ファルクは言った。

「だれかに襲われているんだわ。助けに行かなくちゃ」

ファルクは目をぱちくりさせ、頭がどうかしたのでは、という顔をしてアリスを見つめた。「俺たちなんかに助けられたいとは思わないだろうって」

「どうして？」

「いまの声からして、あんたのすてきな吟遊詩人は、背の高い葉っぱの茂みのなかで、ご婦人の竪琴をうまいことはじいているところだからさ」

またどこからか、か細く甲高い叫び声が聞こえた。

「竪琴をはじいてる？　わからないわ。だれかが女性を痛い目に遭わせているのよ。なんとかしなければ」

ファルクはあきれてぐるりと目玉をまわした。「背の高い葉っぱの茂みのなかで、吟遊詩人は彼女をころがしてるのさ」

「ころがしてる？　球のようにころがしているっていうの？　いったいどうして、そんなことをするのよ？」

ファルクは小さくうめいた。「お嬢さん、あんた、わかってないの？　ふたりは愛の営み中ってこと」

「ここで？　茂みのなかで？」ひどくショックを受けたアリスは小枝につまずき、あやうく顔からばったり倒れるところだった。

「ほかにどこでできる？」ファルクは手を伸ばして、アリスの体を支えた。「いま、ブロンドさんの旦那のテントは使えるわけないしさ、だろう？　吟遊詩人は自分のテントなんか持っちゃいない」

アリスは急に全身が熱くなった。ベネディクトとたいして年のちがわないこの少年が、そういう方面について自分よりはるかによく知っているとわかって、気まずかった。

「そうね」さりげなく聞こえるように言った。

アリスの決まり悪さが手に取るようにわかり、ファルクは気の毒になった。「ふたりが終わるまで、ここで待ってるほうがいい？」

「ええ、そうね。おじゃましては悪いもの」

「好きにして」ファルクは片手を差し出した。「俺はもうやるべきことはやったから。やさしいあんたがここで金を払ってくれるなら、もう消えるけど」

アリスは眉をひそめた。「その女性といっしょにいるのが、ほんとうに吟遊詩人のギルバートだって言いきれる？」

「あそこを見てみなよ」ファルクが顎で示した先には、木の枝がたれ下がった地面に、鮮やかな黄色とオレンジ色の上着が無造作に放ってある。

アリスはファルクの視線を追った。「ギルバートの上着のようね。あそこに見えるのは、彼のリュートみたい」

緑の茂みの向こうから、男のしゃがれたうめき声が響いたのと、アリスがファルクに最後のコインを渡したのは、同時だった。

「いまの声からすると、吟遊詩人はいまや、自分の楽器をかなでてるみたいだな。角笛だね、たぶん」ファルクは指先でコインを握りしめた。「でも、あせることはないよ、お嬢さん。やつがブロンドさんに、二曲以上やるのが得意だって言ってるのを聞いたから」

アリスはまた眉をひそめた。「意味がよくわからないんだけれど――」

けれども、ファルクはさっさと緑の茂みのなかへと姿を消してしまった。

つぎにどうしたらいいのかわからず、アリスは途方に暮れた。ギルバートを見つけたら、すぐに乗り込んでいって、緑の石を返すように詰め寄るつもりだった。いまになって初めて、石など持っていないと言われる可能性もあると気づいた。そんな石は見たこともないと言われたらどうすればいい？

それに、ギルバートといっしょにいるブロンド女性のことも気詰まりだ。愛を交わしたばかりの男女に、いったいなんと声をかけるべきだろう？　しかも、ふたりは正真正銘の不倫関係なのだ。

ギルバートがアリスの思っていた以上に大胆なのはまちがいなさそうだった。大胆にも人妻を誘惑したりして、見つかれば去勢されるか、相手の夫に殺される危険さえある。情熱のために進んでそこまでやる男は、アリスに緑の石を返せと言われても笑い飛ばすにちがいない。

この重大時にヒューがいっしょにいてくれたら話ははるかに簡単だったのに、とふと思った。彼なら一瞬もためらわず、ギルバートに挑んでいただろう。

片づけなければならない重大ごとがあるときに、馬上試合の競技場で時間を無駄にするような男をあてにするなんて。そう思うと歯がゆかった。

またしゃがれたうめき声がして、アリスはぎくっとした。さっきの声より大きくて、高みかなにかに近づいているようにも聞こえる。そういえば、愛の行為がどのくらいつづくのかわたしは知らない、とアリスは気づいた。ギルバートと婦人は、いますぐにも茂みから姿を現すかもしれない。こんなところに突っ立っているわたしは、救いようのない愚か者に見えるだろう。

行動するなら、いますぐやらなければ。

アリスは深々と息をして気持ちを静め、脱ぎ捨てられた服の山に向かってすたすたと歩いていった。すぐに、ギルバートは上着の横にリュートだけでなく、小さな麻布の袋も置いているとわかった。

袋は、拳大の石を運ぶにはぴったりのサイズだった。

アリスはまたためらったが、思い直した。ギルバートはわたしから石を盗んだのよ。取りもどしてなにが悪いの？

そっと袋の口を開けた。緑の石とほとんど同じ大きさのなにかが入っている。それは古いぼろ切れに包まれていた。

震える指先で、ずっしり重いそれを持ち上げて袋から取り出し、薄よごれた布を開いた。一風変わった不透明な緑の石の、見覚えのある切り子面が、アリスに向かってウインクをした。日の光を受けても、表面はあまり輝かない。

わたしの緑の石だ、まちがいない。満足感が体じゅうを駆け抜けた。見栄えのいい石ではないが、アリスはなぜか心引かれた。こんな石も、玉も、ほかに見たことがない。手元にあった期間が短かったので具体的にはわからなかったが、なにか秘密がこめられているような気がした。

茂みのどこか近くからしゃがれた叫び声が聞こえ、アリスは行動を起こした。石を手にしたまま、はじかれたように立ち上がる。ちょうどそのとき、ギルバートの声がした。

「今夜、たき火を囲んで、あなたの旦那様の部下たちに歌いますが、いとしい人、歌のなかの婦人はあなたのことだと、きっとわかっていただけるでしょう。あなたは赤くなられるだろうか？」

「もちろんよ。でも、あたりは暗いわ。だれに気づかれましょう？」女性の笑い声がした。

「あなたって、ほんとうにいけない人ね、吟遊詩人さん」

「ありがとう、マダム」ギルバートはくすくすと笑った。「あなたの雪花石膏のごとくなめらかな乳房と、ミルクのように白い腿のことを歌いましょう。そして、きょう、美しい腿のあいだに見いだした蜜と露のことも。あなたの旦那様は、あいかわらずなにもご存じないままだ」

「あなたが歌っているのはわたくしのことだと、夫に気づかれないようにお祈りなさいましよ」婦人がさらりと言った。「さもないと、あなたのすてきなリュートを奪われてしまいますわ」

ギルバートは大声で笑った。「危なくもない火遊びになんの喜びがあるものですか。世の中には、馬上試合の競技場のほうに喜びを見いだす男もいます。私は、婦人の腿のあいだに喜びを見いだすほうが好みなのです」

アリスはもう迷わなかった。ぼろ切れに包まれた石をつかんで、いきおいよく走り出した。やわらかな地面を踏みしめる足音がギルバートの耳に届きませんようにと、祈ることしかできない。

ほどなく、ギルバートの怒号が聞こえた。たったいま、石がなくなったことに気づいたのだとわかった。

アリスは全速力で走りつづけた。ギルバートに姿を見られたとは思わなかった。せいぜいと肩で息をしながら、古い要塞の石塀にたどりついた。背をかがめて小さな物置小屋の向こうに身を隠して、息をととのえる。あとほんの数分の辛抱だ。市の人混みにまぎれ込んでしまえばもう心配はない、と自分に言い聞かせる。そうなれば、ギルバートに見つかることはない。

アリスは大きく息を吸い込んだ。どくどくと心臓を高鳴らせながら、身を隠すのにあまり役に立ちそうにない小屋から飛び出して、いちばん手前のテントの列を目指して、なにもない野原を一気に駆け抜けていく。

短剣を手にした男がふたり、アリスの行く手を阻んだ。ひとりが歯の抜けた口でにやりと笑った。もうひとりは、右目にアイパッチをしている。

アリスはぞっとして、よろめきながら立ち止まった。

「さてと、まあ、おもしろそうな包みを持ったお嬢様のお出ましだ。あの若造は、ちゃんとした情報を売ったようだな、ヒューバート」

アイパッチの男がつまらなそうに鼻を鳴らした。「ああ、そうだな。いずれにしても、よくしてくれたんだから金を払ってやるべきだった」

「いつも言ってるだろう？　ただで手に入るものに金を払うんじゃねえって」歯なしがすべるように前に出てきた。短刀を持っていないほうの手を差し出して、言う。「石をよこしな、お嬢さん。そうすりゃ、手荒なまねはしねえ」

アリスはぴんと背筋を伸ばして、歯なしをにらみつけた。「この石はわたしのものです。すぐにそこをどきなさい」

アイパッチがげらげらと笑い声をあげた。「いかにもちゃんとしたお嬢様って感じじゃないか？　一度、そういうのを味見してみたかったんだ」

「食えばいい」歯なしがぼそっと言った。「俺らの仕事が終わったらさっさとな」

アリスは緑の石を握りしめ、大声で助けを求めようと口を開けた。それでも、心のどこかでは、近くに助けに駆けつけてくれる人はいないとあきらめていた。

「ベネディクトはもどったか？」ヒューは馬上試合会場の、反対側のはずれに目をこらした。ヴィンセントの旗がそよ風にはためいているのが見える。期待感が全身を駆け抜けて心が勇み立つと同時に、身の引き締まる思いだ。

教えられたことは決して忘れません、お祖父様。

「いいえ、まだです」ダンスタンはヒューの視線を追った。すぐに合点がいって、なるほどという目つきをした。「さて、さて、さて。リヴェンホールのヴィンセントがようやく戦いの場に姿を現しましたぞ」

「そうだ、まもなく始まる」ヒューは控えのテントに目をこらし、ベネディクトを探した。しかし、その姿は見当たらない。「ちくしょうめ、あの子はどこだ？　姉の知らせをたずさえて、とっくにもどっているはずなのに」

　見物人のなかにアリスの姿がないことに気づいたヒューは、ベネディクトに彼女を連れてくるように命じていた。アリスがほかの婦人たちと客席にいないとわかり、なぜかがっかりしたが、すぐにむらむらと怒りがこみ上げた。腹を立てる権利はあるだろう、とヒューは自分に言い聞かせた。あれだけはっきりとやるべきことを指示したのに、彼女はそれを無視したのだ。しかし、問題の根はさらに深いような気がして、不安にもなった。

アリスが私の言葉に聞く耳を持たなかったのは、私を正当な主人とみなしていないからにちがいない、と思った。

「試合に興味がないんでしょう」ダンスタンは地面に唾を吐いた。競技場の一端に目をやると、鮮やかな黄色の天幕の下に、色とりどりのドレスをひらひらさせた婦人たちの一群がある。「いずれにせよ、男の競技ですから」

「そうだな」ヒューはふたたび控えのテントの人混みに目をやり、ベネディクトの姿を探した。

「婦人がたが、わざわざ馬上試合など見物に来なかったころを覚えていますよ」ダンスタンが言った。「いまじゃ、こういった競技が上流社会の流行にされてしまっている。世も末です」

「もう待てない」ヒューは言った。「ヴィンセントはもうほとんど準備を終えている。馬を持て」

「わかりました」ダンスタンは、ヒューの黒い軍馬の手綱をつかんでいる従者に合図を送った。

ヒューは最後にもう一度、見物人席のほうをちらりと見た。まだアリスの姿はない。「いまいましい。あの女には学んでもらうことが山ほどあるぞ」

肩幅が広く、豊かな口ひげをたくわえてずる賢そうな小さな目をした男が、控えのテントから出てきた。「サー・ヒュー。ここにいると聞いて、やって来たぞ。リヴェンホールのヴィンセントを落馬させるチャンスを無視できなかったと見えるが、ちがうか?」

ヒューはほとんど無表情のまま、ちらりと男のほうを見た。「きょうはたいした活躍だったそうだな、エドアルド」

「グランソープのオールデンから、よさそうな軍馬と武器をいくつかせしめた」エドアルドは満足そうに笑い声をあげた。「サー・オールデンは脚を折って、地面をころげまわっていた。ありゃ見物《みもの》だったぞ。まるで仰向けでじたばたしてる亀だ」

ヒューはなにも答えなかった。エドアルドのことは好きではない。ヒューより三つ四つ年上で、満足な賃金さえもらえればだれのもとでも戦う、冷酷な雇われ兵だ。それが悪いと言っているわけではない。自分もソーンウッドのエラスムスの世話になる運命でなければ、同じような生き方をしていただろうと、ヒューはよくわかっていた。

エドアルドを嫌うのは、ほかの理由からだ。戦士としての腕は優れていても、彼は粗野で不作法だった。若い女性にたいして暴力的な性癖があり、数か月前、十二歳の宿屋のメイドが、彼のむごたらしい欲望の犠牲になって亡くなったというものも含めて、いやな噂《うわさ》を耳にする。噂話がほんとうかどうかヒューにもわからなかったが、彼ならやりかねないという気がした。

「準備ができました」従者が手綱を引き、意気盛んな牡馬をなだめた。

「いいだろう」ヒューはエドアルドに背中を向けた。

「ヒュー様」ベネディクトが脚を引きずりながらテントの横手をまわって近づいてきたのと、ヒューがブーツの片足を鐙にかけたのは同時だった。ベネディクトは肩で息をしていた。

「姉が見つかりません」

ヒューは体の動きを止めた。「テントのなかにいないのか?」

「いません」ベネディクトは立ち止まり、杖で体を支えた。「たぶん、露店を見てまわっているんだと思います。馬上試合とかそういうのは、あまり好きではないので」

「彼女には、ほかの婦人たちといっしょに試合を観るように指示したのだ」

「知っています」ベネディクトはおどおどしながら言った。「姉を許してやってください。アリスは指図されたとおりにするということがあまりないんです。なんでも自分のやり方でやるほうが好きなので」

「そのようだな」ヒューは鞍にまたがって手を伸ばし、従者から槍を受け取った。明るい緑色のはかなげなリボンが、槍の先端近くではためいているのをちらりと見る。

「姉の性格を、どうか受け入れてやってください」ベネディクトはすがるように言った。「人の指図にきちんとしたがうということを知らないんです。とくに男性の指図には」

「では、これから学んでもらわなければ」ヒューは競技場の奥へと目をやった。赤い旗の下、リヴェンホールのヴィンセントが馬にまたがっている。

アリスにいらだちを覚えながらも、ヒューはだんだん不安になってきた。うなじがぞくぞくするような感覚は、ヴィンセントとの戦いを目前に控えた武者震いとはちがう。

なにかがおかしい。

ヒューは、アリスがほかの見物客といっしょに席につかなかったのは、単純に腹を立てているせいだと思っていた。馬上試合を観るように強制されるのを彼女が好まないのはよくわかっている。すねているだけだからあとできっちり話し合えばいい、とヒューは思った。リヴェンホールのヴィンセントと戦ったあとだ。

ともにソーンウッドのエラスムスに忠誠を誓っているヒューとヴィンセントは、もどかしいことに、おおっぴらに敵対行為をすることは禁じられている。エラスムスは、自分のもっとも有能な騎士たち同士が戦ってエネルギーや収入を無駄にするのを許さなかった。そこで、ふたりの対決は、たまたま同じ馬上試合に参加する、というめったにない機会にかぎられた。この場合だけは、競技に見せかけて古くからの確執が蒸し返される。

この前、模擬戦闘が繰り広げられたときは、ヒューがヴィンセントを槍で一突きして打ち倒した。試合は、影響力のある男爵ふたりが主催する大規模なもので、身代金（勝者は武器や馬のほかに金も要求できた）の限度もなかった。勝利を治めた騎士は、打ち負かした相手からなにをどれだけ得ようと自由だった。

ヒューはリヴェンホールのヴィンセントにたいして多額の身代金を求めるだろうと、だれもが期待した。少なくとも、敵対者の高価な軍馬と鎧兜は奪うだろうと思っていた。

ヒューはなにも取らなかった。それどころか、競技を途中でやめて、おまえなどどうでもいいと言わんばかりに、ヴィンセントを競技会場に残して去った。どう考えてもけた外れの侮辱だった。これを題材に物語詩《バラッド》が歌われ、ますます異彩を放つ非情なヒューの伝説に、新たな一ページが加わった。

ヒューと彼のたったひとりの親友、ダンスタンだけが真相を知っていた。ヴィンセントから高価な鎧兜や軍馬を奪う必要はなかった。ヒューはリヴェンホールのヴィンセントにたいして、もっと巧妙で計り知れないほど効果的な策略を練り、機が熟してそれを実行できる日を待っていたのだ。あと六か月か、長くても一年の辛抱だった。

完膚無きまでにヴィンセントをたたきのめし、それで確執は終わるはずだった。魂のなかで荒れ狂う嵐はおさまるだろうと、ヒューは確信していた。ようやく心の平穏を得られるのだ。

それまでは、こうしてたまに馬上試合の会場でヴィンセントと向き合い、〈嵐を呼ぶもの〉の欲求を適度に刺激しているつもりだ。

ヒューは兜を脇に抱えて、ベネディクトを見下ろした。「厩番《うまやばん》をふたり連れて露店をまわり、姉上を探せ」

「わかりました」ベネディクトは回れ右をしようとして、体の動きを止めた。「アリスが見つかったらどうするつもりか、聞かせてください」

「それはアリスの問題で、おまえには関係ない」

「でも――」

「私とアリスの問題だと言っているのだ。行きなさい、ベネディクト。任務を果たすのだ」

「わかりました」ベネディクトはのろのろと背中を向け、控え用テントのそばの人混みをかき分けて、もどっていった。

ヒューは、黒い旗の下に集まっている騎乗の部下たち数人のほうを見て、声をかけようとした。部下たちが食い入るような表情でヒューを見つめていた。非情なヒューと馬上試合に参加すれば、かならず金が手に入る。

実際の戦いと同様、馬上試合で勝つには秘訣があると、ヒューは早くから気づいていた。

それは、秩序と適切な戦略だ。いつもヒューは驚かずにいられないが、この二点の実践者はほとんどいない。

本来、騎士とは向こう見ずの熱血漢で、その手にできるかもしれない栄光と戦利品のこと以外はなにも考えないまま、馬上試合の競技場でも実際の戦場でも飛び出していく。同じように名誉と戦利品を狙っている騎士仲間がいて、武勇伝を歌おうと待ちかまえている吟遊詩人たちがいれば、そうなるのもしかたがないだろう。そして、もちろん女性の存在も大きい。彼女たちは、バラッドに歌われる英雄に愛情や贈り物を捧げたがった。

そんな無節操な戦い方は滑稽《こっけい》な詩に歌われるほうがふさわしい、というのがヒューの考えだが、実際のところ、戦いの真似ごとでもほんものの戦いでも、彼らはたまに驚くような勝利をおさめた。

ヒューは勝利を確信して戦うほうを好んだ。戦う前に勝利を決定させる鍵は、実際に戦う前に、秩序とねばり強さを備えた戦略を練るかどうかだ。それを基盤に技術を駆使して、ヒューは騎士たちを鍛える。

栄光や戦利品への欲求をヒューの命令に優先させる者は、彼のもとでは長くは勤められない。

「階級に基づいた命令体系を守り、以前、話し合った作戦にしたがうように」ヒューは部下たちに言った。「なにもむずかしいことはあるまい?」

ダンスタンはにやりとして兜をかぶった。「はい。きちんとあなたの作戦にしたがいますから、心配にはおよびません」

ほかの騎士たちも、わかっていますと言いたげに口元をゆるめた。

「忘れるな」ヒューは念を押した。「リヴェンホールのヴィンセントは私がやる。おまえたちは彼の部下にだけ挑め」

部下の騎士たちは真顔でうなずいた。ヒューの兵士たちはひとり残らず、主君とリヴェンホールのヴィンセントが敵対していることを知っていた。長年の確執は周知の事実だ。

全員が準備万端とのっていることに満足して、ヒューは軍馬を進めようとした。アリスの件は、あとで対処すればいい。

「待ってください」ベネディクトの叫ぶ声がした。

ヒューはもどかしげに振り返った。ベネディクトが恐怖に顔をひきつらせている。「どうした？」

「この少年、ファルクが、アリスの居場所を知っていると言うのです」ベネディクトは、自分と同い年くらいの汚らしい若者を指さした。「剣を持った男がふたり、姉を探しにいった、と。どこを探せば姉が見つかるか教えると言っています。金を払えば」

いまになってやっとヒューは気づいた。アリスが見物席にいなかったり、テントですねていたりしないのは、吟遊詩人のギルバートを探しにいっているからだ、と。

まさか、彼女がそんなむちゃをするわけがない。

しかし、そう思い込んで安心しようとしているあいだにさえ、ぞっとするような感覚が腹の奥深くにとりついた。

　クライドメアの不運な露天商が喉をかき切られ、血の海に横たわっている姿が頭をよぎり、一瞬、目の前が暗くなる。

　ヒューはにこにこしているファルクを見た。「それはほんとうか？」

「はい、旦那様」ファルクは満面に笑みを浮かべた。「俺は商人なもんで。情報とか、耳に入ってくるもんはなんでも売るんです。赤毛の淑女がどこにいるか、喜んで教えますよ。でも、あの盗賊ふたりにつかまる前に助けるつもりなら、急いだほうがいいです」

　ヒューはこみ上げる怒りと恐怖をがむしゃらに抑えつけた。心と声から感情という感情をそぎ落とす。「話すんだ」

「じゃ、そういうことで、まず値段《プライス》を決めましょう」

「代償《プライス》は」ヒューは穏やかに言った。「おまえの命だ。いますぐ真実を話すか、さもなければ代償を払わせるぞ」

　ファルクの顔から笑みが消えた。

7

アリスは貯蔵用の納屋を目指して走った。短剣を振り回しているふたりにつかまる前に、とにかくたどり着きたかった。扉を開けてなかに入りさえすれば、バリケードを築いて閉じこもれるかもしれない。

「つかまえろ」アイパッチが相棒に向かって叫んだ。「こんどあのクソッタレ石を逃したら、一銭も払ってもらえねえぞ」

「あのあまっこめ、雄鹿みたいに走りやがって」相棒がぜいぜいしながら言った。「でも、逃がすものか」

背後から近づいてくる追跡者のブーツの重々しい足音は、アリスがこれまで聞いたもっともおそろしい音だった。貯蔵用の納屋がはるか遠くに思える。ずしりと重い緑の石も、両脚にまとわりつくスカートも、じゃまでしょうがない。

盗賊ふたりとアリスのあいだの距離は、ますますせばまってくる。

小さな納屋まであと十歩、というとき、雷鳴がとどろいた。足下の地面がびりびりと震える。

まだ日は照っているのに、と意識のどこかで認識している。嵐の気配はどこにもない。

雷鳴は、不気味な太鼓の音のように背後から迫っていた。

やがて、追跡者のひとりの悲鳴が響いた。

背筋が凍るような悲鳴に驚いて、アリスはつんのめりながら立ち止まった。いきおいよく振り返ったとたん、笑うと歯のないほうの男が、黒い軍馬の蹄に踏みつけられるのが見えた。ちっぽけな人間を踏みしだいたくらいでは、馬は気づきもしないようだ。新たな獲物を求めて、さらに疾走しつづける。

並みはずれて大きい軍馬にも、兜をつけずにそれにまたがっている騎士にも、アリスは見覚えがあった。馬の黒いたてがみと、黒ずくめの騎士が風に舞う。日の光を受けて、剣がきらめいた。

アリスは緑の石を握りしめ、目の前の鬼気迫る光景に見入った。これまで、騎士や軍馬はいくらでも見てきたが、これほど恐ろしげなものは見たことがない。

非情なヒューと、彼がまたがっている巨大な黒馬は一つになり、なにものにも止められない戦いの機関車のごとく、爆走していく。

アイパッチの男は悲鳴をあげ、追いつかれまいと急に体の向きを変えて、小川を縁取っている茂みに逃げ込もうとした。しかし、どう見ても軍馬から逃れられる望みはない。もう運が尽きたと観念したらしく、男は力なく振り返り、運命と向き合った。死と破壊のむごたらしい光景を見まいとして、アリスは目を閉じかけた。ところが、最後の瞬間になって、高度な訓練を受けた軍馬は騎手の下した目に見えない指示にしたがい、進路を変えた。巨大な馬は盗賊をかすめるようにして先へと進んだ。アイパッチの男は無傷のまま、その場に立ちすくんだ。

軍馬は身震いしながら立ち止まり、張りつめた臀部を中心にぐるりと方向転換すると、身を縮めているアイパッチの男のほうへ歩いていった。頭を振り上げ、重々しく鼻を鳴らして、追跡の終了に抗議するように、大きな蹄をどしんと踏み下ろした。

アイパッチの男は恐ろしさに耐えきれず、膝から崩れ落ちた。

ヒューはアリスに顔を向けた。「怪我はないか?」

アリスは声が出せなかった。口のなかがからからだ。彼女はただうなずいた。

一安心したヒューは、盗賊に注意を向けた。ぞっとするほど穏やかな声で言う。「野ウサギを追いつめる猟犬のように、淑女を追いかけるのだな」

「殺さないでくれよ、旦那」アイパッチの男はすがるように言った。「悪気はなかったんだ。俺たちは娘っことふざけていただけだ。ちょっとナニしたかっただけなんだ。なにも悪いことはねえだろう?」

「その娘っこは」ヒューはゆっくりと嚙みしめるように言った。「私の妻となる許嫁《いいなずけ》だ」

足下の地面がぱっくり割れたかのように、盗賊は大きく目を見開いた。地獄行きはまちがいない。それでも、また言い訳しようと試みて、さらに墓穴を掘った。

「でも、そんなこと、わかれというほうが無理だろう、旦那？　どう見たって、そのへんにいる娘っこと同じなんだから。それが、茂みのなかから出てくるところを見かけたんだ。遊びたがってると思うのは当然だろう」

「黙れ」ヒューは命じた。「おまえをまだ生かしているのは、訊きたいことがあるから、ただそれだけだ。口を慎まないと、おまえの返事などいらないと決めてしまうぞ」

盗賊は身を震わせた。「わかったよ、旦那」

ダンスタンが古い石塀の向こうから走り出てきた。そのすぐあとにベネディクトが、杖の助けを借りながらも驚くような素速さでつづく。ふたりとも肩で息をして、真っ赤な顔をしている。

「アリス」ベネディクトが声を張り上げた。「怪我はない？」

「ええ」アリスは自分が震えていることに気づいた。軍馬の蹄に踏みつけられた男の姿は、意識して見ていない。

ヒューはダンスタンを見た。「倒れている男のようすを見てくれ。〈嵐〉号の突撃を受け、おそらく、もう生きてはいまい」

「わかりました」ダンスタンは倒れている男のほうへゆっくり歩いていった。動かなくなった体をブーツのつま先でつつき、のんびりと草地に唾を吐いた。「あなたの予想どおりのようだ」ダンスタンは身をかがめ、倒れている男の横に落ちているものに目をこらした。「なかなかいい短剣を持っている」

「ほしければ持っていけ」ヒューは言い、馬から降りた。「ほかにも、男がなにか持っていたら、それもおまえのものにしていいぞ」

「たいしたものはなさそうですが」

遠くでいっせいに叫び声があがった。馬上試合の競技場で、二手に分かれた軍勢が激突するときの雄叫びが、風にのって届いたのだ。ダンスタンもベネディクトも振り返り、集団戦が行われている競技場のほうへ目をやった。

アリスは、急に空気が張りつめるのを感じた。

「リヴェンホールのヴィンセントは出場しているのだろうな」しばらくしてヒューが言った。

「はい」ダンスタンが残念そうにため息をついた。「出ています。アードモアのハロルドを狙っているようでした。相手になるとは思えませんがね。ヴィンセントが相手なら、若いハロルドはひとたまりもないだろう」

ヒューは歯を食いしばっていたが、最新の農業技術について話し合っているかのように、声は穏やかなままだ。「きょうは、この盗賊ふたりから得られる戦利品で我慢してもらわなければならず、申し訳ないと思っているぞ、ダンスタン。いまの出来事のせいで、馬上試合会場でもっと実入りのいい勝利をおさめる機会が失われたのはまちがいない」

ダンスタンは半ば閉じた目でちらりとアリスを見た。「まあ、そういうことです」

ヒューは軍馬の手綱をベネディクトに投げた。「代官《シェリフ》を呼んできて、私があとでこの男に尋問すると伝えてくれ」

「わかりました」ベネディクトは〈嵐〉号の手綱をつかんだ。馬はじろりとベネディクトを見た。

ヒューはなんの感情も浮かんでいない目でアリスを見た。「ほんとうに怪我はないな？」

「はい」アリスはささやき声で言った。自分でも愚かだと思ったが、いまにもわっと泣き出しそうになる。ヒューの胸に飛び込んでいきたいという、これ以上はないおかしな欲求もこみ上げていた。「あなたは命の恩人です」

「馬上試合を観戦しろという指示をあなたが聞き入れていたら、こんなことは必要なかった」まるで抑揚のない声で言う。

アリスははっとわれに返った。噂はほんとうなのだと思った。非情なヒューは、温かい心などかけらも持ち合わせていないのだろう。ぼろ切れにくるまれた石の重さを、急にずっしり両手に感じる。やっとの思いで取りもどしたことを、つい忘れていた。

「わたし、緑の石を取りもどしました」アリスは言い、この知らせでヒューの感情を覆いつくしている目に見えない鎖帷子が突き破れたら、と思った。

「そうなのか？」ヒューはアリスが両手で持っている袋をちらりと見た。「あなたがもう少しで支払うはめになった代償を思うと、喜ぶ気にはなれない」

「でも――」

「吟遊詩人のギルバートの居所はもう調べてあった。今夜は、ある騎士たちと、連れのご婦人たちを楽しませることになっている。朝までには、石は無事に私の手にもどっていたはずだ。あなたが命をかけて取りもどす必要はなかった」

揺れ動いていたアリスの気持ちが、突然、ぐいと一方へ振り切れた。激怒したのだ。「そういう予定なら、馬上試合へ向かう前に話してくださるべきです。お忘れかもしれませんが、わたしたちは対等なパートナーなんです。そういう取り決めでした」

「あなたの言う取り決めは、私が指示を下す場合は無効だ。したがってもらうものと期待する」

「そんなの不公平すぎるわ」

「不公平？」ヒューはアリスに向かって歩き出した。「愚かな危険を冒したあなたに異議を唱えたというだけで、私が公平の観念に欠けているというのか？」

アリスは驚いてヒューを見つめた。「あなた、怒ってらっしゃる」

「そのとおりだ、マダム」

「ほんきで怒ってるわ」いったん息をつく。「わたしが危険なまねをしたという、ただそれだけの理由で」

「私には、それほど些細な問題には思えないが、レイディ」

ヒューの険悪な表情を見て、アリスはますます不安を募らせて当然だったが、どういうわけかそんな気持ちにはまったくならなかった。彼女の胸の奥に、小さな希望の火がぽっとともった。

「あなたは、じつは、緑の石よりわたしのことのほうを気にかけてらっしゃるんだわ」

「あなたは私の許嫁だ」ヒューは穏やかに言った。「だから、私には責任がある」

アリスはおずおずと笑みを浮かべた。「なかなかの役者でいらっしゃるのね。あなたは、世間に言われているほど冷たい方じゃない。きょう、あなたに命を救われたことは、この命のあるかぎり決して忘れません」

アリスはぼろ切れにくるまれた石を地面に置いて体を起こすと、ヒューの腕のなかへと飛び込んでいった。

ヒューが身につけている鎖帷子の鋼鉄の輪の連なりは冷たく、硬かったが、内側から伝わってくる力強さが不思議なくらい心地いい。アリスはヒューにしがみついた。

「その話のつづきは、あとでまた」アリスの髪に口を押しつけたまま、ヒューは言った。

夕食の準備がととのい、たき火を囲んだ食事が終わるのを待ってようやく、ヒューはアリスのテントへ向かった。

なかなかいいテントだ。近づいていきながら、皮肉混じりに思う。広々として立派だ。居心地もいい。中央に間仕切りさえある。今回の旅で唯一、荷馬車に積んで持ってきたテントだった。

ヒューのテントだ。

それをアリスに使わせようと決めていた。仕切りで隔てられたテントを彼と分かち合う心遣いはあるかどうか、わざわざ訊きはしなかった。そんな質問をしても、返ってくる答えはわかりきっている。

ゆうべ、ヒューはたき火のそばで部下たちといっしょに眠った。アリスはひとりだけの空間でそれなりの贅沢《ぜいたく》を楽しんでいるというのに、彼が今夜も同じように眠らなければならない可能性はかぎりなく高い。

これまで、アリスはひとりで眠るだけでなく、食事もひとりでテントで取っていた。彼女の叔父が不愉快そうに言っていたとおり、騎士や兵士たちと言葉を交わす気はさらさらないらしい。

彼の毛布にくるまっているアリスを思い浮かべたヒューは、うめき声を押し殺さなければならなかった。根深く、執拗《しつよう》な欲求が下半身に取りついていた。女性と肌を合わせなくなって、もうずいぶんになる。秩序を重んじる者として、みずからの欲望の言いなりになるのは避けてきたが、それなりの代償も支払わねばならなかった。

性的欲求を満たせない耐えがたいつらさは、わかりすぎるほどわかっている。この数年間、そんな経験をいやになるほど重ねてきたのだ。妻を娶れば状況も変わるだろうと自分に言い聞かせ、気持ちを慰めてきた。

そう思い返したら、当然の流れとして、自分は妻を娶ったも同然なのだという、あまりにもわかりきった思いが浮かんだ。たいていの男女にとって、婚約とは結婚を誓い合ったのも同然であり、ベッドをともにして結びつきを完全なものにするのを拒む者はめったにいない。それどころか、そういった行為は実際上、ふたりが結婚するという事実をより確実なものにする。

自分を相手の将来の配偶者ではなく、取り引き仲間だと思っている女性と婚約したのは、不運としか言いようがなかった。いったいどうすれば、修道院に入るより結婚をするほうがおもしろいかもしれないと、アリスを納得させられるだろう。

そんな問題の出現に、ヒューは気をもんでいた。最初は、なにもかもほんとうに簡単に思えたのだ。それが、いまでは、そうでもなかったかもしれないと思いかけている。

自分はさまざまな能力に恵まれているほうだと、ヒューは自負していた。頭だって悪くない。ソーンウッドのエラスムスに教育はしっかり受けさせてもらったし、たいていの男より幅広い分野の本を読んでいるとわかっている。しかし、女性を、とりわけアリスのような女性を理解することとなると、悲しいくらい能力に欠けているのを自覚せざるをえない。

「よろしいですか?」たき火のそばに坐っていたベネディクトが立ち上がり、足早に近づいてきた。「お話があります」

「おまえの姉上に関する話なら、断る」ヒューは言った。

「でも、あなたが姉のところへいらっしゃる前に、姉についてもっとよく知っていただきたいのです。きょうの午後のことですが、姉は悪気はなかったんです」

ヒューは足を止めた。「姉上は、喉をかき切られていてもおかしくなかったのだぞ。あんな愚かなまねを、これからもつづけるように言えというのか？」

「そうではありません、姉はもうあんな無分別なことは決してやりません。言わせていただきますが、あなたは求めていたものを手にしたんです。緑の石は、無事、あなたのもとへもどったではないですか。それでよかったということにはできないでしょうか？」

「できない」揺らめくたき火の炎に照らされた、ベネディクトの不安げな顔を見つめて言う。「そうかっかするな。私は女性を殴りはしない。姉上に手を出したりしない」

ベネディクトはまだ納得しかねていた。「サー・ダンスタンの話によると、あなたが腹を立てているのは、きょうの午後、リヴェンホールのヴィンセントと馬上試合で戦えなかったせいだそうですね」

「で、私がアリスに八つ当たりするのではないかと、おまえは恐れている」

「はい、まさにそれを恐れているんです。アリスは、あれこれ命令をしてくる男性をかならずいらだたせてしまいます。叔父は、いつだって姉に腹を立てていました」

ヒューは一瞬、口をつぐんでから言った。「サー・ラルフは彼女を殴ったのか？」

「いいえ」ベネディクトは静かにほほえんだ。「そんな勇気はなかったでしょう。叔父には予想もできないやり方で、姉に仕返しされるのはわかっていますから」

「そうだな」ヒューはほっとした。「ラルフは少しばかりアリスをこわがっていたように見えたが」

「ほんきでこわがっていたこともあったと思います」ベネディクトは穏やかに言った。「母に関する噂のせいだって、アリスは信じていました」

「母上の？」

「はい。母は薬草の研究者として有名でしたから。その知識の豊富さで右に出る者はいませんでした」ベネディクトは一瞬口ごもってからつづけた。「すごく珍しくてめったに見られない薬草の効能や、病気を治すけれど命を奪うこともできる薬草のこともよく知っていました。それで、そういう知識を、アリスがまだほんとうに小さいころから教えていたんです」

ヒューは両腕がぞくぞくするのを感じた。「つまり、サー・ラルフは、母上から多くの知識を学んだアリスに毒殺されるのではないかと恐れていたと？」

「アリスがそんな恐ろしいことをするはずがありません」ヒューの露骨な言い方に、ベネディクトは見るからにショックを受けていた。「母が姉に教えたのは癒し方であって、害のあたえ方ではありません」

ヒューは手を伸ばし、ベネディクトの肩をつかんだ。「私の顔を見るんだ」

ベネディクトは不安そうな目でヒューの目を見た。「はい」

「アリスと私のあいだには、はっきりさせておかなければならないことがある。その一つが、私の許嫁である姉上は、私の指示にしたがわなければならないということだ。私は気まぐれで命令をするわけではない。私の監督下にある者の安全のためなのだ」

「わかります」

「この件で私たちは言い争うかもしれないが、おまえの姉上を殴るようなことは絶対にしないと誓おう。いまは、それで満足してもらいたい」

ベネディクトは暗がりを見通そうとするように、長々とヒューの表情をうかがっていた。やがて、がちがちにこわばっていた若い肩からいくらか力が抜けた。「わかりました」

ヒューはベネディクトの肩をつかんでいた手を離した。「彼女も理解するだろう。私の保護下にいるあいだは、私の支配下にある者たちと同様、私にしたがわなければならない、と。残念ながら、たまにきょうのように、私の命令にしたがうかどうかに彼女の命がかかってくる場合もあるのだ」

ベネディクトはうめき声をあげた。「それを姉に納得させられるように、あなたの幸運をお祈りします」

ヒューはかすかにほほえんだ。「ありがとう。どうやら幸運が必要になりそうだ」

ヒューは背中を向け、また黒いテントへと向かった。いい夜だ、と彼は思った。ひんやりと涼しいが、寒くはない。イプストークの町外れに広がる暗がりに、野営のたき火が点在している。酔っぱらいがどんちゃん騒ぎをしている歓声や、けたたましい笑い声、とぎれとぎれの歌声が、夜気にのって運ばれてくる。

馬上試合があった日の、典型的な夜だった。試合に勝った領主や騎士たちは、物語詩《バラッド》や語りで勝利を祝う。敗者たちは、たいてい愛想はいいが高値をふっかけてくる仲介者と、支払わなければならない身代金の交渉中だ。

その日の試合のせいで、生活が苦しくなる者もひとりやふたりではない。打ち身や、たまには骨折の手当も必要になる。

しかし、このイプストークの市が終われば、勝者敗者を問わず大部分の者たちは、どこであれつぎの馬上試合が開かれる町へと急ぐ。そうやって生計を立てている男は多い。イギリスでは、厳密にいうと馬上試合は違法行為だが、この競技への人びとの熱狂は募るばかりだった。

ヒューは、この世界にあまり関心のない少数派のひとりだった。馬上試合に参加するのは、そういった競技を通して兵士たちを訓練させたいときだけだ。

あるいは、めったにないが、リヴェンホールのヴィンセントと試合で戦えると、あらかじめわかった場合にかぎられる。

黒いテントから明かりが漏れている。アリスは火鉢に火を入れて暖を取り、照明用にロウソクを灯しているらしい。入り口の垂れ布をめくり上げて、黙って戸口に立つ。アリスはなにも気づかない。一つだけ旅用に運ばれてきた、小さな折りたたみ式スツールに坐っている。

アリスはヒューに背中を向けていた。背中のラインが優雅で、たまらなく女らしい。頭を下げて、膝にのせたなにかを食い入るように見つめている。

つや出しした銅のような深い色合いの髪は結い上げてネットに包まれ、火鉢で燃えている石炭より赤々と輝いている。優雅に流れるようなスカートのひだが、彼女の脚とスツールを覆っている。

私の許嫁だ。体のなかで欲望の大きな波が砕け、ヒューは思わず大きく息を吸い込んだ。垂れ布をつかんだ指先に、つい力がこもる。彼女がほしい、と思った。

しばらくのあいだ、その日、アリスが胸に飛び込んできたときの、自分の驚くべき反応のことしか考えられなくなる。あのときのヒューの感情は、目に見えないなにかの縁で揺れ動いていた。危険を冒したアリスへの怒りと、彼女がもう少しで殺されていたかもしれないという胸をえぐられるような恐怖の板挟みになっていた。もうちょっとのところで、彼女を失うところだったのだ。

彼女は私のものだ、という狂おしい思いに取りつかれ、ヒューの手は震え出した。

ヒューの存在を感じたかのように、アリスが急に振り返って彼を見つめた。目をぱちくりさせる彼女の関心が、べつのなにかから自分へと移るのが、ヒューは手に取るようにわかった。やがて、アリスは笑みを浮かべ、ヒューは思わず手を差し伸べそうになるのをこらえて、拳を握った。

「ご主人様。物音がしなかったので、気づきませんでした」

「ほかのものに気を取られていたのだろう」ヒューは切れ切れになった自制心のありったけをかき集めた。ゆっくりとテントのなかに入って、垂れ布を下ろす。

「はい、おっしゃるとおりです」

絨毯《じゅうたん》を踏みしめてテントのなかへとさらに入って、アリスの膝の上のものを見下ろした。

「まだ私の石を観察しているらしい」

「まだわたしの石を観察しているんです」アリスは指先で、無数に切り子面のある緑の石をなでた。「吟遊詩人のギルバートや盗賊ふたりが、どうしてこれにそれほど価値があると思ったのか、考えているところです」

「その吟遊詩人から多くを知ることはかなわない。ギルバートは姿を消してしまった」吟遊詩人が失踪したという知らせは、その日のいらだちのもう一つの種だった。何一つうまくいかないようじゃないか。ヒューはむっとしながら思った。

「そんなことだろうと思っていました」アリスは言った。「ギルバートって、なんだかすごく浮ついているんです。わたしは、彼も、彼の歌も、あまり好きになれませんでした」

ヒューはロウソクの明かりに照らされたアリスの顔を見つめた。「女性には人気のある男と聞いたが」

アリスは上品に鼻を鳴らした。「わたしはまるでいいとは思いませんでした。叔父の館に泊まっていたある晩、彼はわたしにキスをしようとしたんです」

「やつが？　ほんとうか？」ヒューは穏やかに訊いた。

「ええ。あんなに腹が立ったことはありません。マグを逆さまにして、頭からエールをかけてやりました。それからというもの、彼はわたしに話しかけさえしませんでした」

「なるほど」

アリスは顔を上げた。「アイパッチの盗賊からは、なにか訊き出せましたか？」

「ほとんどなにも」二つ目のスツールはないとわかっている。ヒューは、アリスが収集した石を収めているどっしりした木箱の一つに腰かけた。「進んでぺらぺらしゃべっていたが、相棒がだれかと取り引きをして石を探すはめになったこと以外、なにも知らないのだ。おそらく、クライドメアの露天商を殺したのは、あのアイパッチの男と相棒だろう」

「まあ」アリスの声は心なしか震えていた。

「残念ながら、実際に取り引きをしたのは、〈嵐〉号の蹄に踏みしだかれたほうの男だった。死んでしまったのだから、なにも聞き出せない」

「わかりました」

ヒューは目を細めてつづけた。「あのふたりはろくになにも考えず、あなたを殺していたかもしれないのだ」

アリスはこぼれんばかりの笑顔でヒューを見た。「でも、あなたが救ってくださいました」

「私が言おうとしているのはそんなことではない」

アリスはしかめ面をした。「おっしゃろうとしていることはわかっています。でも、肯定的な面にも目を向けてください。殺人犯のひとりは亡くなり、もうひとりは代官につかまっています。わたしたちは無事で、盗まれた石も取りもどしました」

「一つ、忘れている」

「とおっしゃると？」

「石を手に入れようとしてふたりを雇った者はまだどこかにいて、それがなにものなのか、われわれには手がかりの一つもないということだ」

アリスは両手の指先で石を締めつけた。「でも、石を盗む計画が失敗に終わったことは、だれだかわからないその人にも伝わるはずです。石はもうあなたの手元にあるんです。あなたから奪おうとするほど大胆な人は、どこにもいません」

「それだけ信頼してもらえるのはありがたい」ヒューはぼそぼそと言った。「しかし、石を盗もうとする者がすべて、私の技量を同じように評価するとはかぎらないだろう」

「ありえません。あなたは生きながら伝説になる人にちがいないって、叔父も言っていました」

「アリス、残念ながら、リングウッド荘園やイプストークのようなへんぴな場所で伝説になるようなものでも、ほかの土地では、まあそこそこという程度の評判にすぎないのだ」

「そんな話、信じる気はさらさらありません」意外にも、百パーセントの忠誠心を見せてアリスは言った。「わたしはきょう、あなたが盗賊ふたりを始末するところを見ていましたから。ふたりを雇った者は、もう二度と石を取りもどそうとはしないはずです。あれが彼の最後の試みになるに決まっています」

「アリス――」

アリスは人差し指でとんとんと石をたたいた。眉をひそめ、集中してなにかを考えている。「最初にこの石を盗んだ人にはどんな理由があったのか、どうしても知りたいわ」

とても美しいとは言えない石を、ヒューはちらりと見て言った。「だれかが価値のある宝石とまちがえた、ということはありうるだろう。いずれにしても、偉大な宝物の最後の一つと言われている石だ」

露骨に疑わしげな顔をして、アリスは石を見た。「安い値をつけたのだから、わたしの従弟のジャーヴァスに石を売った露天商は、価値あるものとは思っていなかったはずです。たんなる変わった石、ていどに思っていたのでしょう。せいぜい自然哲学の研究者くらいが興味を持つような安っぽい飾り物です」

「石を盗んだ者は、いわゆる金銭的な価値とはまったくちがう価値があると信じていたのだろう」

アリスはさっと顔を上げた。「どういう価値ですか？」

「前に言ったように、この石の所有は、スカークリフの統治にかかわる伝説と呪いに結びついている」

「ええ。つまり、どういうことですか？」

ヒューは肩をすくめた。「おそらく、私がスカークリフの新たな領主になることを望まない者がいるのだろう」

「それはだれでしょう？」

ヒューはぼんやりと指先で腿をたたいた。「リヴェンホールのヴィンセントの話をしたことがあったと思うが」

「あなたがきょう、馬上試合で戦いたかった方ですね？　あなたは試合を棄権せざるをえなかったことになにより腹を立てていらっしゃったと、弟が言っていました。もちろん、あなたが馬上試合を見送らなければならなくなったのはわたしのせいだと、よくわかっています」

「そのとおりだ」

アリスはまぶしいほどの笑顔をヒューに向けた。「でも、結局のところ、あなたは石を取りもどすほうが重要だと認められた。そして、わたしたちは石を取りもどした、そうでしょう？　すべてうまくいったんだわ。だから、ちょっと前の不幸な出来事は忘れてしまいましょう」

気は進まなかったが、ヒューはそろそろ服従についてささやかな講義をするべきだ、と決断を下した。「あなたの言う不幸な出来事を忘れるというのは、私の流儀ではないぞ、マダム。それどころか、そういった出来事は揺るぎない教訓を伝えるのに利用しなければならない、というのが私の持論だ」

「ご心配にはおよびません。自分でちゃんと学びましたから」アリスは明るく請け合った。

「その言葉を信じられたらいいのだが」ヒューは言った。「しかし、なんとなく――」

「し――っ」アリスは片手を上げてヒューを黙らせた。「あれはなに？」

ヒューは眉を寄せた。「なにとは？」

「どこかの吟遊詩人がバラッドを歌っているわ。聞いて。あなたのことを歌っているみたい」

力強い男の歌声が風にのって、黒いテントのなかまで漂ってきた。

非情と呼ばれる騎士どのは、恐れを知らないというもっぱらの評判。
しかし、教えて進ぜよう。なんと、本日、その彼は、
サー・ヴィンセントの前から逃げ出した。

「なるほど、私のことだ」ヒューはうなるように言った。ヴィンセントが彼なりの復讐法を見つけたのだ、と思った。アリスのような女性と婚約すると、こういう代償も支払わなければならないらしい。

アリスは石を置き、はじかれたように立ち上がった。「酔っ払った吟遊詩人があなたを中傷しています」

「これで、私がさっき言ったのはほんとうだとわかったはずだ。ちょっとした好ましい伝説のネタも、場所が変わると笑いぐさでしかない」

サー・ヒューは、かつて、大胆不敵な騎士たちを
震え上がらせ、尻込みさせた。
しかし、これからお聞き願うのは、
彼の真実の姿、臆病な本性。

「ひどすぎる」アリスはテントの垂れ布へ向かった。「堪忍ならないわ。あなたがきょう、愚かな馬上試合に参加しそこなったのは、真の英雄になるための用事で忙しかったからよ」

　アリスは吟遊詩人のところへ押しかけようとしていると、遅ればせながらヒューは気づいた。「いや、アリス、待ちなさい。こちらへもどってくるんだ」

「すぐにもどります。まず、あの吟遊詩人のばかばかしい詩を訂正させなければ」するりとテントの垂れ布をすり抜けていく。出ていったアリスの背後にはらりと布が降りた。

「なんたること」ヒューは木箱から立ち上がり、テントの絨毯を二歩で横切っていった。

　垂れ布に手を伸ばして、力まかせに引き上げる。たき火の明かりのなかに、アリスの姿が見えた。両手でスカートをつかんで、近くのたき火に向かってどんどん歩いていく。決然と顎を突き出している。ヒューの兵士たちが驚きの表情で、アリスの後ろ姿を見送っていた。目の前に厄介ごとが迫っているのも知らず、吟遊詩人は歌のつづきを歌い出した。

　　きっと彼の愛しの人は、もっと強くてたのもしい、
　ほかの騎士を探すだろう。
なぜなら、〈嵐を呼ぶもの〉はやわになり、
　真夏のそよ風のごとく、弱々しいから。

「ちょっと、そこの吟遊詩人さん」アリスは声を張り上げた。「そのばかばかしい歌をがな

りたてるのを、すぐにやめてもらえます？」

野営地のたき火をつぎつぎとめぐり、声をかけられると立ち止まり、できたばかりのバラッドを披露している吟遊詩人は、ふいに口をつぐんだ。

ヒューには、夜が急に不自然なくらい静かになったように思えた。唖然《あぜん》としてアリスを見つめているのは、ヒューの兵士たちばかりではない。近くに点在するたき火を囲んでいる者はひとり残らず、アリスに注目している。

近づいてきたアリスが目の前で立ち止まると、吟遊詩人はいきなりうやうやしくお辞儀をした。

「マイ・レイディ、どうぞお許しください」と、慇懃《いんぎん》無礼にささやく。「私の歌をお気に召されなかったようで、残念至極でございます。だれよりも気高く、勇ましい騎士からのご要望で、きょうの午後、できたばかりの曲なのですが」

「リヴェンホールのヴィンセントでしょう？」

「はい」吟遊詩人は声をあげて笑った。「馬上試合の競技場における輝かしい勝利を祝って、歌をつくるようにご要望なさったのは、もちろん、サー・ヴィンセントでございます。あの方に、英雄のバラッドはふさわしくないとおっしゃるのでしょうか？」

「ええ、そうよ。なぜなら、彼はきょうのチャンピオンではないもの。雄々しい真の英雄は、サー・ヒューです」

「サー・ヴィンセントと馬上試合で相対するのを拒んだというのに？」吟遊詩人はにやりと

笑った。「失礼ながら、それは英雄にふさわしくない振る舞いかと存じます、マダム」

「きょうの午後に起こった出来事の真相を、あなたもサー・ヴィンセントも知らないんだわ」アリスはいったん口をつぐみ、いつのまにかぐるりとまわりを取り囲んで聞き耳を立てている連中をにらみつけた。「さあ、みなさん、きょう、ほんとうはなにがあったのかお話ししますから、よくお聞きなさい。サー・ヒューが馬上試合への参加を辞退せざるをえなかったのは、真の英雄としてやるべきことがあったからです」

赤い上着を着た長身の男が、たき火の明かりの輪のなかに進み出てきた。炎に照らされて、男のわし鼻が浮かび上がる。

やってきた男が何者かわかり、ヒューはうめき声をあげた。

「英雄としてなにをやらなければならず、サー・ヒューは名誉ある競技場に背を向けたのでしょう、マイ・レイディ？」長身の男が丁重に尋ねた。

アリスはくるりと体の向きを変えて、男と向き合った。「教えてさしあげましょう。きょうの午後、サー・ヴィンセントがお遊びに興じているあいだ、サー・ヒューは残忍な盗賊ふたりの手からわたしを救ってくださったのです。平然とわたしの命を奪いかねない強盗でした」

「それで、あなたはどなたなのです？」長身の男は訊いた。

「アリスと申します。サー・ヒューの許嫁です」

その言葉を受けて、興味深げなささやき声がさざ波のように広がった。そんな反応をアリスは気にもかけない。

「なるほど、あなたが」長身の男は、たき火の炎に照らされたアリスをじっと見つめた。「それはなんとおもしろい」

アリスは見透かすような目で男を見つめた。「わたしの命を救うのは、どう考えても愚かな暇つぶしにかまけるより、はるかに英雄にふさわしい行いだと、あなたも同意されることでしょう」

長身の男の視線はアリスを通り越し、背後の、少し離れたところに立っているヒューに注がれた。自分とほとんど同じ色だと知っている目と目が合って、ヒューはかすかにほほえんだ。

長身の男はアリスに視線をもどした。そして、さっとあざけるようにお辞儀をした。「申し訳ありません、マダム。吟遊詩人の歌にご立腹されたなら残念です。そして、きょうの午後、あなたが盗賊との遭遇を無事、切り抜けられたと知って、うれしく思います」

「ありがとう」アリスは礼儀正しく、しかし冷ややかに言った。

「あなたは、かなりの世間知らずでいらっしゃるようだ、マダム」後ずさりしながら、長身の男はたき火の明かりの輪から出ていった。「あなたにとって、非情なヒューが真の英雄でありつづけるかどうか、これは見物《みもの》と言えましょう」

アリスの返事も待たず、男は立ち去った。

アリスは男の後ろ姿をにらみつけてから、ふたたび吟遊詩人のほうを見た。「歌うなら、ほかの歌にしてちょうだい」

「わかりました、マイ・レイディ」吟遊詩人はいかにもおかしそうににやりとしながら、また素速くお辞儀をした。

アリスはくるりと背中を向け、ヒューの野営地へもどっていった。行く先にヒューの姿が見えて、立ち止まる。

「まあ、そこにいらしたのね。うれしいご報告があります。リヴェンホールのヴィンセントにまつわるばかげたバラッドを聴かされて、いやな思いをすることはもう二度とありません」

「ありがとう、レイディ」ヒューは彼女の腕を取り、テントへと導いていった。「お気遣いをいただき、感謝する」

「お礼などおっしゃらないで。あの愚か者があなたについてでたらめを歌うのを、放っておくわけにはいきません。きょうの真の英雄はあなたなのに、リヴェンホールのサー・ヴィンセントを英雄にまつりあげる権利はありません」

「吟遊詩人も、できることはなんでもして暮らしを立てなければならない。バラッドを歌わせたくて、サー・ヴィンセントはたっぷり金を払ったにちがいない」

「ええ」アリスの表情が、急にうれしそうに輝いた。「いいことを思いつきました。吟遊詩人にお金を払って、あなたの歌を作ってもらいましょう」

「それはやめたほうがいい」ヒューはきっぱり言った。「私を題材にしたバラッドを作らせるより、もっといい金の使い道があるはずだ」

「あなたがそうおっしゃるなら」アリスはため息をついた。「きっとお高いのでしょうし」

「そうだ」

「でも、きっとすてきな歌になるはずだわ。払うお金に充分見合うような」

「あきらめなさい、アリス」

アリスはしかめ面をした。「たき火のそばまでいらした、あの背の高い男性をご存じ？」

「知っている」ヒューは言った。「あれがリヴェンホールのヴィンセントだ」

「サー・ヴィンセント？」アリスはぴたっと立ち止まった。驚きの表情でヒューを見つめる。「あの方のことですが、じつは、どことなくあなたに似てらっしゃいました」

「彼は私の従兄弟だ」ヒューは言った。「彼の伯父のサー・マシューは、亡くなった私の父だ」

「あなたの従兄弟」アリスは呆然として言った。

「父はリヴェンホールの跡継ぎだった」長年のあいだ、この話をするたびに癖になった、いかにもつまらなそうな笑みを浮かべた。「母が妊娠する前に、サー・マシューがきちんと結婚することを怠らなければ、リヴェンホールの領地はサー・ヴィンセントではなく、この私が受け継いでいたのだ」

8

いかにもおかしそうにしているヒューの部下たちの視線を、アリスは痛いほど感じた。足早にテントへもどるあいだも、たき火を囲んでいるうちの数人が、にたにた笑いを隠しているのがわかる。ベネディクトさえ、笑い声を抑えきれないような妙な表情で彼女を見ている。

「私の耳がたしかなら」たき火越しにかろうじて聞き取れる声で、ダンスタンが言った。「あそこの吟遊詩人は、歌うべき新しい歌を作り上げたようだ」

非情なヒューは剣を捨てるやもしれぬ。
主人を守ってくれる、淑女と婚約したのがその理由。

「なるほどねえ」ほかのだれかが満足げに言った。「さっきの歌よりよっぽどおもしろい」

どっと笑い声が起こった。

アリスは眉をひそめて、振り返った。ヴィンセントに金をもらい、ヒューにまつわるくだらないバラッドを歌った吟遊詩人が、リュートをつまびきながら新たな歌を歌っているらしい。また点在する野営地を歩きまわり、歌でみんなを喜ばせているのだろう。

淑女からの婚約祝い。それは土地よりはるかに価値がある
彼女にかかれば、サー・ヒューの名誉は安泰なり。

そのとおり、という歓声がわき上がった。

アリスは顔から火が出る思いだった。こんどは、彼女が詩のモデルにされている。不安げに顔を上げて、ヒューがばつの悪い思いをしているかどうかたしかめた。

「ウィルフレッドの言うとおりだ」ヒューは静かに言った。「こんどの曲のほうが前のよりはるかに楽しめる」

ベネディクトもダンスタンも、ほかの全員といっしょにどっと笑い声をあげた。

「きょうの午後、サー・ヴィンセントは試合に勝ったかもしれないが」兵士のひとりが声を張り上げた。「今夜は、こてんぱんにのされちまった」

あたりが暗くて、燃えるように赤い頬を人に見られないのはほんとうにありがたい、とアリスは心から思った。そして、従者のひとりをはたと見つめた。「わたしのテントにワイン

を持ってきていただける？」

「承知いたしました」従者は笑いをかみ殺して、いきおいよく立ち上がった。そばにある酒の保管ワゴンに向かって暗がりを歩き出す。

「ついでに、私にもワインを一杯たのむ、トーマス」ヒューが声をかけた。「私のテントへ持ってきてくれ」

「わかりました」

たき火の明かりに照らされ、テントの垂れ布を上げるヒューが、一瞬、にこりとするのが見えた。「サー・ヴィンセントの敗北を祝して乾杯する機会など、めったにあるものではないぞ」

「ほんとうにもう、調子に乗りすぎです」アリスは支えられた垂れ布の下をくぐり、ほどほどにプライバシーの守られるテントのなかへと急いだ。「わたしはサー・ヴィンセントを打ち負かしてなどいません。きょうの出来事をまちがって解釈してらしたから、訂正しただけです」

「いいや、マダム」ヒューは垂れ布を下ろした。「まちがってはならない。あなたは打ち負かしたのだ。まぎれもなく。そして、そのことは吟遊詩人の新たな歌を聴くおおぜいの者に伝わるだろう。まったく、馬上試合での勝利に匹敵するくらい、私は満足しているぞ」

アリスはくるりと踵《かかと》で回転して、ヒューと向き合った。「つまらない冗談はやめてくださ い」

ヒューは肩をすくめた。「さすがに少々、大げさだったかもしれない。たしかに、馬上試合で従兄弟を落馬させたほうが、いくらか喜びは大きかっただろう。しかし、たいした差ではない」魅力的な笑みが浮かんで、すぐに消えた。「たいした差ではない」

「ご領主様？」トーマスがテントの垂れ布をめくった。「おふたりにワインをお持ちいたしました」カップ二つと、ワインの細口瓶をのせたトレイを差し出す。

「結構だね」ヒューはトーマスの手からさっとトレイを引き取った。「いまのところ、ほかに用事はない。私を守ってくれた高潔なお方を、ふさわしいやり方でもてなしたいので、下がってよいぞ」

「承知しました」最後にちらりと好奇の視線をアリスに向けてから、トーマスはお辞儀をしてテントから出ていった。

ヒューがカップにワインを注いでいるかたわらで、アリスは眉をひそめた。「あんなばつの悪い出来事をちゃかして楽しむのは、ほんとうにもうやめてください」

「そうか、しかし、あなたにはわからないかもしれないが、ちょっとほかにないほど愉快なことなのだ」ヒューはカップの一つをアリスに渡し、自分のカップをちょっと掲げて敬意を表した。

「サー・ヴィンセントが恥をかくのを見るのが、あなたにはそんなに大切なことなのですか？」

「たまにヴィンセントにちょっとした恥をかかせることだけが、私がご主君様に許されているすべてなのだ」

「おっしゃっていることがわかりません」

「ソーンウッドのエラスムス様は、馬上試合以外で、ヴィンセントと私が武器を取って戦うことを禁じておられる。そんな無駄にしかならない放埒《ほうらつ》行為を許すわけにはいかないとおっしゃるのだ」

「ソーンウッドのエラスムス様は、とても聡明な方でいらっしゃるようね」

「そのとおりだ」ヒューは認めた。「しかし、あの方の堅実な経済観念は、私には物足りない。今夜、用意してくれた料理はとてもおいしかったぞ、マダム。これからも腹いっぱい食べて楽しませてもらおう。しかし、私がたとえようもないほど喜んでいるのは、あなたのすばらしい料理の腕前ではない」

ヒューのちゃかすような物言いに、アリスはまたいらいらしはじめた。「なにがそんなに楽しいのですか？」

ヒューはワインのカップ越しに、アリスにほほえみかけた。琥珀《こはく》色の彼の目が、丸々とした鳩を腹いっぱい食べたばかりの鷹《たか》の目のように輝いている。「記憶にあるかぎり、今夜は私が生まれて初めて、だれかに守ってもらえた日なのだ。ありがとう、マダム」

ワインのカップを持つアリスの指先が震えた。「とんでもないことです。きょうの午後、あなたがわたしの命を救ってくださったのです」

「私たちの関係は、かなりうまくいっているのではないだろうか？」ヒューは無頓着を装って訊いた。

物言いたげなヒューの目を見て、アリスは平静さを失いかけた。わたしったらどうかしている、と思った。きょうはあまりに多くのことがありすぎた。問題はそれだ。

破れかぶれになって、どうやったら話題を変えられるかと知恵を絞った。とりあえず、頭に浮かんだことを口にする。「聞いたところによると、あなたは非嫡出子として生まれたそうですね」

一瞬、ヒューのまわりの空気が凍りついた。その目から、いたずらっ子がおもしろがっているような表情が消えた。「そう、それはほんとうだ。非嫡出子と婚約したと知って悩んでいるのだろうか、マダム?」

口を開くのじゃなかった、とアリスは後悔した。なんてばかなことを言ってしまったのだろう? 頭がどうかしてしまったの? 礼儀知らずなのは、言うまでもない。「そうではありません。あなたの家系についてなにも知らない、と言いたかっただけです。わたしにとってあなたは、謎そのものです」いったん言葉を切る。「あなたがそうしようと望んでらっしゃるのでは、と思っています」

「事実を知らされなければ知らされないほど、人びとは伝説を信じがちだと気づいたのだ。しかも、彼らはたいてい、事実よりも伝説を好む」じっと瞑想にふけるような表情で、ヒューはワインに口をつけた。「便利と言えないこともない。しかし、忌まわしい緑の石の場合のように、厄介なこともある」

アリスはワインのカップを握りしめた。「わたしは自然哲学の研究者です。ですから、率直にご返事いただきたいと思います。伝説の下に潜む事実を教えていただくほうがよいのです」

「そうかね？」

アリスはワインをちょっとだけ飲んで気持ちの準備をした。「今夜、あなたについて二、三、新たに知りましたが、まだ知らないことがほとんどだと思っています」

「あなたは知りたがり屋だな。危険と言えなくもない気性だ」

「女性の場合ですか？」とげのある口調で訊いた。

「男女を問わず。あまり知りたがらない人にとって世の中は、より単純で、まちがいなくより安全だ」

「そうかもしれません」アリスは顔をしかめた。「残念ながら、わたしはついなんでも知りたくなってしまうのです」

「そう、そのようだな」ヒューは長々とアリスを見つめ、ある問題をどうするべきか思いをめぐらせた。やがて、木の収納箱に近づいていって、腰をかけた。ワインのカップを両手で包んで、錬金術師の秘薬であるかのように、なかをのぞきこむ。「なにが知りたい？」

アリスはびっくりした。ヒューが進んで話してくれようとは思ってもいなかった。ゆっくりと折りたたみ式のスツールに腰を下ろす。「わたしの質問に答えてくださるのですか？」

「いくつかは。全部ではない。質問をしてくれたら、そのうちのどれに答えるか、私が決める」

アリスは大きく息をついた。「あなたが生まれた事情は、あなたのせいでもサー・ヴィンセントのせいでもありません。あなたが非嫡出子として生まれ、その結果、リヴェンホールの領地を受け継げなかったのは運に恵まれなかったからです」

ヒューは肩をすくめた。「そうだ」

「でも、あなたがそんななりゆきを従兄弟のせいにする事情が、わたしにはわかりません。あなたは、なにも悪いことをしていない人に恨みを抱くようなタイプにも思えないし。どうして、あなたとサー・ヴィンセントは不《ふ》倶《ぐ》戴天《たいてん》の敵同士になったのでしょう？」

ヒューはしばらくなにも答えなかった。ようやくしゃべりだした彼の声から、感情や気持ちの動きはまったく消えていた。自分ではなく、だれか第三者の生い立ちを語っているかのようだ。

「ごく単純な話だ。ヴィンセントの一家はわれわれ一家を心底嫌っていた。だから、私たちも彼らを嫌った。たがいの両親も、同じ世代の残りの者たちも、すべて亡くなったいま、確執を背負っていくのは私と従兄弟だけになった、というわけだ」

「でも、なぜ？」

ヒューは大きな手で包んだカップをゆっくり揺すった。「話せば長くなる」

「どうしても聞かせていただきたいわ」

「いいだろう。大事なところだけ話そう。こうなったからには、そのくらいはする義務がある」ヒューはまた口をつぐみ、どこか奥深い、秘密の場所から思いをかき集めているように見えた。

アリスはぴくりとも動かなかった。テントのなかが、わけのわからない魔法に満たされたようだ。ロウソクの炎が縮まり、火鉢の残り火が弱まった。外から聞こえる笑い声や歌声も、はるか遠くに遠ざかったようにかすかになった。

テントのなかの影という影が一つに結びつく。それが、ヒューの体のまわりで渦巻いているようだ。

「リヴェンホールのサー・マシューというのが父の名だ。立派な騎士だったそうだ。ご主君様から豊かな荘園をいくつか賜ったという」

「どうぞ、先をつづけてください」アリスはそっとうながした。

「そのうち、家同士の話し合いで父の結婚相手が決まった。彼女は財産の相続人だった。理想的な縁組みと思われ、だれの目にもサー・マシューは大喜びしているように見えた。しかし、それでも父は、近くに住む若い娘への欲望を押さえきれなかった。彼女の父親は領地スカークリフの持ち主だった。私の祖父はなんとかひとり娘を守ろうとしたが、サー・マシューは彼女を口説いて、こっそりふたりきりで会うことにしてしまった」

「その女性があなたのお母様？」

「そうだ。彼女の名はマーガレット」ヒューは手のひらで包んだカップを傾けた。「リヴェンホールのマシューは彼女の貞節を奪い、妊娠させた。そして、主君に仕えるために出かけてしまった。私は、彼がノルマンディにいるあいだに生まれた」

「そして、どうなったんですか？」

「よくある話だ」ヒューは投げやりに一方の手を動かした。「私の祖父は激怒した。リヴェンホールへ乗り込んでいって、マシューがノルマンディからもどったら私の母と結婚しろと要求した」

「サー・マシューの婚約を破談にさせるつもりだったの？」

「そうだ。サー・マシューの家族は、貧しくてちっぽけな荘園一つしか持参できない若い娘と跡継ぎを結婚させるわけにはいかないと、きっぱり伝えた」

「サー・マシューの許嫁はどうされたの？　彼女はどう考えていたの？」

「彼女の一族はサー・マシューに劣らず結婚を望んでいた。さっきも言ったが、これ以上はないような縁組みとされていたのだ」

アリスはうなずいた。「では、婚約の解消はだれも望んでいなかったのですね？」

「そうだ」ヒューはちらりとアリスを見てから、火鉢の消えかかった炭を見つめた。「だれよりも望んでいなかったのがリヴェンホールのマシューだった。裕福な女相続人を捨てて、私の母を取る気はさらさらなかった。しかし、ノルマンディからもどった父は、一度、母に会いにいっている」

「きみを愛している。べつの女性と結婚せざるをえないが、ずっと愛しつづける、と伝えに？」すかさず訊いた。

ヒューは口角の一方をぴくりとさせ、つまらなそうにほほえんだ。「この話にロマンチックな結末をつけて安心したいのだろうか？」

アリスは真っ赤になった。「おっしゃるとおりだと思います。そうなりますか？」

「いいや」

「では、どうなったのです？　リヴェンホールのマシューはあなたのお母様に会って息子が生まれたと知り、なんと伝えたのです？」

「それはだれにもわからない」ヒューはワインをもう一口飲んだ。「しかし、なんと言ったにせよ、母は気に入らなかったようだ。母は父を殺して、自殺した。翌朝、ふたりは遺体で発見された」

アリスはぽかんと口を開けていた。声が出なくて、何度か口をぱくぱくさせる。ようやく絞り出したのは、調子はずれの金切り声だった。「あなたのお母様がお父様を殺したの？」

「そう言われている」

「でも、どうやって？　立派な騎士だったというお父様をどうやって殺せるの？　相手が女性なら、お父様はなにがあろうと身を守れたはずです」

ヒューは険しい目をしてアリスを見つめた。「母は女性の武器を使ったのだ」

「毒を？」

「その夜、父に出したワインに混ぜた」

「なんてこと」アリスは自分のカップに残っている赤ワインをのぞき込んだ。なぜか、もう飲む気にはなれない。「そして、ご自分でもワインを？」

「そうだ。そして、ヴィンセントの父親、つまりマシューの弟がリヴェンホールを受け継いだ」

「そして、あなたのお母様にサー・マシューを、つまり伯父様を殺されたと信じて、あなたに敵意を抱いているのね？」

「赤ん坊のころから私を嫌うように教えられてきたのだ。私の母がああいうことをしたから、リヴェンホールの領主になれたというのに。じつを言うと、私も、憎しみには憎しみで報いるように教えられた」

「あなたはどなたに育てられたのですか？」

「生まれてから八年間は祖父に。祖父が亡くなると、ソーンウッドのエラスムス様の家で育てられた。捨て子にならなかったのは運がよかった」

「でも、あなたにあるはずの長子相続権はないがしろにされた」と、アリスは小声で言った。

「リヴェンホールを手に入れられなかったのはたしかだが、それはもう私にはどうでもいいのだ」ヒューは満足げな冷笑を浮かべた。「いまでは、自分の領地も持っている。サー・エラスムスのおかげで、祖父の領地は私のものになった」

アリスはベネディクトの相続財産を失ったいきさつを思い、つい小さくため息をつきそうになるのをこらえた。「ほんとうに、よろしかったですね」

アリスの言葉も耳に入らなかったかのように、ヒューはつづけた。「二十二年前に祖父が亡くなってからというもの、スカークリフは災難つづきだった。実際は、それ以前からなにごとにつけ下り坂だったのだ。私は、あそこをもう一度、実り多い豊かな土地にするつもりでいる」

「立派な志です」

「なによりも、私の跡継ぎのために土地はしっかり守る」ワインのカップを包む手に、ぎゅっと力をこめる。「しかし、悪魔の血にかけて誓ってもいいが、ヴィンセントはリヴェンホールを決して守れまい」

恐ろしげな声で言われ、アリスはぎくりとした。「それはなぜですか？」

「ここ数年、リヴェンホールはひどいありさまなのだ。かつて、すばらしく豊かだった面影はどこにもない。ヴィンセントが手当たりしだいに馬上一騎打ち試合や馬上団体戦に出ているのはなぜだと思う？　領地を立て直すための金を、できるだけ稼ごうとしているのだ」

「どうしてそんなことに？」

「ヴィンセントの父親は責任感というものがまったくなかった。領地のリヴェンホールから得られる収入はすべて、聖地への遠征代に費やしてしまった」

「十字軍に参加されたの？」

「そうだ。そして、多くの人がそうであったように、遠い砂漠でイスラム教徒の刃に倒れたのではなく、忌まわしい腹の病気で亡くなった」

アリスは眉をひそめた。「十字軍に参加した人たちを悩ませたいろいろな病気について、母は書き残していたはずです」

ヒューは空になったワインのカップを脇に置いた。両手を膝について、ゆるく両手を組み合わせる。「ヴィンセントの父親は、生まれながらに乱暴で向こう見ずだったそうだ。商才もなく、一族への責任感もまるで持ち合わせていなかった。だから、私の父が亡くなったときの一家の喪失感は、並みたいていのものではなかったとわかるだろう。弟のほうは領地を破産させてしまうだろうと、だれもが信じて疑わなかった。そして、彼はまさにそうする寸前までいった。不運にも、周囲の予想どおりになる前に死んでしまったのだ」

「そして、いま、サー・ヴィンセントはなんとか領地を立て直す道を必死で探してらっしゃる」

「そうだ」

「なんて悲しい話でしょう」

「ロマンチックな結末はないと言ったはずだ」

「ええ、たしかに」

ヒューはなにか言いたげに横目でちらりとアリスを見た。「ある意味、あなたの身の上話も同じくらい悲しいもののようだが」

「わたしと弟の身に起こったことは、わたしの責任ですから」アリスはつっけんどんに言った。

ヒューの表情が曇った。「どうして自分の責任だと？　ベネディクトの相続財産を取り上げたのは、あなたがたの叔父のサー・ラルフだろう？」

「わたしが父の荘園を守れなかったから、叔父に横取りされたのです」アリスはじっとしていられなくなって立ち上がり、消えかけている火鉢のそばに立った。「できるだけのことはしましたが、足りませんでした」

「あなたは自分に厳しすぎる」

「これからもことあるごとに、もっとなにかできたはずだと後悔しつづけるでしょう。おそらく、フルバート卿にもっとうまく苦情を申し立てればよかったのかもしれません。あるいは、ベネディクトが一人前になるまで、わたしがどんなことをしてでも弟の領地を守り抜くと、フルバート様を説得すればよかった」

「アリス、もういい。叔父上はあなたの父上が亡くなったと聞いた瞬間から、弟さんが引き継ぐべき土地を取り上げるつもりだったにちがいない。フルバートも、そうされるほうがつごうがよかったのだろう。あなたにはどうしようもなかったのだ」

「あなたはわかってらっしゃらないのよ。わたしならベネディクトの相続財産を守れるって、母は信じていたわ。お父様は見放してらしたけれど、ベネディクトはいつの日か有能な後継者だと身をもって証明するって、母は言っていました」アリスは胸の前で両手を組んで絞り上げた。「でも、わたしのせいで弟には証明する機会をあたえられなかった。わたしのせいなの」

ヒューは立ち上がり、絨毯を横切っていって、アリスの真後ろに立った。ヒューの力強い手が両肩に触れたとたん、アリスは身震いをした。その日の午後、すでにやってしまったように、もう一度、ヒューの胸に飛び込んでいきたいというどうしようもない衝動にかられる。しかし、必死になって衝動を抑えこんだ。

「アリス、あなたは勇敢で大胆な心の持ち主だが、だれよりも勇敢で大胆な者でさえすべての戦いに勝つことはかなわないのだ」

「できることはすべてやったけれど、充分じゃなかった。すごく、孤独だったわ」べそをかきながら振り返り、ヒューの広々とした胸に顔を埋めた。静かにこぼれつづける涙が、彼の黒い上着の胸を濡らす。アリスの肩は震えていた。

母親が死んで以来、アリスが泣いたのは初めてだった。

ヒューはなにも言わなかった。ただ、アリスを抱いていた。ロウソクの炎が小さくなり、テントのなかの影という影が濃くなった。

やがて涙も涸《か》れ果て、アリスは泣くのをやめた。けれども、驚いたことに、アリスはここしばらくなかったほど気持ちが落ち着き、穏やかな気分だった。

「お許しください」上着に顔を押しつけたまま、つぶやいた。「こんなにめそめそすることはめったにないんです。きょうはいろいろあって、ちょっと疲れたのかもしれません」

「そうだな、いろいろなことがあった」ヒューは手の縁でアリスの顎を支えて、上を向かせた。謎だらけの本をかならず判読してみせる、と言いたげな表情でアリスの顔を見つめる。

「しかも、きわめて有益な日だった」

アリスはヒューの翳《かげ》った目をのぞき込み、その奥にある苦悩と、苦悩に引き起こされた強固な信念に気づいた。その琥珀色の目に宿っているのは、アリスの魂に刻み込まれた苦悩や信念より謎めいて、激しく、はるかに危険な苦悩と信念だった。まさに荒れ狂う暴風だ。アリスはヒューの内側に手を差し伸べ、猛烈な嵐を静めたくてならなかったが、どうやればいいのかわからない。

やがて、まさに突然に、アリスはヒューにキスをされたがっている自分に気づいた。これまでの人生で、こんなにも切実になにかを求めたことはなかった。その瞬間、彼にキスをしてもらえるなら、喜んで魂さえ売り渡していたかもしれない。

アリスの気持ちを読んだかのようにヒューは頭を下げ、アリスの口を口でふさいだ。

アリスはもうちょっとで卒倒するところだった。ヒューがしっかり抱き寄せていなかったら、絨毯に崩れ落ちていただろう。

アリスのなかに注ぎこまれる男らしい不穏なエネルギーは、ヒューの巧みな抑制によってなおいっそう魅力的な力となっていく。にわか雨がしおれた芝をよみがえらせるように、アリスの気分を活気づけていく。

初めてヒューにキスをされたときに体を貫いた興奮が、熱い奔流となってよみがえった。今回のほうがより強く鮮烈に感じられ、そうなるように最初の抱擁で調律されたかのようだ。ヒューの体から欲望が放射されているような気がして、それがまたアリスの感覚に火をつける。

アリスは小さくうめき声をあげ、そのとたん、自分のなかのなにかがはじけるのを感じた。過去の苦悩と挫折が消えていく。午後、危ない目にあった記憶も遠ざかっていく。未来は未知の霧のかなたにあり、とくに大事なものとも思えない。圧倒すると同時に、信じられないほど強い気持ちを引き出す力で抱きしめてくれる男性より、大事なものはなにもなかった。

アリスは両腕をヒューの首にからみつかせ、必死になってしがみついた。

「私の目に狂いはなかった」ヒューはささやいた。

どういう意味かと訊きたかったが、アリスはしゃべれなかった。地面がゆっくり動き出す。ぎゅっと強く目をつぶると、ヒューに体を持ち上げられた。

つぎの瞬間、アリスはやわらかい藁布団《わらぶとん》に横たえられた。ヒューにのしかかられ、思わず息を呑む。彼の重みで、藁布団に背中が沈むようだ。ヒューの脚が腿のあいだに滑りこんできて、スカートが膝の上までまくれ上がるのがわかった。そんなふうにされたら恐ろしくなるべきなのに、どういうわけかアリスはうれしかった。

好奇心が、分別と慎み深さを圧倒していた。自分のなかで痛いほど渦巻いて、ふくれあがる感覚が、最終的にどこへ向かうのか知りたい。その思いがとにかく強すぎて、とても無視できない。もちろん、そんなくらくらするような感覚を探求する権利が自分にはあると、アリスは思った。

「男性と女性のあいだのことがこんなふうだなんて、想像もしなかったわ」ヒューの喉元に顔を押しつけたまま、アリスは言った。

「あなたはまだ半分しか経験していない」ヒューは請け合った。

ヒューの口がアリスの口に密着したまま動き、要求して、機嫌をとり、さらにもっともっと求めている。アリスはそれに応えることしかできない。ドレスの紐にヒューの手がかかるのがわかったが、気にしなかった。彼の熱気と匂いを味わうのに忙しく、ほかに気がまわらない。やがて、長年、剣の柄《つか》を握りつづけてタコのできた手が、アリスのあらわになった胸に触れた。

一瞬、アリスは息ができなかった。驚いて口を開け、小さく悲鳴をあげる。そんなふうに親密に男性に触れられたことはなかった。

ぞくぞくするような感覚だった。

しかも、不謹慎な感じ。

こんな刺激的な出来事は生まれて初めてだ。

「しーっ」ヒューは素速く口でアリスの口をふさぎ、驚きの悲鳴を呑み込んだ。「テントのまわりはうちの兵士だらけ、ほかの野営地もすぐそこだ。恋人の甘い悲鳴は夜気に運ばれ、翼がはえたように遠くまで届く」

恋人の甘い悲鳴？

アリスはぱちりと目を開けた。「ほんとうに、おっしゃるとおりです。こんなこと、やめなければ」

「そうじゃない」ヒューはかすかに頭を上げて、アリスの顔を見下ろした。貴重なシルクに触れるように、ごつごつした指先でアリスの顎のラインをたどる。「やめるにはおよばない。ただ気をつければいい」

「でも――」

「声を出さないこと。目を閉じて、アリス。なにもかも私にまかせればいい」

アリスはため息をついて目を閉じ、これまでの人生で一度もできなかったやり方で主導権を放棄した。

突然、ありふれた金属を黄金に変える秘伝を知っている錬金術師の見習いになったような気がした。いままさに、驚くべき発見の数々を目の当たりにしようとしているのだと思った。

いままで彼女に閉ざされていた自然哲学の分野すべてを、学ぶのだ。いまのいままで巧みに隠され、そんなものがあるとは推測すらしなかった未知の真理を知る。

ヒューはアリスの一方の乳首を、親指と人差し指でそっとつまんだ。アリスは快感に身を震わせた。ヒューの手のひらが下がっていって、靴下をはいていない脚に触れた。アリスははっと身を縮め、やがて無意識のまま一方の膝を立てた。

内腿を手のひらでなで上げられ、アリスはあざを作ってしまったのではと思うほど強く、ヒューにしがみついた。

そのあいだもずっと、ヒューの口はアリスの口を覆ったまま、多くを物語るあえぎ声を希少な蜜入りワインのように味わいつづけた。

両脚のあいだの熱く潤った部分に触れられたとたん、アリスは頭がどうにかなってしまうと思った。うまく息ができない。高熱が出たように全身がかーっとほてりはじめる。体のなかが奇妙な感じで引き締まり、すぐに解き放たれたくてわめいているようだ。

「静かに」ヒューのささやき声はビロードを思わせるなめらかさで、その手に劣らずアリスを焦《じ》らして、かき乱す。「一言も発してはだめだ。音もたててはいけないよ、いとしい人」

こんな尋常ではない刺激を味わいながら声さえたててはならないかと思うと、快感は増すばかりだ。ヒューに触れられるたび、アリスは何度も身を震わせた。

ヒューは指先でそっとアリスの体を開いた。アリスがはっと息を呑む。せっぱつまった泣き声が、かすかに口をついて出た。

「気をつけて」口に口を密着させたまま、ヒューがつぶやく。「今夜はとにかく静かにして」

ヒューは指先の途中までアリスに差し入れ、引き抜いた。

アリスは叫びたかった。ヒューの頭をつかんで引き寄せ、さらに強く、口に口を押しつけた。ヒューが暗闇で小さく笑い声をあげたような気がしたが、どうでもよかった。

最後にもう一度、ヒューがアリスのやわらかい部分を刺激したとたん、彼女のまわりの夜が爆発した。なにもかも、どうにでもなれと思った。ヒューの兵士たちに聞かれてしまうかもしれないという思いも、黒いテントのまわりにはほかの野営地も点在しているという事実も、どうでもいい。

アリスは、たったいま全身を貫いている感覚にわれを忘れた。この瞬間、彼女にとって、自分以外でこの世の中に存在するのはヒューだけだった。

アリスは叫び声をあげた気がしたが、耳にはなにも聞こえない。これまでと同じように、ヒューが悲鳴を呑み込んだのだとぼんやり思った。

「なんという……」ヒューにのしかかられたまま体をぴくつかせるアリスを、彼は一方の腕できつく引き寄せた。

アリスはヒューのつぶやきもろくに耳に入らなかった。深々とため息をついて、ゆっくり地上へと舞い降りていった。穏やかな幸福感が、アリスのなかの空ろだった部分をすべて満たした。

夢うつつの状態で目を開け、ヒューを見上げる。驚くほどいかめしい表情だ。目はぎらぎらしている。

「なんて――」アリスは口ごもった。「なんて――」

「なに？」ヒューは、ごつごつした太い指でアリスの口のラインをたどった。「なんだって？」

「なんて有益なんでしょう」アリスはため息混じりに言った。

ヒューは目をぱちくりさせた。「有益？」

「はい」アリスは物憂げに体をよじった。「自然哲学を研究するうえでさまざまな経験をしてきたけれど、そのどれともぜんぜんちがうわ」

「有益と思ってもらえてよかった」ヒューは小声で言った。「この手の実体験はほかにも？」

「いいえ。いまのは、ほんとうにほかにはちょっとない経験」

「有益でほかにちょっとない」ヒューはゆっくり繰り返した。「うむ、そうか。あなたはユニークな人だから、そのくらいで満足しなければなるまい」

ヒューはあまり喜んではいない、と急にアリスは気づいた。指先でヒューのたてがみのような黒髪をすきながら訊く。「お怒りになったの？」

「いいや」ヒューはかすかにほほえみ、アリスにのしかかったまま体の位置を動かした。

「あなたと愛を交わすのも有益でほかにちょっとないと思っただけだ。おたがい、学ぶべきことが山ほどあるようだ」

「愛を交わす？」アリスはぎくりとした。突然、ヒューの髪に差し入れた指先を握りしめる。「なんてこと。それが、わたしたちがいましていることなの？」

「そうだ」ヒューは顔をしかめてアリスの手に触れ、握りしめている指先をほどいた。「だからといって、私の髪を引き抜く必要はない」

「まあ、ごめんなさい」アリスは立ち上がろうともがいた。「あなたに痛い思いをさせる気はなかったんです」

「それはよかった」

「でも、これはいますぐやめなければ」そう言って、ヒューのたくましい肩を押しやる。

ヒューはぴくりとも動かなかった。「なぜ?」

「なぜ?」アリスは驚いて目を見開いた。「お訊きになるの?」

「この状況では、ふさわしい質問に思えるが」

「わたしは、この手のことを個人的にはあまり経験していないかもしれないけれど、教育はしっかり受けています。いま、わたしたちがしていることをこのままつづけたらどうなるかは、よくわかっています」

「どうなる?」

「始めたことを最後まで行くことを許してしまったら、あなたはご自分にもわたしにも、ひどく腹を立てるわ」

「そうだろうか?」

「もちろん」ヒューの重い体の下から逃れようと、また身をよじる。「わたしはあなたがどういう方か知っていますから、こんな状況で結ばれたら、あなたはご自分の名誉にかけて結婚を成就しなければと思われるとわかっています」

「アリス――」

「そんなことはさせられません。当然です、そうさせてはいけないのです」

「そうなのか?」

「わたしたちは取り引きをしました。あなたが取り決めを破らないようにする義務が、わたしにはあるんです」

ヒューは両肘で自分の体を支えた。「誓って言うが、私は欲望の言いなりにはなっていない。自制心は完璧に働いているぞ」

「ご自分ではそう信じていても、自制心がまるで働いていないのは明らかです。ご自分のようすをご覧になってください。いつもどおりの自制心を働かせていたら、何分か前にこんなことはおやめになっていたはず」

「なぜだ？」ヒューはずばりと訊いた。

「あとになって罠にはめられたと思いたくないからよ」完全に頭に血が上り、噛みつくように言った。

「アリス」ヒューはいらだちもあらわに言った。「私は心から結婚を成就させたいと思っていると言ったら、どうする？」

「そんなこと、ありえないわ」

「ありえないという、そのたしかな理由を一つでいいから聞かせてくれ」うなるように言った。

アリスは怒りのこもった目でヒューを見上げた。「理由なら百でも思いつきますが、なによりわかりやすいのは、わたしはあなたにとってひどい妻にしかなれないということです」

ヒューはぴたりと体の動きを止めた。やがて、ゆっくりと体を起こして、アリスの隣に坐った。「いったいどういうわけで、そんなふうに思うのだ？」

「わたしは、あなたが奥様に望むようなものはなにも持ち合わせていません」アリスはドレスの前をもじもじともてあそんだ。「それは、おたがいにわかっています」

「そうだろうか？　私はそうは思わない。ふたりともわかっているとは思わない」ヒューは身を乗り出すようにしてアリスを見た。「実際、ふたりのうちの一方が混乱しているように思う」

「それはわかっていますが、あまり心配されなくてもだいじょうぶです。すぐに分別を取りもどされますから」

「混乱しているのは私ではないぞ、アリス」

アリスはうかがうようにヒューを見た。「あなたではない？」

「そうだ」冷めた目でアリスを見つめる。「どうしてあなたは、私にとってよい妻になれないと思う？」

単刀直入に尋ねられ、アリスはびっくりした。「わかりきったことです」

「私にはわからない」

アリスは、自暴自棄のような妙な感覚に襲われた。「わたしにはあなたに差し上げるものがなにもありません。荘園の領主様として、あなたは財産を相続する権利を持っている女性と結婚されるべきです」

ヒューは肩をすくめた。「女相続人など、私には必要ない」

「そうやってわたしをからかっていらっしゃるの？」

「からかってなどいない。私は、あなたがよい妻になると信じているし、われわれが交わした取り引きを、喜んでほんものの婚約に発展させるつもりでいる。いったいなにが問題なのだ？」

あることに気づいて、アリスははっとした。目を細めて尋ねる。「たんにつごうがいいという理由で、そのような結論に達したのですか？」

「それは、いくつかある理由の一つにすぎない」ヒューはきっぱりと言った。

アリスはヒューのむこうずねを蹴っ飛ばしたいという、抑えがたい衝動にかられた。それでも必死に自制心をかき集め、いまのふたりの立場では、そんなことをしても状況は悪くなるばかりだと自分に言い聞かせて、踏みとどまった。

「では、ほかの理由というのを聞かせていただきたいものですわ」アリスは歯のあいだから押し出すようにして言った。

ヒューは、アリスの声の調子がとくにおかしいとは思わなかった。それどころか、言葉の意味を文字どおりに受け止めた。「この三日間に観察したところによると、アリス、あなたが忠義、義務、名誉というものをしっかり理解しているのは疑いようもない」

「どうしてそう思われたのです？」

「弟さんの未来を守ろうと闘ったようすを聞いたからだ」ヒューは説明した。

「わかりました。ほかに理由はありますか？」

「あなたは聡明で、本質的に考え方が現実に則している。私は、そういう女性はすばらしいと思う。いや、その点に関しては、女性にかぎらずだれであっても賞賛せずにはいられない」

「どうぞつづけてください」

「あなたは、家事の監督に精通しているようだ」ヒューは明らかに話に夢中になっていた。「私は、どんなものでもプロに徹した仕事を高く評価する。だから、職人はもっとも腕のいい者を、執事はもっとも有能な者しか雇わない」

「どうぞ先をつづけてください」口をきく気にもなれず、アリスはかろうじて言った。「すてきなお話だわ」

「あなたはどこから見ても健康で、丈夫そうだ。もちろん、これも大事なことだ」

「はい」あとで絞め殺してやる、とアリスは決めた。「ほかにもまだ?」

ヒューは肩をすくめた。「それで全部だ、と思う。付け加えるなら、私もあなたも、自由に結婚できる立場にあるという、明らかな事実もある。それに、われわれはもう婚約している。だから、すべてはきわめて単純で、むずかしいことはかけらもない」

「わたしは有能でつごうがいい、というわけ」

「そうだ」アリスに的確に事情を把握され、ヒューはうれしそうだった。

「あなたに知っていただきたいのは、家事の監督ができて、たまたまそばにいたというだけで結婚できても、わたしはそれをすばらしいこととはこれっぽっちも思わない、ということです」

ヒューは眉をひそめた。「なぜだ?」

結婚するなら愛ゆえに求められたいからよ、とアリスは胸のうちだけでつぶやいた。そして、そんな非論理的な返事を押さえ込んだ。ヒューには永遠に理解できないだろう、と思った。「なんだか冷たい感じだから」

「冷たい感じ？」ヒューは驚いたような表情を浮かべた。「ばかばかしい。これほど理性的な結びつきはないぞ」

「理性的？」

「そうだ。私が思うに、あなたも私は、結婚問題について独自の判断を下せるという、異例な立場にいる。たがいの気性や技能という、実際的な情報にもとづいて判断を下せるのだ。結婚は、われわれの取り引きの延長と考えてほしい、アリス」

アリスはまた腹が立ってきた。「でも、わたしは修道院に入ろうと計画していたんです。自然哲学の研究に没頭するつもりでした」

「私の妻になってからも自然哲学の研究はできる」ヒューは誘惑するようなささやき声で言った。「わたしと結婚すれば、研究する時間も、調査に必要な資金も手に入れられるぞ」

「なるほど」

「よく考えるんだ、アリス」ヒューは、宝石の詰まった宝箱を差し出すように言った。「本や、天体観測器や、錬金術に必要な器具は、いくら買ってもかまわない。興味を引かれた変わった石や玉も、すべて集められるぞ。干からびた虫も好きなだけ集めていい。そうしたいなら、あなたの書斎の天井まで積み上げるといい」

「なんと言えばいいのかわかりません。なにもかもが、頭のなかでぐるぐる回っているようで。あなたのキスの余韻から立ち直れないみたい。お引き取りいただいたほうがよさそうだわ」

ヒューがむっとするのがわかり、テントじゅうに緊張感がみなぎった。彼の胸のうちの葛《かっ》藤《とう》が手に取るようにわかり、アリスは息を詰めた。彼は情熱的な男性だ。しかし、その情熱を完璧に抑えることもできる。

「あなたが望むなら」捕食動物を思わせる優雅な身のこなしで、ヒューは藁布団から立ち上がった。「私が言ったことを考えてみてほしい、アリス。あなたと私ならきっとうまくいく。修道院で得られるものも、それ以上のものも、私はあなたにあたえられる」

「お申し出いただいたことをじっくり考えたいので、どうか時間をください」アリスはぎこちない手つきでドレスをととのえ、立ち上がった。乱暴に扱われ、ないがしろにされたような気がして、少なからず不満だった。「あまりに多くのことが一度に起こったので」

ヒューは目を細めた。反論したがっているようすだ。しかし、口で軽くアリスの口をかすめただけだった。そんなつかの間の接触だけでも、ヒューがありったけの自制心を振り絞っているのがはっきりと感じられた。アリスは身を震わせた。

「よくわかる」ヒューは頭を上げた。「今夜、返事をくれる必要はない。ゆっくり考えてくれればいい」

「ありがとうございます」わたしが言葉の端々にこめた皮肉に、彼は気づいただろうか、とアリスは思った。

「しかし、あまり返事が遅れても困る」ヒューは釘を刺した。「このような単純な問題に長々とかかずらう暇はない。スカークリフではやらなければならないことがいくらでもある。さまざまな用事をいっしょに片づける相棒としても、たよれる妻が必要なのだ」

アリスがワインの細口瓶の中身を頭からかけてやろうと思いつく前にもう、ヒューは行ってしまった。

こういう機会はまたあるにちがいないと思い直して、アリスは気をまぎらわせた。

9

三日後、アリスと並んで馬を進め、スカークリフの村へ入っていったヒューは、なんとわびしいところだろうと初めて気づいた。ヒューはこの村で生まれた。いま、自分と子孫のために未来を切り開こうとしているのも、この村だ。ついこのあいだ、緑の石を探そうと旅立ったときには、こんなにも味気ないところとは思いもしなかった。

この何週間か、彼の想像の世界で光り輝いていたのは、スカークリフの将来の姿だった。この領地をこうしようという計画が、彼にはあった。大規模な計画だ。

一、二年のうちに、スカークリフは美しい宝石のように輝き出す。畑にはこぼれんばかりに作物が実る。羊たちは分厚くやわらかい毛に覆われるだろう。村に点在するつつましい家々は清潔で、きちんと修理されている。村人たちは暮らしに満足しているし、金にも困らず、おいしいものを腹一杯食べているはずだ。

しかし、きょうのヒューは、アリスの目を通して村を見なければならなかった。すると、村は磨き上げた宝石というよりむしろ石炭に似ている、と認めざるをえない。

ふだんなら、悪天候のようなささいな不つごうなどほとんど気に留めないが、そのあたりにさっきまで雨が降っていたとわかって、ヒューはいらだちを隠せなかった。重苦しい鉛色の空の下、最初から疑わしいスカークリフの魅力が増したとはとても思えない。村の背後にそびえる石造りの城さえ、灰色の霧に覆い隠されている。

自分の新たな領地を目の当たりにしたアリスの反応が知りたくて、ヒューはおそるおそるようすをうかがった。彼の用心深い視線に、アリスはまるで気づかない。

馬にまたがっているアリスは、ほっそりとして優雅だ。輝く赤毛はめらめらと燃えさかる炎にも似て、静かに忍び寄ってくる灰色の霧さえ寄せつけない。あたりのようすに気を取られているらしく、じっくりと村を観察している知性あふれる横顔は真剣で、熱意にあふれている。

いつもと変わらず好奇心をかきたてられているようだ、とヒューは思ったが、見ているものにたいしてアリスがどんな感想を抱いているかはわからなかった。幻滅しているだろうか、嫌気が差しているだろうか、軽蔑しているだろうか。

こんな荒涼としたスカークリフの姿を見てしまえば、幻滅も嫌気も軽蔑もまとめて感じている可能性はかなり大きい。いずれにせよ、彼女は、男たちばかりの広間ではいっしょに食事をしたがらない、気むずかしい淑女なのだ。料理は特別に準備させるうえ、身につけているものはすべて洗い立てで、かぐわしい香りがしている。

実りのない耕作地にも、小さくて陰鬱《いんうつ》な村にも、嫌悪感を抱いているにちがいない。無秩序に固まっている藁《わら》葺き屋根の田舎家も、それぞれに隣接する山羊小屋や豚小屋の大部分も修理が必要な状態で、そんな光景にアリスが感激するはずはない、とヒューは認めざるをえなかった。午後の空気はどんよりとして重苦しかった。何年も掃除をしていないごみだらけの排水溝から腐敗臭も漂ってくる。

小さな修道院と教会を囲んでいる石垣はいまにも崩れ落ちそうで、長いあいだ顧みられていないのはまちがいない。さっきまで降っていた雨で、スカークリフのよごれが洗い流されたとは思えなかった。それどころか、一本だけ轍《わだち》の刻まれた道のぬかるみが深くなっただけだ。

ヒューは奥歯を噛みしめた。アリスは、村やあたりの畑の景色にとくに感動はしなくても、スカークリフ城の景観には驚くにちがいない。

そして、そんな心配はあとですればいい、と自分をいましめた。いまはとにかく、声明を出さなければならない。その内容は、領地内にも近隣の領主たちの館にも、またたくまに広まるにちがいない。非情なヒューがスカークリフの正当な領主であるという証拠とともにもどったことは、みんなが知るところとなる。

スカークリフに市の立つ日に帰りたくて、ヒューは一行をせき立ててきた。予想どおり、狭い通りに領地の住人や小作人のほとんどが、新しい領主の意気揚々たる帰還をこの目で見ようと、狭い通りに集まっている。

とてつもない満足感にみちた瞬間なのだろう、とヒューは思った。彼はすべてを手にしたのだ。緑の石を奪い返し、ふさわしい女性と婚約もした。スカークリフの領主として腰を落ち着ける準備はととのったのだ。

しかし、すべてが期待どおりに順調に進んだわけではなく、なんとなく落ち着かなかった。ヒューは戦略を立てるのがうまいと言われている。戦略の魔術師、と呼ぶ者さえいる。ところが、あの晩、ふたりが交わした婚約をほんものにしようとアリスを説得したときの戦略は、大きく的をはずれてしまった。

アリスが自分ではそれと気づかずに放った一撃の痛みに、ヒューはまだ耐えつづけていた。彼女は、結婚して私とベッドをともにするより修道院に入るほうが好ましいと言わんばかりだった、とヒューは思い返した。

そして、不安に襲われた。結婚しないかぎり、彼女のやわらかな腿のあいだで始めたことを終わらせられないなら、今後、地獄のような苦しみを味わうのは目に見えている。腕のなかで身を震わせていたアリスを思うたび、ヒューの体は張りつめ硬くなった。帰り道は、そんな思いにとりつかれて苦しんでいたので、ずっと具合が悪かった。

あの晩と、つづく二晩、アリスの眠るテントに近づかずにいるには、馬上試合の競技場で十回以上、突撃するより高潔な骨折りが必要だった。なによりいらだたしいのは、彼がどんなに自制心を振り絞っていようと、天真爛漫《てんしんらんまん》なアリスがまるで気にも留めていないことだ。実際、欲求はいつ爆発してもおかしくないほど高まり、ヒューはつねに細心の注意を払わずにはいられなかったが、それで少しでも欲望が弱まるわけでもない。

アリスの甘く温かい体への抑えがたい欲望を認めるほど、むずかしいことはこれまでやった覚えがなかった。

この三晩、夜空の星をながめながら、痛いほど彼女を求めてしまう理由を考えてみた。血潮がたぎり、ほしくてたまらなくなるもっともな理由はたしかにあって、ヒューは計算盤《アバカス》で答えを引き出すように、そのすべてを並べ立てた。

まず、女性と接触しなくなって久しい。

いつも変わったものに引かれるたちであり、アリスはどう見ても変わった女性だ。

彼女の緑色の目には、まともな男ならだれでも感じとれる情熱の兆しが宿っていた。

彼女に触れて、嵐のような心に触れたような気がした。

たしかに、これだけ理由があれば、終わったばかりの乗馬の旅が、こわばった股間に響くつらいものだったのももっともだ。

しかし、いつも満足できる答えを出してくれるアバカスとはちがって、理由を並べ立てたところでヒューの沈んだ気持ちは明るくならない。かえって暗くなるくらいだ。

状況をどれだけ吟味しても、結局は同じ結論に達してしまう。危険なほどの欲望とともにアリスを求めている、ということだ。今後、ますます慎重にならなければならない、とヒューは思った。

そして、婚約をほんものにするべきだと、彼女を納得させる方法も探さなければならない。

「女の人だ。立派なご婦人を連れてもどられた」

「たぶん奥さんだな」

「もう二度と顔を見ることもないと思っていたがねえ。これまでの領主様と同じように、殺されちまうとばかり思っていた」

集まってきた見物人から興奮気味のささやき声が聞こえ、物思いにふけっていたヒューは現実に引きもどされた。道ばたの数人がつぎつぎと顔を見合わせ、驚きの声をあげる。たんなる領主の帰還ではなく、とてつもない奇跡を目の当たりにしたように。

修道院院長のジョーンと数人の修道女が姿を現して、修道院の門番小屋の前に立った。全員が吸い寄せられるようにアリスを見つめている。修道女のひとりが身を乗り出し、ジョーン院長と並んで立っている長身の修道女の耳になにごとかささやいた。長身の女性がこくりとうなずいた。彼女だけが、もどってきた一行を見て喜んでいないようすだ。

ヒューはちらりと彼女を見て、治療師のキャサリンだと気づいた。陰気でふさぎ込みがちな女性で、年は四十代の終わりくらいだろうか。キャサリンが院長のジョーンに言われ、緑の石がなくなったと伝えに来た夜、ヒューは彼女と顔を合わせていた。

今後も彼女に治療してもらうはめにはぜったいになりたくない、とヒューは思った。悪い結果になればいい、と言いたげな顔をしている治療師に体を治してもらうというのは、どうも気が進まない。

ヒューは片手を上げ、兵士たちを止めた。蹄《ひづめ》や馬車の車輪のがたがたという音がやむと、ゆっくりと院長たちのほうへ馬を進めた。

ジョーンは安堵《あんど》と歓迎の入り交じった笑みを浮かべ、ヒューを待った。

修道院の門まであと数歩、というところで、みっともないほど痩せた体を茶色い頭巾付きの外套《がいとう》に包んだ男が、人混みから飛び出してきた。頭巾に隠れて顔は見えなかったが、オックスウィックのカルバートとわかり、ヒューはついののしり言葉を口にしそうになるのをこらえた。

兵士たちとともに領地にもどるまでに、放浪の修道士はほかの村へ流れていってしまえばいいと、ヒューは思っていた。

「ご領主様、スカークリフへよくぞおもどりになられました」カルバートが耳障りな声で歌うように言った。「生きてもどられましたことを、神に感謝いたします」

「こうしてもどる以外のことは、するつもりはなかった」ヒューは手綱を引いて馬を止め、集まっている全員の視線が自分に集まるのを待った。「石を持て、サー・ダンスタン。無事、スカークリフにもどってきたことが、みなにわかるよう」

「石だ」だれかがつぶやいた。「石を見つけられたんだ」

期待に満ちた沈黙が人びとを包んだ。

「わかりました」ダンスタンの馬が前へ進み出た。鞍《くら》の先端に、小さな木の箱がとりつけてある。

期待を込めて息を呑む音が、人混みのなかをさざ波のように広がっていく。全員の目が木箱に釘付けになった。いかにもそれらしく大げさな身振りで、ダンスタンは木箱の錠を開け、蓋《ふた》を持ち上げて、なかのものを取り出した。

灰色の日射しを受けて、不格好な緑の石がぼんやりと光った。

耳をつんざくような歓声が深い静寂を破った。あちこちで帽子が宙を舞う。

「思ったとおり、ほんものの領主様だ」鍛冶屋は金床めがけて槌《つち》を振り下ろした。カン、カンという鋭い音が、教会の鐘の音と混じり合う。

「あの石だ、まちがいない」粉屋のジョンは妻を見てにっと笑った。「ヒュー様はお持ち帰りになられた、伝説のとおりに」

四歳の末の息子、ヤング・ジョンがぴょんぴょん跳ねながら、小さな手を打っている。

「見つけた。ヒュー様が見つけた」

「ヒュー様が石を見つけたよ」べつの男の子がうれしそうに声を張り上げ、友達に伝えている。「父ちゃんが言ってたよ、これでぜんぶうまくいくって」

大騒ぎのなか、ジョーン院長が修道院の門の陰から姿を現した。いかにも健康そうな、はっきりした顔立ちの中年女性で、青い目が生き生きとしてほがらかだ。

「石を見いだす旅がうまくいったことを、わたくしも喜んでいますよ」

「静粛に、スカークリフの善良なる民よ」通りの端にあるビール醸造小屋まで届きそうな大声で、ヒューが告げた。「伝説は現実のものとなった。私は緑の石を取りもどし、今後はつつがなく、この手に持ちつづけると誓おう。同じく、スカークリフとその民の平安を守ることを、ここに誓いたい」

ふたたび歓声が上がった。

「また、石だけではなく」と、ヒューはつづけた。「私は許嫁のレイディ・アリスをも連れてきた。どうか、彼女を歓迎してほしい。私と、あなたがたの将来は、いまや、彼女の将来と深く結びついているのだ」

アリスははっとして縮み上がり、じろりとヒューをにらんだが、なにも言わなかった。なにか言ったとしても、村人たちの歓迎の叫び声にかき消されていただろう。

頭巾の陰で、カルバートの熱にうかされたような目がぎらついた。ヒューは修道士のほうを見もしなかった。村人たちの熱烈な歓迎にアリスがどう応じるか、そのほうがよっぽど気にかかった。

アリスはすぐに落ち着きを取りもどし、心からの感謝をこめた笑顔で人びとを見渡した。

「みなさんの思いやりに感謝いたします」落ち着き払って語りかけた。

カルバートが頭巾を払いのけたので、死人のように痩せ細った顔と落ち着きのない黒っぽい目があらわになった。彼は杖を高く掲げて、人びとの注目を集めた。

「聞きなさい、女よ」修道士は、燃えるような目でアリスを見つめて言った。「汝《なんじ》が、ヒュー様の従順で礼儀正しい妻とならんことを。この村には神父がいない。よって、私があなたに花嫁としての務めを教え、導くこととしよう」

「その必要はありません」アリスは冷ややかに言った。

カルバートは聞いていなかった。骨と皮だけの指でアリスを差して、さらに言った。「私の導きがあれば、汝はだれよりも尊敬に値する妻になれるだろう。口答えをすることも、人を手こずらせることもない。慎みのあるドレスに身を包み、言葉数も少なく、夫に完全服従する立場を喜んで受け入れる妻。主人である夫の前でかしこまることを光栄と思う妻になろう」

ヒューは腹立たしい修道士を黙らせようとしたが、その瞬間、もっとはるかにおもしろいことになりそうな戦略が浮かんだ。アリスにカルバートの相手をさせてみるのだ。

アリスのような気性の女性は、多方面にわたる力量や才能をうまく働かせられなければ、不満が募るばかりで不幸になる。さらに言えば、プロとして仕事をこなしている者の例に漏れず、彼女もそんな力量や才能を尊重され、深く理解される必要がある。

リングウッドでアリスがたびたび叔父とぶつかっていたのは、ラルフが彼女の知性と能力の真の範囲をまるで把握せず、使いこなす機会もあたえなかったからだろうと、ヒューはほぼ確信していた。彼女の能力を尊重せず、召使いのように扱おうとしたにちがいない。

ヒューは同じ過ちを犯すつもりはなかった。もっとも熟達した人間を雇って、彼らに務めを果たすうえでの権限をあたえるのが、彼の流儀だ。そして、そんな作戦はこれまでいつもうまく機能してきた。妻に同じ流儀をあてはめない理由はない。

ヒューは心の準備をして、ちょっとわくわくしながらアリスの返事を待った。

「寛大なお申し出をいただき、感謝いたします、修道士様」アリスは丁重だが冷ややかな声で言った。「けれども、恐れながら、わたしはそのようなことを学ぶには、年を取りすぎていますし、自分なりのやり方も身につけてしまっています。ヒュー様には、ありのままのわたしを受け入れていただきます」

「赤毛で、緑色の目の女はみな、辛辣《しんらつ》な口をきく」カルバートが嚙みつくように言った。

「自重することを学びなさい」

「女性の言葉を恐れるのは臆病者だけですわ」アリスは不自然なくらいやさしげに言った。

「これは断言できますが、修道士様、ヒュー様は臆病者ではありません。そうではないとおっしゃるのでしょうか？」

穏やかになじられ、修道士が息を吞むのが聞こえた。興味津々の見物人たちが、思わず一歩、足を踏み出した。

カルバートは顔面蒼白になった。ちらりとヒューの顔色をうかがってから、すぐに反撃に出た。「私の言葉を勝手に解釈されては困りますぞ、マイ・レイディ。炎の色の髪の女は片意地が悪いというのは、周知の事実なのだ」

「ヒュー様はめったに腹を立てられないけれど、いったん腹を立てられたら、そのものすごさは最悪の嵐にも似ていると聞きました」アリスはつぶやくように言った。「そんな気性の方には、女性の機嫌がちょっと悪くなったくらい、なんでもないはずだわ」

カルバートは口をぱくぱくさせた。言うべき言葉が見つからないらしい。

これ以上、闘わせても意味はないとヒューは判断した。アリス相手では、とても修道士に勝ち目はない。

「あなたの言うとおりだ、マダム」ヒューはさらりと言った。「それに、私には、腹を立てるよりもはるかに簡単に起き上がったり、奮い立ったりする部分もあることを、そのうち教えてあげよう。その部分のほうがずっと楽しめるとわかるはずだ」

見物人のあいだにさざ波のように笑いが広がった。

アリスがとまどい顔で眉をひそめた。なにを言われたのか、すぐには理解できないらしい。しばらくしてその顔が、みるみるかわいらしいピンク色になった。

「困った方ね」と、たしなめるように言う。

一方、カルバートの顔は不思議な紫色に染まった。ふだんでも飛び出し気味の目玉が、文字どおり、顔から飛び出すのではないかとヒューは思った。

修道士は怒りにまかせてアリスをにらみつけてから、くるっと体の向きを変えてヒューと向き合った。「男の導きにしたがおうとしない女には気をつけることです。そんな女はあなた様の家庭に厄介ごとしかもたらしません」

ヒューはにやりと笑った。「心配にはおよばないぞ、修道士。私は許嫁の口を恐れはしない。それどころか、彼女の話は……おもしろいとさえ思っている」

村人のあいだから、また笑い声があがった。

カルバートはおもしろくなかった。杖を持ち上げ、ヒューを差して振った。「私の話をお聞きください。宗教的助言者として申し上げます。この女性と結婚されるなら、まず、彼女を支配することを学びなさい。この女性が慎ましくきちんとした行いをしないなら、あなた様の人生は悲惨なものとなりましょう」

アリスはあきれたように、くるりと目玉を空に向けた。

ヒューはアリスを見て、見物人たちがひとり残らず注目するように声を張り上げた。「私は、いまあるがままの許嫁を受け入れるつもりでいるから、安心するがいい。それどころか、少しでも早くそうしたくてうずうずしている」

またひとしきり、こんどは男性の笑い声が起こった。ヒューは、ジョーン院長が笑いをこらえるのを見たような気がした。彼女の背後に固まっている修道女たちも、満面に笑みを浮かべている。唯一の例外はキャサリンだ。いつも変わらず陰気くさい彼女の表情を変えられるものがこの世にあるのだろうか、とヒューは思った。

つぎに見物人の関心をそらしたのは、ジョーン院長だった。手のひらを外に向けた手をすっと挙げる。村人たちは水を打ったように静まりかえった。

「ようこそいらっしゃいました、マイ・レイディ」アリスに向かって、澄みきった穏やかな声で言った。「わたくしは、この修道院の院長です。この修道院の幸福と、この領地の幸福はしっかりと結びついています。スカークリフの新たな領主がこの地の未来をたしかなものにすべく、行動を起こされていることを、うれしく思います」

アリスはいきなり馬から降りた。地面に降り立つと、ヒューが彼女の意図に気づく間もなく、ジョーンを目指して歩き出した。こんどはなにをするつもりだろうと思いながら、ヒューもゆっくり馬から降りた。アリスはいつだって予想不能だ、と思う。

アリスは、カルバートがそこにいないかのように横を通り過ぎていった。そして、ヒューや見物人全員が驚いたことに、ジョーンの前で優雅に地面にひざまずいた。

「わざわざお迎えくださり、ありがとうございます、マイ・レイディ」アリスは言った。「サー・ヒューと、わたくしと、この地の住人すべてに、あなた様からの祝福をいただきとうございます」

ヒューは、あたりにいる村人たちが感謝のつぶやきを漏らすのを聞いた。

ジョーンは十字を切った。「あなたがたに祝福をあたえ、あなたがたがこの地で背負われる新たな義務を果たすうえで、お力になることをお約束いたします、レイディ・アリス」

「ありがとうございます、マダム」アリスは、旅用の外套が泥でよごれたのもかまわず、立ち上がった。

アリスの腕を取ろうと進み出たヒューは、カルバートが怒りに顔をゆがめているのに気づいた。おおぜいの見ている前で、修道士が領地の新たな女主人に拒絶されたのは明らかだった。

アリスの勝利は揺るがぬものとなった。彼女にとってここ、スカークリフの真の宗教的権威はジョーン修道院院長にある、と身をもって示したのだ。その事実は、この場にいたすべての者の記憶に刻まれた。

ちょっと不安そうなやさしい目をして、ジョーンはヒューを見た。「緑の石は、修道院の保管室にもどされますか？」

「いいえ」ヒューは言った。「石を守るのは私の務めです。スカークリフ城へ持ち帰り、しっかり保管いたします」

「それはすばらしいわ」ジョーンは見るからにほっとしたようすだった。「緑の石が正当な守護者の手に渡るのを見られて、うれしく思います」

ヒューはアリスの腕をぎゅっとつかんだ。「長い旅でした。そろそろ許嫁を彼女の新しい家に連れていかなければなりません」

「おっしゃるとおりです」ジョーンは修道院の門番小屋のほうへともどっていった。

ヒューはアリスに手を貸して鞍に乗せてから、自分も馬にまたがった。手を挙げて、城へ向かって出発すると一行に知らせる。

「うまく対処したではないか」ヒューはアリスにだけ聞こえるように、耳元で言った。「この地で村人が少しでも信頼している者がいるとすれば、修道院の院長だけだ。これまでの領主たちがやってきては去っていくあいだ、このあたりで基本的に必要なことのほとんどは、彼女と修道女たちがうまく取りはからってきた」

「彼女のことは、とても好きになれそうな気がします」アリスは言った。「でも、修道士についてては、そうは思わない。神に仕える身かもしれないけれど、たまらなくいやな感じだわ」

「そう感じるのはあなただけではない。ジョーン院長もあまり好意は持っていないようだが、立場上、無下《むげ》にできないようだ。カルバートは、女性の務めや弱点について説教をするのが好きでたまらないようだが？」

「ふん。ああいう男性には前にも会ったことがあります。あの方は、女性の魂を救う気などこれっぽっちもないんです。ただ女性がこわくて、いさめたり辛辣な演説をしたりして女性のやる気をそぎ、弱体化させようとしているんだわ」

ヒューはほほえんだ。「そうだ、まちがいない」

アリスは眉間にしわをよせて考えこんだ。「あなたは伝説の条件を満たして、村のみなさんに満足してもらえたようですね」

「そうだ、気の進まないことだったが、ようやく終わった」それがヒューには喜びだった。

「これで、もっと大事な問題に取りかかれる」

「気の進まないこと？」アリスは眉を上げた。「それを聞いて打ちのめされました。なぜって、あなたは緑の石を探さなければならなかったからこそ、わたしと出会われたのですよ。有能でつごうのいい許嫁を見つけられて、心から喜んでいらっしゃるとばかり思っていました」

ヒューはぎくりとした。「そういう意味で言ったのではない。あのいまいましい石のことを言っただけで、あなたのことではない」

「どのみち、わたしのことは有能でつごうがいいと思っていらっしゃる？」いたずらっぽく、きらりと目を輝かせる。「そうと知って、心から安心しました。取り引きの条件を果たしそこねたとは思いたくありませんもの」

「アリス、あなたは熊をからかう小型の猟犬のごとく、私を罠にかけようとしているとしか思えない。言っておくが、危険なゲームだぞ」

アリスは奥ゆかしく咳払いをした。「ええ、それはともあれ、地元の伝説について、ずっとうかがいたいと思っていることがあるのです」

「というと？」

「真のスカークリフの領主は緑の石を守るだけではなく、残りの宝物も見つけなければならないと、あなたはおっしゃっていました」

「そうだが、それがどうした？」

「緑の石を守ることができたあなたは、たしかに領地の人たちを満足させられました。でも、失われた〝スカークリフの石たち〟の在処《ありか》はどうやって見つけるのです？　どこにあるのか、なにか心当たりはあるのですか？」

「そんな石があるかどうかも疑わしいと思っている」

アリスはヒューを見つめた。「では、どうやって探し出すおつもり？」

「伝説のその部分は、あまり気にかけていない」ヒューはうっかり口を滑らせた。「緑の石を取りもどすことがなにより重要なのだ。それをスカークリフへ持ち帰ったのだから、そのうち伝説の残りも私が実現させるだろうと、村人たちは思ってくれるだろう。その件については、あせる必要はどこにもない」

「でも、いつかだれかが気づくはずです。あなたは残りの石をまだ見いだせていない、と」

「この領地が豊かになって、発展すれば、そんな面倒な石のことなどだれも気にかけなくなる。高価な色石の詰まった小箱を持ってこなければならないというなら、そうしよう」

「でも、どうやって?」

アリスの純真さに驚き、ヒューは眉を上げた。「もちろん、ただ買うだけだ。必要なら、そのくらいの金はある。香辛料の大箱、二つ、三つよりは安いだろう」

「ええ、たぶん、でも、それはほんもののスカークリフの石じゃないわ」

「考えてもごらん、アリス」ヒューは辛抱強く言った。「いま、生きている者はだれも緑の石以外の、いわゆる〝スカークリフの石たち〟を見ていない。ロンドンで買ってきた一握りの宝石と伝説の石のちがいが、だれにわかる?」

アリスは、畏敬と賞賛の入り交じった奇妙な表情でヒューを見つめた。本人も驚いたことに、ヒューはそうやって見つめられるのが心地よかった。しばらくのあいだ、視線のぬくもりを味わう。

「生きながら伝説と言われるような方だけが、そのように傲慢《ごうまん》なくらい簡単に、伝説の条件を満たそうとされるんだわ」

ヒューはにやりとした。「あなたは私を傲慢と? 伝説の一部と信じられている男と大胆にも取り引きするのは、伝説の力を恐れない女性だけだ」

「前にも申し上げましたが、わたしは伝説というものをあまり信じていません。でも、伝説のなかに欠けている細々としたものを、あっさりでっち上げられるような賢い男性には、心から感服いたします」

「ありがとう。頭のよさを賞賛されるのは、いつも変わらずうれしいものだ」

「鋭敏な才知以上に、わたしが賞賛するものはありません」アリスは急に言葉を切り、まっすぐ霧のかなたを見つめた。その目が見開かれる。「まさか、あれがスカークリフ城?」

ヒューは身構えた。そして、灰色の霧のなかから現れた、石造りの壮大な建物に目をこらした。「そうだ、あれがスカークリフ城だ」いったん言葉を切り、重々しげにつづけた。「あなたの新しい家だ、マダム」

「つかのまの」ぼんやりと言う。

「住めば都だ」と、ヒューは請け合った。

「そうでしょうか?」アリスは好奇心に満ちた目でまじまじと城を見た。

ヒューは客観的な目で城を見ようとした。彼はスカークリフ城で生まれたが、そのころの記憶はまったくない。

愛する娘が毒をあおったあと、ヒューの祖父は孤児になった孫息子を北方に住む未亡人のおばに預けた。祖父は、スカークリフを管理する情熱をすっかり失っていた。気持ちはすべて、復讐に向かっていたのだ。祖父の死後、スカークリフは人手に渡った。その後も、領主はつぎつぎと変わった。

強欲で怠慢な領主たちに支配され、スカークリフは衰退の一途をたどっていた。

城そのものは黒っぽい石造りの要塞のようで、まわりを取り囲んで背後にそびえる崖から突き出すように建てられている。最初の持ち主は、建物がこの世の終わりまで持ちこたえるように造ったと言われているが、見たところ、それも充分に可能と思われる。

壁で囲まれた城は、珍しい黒い石でできていた。ヒューはいろいろな人に尋ねたが、切石がどこから調達されたか、はっきり知っている者はいなかった。オニキスを思わせる巨大な石は、崖にある迷宮のように入り組んだ洞穴の、さらに深い底から切り出された、という者もいた。遠い土地から運ばれてきた、という説もあった。

「あれは、どなたが建てられたのでしょう?」アリスは驚きのあまり声をひそめて訊いた。

「ロンデールという名だったと聞いている」

「あなたの祖先の方?」

「そう、母の祖父だ。〝スカークリフの石たち〟を失ったのも彼だと言われている。伝説によると、洞窟に隠したはいいが、それを二度とふたたび見つけられなかったそうだ」

「なにがあったのかしら?」

「彼は、宝を探して何度も洞窟に足を運んでいたそうだ」そう言って肩をすくめる。「ある日、いつもどおり探索に出かけて、二度ともどらなかった」

「ほんとうに変わった城だわ」アリスは言葉を選んで言った。

ヒューは誇らしげに城を見つめた。「どんな攻撃にも耐えうる、頑丈で申し分のない要塞だ」

「吟遊詩人の詩に歌われる、不思議なお城のよう。円卓の騎士たちは、決まって魅惑的な森のなかで出会うけれど、そういう場所みたい。魔法使いに呪いをかけられた城、という感じもするわ」

気に入ってもらえなかった、とヒューは思った。そう知って、気持ちはどんよりと重くなった。

10

翌朝、アリスは新しいデスクの埃《ほこり》を両手ではらい、椅子に坐った。満足げにあたりを見回す。

彼女が書斎用に選んだ部屋は、城の最上階にあった。広々として驚くほど明るい。どことなく優雅な雰囲気さえある。いかにも自然哲学の研究がはかどりそうな部屋だ。

本も、箱に詰めた石も、死んだ昆虫を並べたトレイも、錬金術に使う器具も包みをほどかれ、近くの棚や作業台にきちんと配置されている。天体観測器は窓台に。デスクの片隅には、緑の石が置いてある。

アリスは、妙にくつろいだ気分だった。リングウッド館で暮らした数か月、こんな気持ちは一度も味わっていない。ここなら幸せに暮らせるかもしれない、と思う。婚約を取り引きではなくほんものにしようという、ヒューの申し出を受け入れるだけでいいのだ。非情と言われる男と結婚するだけでいい。

明らかに、愛よりも効率と利便性をはるかに重んじる男と結婚するだけでいいのだ。ヒューが愛をよきものとして信じているかどうかさえ、アリスはまるでわからなかった。すると、母親の記憶がふと頭に浮かんで、無言の忠告をされたような気がした。母親のヘレンはかつて、男に愛することを教えるのは可能だと信じていた、と思ってアリスは悲しくなった。そして、まちがっていたと知ったのだ。

母親が以前は生き生きとした快活な女性で、夫と情熱的な恋に落ちたことをアリスは知っていた。けれども、バーナードは愛を軽んじ、愛し返すことを拒んで、結局は妻からの愛を枯らせてしまった。

ヘレンが結婚した男は、決して彼女を愛するようにはならなかった。彼女は、高価な代償を支払うはめになった。子供たちも大きな犠牲を強いられた。

アリスは、母親が手がけた薬草の教本にちらりと目をやった。たまにこの本にたいして憎しみにも似た気持ちがこみ上げる。薬草に関する豊富な知識と、丹念な研究の結果が記され、ヨーロッパじゅうの専門家とやりとりした書簡も収められた本だ。しかし、この本のせいで、アリスとベネディクトは多大な苦労を強いられた。

亡くなる前の数年間、ヘレンは日ごとに教本の執筆に没頭して、絶えず本のことばかり考えるようになった。アリスと弟はほとんどかまってもらえなかった。

アリスは椅子から立ち上がり、窓辺に寄った。間近に迫るスカークリフの岩だらけの断崖は、城を脅しているようにも守っているようにも見える。

きのう、不気味な黒い城の姿を初めて見て、アリスはどきりとした。揺るぎない強さが感じられ、なかにいる者は守られるだろうが、荒涼とそびえ立つ建物に温かさや心地よさを思わせるところは一つもなかった。まさに新しい持ち主にふさわしい、と思った。ヒューと彼の城はそっくりだった。

でも、ヒューの心はどうなのだろう？　この要塞のような壮大な城を取り囲んでいる石壁と同様に、硬くて冷たいのだろうか？　それとも、少しはやさしさを見いだせる望みがある？

いつのまにか気持ちに染みこんでくる、こんな楽観的な考えは危険だ、とアリスは思った。平静な気持ちでいられなくなる。

気持ちが千々に乱れるのを感じながら、アリスは窓に背を向けた。婚約をほんものにしようかどうかと考えている自分は、深刻な警告に身を貫かれるべきなのだ。

たしかに、ここにいれば幸せになれるかもしれない、とアリスは自分に言い聞かせた。でも、その可能性は低い。

一定の距離を置くのがいちばんだ。離れているのがいちばん。感情は決して表に出さないこと。

母親と同じ失敗を繰り返してはならない。

三日後、ヒューがデスクから顔を上げると、家政をつかさどる新しい執事が戸口でもじもじしていた。「なんだ？」

「おじゃまして申し訳ありません、旦那様」瘦せて、不器用そうで、ヒューの見たところかなりの心配性らしき若者、エルバートは、何度か息を吸い込んで勇気を奮い起こした。そして、なんとかうまく言葉を発しようとした。ヒューの前に出ると、決まって口ごもったり言葉がうまく出てこなかったりという、厄介な傾向があるのだ。

「どうしたのだ、執事？」ヒューは計算盤《アバカス》を脇へやり、辛抱強く待った。

家政を取り仕切る執事に望ましい資質はどんなものか、自分にはよくわからないとヒューは密かに認めていた。しかし、そんな資質がどんなものであれ、エルバートはそのすべてに欠けていると確信できた。新たな主人を明らかに恐れているし、ヒューがそばにいると、自分で自分の足につまずくことも珍しくない。

なによりの欠点は、エルバートが家政を管理する手腕がそこそこ、という点だ。城の部屋はきれいに保たれていても、昼食のまずさが尋常ではないのだ。厨房から運ばれてくる料理は、冷めきっていて味もひどい。パンをのせた木皿の数も足りず、全員に行き渡らない。エールのマグがガチャンと床に落ちて割れたり、料理を盛りすぎた大皿がドスンとテーブルに置かれたり、うるさくてかなわない。

つぎの食事を楽しみに待つ気にもなれない。

アリスはこんな不愉快な経験とは無縁だ、とヒューは苦々しく思った。彼女はベネディクトといっしょに、ふたりだけで私用に使うと決めた部屋で食事を取る。料理人たちには特別に指示があたえられていた。ふたりは彼よりはるかにおいしいものを食べているのではないかと、ヒューは強く疑っている。

雇って一時間以内にエルバートを役職から解かなかったのは、ただひたすら、新しい執事を決めたのはアリスだったからだ。アリスとしては、これだけはあなたに決めてほしいとたのまれて、執事の任命を引き受けた。

ヒューは、アリスが家事をすべて取り仕切るものとばかり思っていた。ところが、彼女は言われたとおり、ただエルバートを選ぶと自分の部屋に引っ込んでしまった。

ヒューが慎重に練りに練った戦略どおりにはことは進まなかった。アリスにはほしいだけの責務と権限を喜んであたえる気でいたが、彼女はとくになにも望んでいないようすだ。計画が思いどおりに運ばず、ヒューは困惑し、いらだった。

「どうした?」口をぽかんと開けて、じっと顔を見つめているだけのエルバートに、ヒューは先をうながした。

エルバートはあわてて口を閉じた。「使者がまいりました、旦那様」

「使者?」

「はい」エルバートは、ぎこちない手つきで赤い縁なし帽をまっすぐにした。「二、三分前に、旦那様への手紙を持って到着いたしました。今夜はこちらに泊まると言っています」

「こちらへ通せ」

「かしこまりました」エルバートはあわててあとずさって廊下に出ようとして、不覚にもつまずいてころびかけた。なんとか体勢を立て直してくるりと方向転換し、廊下を走り去っていった。

ヒューはため息をつき、またアバカスを使った作業にもどった。しばらくして、エルバートが部屋に案内してきたのは、さっそうとした細身の男だった。旅でよごれた外套を着て、泥だらけのブーツをはいていても、なぜか洒落た雰囲気が漂う。

「ご苦労だった、ジュリアン」ヒューは言った。「よい旅だったようだが？」

「はい」ジュリアンはさっと優雅にお辞儀をすると、ヒューに手紙を渡した。「馬の体調もよく、雨にも降られませんでした。ウィンドルシー街道で追いはぎの一団に出くわして、ちょっと厄介なことになりかけましたが、あなたの紋章を見せたらあっさり引き下がりました」

「それはよかった」ヒューはちらりと手紙を見た。

ジュリアンは、こほんと奥ゆかしく咳をした。「失礼ですが、どうしてもご指摘しないわけにはいきません。私がちゃんとした制服を着ていたら、こんな厄介ごとにはいっさい巻き込まれずにすんだのです。青と黄色で、ちょっと金モールの飾りがついているようなのがいいと思いますよ」

「そのうち考えよう、ジュリアン」

「私のような立場の者には、相当に人目を引く服が必要なのです。追いはぎにもすぐ何者かわかります。あなたの使用人とわかれば、わざわざ手出しをするわけがありません」

ヒューは注意深く視線を上げた。「そのことならもう話し合ったはずだ。おまえには毎年、丈夫な礼服と、外套と、ブーツと、新しい革のポーチを支給している」

「おっしゃるとおりですし、ありがたく思っています」ジュリアンは小声で言った。「しかし、あなたから支給されるものは全部、同じ色です」

「それがどうかしたか？」

「黒は流行の色ではありません、旦那様」ジュリアンはわずかに怒りをこめて言った。「街道を歩いている私はまるで、放浪の修道士です」

「だったら、修道士のように質素な旅をするがよい。おまえの三か月ごとの支出金の多さときたら、ひどすぎるぞ。そのことでおまえと話をしなければと思っていたのだ」

「すべてご説明できます」ジュリアンはさらりと言った。

「もちろん、そうだろう」

「新しい制服です」

「新しい制服がどうした？」ヒューはうなるように言った。「そんなものはないと、いま言ったばかりだ」

ジュリアンはうんざり顔で、そでをつまんだ。「そうですか、では、われわれはありきたりな黒のままで通す、ということになりそうですね」

「すばらしい推測だ」

「せめて、金のモールでもちょっとつけていただければ、格好がよくなるんですがねえ」

「金のモールだと？　泥道や雪道を急がなければならない使者の身にそんなものを？　ばかげている。外套の飾りを目当てに、街道で追いはぎに殺されるのが落ちだ」

「ラーケンバイのジョン様が私用の使者にエメラルドグリーンのすばらしい制服をあたえて三か月になりますが、そんな目には遭っていません」ジュリアンは熱心に言った。「オレンジ色のモール付きです。おそろいの帽子も。とてもすてきです」

「こんなくだらない話はもうたくさんだ。わがご主君様のお体について、なにか情報は?」

ジュリアンのハンサムな顔がみるみる引き締まった。「ご依頼どおり、よろしくとのご挨拶をお伝え申し上げました」

「サー・エラスムスにはお会いしたのか?」

「はい。あなた様からの使いだと申し上げただけで、お会いくださいました。最近では、人に会われることはめったにないとか。いまではお仕事もほとんど、奥様が代わりになさっています」

「どんなご様子だった?」ヒューは尋ねた。

「見るからにお具合が悪そうでした。ご本人は、お体のことはなにもおっしゃいませんでしたが、奥様は目を赤く泣きはらしておいででした。心臓の状態がよろしくない、というのが医者の見立てです。とても痩せていらっしゃいました。ちょっと小さな音がしただけでも、びくっと驚かれて。憔悴《しょうすい》しきったごようすで、よく眠れないともおっしゃっていました」

「よい知らせが聞ければいいと期待していたのだが」

ジュリアンは首を振った。「残念ながら。エラスムス様からあなた様にもよろしくと、ご伝言でございます」

「そうか、そうだな、ものごとはなるようにしかなるまい」ヒューは手紙の封を切った。「厨房へ行って、腹を満たすがよい」

「わかりました」ジュリアンはためらいながらつづけた。「制服の件ですが。無駄な出費を快く思われないのはわかります。しかし、ご自身の領地と壮大なお城もお持ちになられたのだし、旦那様も使用人たちにそれなりの格好をさせたいとお考えになるのではと、ふと思ったものですから。いずれにしましても、使用人に着せている服で、世間は人物を判断しますし」

「世間がなにをどう考えているのか気になるようになったら、おまえに知らせよう。消えるがよい」

「かしこまりました」長年、ヒューのもとで働いているジュリアンは、主人の我慢の限界を知っていた。優雅に、しかし心なしか横柄な身のこなしでお辞儀をすると、そのまま部屋から出て、口笛を吹きながら廊下を歩いていった。

ヒューは手紙に視線を落としたが、なにも見えてはいなかった。ソーンウッドのエラスムスの命の炎が消えかけている。そのことに、もうあまり疑いの余地はないかもしれない。いろいろな面で父親代わりだった人物をまもなく失うことになると、ヒューにはわかっていた。

急に喉の奥にこみ上げたなにかをごくりと呑み込み、一、二度まばたきをして視界をたしかにすると、手紙に気持ちを集中させた。

手紙はロンドンの財産管理人からだった。香辛料を積んだ船が無事に到着したと知らせている。いつもどおり、経費にかかわる覚え書きとともに、積み荷の木箱一つ一つの中身と見積価格を一覧表にして、几帳面に書き込んである。ヒューはアバカスに手を伸ばした。

「失礼いたします」戸口からベネディクトの声がした。

ヒューは顔を上げた。「なんだ？」

「サー・ダンスタンの指示で、厩《うまや》の掃除が終わって準備がととのったことをお知らせにまいりました。蹄鉄工とお話しになりたいかどうかもうかがうようにと言われています」ベネディクトはアバカスに気づいて、体の動きを止めた。「それはなんでしょう？」

「アバカスというものだ。計算をするのに使う」

「聞いたことがあります」ベネディクトは興味津々という表情で近づいてきた。コツン、コツンと、杖が床を打つ。「どのようにして使うのですか？」

ヒューは穏やかにほほえんだ。「よかったら使い方を教えてやろう。計算をするものだ。かけ算も割り算もできる。帳簿をつけるのにこれ以上に便利なものはない」

「使い方をぜひ習いたいです」ベネディクトは恥ずかしそうに視線を上げた。「以前からずっと、こういうことに興味がありました」

「そうなのか？」

「はい。計算も、アリスがわかるところまでは教えてもらっていましたが、実際のところ、彼女にはあまり興味のある分野ではないのです。彼女が好きなのは、自然哲学にかかわることなので」

「知っている」ヒューはベネディクトの夢見心地の表情を見つめた。「ベネディクト、おまえもそろそろ、主人とこの領地で働いているほかの者たちといっしょに、大広間で食事するほうがいいだろう」

ベネディクトはさっと顔を上げた。「あなたといっしょに食事を？　でも、僕たちはふたりだけの部屋で食事をするのがいちばんだとアリスは思っています」

「アリスは好きなようにすればいい。しかし、おまえは私の身内であるから、ほかの部下たちといっしょに食事をするべきだ」

「あなたの身内？」その一言に、ベネディクトは驚いたようだった。

「姉上が私の許嫁となり、おまえはここスカークリフに暮らしている」ヒューはさらりと言った。「となれば、私の身内ということにならないか？」

「そんなふうに考えたことはありませんでした」はにかみながらもうれしそうな輝きが目に浮かんだ。「おっしゃるとおりです。僕は領主様の指示にしたがいます」

「いいだろう。アリスと言って思い出したが、姉上はどちらに？」

「ジョーン院長と話がしたいと言って、村へ行きました」ベネディクトはうやうやしくアバカスを捧げ持った。

「ひとりで行ったのか?」

「はい」

「いつごろもどると言っていた?」

「遅くなるかもしれない、と」ベネディクトは細い木の棒に沿って、赤い駒の一つをそっと動かした。「コレクションに加えたい石があってそれを探したいとか、そんなことを言っていたような気がします」

ヒューは眉をひそめた。「石を?」

「はい。絶壁の洞穴に行けば、おもしろい石があるそうです」

「なんたる愚行を」ヒューはいきおいよく立ち上がり、デスクを回って前に出てきた。「おまえの姉上のせいで、私の頭はどうにかなりそうだ」

「叔父のラルフもしょっちゅうそう言っていました」

ヒューは聞いていなかった。すでに廊下を歩き出して、階段を目指していた。

11

「ご覧になればわかっていただけるでしょうが、レイディ・アリス、ここにはやらなければならないことがいくらでもあります」ジョーンは片手をあげ、アリスと並んで立っている修道院の菜園だけでなく村全体を示した。「ここの院長になってから三年、わたくしもできるかぎりのことをしてきましたが、土地を治める正当な領主様なしでは、むずかしいことばかりでした」

「わかりますわ、マダム」アリスは手入れの行き届いた菜園をながめた。修道女が数人、草むしりや水やりに精を出したり、冬に向けて畑を耕したりしている。

歩いて村に入ってくるのは興味をそそられる経験だった。アリスはさまざまな人たちに迎えられた。農民は作業を中断して、敬意をこめて会釈した。遊んでいた小さな子供たちはそばを通りかかったアリスを見て、はずかしそうに笑った。醸造者は小屋の戸口まで出てきて、できたばかりのエールのマグを差し出した。蹄鉄《ていてつ》工は、赤々と燃えている炉の向こうからほほえんだ。粉屋のおかみさんからは一塊のパンをもらったが、持ってきてくれた息子のヤング・ジョンの誇らしげだったこと。

きょうのスカークリフの空気は期待感に充ち満ちている、とアリスは気づいた。村人たちは伝説が実現したと信じているのだ。少なくとも、伝説は首尾よく実現に向かいつつあると思い込んでいた。領地にいるのは正当な領主だ。呪いは晴らされ、すべてはうまくいく、と。

だれよりも誠実で親切なジョーンさえ、わたしが実際につぎの領主夫人になると信じて話をしている。そう気づいて、アリスは深い後悔の念にかられた。

院長の言うとおりだ、とアリスは思った。ここではやらなければならないことがいくらでもある。そして、ヒューはすべてが完全に成し遂げられるまで責任を持つつもりでいる。この地の世話をして慈しむのは、それが彼の将来と強く結びついているからだ。

しかし、彼女は、自分の将来をヒューとスカークリフの将来と結びつけるような危険を冒す気にはどうしてもなれなかった。わたしはこんな臆病者ではなかったはずなのに、とアリスは思った。ああ、でも、こんなに気持ちが揺れ動くのは生まれて初めてだ。世間から隔離された広い修道院に入ってしまえば、日々の暮らしはもっと単純で穏やかだろう。自然哲学の研究にもおあつらえ向きだ。

「あの滑稽《こっけい》な伝説はなんの役にも立ちませんでした」ジョーンは先に立ち、菜園の細道を歩いていた。「長年のあいだ、いつもあの存在に脅かされどおしだったのです。わたくしたちにとっては目の上の大きなこぶでした。あんなことを言い出した愚か者には、文句を言ってやりたいわ」

アリスは驚いて院長を見つめた。「ひょっとして、伝説を信じていらっしゃらないんですか?」

「信じていませんとも。でも、もちろん、スカークリフの人びとは信じています。強い領主がいない時期が長引くほど、呪いはほんものだと示しているような出来事がふえるのは、わたくしも認めざるをえません」

「伝説がひとり歩きしているようなものですね」

「そうです」ジョーンは顔をしかめ、背の高い修道女がひとりで作業をしている薬草園のそばで立ち止まった。「最近では、無法者の略奪や泥棒行為に悩まされるようにさえなっていました。それもこれも、わたくしたちを守ってくれるような強い騎士を抱える領主様がいらっしゃらなかったからです」

「ヒュー様がスカークリフの領主になられたのですから、もう無法者の心配はしなくてすみます」アリスは自信満々に請け合った。

長身の修道女が作業の手を止めた。手にしていた鍬《くわ》に寄りかかる。頭巾の下の黒っぽい目が陰気だ。「泥棒や追いはぎの蔓延にも劣らない厄介な災難が、これからも起こるわ。呪いはほんものです、レイディ・アリス。ヒュー様もすぐに思い知るでしょう」

寛大な母親のように、ジョーンは目玉をまわした。「シスター・キャサリンのことは気になさらないでください、マイ・レイディ。有能な治療師ですが、不吉な可能性だけに目を向けがちなのです」

アリスはキャサリンにほほえみかけた。「呪いを信じてらっしゃるなら、すべてはまたよい方向へ向かうと確信されているでしょうね。伝説の条件は満たされたのですから」

「ばかばかしい。緑の石と〝スカークリフの石たち〟にまつわる伝説など、わたしにはどうでもいいことです」キャサリンは小声で言った。「そんなの、子供向きのおとぎ話だわ」

「では、なにが気がかりなんです?」アリスは訊いた。

「この地にかけられた真の呪いは、リヴェンホールとスカークリフのあいだの反目です。背信と殺人行為が毒となり、不治の伝染病のように広がっていくのです」

「二つの領地間にあった、古い敵対関係についておっしゃっているのでしょう」アリスは言った。

キャサリンは驚きをあらわにして口ごもった。「ご存じなの?」

「はい、悲しい話はヒュー様からうかがいました。でも、それが理由でリヴェンホールとスカークリフのあいだで戦争が起こるのではと恐れていらっしゃるなら、ご心配にはおよびません。二つの領地間に暴力沙汰は起こりません」

キャサリンは悲しげに首を振った。「復讐の種は過去にまかれています。そこから芽生えた邪悪な草が、この地を毒するのです」

「いいえ」悪いほうにしか現状をとらえようとしない治療師に、アリスはだんだん腹が立ってきた。「落ち着いてください、シスター。暴力沙汰は起こらないと、ヒュー様がわたしにおっしゃったのよ。彼もサー・ヴィンセントも、共通の主君であられるソーンウッドのエラスムス様に誓いを立てているそうです。サー・エラスムスはおふたりに、たまに馬上試合で戦うのはともかく、それ以上に残虐な行為をしてはならないと、はっきり禁じていらっしゃいます」

「ソーンウッドのエラスムスは死にかけているという噂です」キャサリンの手が鍬の柄を握りしめた。「あの方が亡くなったら、だれがサー・ヴィンセントとサー・ヒューに睨みをきかせるのでしょう？　スカークリフもリヴェンホールも権力の中心から遠く離れています。そんな土地の領主たちは紐《ひも》を解かれた猟犬みたいに自由です。すぐにたがいの喉笛めがけて飛びかかっていくに決まっています」

「シスター・キャサリンの言うことも一理あります」ジョーンは眉をひそめた。「わたくしは、この地が中央から遠く離れているのは数少ない長所の一つと思っていました。軍隊を指揮したり、だれが王位につくのか気にかけたりする方たちから遠く離れて暮らすのは安全ですから。でも、それは、平和の維持をヒュー様だけに頼らねばならない、ということでもあるのですね」

「あの方はそうしてくださるわ」アリスはあとに引かなかった。

ヒューは善意の人であることを、どうしてこんなにも強く主張する気になるのか、自分でもよくわからない。たぶん、この女性たちよりずっとよく彼について知っていて、ふたりに彼を信じてほしいからだろう。

「スカークリフにもリヴェンホールにも、決して平和は訪れません」キャサリンがささやいた。

そろそろ話題を変えるべきだとアリスは判断した。「ここはあなたの薬草園なのかしら、シスター？」

「ええ」

「シスター・キャサリンがこの修道院に来てから、もうずいぶんになります」ジョーンが言った。「彼女は薬草についてほんとうにくわしいんです。わたくしたちもたまに、彼女が手がける強壮剤や薬のお世話になるのですよ」

「わたしの母も治療師でした」アリスは言った。「薬草の研究者で、なんでも知っていました。自分の薬草園で珍しい植物をたくさん育てていたのですよ」

キャサリンはなんの反応も示さない。あいかわらず、アリスを見つめている。「非情なヒュー様と婚約して、どのくらいになるのですか？」

「長くはありません。それから、彼はもう非情なヒューではありません。いまでは、スカークリフのヒュー様です」

「いつ結婚なさるのですか？」

「春ごろに」アリスはあいまいに言った。

「どうしてそんな先にしなければならないのでしょう？」

ジョーンがたしなめるような目をしてキャサリンを見た。「レイディ・アリスの結婚の予定は、あなたの知ったことではないわ、シスター」

キャサリンは薄い唇をこわばらせた。「婚約なんて、簡単に解消できるわ」

「ばかを言わないで」ジョーンは明らかに腹を立てていた。「婚約は、とても拘束力の強い厳粛な約束です」

「でも、結婚の誓いじゃありません」キャサリンはぴしゃりと言った。

「いい加減にしなさい、シスター」ジョーンはキャサリンが言った。

キャサリンは口を閉ざしたが、あいかわらずアリスを見つめている。

じろじろ見られて、アリスは顔を赤くした。「ヒュー様が春まで結婚を先延ばしにされたのは、すぐにやらなければならない大事な用事がたくさんあるからです」

「よくわかります」ジョーンはきっぱり言った。「さあ、作業におもどりなさい、シスター。レイディ・アリスとわたくしは、まだもう少し修道院の庭を見て回ります」院長はアリスを引っ張るようにして、べつの小道へと進み出した。「どうぞこちらへ。わたくしたちがワインを造っている作業所へご案内します。それから、図書室もご覧になりたいのでは？」

アリスはぱっと顔をほころばせた。「はい、それはもう、ぜひ拝見したいです」

「図書室はご自由にお使いください」キャサリンに声が聞こえないところまで進むのを待って、ジョーンは小声で言い添えた。「治療師の彼女のこと、どうか許してやってください。仕事はとてもよくできる人なのですけれど、ひどいふさぎ込みの病を患っているのです」

「そうですか。ご自分を治せないのは、お気の毒だわ」

「とくに落ち込みがひどいときは、ケシから作った強壮薬を飲んでいますが、彼女に言わせると、あの症状にはそれ以外にできることはほとんどないそうです」

アリスは眉をひそめた。「ケシから作る薬は、時間をあけて慎重に飲まなければ」

「ええ」ジョーンはおやという顔をして、横目でアリスを見た。「薬草についておくわしいようですね。お母様と同じ道を進まれたのですか、マイ・レイディ？」

「薬草についていろいろ学び、母が手がけた薬草の教本も手元に置いていますが、母が亡くなってからは、ほかのことに興味が移ってしまいました」

「そうですか」

「自分では、自然哲学の研究者だと思っているんです」アリスは急に立ち止まり、村の背後にそびえ立つ不気味な断崖に目をやった。「たまたまですが、きょうもこれから自然哲学の調査を進めてみるつもりでいます」

ジョーンはアリスの視線を追った。「崖を探索されるおつもり？」

「はい。洞窟を見たことがないので。興味深い調査になりそうです」

「残念ですが、マイ・レイディ、よい考えとは思えません。あなたのご予定をヒュー様はご存じなのですか？」

「いいえ」アリスは明るくほほえんだ。「今朝は仕事でお忙しそうだったので。おじゃまはしないことにしました」

「そうですか」ジョーンはこの件についてもっとなにか言いたそうだったが、急に気が変わったようだった。「さきほどシスター・キャサリンに、リヴェンホールとスカークリフのあいだに戦いは起こらないと思うとおっしゃいましたね」

「はい。それがなにか？」

「ほんとうにそう思われますか？　この地はこれまで、ほんとうにたいへんな目に遭ってきたのです、マイ・レイディ。今後、戦争のような災難に耐えられるとは思えません」

アリスはくすりと笑った。「心配しなくても、ヒュー様がスカークリフを守ってくださいます」

「あなたのおっしゃるとおりだと信じます」ジョーンは急に口をつぐみ、アリスの背後の一点を見つめた。

その瞬間、まぎれもない確信がアリスの体を駆け抜けた。振り返らなくても、ヒューが庭にいるのがわかる。

「あなたがそんなにも私の能力を信頼してくれているとわかって、ほんとうにうれしいぞ、レイディ」感情のまったくこもらない声がした。「あなたの良識も同じくらい信頼できればよいのだが。スカークリフの洞窟を探索するつもりと聞こえたが、どういうことだ？」

振り返ると、これまでやってきた小道の先にそびえるスカークリフ城と変わらず、大きくそびえるヒューの姿があった。黒髪が風になびいている。琥珀色の目が恐ろしいほどの知性をたたえてきらめく。この三日間、アリスはほとんど彼を見かけなかったが、目にしたときの反応はいつも変わらない。

ほんのつかのまでも、偶然に彼と出くわすたび、感覚という感覚が驚くほどの衝撃を受けるのだ。脈拍は速まり、胃の奥のほうでなにかがぎゅっと縮まる。イプストークのあの晩、体にじかに触れられたときの記憶がよみがえって全身が熱くなった。

あの情熱的な出来事を思うと夜もよく眠れない。ゆうべも、カモミールの熱いお茶を淹《い》れて気持ちを静めたほどだ。なんとか眠れたものの、夢をみた。それまでも、何度夢をみたことか。

「ああ、驚いた」動揺しているのを見透かされまいと、アリスはヒューをにらみつけた。「お庭に入っていらっしゃる物音が聞こえませんでした。今朝はお金の勘定でお忙しいのだとばかり」

「忙しかったが、あなたが洞窟を探索する予定と聞いて、変わった」ヒューはジョーンに向かって軽く会釈した。「おはようございます、マダム」

「おはようございます、ご領主様」ジョーンはヒューのいかめしい顔からアリスの仏頂面へと視線を移し、またヒューを見た。小さく咳払いをして言う。「おいでいただいてよろしゅうございました、領主様。レイディ・アリスの計画については、わたくしもいささか心配しておりましたの。この地にはまだ不慣れでいらっしゃいますし、いろいろと危険なところも、すべてご存じではありませんから」

「そうです」ヒューは言った。「そして、たったいま、彼女が向き合っている最大の危険は私です」両手の拳を腰に押しつける。「いったいなにをするつもりなんだ、レイディ？」

おびえるわけにはいかない、とアリスは思った。「おもしろい石があるかもしれないから、探したいと思っているだけです」

「洞窟にひとりで入ってはならない。ぜったいに。おわかりだろうか？」

アリスはなだめるようにヒューの袖をぽんぽんとたたいた。「落ち着いてください、ご主人様。わたしはほんとうに、自然哲学の知識には長《た》けているんです。興味深い標本を集めるようになって何年にもなります。危ない目になど遭いません」

ヒューは両手の親指を革のベルトに引っかけた。「よく聞け、アリス。村の外にひとりで出ていってはならない。この私が許さない」

「では、わたしといっしょに来てくださいますか？　おもしろいものが見つかって運ばなければならない場合、たくましい男性がいれば手を貸していただけるし」

いきなりいっしょに行こうと誘われてあっけにとられ、一、二秒のあいだ、ヒューは口がきけなかった。しかし、すぐに立ち直り、見くびるような目をして鉛色の空をちらりと見上げた。「すぐに雨が降り出す」

「わたしはそうは思いません」アリスは空を見上げた。「ちょっと曇っているだけです」

なにか思いついたように、ヒューはきらりと目を輝かせた。「いいだろう、マダム、自然哲学の分野の専門家である、あなたの判断にしたがおう。探索の付き添いをするぞ」

「あなたがそう望まれるなら」アリスは内心、大得意だった。それでも、なんでもないという顔をする。ヒューの決断などたいしたことはない、と言わんばかりに。

ジョーンは見るからにほっとしていた。「崖のあたりをうろうろしているあいだに、われらが放浪の修道士に出くわさないようにお気をつけください。断崖の洞窟で野営をしていると聞きました」

ヒューは眉間にしわをよせ、アリスの腕を取った。「オックスウィックのカルバートは、なぜ洞窟で寝ているのだ？」

ジョーンは表情はあいかわらず穏やかだが、その目だけがいたずらっぽく輝いた。「それはもちろん、わたくしがこの修道院の小部屋を貸すのを拒んだからにほかなりません。そうなれば、スカークリフ城以外に藁布団を広げる場所はないはずです。でも、さすがの彼も、あなた様に取り入るほどあつかましくはなかったようですね、領主様」

「よかった」アリスはうなるように言った。「あんな不愉快な人をスカークリフ城に泊めさせるものですか」

ヒューは眉を上げただけで、なにも言わなかった。しばらくしてアリスは、城にだれを泊めるかどうかというような判断は、当然、ヒューが下すものだったと気づいた。彼女はヒューの真の許嫁《いいなずけ》でさえないのだ。しかもアリスは、家事についてはあまりかかわるまいと自分に誓っていた。

「それでは」と、アリスは元気よく言った。「参りましょう、ご主人様。ぐずぐずしていると日が暮れてしまいます、そうでしょう？」

ふたりが洞窟につながる岩だらけの斜面を上っていると、最初の雨粒が落ちてきた。

「いやだわ、もう」アリスはぎこちない手つきで、外套のフードを引き上げた。「洞窟で雨宿りしないと、ずぶ濡れになってしまうわ」

「だから、雨になると言ったのだ」ヒューはアリスの手をつかみ、断崖に暗い口を開けている、最初の洞窟を目指して駆け出した。

「状況判断をしてたまたま自分が正しかったとわかるたびに、自分にはまちがいがなかったと指摘するのは、あなたの癖でしょうか？」ヒューに遅れないよう、アリスも走り出した。

「そうじゃない」温かい目をして笑い声をあげ、ヒューはアリスを大きな洞窟へと引っ張り込んだ。「私はほぼいつも正しいから、それが証明されるたびに口に出して言うのは面倒だ」

　じろりとヒューをにらんだアリスは、彼の雨に濡れた髪に気づいた。くしゃくしゃになった髪が形のいい頭に張りついて、いつもとなんとなくようすがちがう。やさしそうで、どことなく弱々しそうにさえ見える。

　急に希望がこみ上げて、アリスは息を呑んだ。ヒューに少しでもやさしい面や、やわらかさや弱々しさがあるなら、わたしを愛するようになってくれるかもしれない。

　雨は本降りになった。遠くで雷鳴がとどろいている。

　うちに秘めたやさしさ、というありもしない幻を振り払うかのように、ヒューは濡れた豊かな黒髪を無造作にかき上げた。荒っぽい手つきで髪を耳にかけると、広い額と、いかめしくて鋭い頬骨のラインがあらわになった。まばたきをする間に、伝説の重みを軽々と背負ってしまう男に逆もどりだ。

アリスは物足りなさそうにほほえんだ。「信じられない方だわ」

ヒューはちょっと愉快そうに口元をほころばせた。興味ありげにあたりを見回す。「あなたの洞窟をよく見るがいい」

アリスはヒューの視線を追い、かすかに身震いした。「ちょっと暗くありませんか？」

「洞窟はたいがい暗いものだ」そっけなく言う。

洞窟のなかは広かった。奥のほうは闇に覆われ、どのくらいの深さなのかもわからない。土砂降りの日の灰色の明かりは、洞窟の入り口からちょっと入ったところまでしか届かない。どこかで岩にしたたる水音がする。

「こんど来るときは、たいまつを忘れないようにしなければ」アリスは言った。

「そうだな。たいまつがなければ、ほとんどなにも見えないだろう？」

「ええ」認める気はなかったが、なにも見えないからという格好の理由があって、洞窟の奥へ進まずにすむのがありがたい。「きょうはあまり探索できなくて残念だけれど、しかたがないわ」

ヒューは片手をごつごつした岩肌にかけて、スカークリフの村と畑をながめた。「雨が降っていても、なかなかのながめだ」

わが領地への思いに金色の目が誇らしげに輝いている、とアリスは思った。「晴れた日には、遠くまで見えるのでしょうね」

「ずっと先のリヴェンホールまで」

こわいくらい穏やかな声で言われ、アリスは不安になった。治療師の言葉が思い出される。〝復讐の種は過去にまかれています。そこから芽生えた邪悪な草が、この地を毒するのです〟

わたしは伝説など信じない、とアリスは自分に言い聞かせた。それでも、洞窟の外の雨に目をやり、治療師の言葉に真実の響きを感じるのはなぜだろうと思った。

「さて、アリス？」しばらくしてヒューが言った。振り返って彼女を見ようとはしない。あいかわらず、目の前に広がっている景色を見つめている。

「なんでしょう、ご主人様？」アリスは身をかがめ、黒っぽい石に目をこらした。

「考える時間は充分にあったはずだ。結論はどうなったのだろう？」

ヒューの言っていることの意味がわかり、アリスは黒っぽい石を見つめたまま動けなくなった。驚いてうめき声をあげそうになるのをこらえ、意味をとりちがえたふりをしてはぐらかそうとした。「ちょっとおもしろい石だけれど、それほど珍しいものではないわ。城を建てるのに集められた石の標本を見つけられたら、と思っているんです。ほんとうに興味深い石だわ。こういうタイプのものは見たことがありません」

「そんなつまらない石の話はしていないし、それはあなたもよくわかっているはずだ」いらだたしげなヒューの目が、冷ややかな光を放った。「私と結婚する気になったのだろうか？」

「そんな、急におっしゃられても。前に結論を求められてからまだ三日しかたっていません。それに、ふたりともとても忙しかったわ」

「忙しかった？　気の利かないのろまな執事を選んだほかに、あなたはほとんどなにもやっていないではないか」

「エルバートはすばらしい執事になります」アリスは言い返した。「それに、わたしがなにもやっていないなんて、よくも責められるものだわ。ろくに考える暇もないほど忙しかったのだから、結婚という重大問題の真価をじっくり考えられるはずもありません」

ヒューはしばらく黙りこくっていた。やがて、露出した岩石の層に腰を下ろして、両手の肘を膝にのせた。視線はあいかわらず、雨のカーテンに覆われた遠い地、リヴェンホールに向けられたままだ。

「この地が嫌いなのか、アリス？」

そう訊かれて、アリスはぎくりとした。「スカークリフが？　いいえ、ご主人様。嫌いではありません」

「ぱっとしないところだと思っているだろう」

「いいえ、そんなことはありません。ながめていて気持ちが安らぐような土地ではありませんが、興味深くて変化に富んでいます」

「スカークリフはすぐに花開く。私がそうさせる」

「もちろんです、ご主人様」

「城はどうだ？」ヒューはなおも訊いた。「嫌いか？」

「いいえ。あなたがおっしゃったとおり、見るからに頑丈そうな建物です。どんな攻撃にも耐えられそう」アリスはいったん口をつぐんだ。つぎつぎと投げかけられる質問は、なにを目指しているのだろう？「それに、正直言って、最初に思ったより住みごこちはいいです」

「では、城に住むことはいやではないのだな？」

「あの、その、さっきも言ったとおり、お城について、とくにいやなところはありません」

「それを聞いてほっとした」ヒューは小石を拾って、下りの傾斜地めがけてさりげなく放り投げた。揺るぎなく断固とした性格とは正反対の、驚くほど無邪気な仕草だ。「この先、城になにか問題を見つけたら、私に言ってほしい。すぐに改善されるように手配する」

「わかりました。ありがとうございます」アリスは、ヒューがまた濡れた斜面めがけて小石を投げるのを見つめた。彼はどんな子供時代を過ごしたのだろう、と思った。わたしと同じように、子供時代は短かったにちがいない。非嫡出子は、人生の早い時期に大人のマントを身にまとうように強いられるものだ。

「では、あなたは領地が嫌いではなく、城の住みごこちにも満足している」と、ヒューはまとめた。

「はい、ご主人様」アリスは慎重に答えた。「満足しています」

「では、結婚を断る理由はないではないか？」

アリスはむっとして両腕を広げた。「あなたが非情なヒューと呼ばれる理由が、だんだんわかってきました」

「必要もないのに時間を無駄にするのは、好まないのだ」

「はっきり言いますが、時間を無駄になどしていません。わたしには、得られる時間はすべて必要なんです」アリスは洞窟の口に近い大きな岩に腰かけ、粉屋の息子がくれた袋を開けた。「焼きたてのパンを一口、いかがですか？」

アリスが袋から取り出した一塊のパンを見て、ヒューは眉を寄せた。「話題を変えようとしているらしい」

「とても鋭い方ね」

「アリス、私は優柔不断ではないし、問題を先延ばしにするのも好まない男だ」

「それはもう、日ごとに強く身に沁みてわかっています」アリスはパンを二つに割り、一方をヒューに差し出した。「でも、この件については、申し訳ありませんが、どうか辛抱してください」

ヒューは狩人の視線でアリスをとらえたまま、手を伸ばしてパンを受け取った。「心を決めるのに、あとどれだけ時間が必要だ？」

「わたしにもわかりません」アリスは毅然《きぜん》とした表情でパンをかじった。

ヒューもパンを大きくちぎり、険しい表情でもぐもぐと食べた。

沈黙が流れた。雨はあいかわらず降りつづき、雨脚も衰えない。

やがて、アリスはおそるおそる肩の力を抜いた。少なくともいまのところ、ヒューは結婚の話題を忘れてくれそうだ。

アリスはもう一口、ぱりぱりしたパンをかじり、ヒューといっしょにいられるという、つかのまの喜びに浸った。こうして彼とふたりきりで坐り、ふたりは将来を分かち合う友人であり、パートナーだと勝手に思いこむのは楽しい。そんな他愛ない想像をしたところで、悪いことはなにもないだろう。

「エルバートが来てからというもの、城のなかはたいへんな騒ぎだ」長い沈黙のあと、ヒューが言った。「べつの執事を雇って、仕事を引き継がせる気はないのか？」

ぬくぬくと白日夢に浸っていたアリスは、現実に引きもどされた。「エルバートはすぐに仕事を覚えます。わたしは、執事候補者の数人と話をしましたが、彼はずば抜けて頭がよくて熱心でした。もうしばらくようすを見てください」

「あなたがそう言うのは簡単だろう。自分の部屋にこもって食事をするばかりで、われわれと大広間で食事をするという冒険は未経験なのだから。言っておくが、エルバートが監督する食卓は、忘れようにも忘れられないありさまだぞ」

アリスはヒューを見た。「大広間で食事をするのが不快なら、どうしてわたしのようになさらないのです？　お食事を自室に届けさせればいいのに」アリスはいったん口をつぐみ、思いきって言い添えた。「わたしの部屋でごいっしょに召し上がってもかまいませんわ」

「それはできない」

申し出をぴしゃりとはねつけられ、アリスはみるみる顔が熱くなった。「差し出がましいことを言ってしまって、すみません。出しゃばるつもりはなかったのです」

ヒューはいらだたしげにアリスをにらんだ。「わからないのか？　領主たる者、夕食を部下たちとともに取らなければならないのだ」

アリスはかすかに身震いをした。「理由がまるでわかりません。不作法な会話や下品な冗談を聞かされては、どんな料理もまずくなります。わたしは、武器や馬上試合にまつわる胸の悪くなるようなおしゃべりにも、過去の戦いや狩猟の手柄話にも興味はありません」

「あなたにはわかるまい。領主が、仕えてくれる者たちとの絆《きずな》を深める方法の一つが、いっしょに食事をすることなのだ」ヒューはむしゃむしゃとパンを食べた。「強い領主とは、部下から頼りにされるのと同様、彼らを頼りにするものだ。彼らを尊重し、その忠節を高く評価していることを、態度で示さなければならない」

「そのために、彼らといっしょに食事をなさるの？」

「そうだ。それも気持ちを伝える一つの方法だ」

「それで納得がいきました」急に合点がいって、アリスはほほえんだ。「あなたのような教養のある方がなぜ、大広間では当たり前の粗野な振る舞いを受け入れてらっしゃるのかと、不思議に思っていたのです」

「慣れるものだ」

「下卑《げび》た会話や振る舞いのせいで、食事のたびにいやな気持ちにさせられることに慣れるなんて、とても考えられません。生きているかぎり毎日、そんな大きな犠牲を払わなければならないと思ったら、とても将来を楽しみにする気にはなれないでしょう」

ヒューの目が不快そうにきらりと光った。「私は、それほど大きな犠牲とは思っていない。だれもがあなたのようにお上品なわけではないのだ。武器や鎧兜《よろいかぶと》の話は、騎士には退屈ではないぞ、マダム。仕事の話なのだから」

「では、同席している人たちの下品な冗談や、笑い声や、お粗末なマナーはどうなのです？それも楽しめるのですか？」

「男たちが集まって飲んだり食べたりする場合は、それが当たり前だ」

「たしかに」アリスはまたパンをかじった。

「さっきも言ったとおり、大広間でいっしょに食事をするというのは、尊敬と忠節の表現なのだ」ヒューはいったん間を置いて言った。「たいていの家では、領主と妻は同じ食卓を囲んでいる」

「わたしもそう聞きましたが、そんなことをしたがる女性がいるなんて、想像もできません」

「彼女たちがそうするのは、領主が部下たちといっしょに食事をするのと同じ理由からだ」

嚙みしめた歯のあいだから絞り出すような声だった。

アリスはパンをかむのをやめた。「尊敬と忠節のため？」

「そうだ。部下たちの前で夫の隣に坐るのは、彼女が主人を尊敬し忠節を誓っていることをみなの者に知らせるためだ」

アリスははっと息を吞むと同時に、パンを飲み込もうとした。そのとたん、パンのかけらが気管に入ってむせ返り、ぜいぜいと息をしながら咳き込んだ。

ヒューは心配そうに眉をひそめた。手を伸ばして、アリスの両肩のあいだを強くたたく。

「だいじょうぶか？」

「はい」と、なんとか言った。何度か大きく息を吸い込み、ごくりと唾を吞み込んで、おかしなところに入ったパンを飲み下す。「だいじょうぶです」

「それはよかった」

また沈黙が訪れた。こんどは、アリスもくつろいではいられなかった。不思議なくらい、どぎまぎしている。

たぶん彼は、わたしが大広間でいっしょに食事をしないのは、彼を尊敬していないからだと信じている。彼の部下たちや、スカークリフ城で働いているほかの人たちも、わたしを不誠実だと思っているのだろうか？

「アリス、私と結婚するかどうか決められない理由を、どうかはっきり伝えてほしい」ヒューが言った。「これほど正当で、現実に則していて、まっとうな希望はないはずだ」

アリスは目を閉じた。「きょうはもう、その話題は終わりにしたはずです」

「あなたがためらっている理由を教えてくれさえしたら、私はそれを正すことができる」

もうたくさんだ、とアリスは思った。我慢の限界だった。「わかりました、ご主人様、はっきり言わせていただきます。結婚するなら、わたしは、有能でつごうがいいからではなく、真の愛情ゆえに結ばれたいんです」

ヒューは凍りついたように動かなくなった。視線はアリスの目をとらえたまま、ぴくりとも揺るがない。「愛情？」

「はい。愛情です。わたしの母は、跡継ぎを生んで家事を取り仕切ってもらえるという理由だけで結婚を望む男性と結婚しました。そして、結局、研究にしか慰めを見いだせないような、ひどく孤独な暮らしをするしかなかったのです」

「あなたと、あなたの弟がいたではないか」

「わたしたちだけでは不充分だったわ」アリスは苦々しげに言った。「母は毒を飲んで亡くなったと言われているけれど、ほんとうは、傷心のあまり亡くなったんだとわたしは思っています。わたしは、母と同じ過ちを犯すわけにはいかないんです」

「アリス――」

「愛のない結婚をするくらいなら、修道院の平穏と落ち着きのほうがずっといい。これで、わたしがためらっている理由がおわかりになりましたか？」

ヒューはまじまじとアリスを見つめた。「あなたは求愛してほしいのか？　いいだろう、マダム、きちんと求愛をしてみせよう。しかし、あらかじめ伝えておくが、私はそういった方面にはあまり明るくないのだ」

かーっと頭に血が上って、アリスははじかれたように立ち上がった。「なにもわかってらっしゃらないんだわ。わたしは、偽りの求愛なんて求めていません。花束や詩は、ほかの女性に差し上げればいい。わたしは愛のことを言っているんです。わたしがほしいのはそれ。愛です」

なるほど、と言いたげにヒューは目を輝かせた。立ち上がってアリスに手を差し伸べる。

「要するに、あなたは情欲を求めているというわけだ。その手のものならほしいだけあたえてあげるから安心しなさい」

あなたは決定的にまちがっている、とアリスが説教を始める間もなく、ヒューは彼女の口を口で覆った。

黙って怒りを募らせていたアリスだったが、二、三秒もすると、いまのところヒューがわたしにあたえられるのは情欲だけかもしれない、と気づいた。

ひょっとして、それは、彼が愛することを覚えるために必要な、唯一の感情でもあるかもしれない。

アリスは両腕をヒューの首に巻きつけ、彼を初めて見た晩からほとばしりつづけている、ありったけの愛情をこめてキスを返した。

12

アリスのやわらかい体がしなだれかかってきたとたん、ヒューは大波のような高揚感に呑み込まれた。状況判断は正しかった、と思った。この、守りの固い、かぐわしい城をこじ開ける鍵は、欲情だったのだ。

アリスは私を求めている。彼女のいかにも女性らしい欲望は、めったに手に入らない香辛料のようにたまらなく芳潤で、近づくものをふらふらにさせる。

ヒューはアリスの弾力のある丸い尻のカーブをつかみ、自分の体に密着させて引き上げた。首に巻きつけられたアリスの腕に力がこもり、ため息混じりのあえぎ声が漏れる。ヒューは意識してアリスを引き寄せ、限界まで張りつめた下半身の硬さを感じさせた。

「ご主人様、あなたのせいでなにがなんだかわからなくなりました」アリスは彼の喉元にキスをした。「わからない、なんなの、この感じは?」

「詩人が愛と呼ぶものだ」ヒューはアリスの髪を包んでいたネットを引っ張った。長い赤毛が肩にこぼれ落ちる。「私としては、この思いには情欲という言葉のほうがふさわしいと思っている」

アリスはヒューの肩から顔を上げた。一瞬、ふたりの目が合う。エメラルド色の深みに溺《おぼ》れてしまいそうだ、とヒューは思った。「それはちがうわ。わたしは母を見ていて、情欲だけでは愛とは呼べないと学びました。でも、情欲と愛は結びつくような気がしかけています」

ヒューは苦笑いをした。「白状するが、そういう問題について、いまの私は筋のとおった議論ができるような状態ではないぞ、アリス」

「でも、その二つのちがいはとても大事だと思います」

「いいや。大事なことはこれっぽっちもない」ヒューは唇でアリスの唇をふさいだ。

そして、彼女が唇を開き、自分から離れられないくらい強くしがみついてくるのを待って、すかさず両手を離し、剣帯の留め具をはずして黒い外套を脱いだ。

剣の鞘《さや》を足下に置くヒューを、アリスはきらきら輝く目で見つめた。自分の手がかすかに震えるのがわかって、ヒューはしゃくに障って顔をしかめた。気持ちを静めようと大きく息をして、洞窟の石の地面に外套を広げる。

簡単な作業のはずが、とてつもない集中力が必要に思えた。ようやく外套が敷けたので体を起こし、間に合わせのベッドを挟んでアリスを見つめた。

彼女の目に翳りが見え、ヒューははらわたがねじれるような恐怖に襲われた。

アリスはおずおずと笑みを浮かべ、ヒューに手を差し伸べた。ヒューは満足感と、圧倒的な安堵感にかられて密かにため息をついた。広げられた黒い外套に身を横たえ、そっとアリスを引き寄せる。アリスはヒューの両腿にふわりとスカートをかけた。温かく誘うように上半身を倒して、彼の胸に密着させた。

ちょうどいい具合にヒューに覆いかぶさりながら、アリスは不安そうに目を見開いた。

「あなた、硬い岩板に押しつぶされてしまうわ」

ヒューは含み笑いを漏らした。「こんなやわらかいキルトをかけたのは初めてだ」

アリスは指先でヒューの頬に触れながら、さらに坐りごこちのいいように腰をくねらせた。なだらかな曲線を描く両腿にこわばった部分をそっと挟まれ、ヒューはうめき声をあげた。彼のなかにくすぶっていた欲望がいきなり、燃え盛る炎となって噴き上がる。自制心の最後の名残が炎に呑み込まれるのを、ヒューは感じた。

アリスは私を求めていて、彼女は私の許嫁なのだ。なにも私を阻むものはない。なにがあろうと関係ない。

ヒューは自分で火を放った大火に身をゆだねた。アリスの顔を両手で挟みつけ、もう我慢するのはやめてむさぼるようにキスをした。飛び上がるほどうれしいことに、アリスはぎこちないながらも情熱をこめ、あざができるような激しいキスに応じた。くぐもったあえぎ声が聞こえ、アリスの歯が自分の歯とカチンとぶつかると、ヒューは声をあげて笑いそうになった。

「落ち着いて、マイ・スイート」ヒューはアリスの口のなかに言った。「私を頭から呑み込むにはおよばない。私のすべてをあげるまでは終わらないから、だいじょうぶだ」

アリスはうめき声をあげ、指先をヒューの髪に差し入れた。ヒューは片手で彼女の頭を固定して、もう一方の手でスカートをまくり上げた。手のひらでむきだしの腿をさすり上げ、その上の密やかな盛り上がりを包み込む。甘美な小山を分けている割れ目を見つけて、指先でたどり、彼を待ちこがれている泉へたどり着く。

「ヒュー」

彼女を入念になでて、自分が挿入するときにそなえる。ヒューはアリスを快感で朦朧《もうろう》とさせたかった。そうすれば、彼女をわがものにするとき、たとえ痛みがあったとしても感じないはずだ。すべてを完璧にさせたかった。

雷鳴が空を揺さぶった。降りつづく激しい雨が、洞窟の口の向こうに灰色のカーテンのように見える。

ヒューがおぼつかない手つきで上着とズボンをゆるめると、アリスは一瞬頭を上げて、情熱に浮かされた目で彼を見下ろした。愛の行為をやめてほしいと言われるのではと、ヒューは心臓が止まるほどおびえた。そして、第三者のような妙な感覚で、いま、やめるように言われたら、この場で命を絶つかもしれないと思った。

「ヒュー」

アリスの唇のあいだから自分の名前が漏れ、ヒューの血潮はたぎった。興奮が体を突き抜ける。たがいの情熱の高まりにとらえられてアリスはわれを失っている、とヒューは思った。

恋をしているとアリスに信じさせるなら、これ以上の戦略はないだろう。

ヒューはうめきながらアリスの口に口を押しつけ、彼女の腿のあいだをまさぐった。アリスの熱っぽいつぶやきは蜜浸けのナツメヤシより甘く、錬金術師の秘薬より強力だ。味わえば味わうほど、もっとほしくてたまらなくなる。ヒューは、飽くことを知らない欲望に呑み込まれた。

そして、アリスのスカートをウエストまでまくりあげ、両脚を広げて自分の体にまたがらせた。清純な体の香りに鼻をくすぐられ、欲望は際限なく募るばかりだ。

ズボンから熱いこわばりを完全に露出させて、秘密の要塞を隠しているふっくらとして湿った花びらを探り当てる。自制心を限界まで働かせて、そろそろと彼女のなかに入っていく。彼女の体は信じられないほどきつくヒューを締めつけた。洞穴の狭い入り口に、無理やり分け入っていくようだ。

ヒューの思っていたとおり、アリスは処女だった。

慎重にしなければ、と自分に言い聞かせる。あわてて要塞に攻め入ってはならない。

歯を食いしばって欲望を抑えつける。

ゆっくりと、少しずつ少しずつ、繊細な隙間へと侵入していくうちに、ふたりの体は汗で湿りはじめた。アリスはヒューのゆったりしたシャツに爪をたてている。

「守りがとても固い」ヒューはかすれ声でささやいた。「痛みは？」

「ええ、少し」

ヒューは目を閉じて気力を振り絞り、自分を抑えた。「あなたに痛い思いはさせたくない。やめてほしいか？」

「いいえ」

ヒューは小さく安堵の息をついた。実際のところ、始めてしまったことをやめるだけの意志の力があるかどうか、自分でも自信がなかった。「ゆっくり進もう」と、ヒューは約束した。

アリスはヒューのゆったりした上着の襟ぐりを横に引っ張り、彼の肩先をそっとついばんだ。「ゆっくりではいやよ。こういうことは一気に終わらせたいわ」

ヒューはうめき声をあげた。「これは喜びを味わいながら行うことで、耐えるべきものではないぞ」

「わたしが命じたら、素速く終わらせてくださる？」

ヒューはアリスの尻を支えている両手に力をこめた。「あなたの言うとおりかもしれない。素速く済ませたほうが、痛みは少ない」

「では、いますぐに」なんの前触れもなく、アリスは彼の肩先に噛みついた。

「なんということを」小さくて鋭い、しかも、まったく予期せぬ痛みを感じて、ヒューは反射的にアリスを支えている両手に力をこめた。息を吸い込みながら腰を突き上げる。

アリスがくぐもった悲鳴をあげたが、ヒューはたとえ望んだとしても体を引くことはかなわなかった。自制心の最後のひとかけらは、アリスの純潔を守っていた繊細な壁といっしょに崩れ去った。

人生の大半で、自分を制御するのに使ってきたかせから放たれ、ヒューはアリスのなかへと深く身を沈めた。アリスの熱く心地よい壁が、ヒューを痛いほど締めつける。

洞窟の外では、嵐がますますいきおいを増していた。遠くで稲妻が光る。岩だらけの断崖に、激しい雨がうなりをあげて打ちつける。ヒューには、世界のすべてがアリスと横たわっている洞窟のなかに凝縮されたように思えた。ほかはもうどうでもいい、と思った。なんだっていい。

アリスが小さくあえぐ声がする。ヒューはふたりの体のあいだに手を差し入れ、女性らしく張りつめた小さな固まりを見つけて、さすった。

アリスが全身をこわばらせ、泣き声をあげた。細かな震えが全身に広がる。

何度も腰を突き上げ、狭い小道へとなおも深く突き進むうち、ヒューのまわりの世界がぐるぐると回転しはじめた。雷鳴がとどろいて洞窟を揺るがすなか、自分を解き放ってめくるめく感覚に身をゆだねた。それは、これまでに経験したものとはまるでちがう解放感だった。三十年の人生で初めてヒューは、詩人がこの強烈な感覚をべつのもっと輝かしい名で呼びたがる理由を理解した。

ほんの一瞬だが、彼らがなぜそれを愛と呼びたがるか、ようやくわかった気がした。

ずいぶんたってから、アリスはかすかに身じろぎした。両脚のあいだにかなり痛みがあったが、不思議なくらい満たされた気分だった。なんとなく、将来にかすかな希望を見いだしたような気がする。

きょう、わたしはヒューといっしょに心引かれる新たな世界へと旅立ったのだ、とアリスは思った。たったいま分かち合った経験はもちろん、わたしたちを結びつけてくれるはず。

アリスが目を開けると、ヒューがまばたきもせず、ただまっすぐに彼女を見つめていた。喜びに満ちた期待感がみるみるしぼんでいく。彼のどこかにやわらかさや弱々しさの兆しを見いだしたと思ったが、そんなものはすでに消えてしまったとすぐにわかった。黒ずくめの騎士は、自らの伝説というマントを身にまとっていた。

後悔と心残りは募り、思い描いたばかりの将来の夢が色あせていく。短気を起こしてはいけない、とアリスは自分に言い聞かせた。ヒュー様は一晩で変わるような方ではないのよ。

アリスは、真に気が利いていて魅力的な一言をひねり出そうとした。彼女のような立場、つまり、伝説の騎士と情熱的なひとときを分かち合ったばかりの女性が口にしそうな一言。彼の心を打つなにか。魔法のような言葉を。

アリスはこほんと慎ましく咳払いをした。「雨がやんだようですね」

「だいじょうぶか？」

印象的な台詞《せりふ》探しはもうおしまい。アリスは眉をひそめた。「もちろんです。だいじょうぶすぎるくらいだいじょうぶですわ。なんて愚かなことを訊かれるんでしょう」

ヒューの険しい口元の一方が、かすかにつり上がった。「この状況ではふさわしい質問に思えるが」

わたしに劣らず、彼もこの手の会話には不慣れなのかもしれないと、ふとアリスは思った。そう思うと、なんだかほっとした。「わたしの、雨の話題と同じくらいふさわしい？」

ヒューの表情がわずかになごんだ。「そうだ」隣に横たわっていたアリスをそっと支えて、上半身を起こさせる。彼女がはっとたじろぐのがわかり、ヒューは眉を寄せた。「アリス？」

「なんでもありません」アリスはドレスの前をかき合わせた。

ドレスの裾を直しかけると、ヒューがさっと手を伸ばして内腿に触れた。彼が引っ込めた指先が赤く濡れているのがわかり、アリスはきまりが悪くて真っ赤になった。

ヒューは指先を見つめた。「アリス、話し合うべきだ」

「雨について？　それとも、わたしの健康状態について？」

「結婚についてだ」

ドレスをととのえていたアリスは、ふと手を止めた。「もうたくさんです。そういうことだから〝非情〟と言われるんです。肩書きどおりに情け容赦なくするのも、ほどほどにするべきです」

「アリス――」

「せっかく親密なひとときを楽しんだのに、わたしがまだスカートの裾を直してさえいないうちに、どうして言い争いの種を蒸し返して台無しにするんです？」

「親密なひとときを楽しんだ？　あなたにとってはそれだけのことなのか？」

アリスはさらに赤くなった。「いいえ、そうではないけれど、あなたにとってはそのくらいのものだと思ったのです。まさか、女性と愛を交わしたのはこれが初めてとはおっしゃらないでしょう？」いったん言葉を切る。ひょっとしたら、こういう経験をするのはふたりとも初めてだったのかもしれないと思いつき、希望の光が体を貫いた。「もしかして、そうなのですか？」

ヒューは目を細めた。「婚約の誓いで結ばれた女性と愛を交わしたのは、初めてだ」

「そ、そう」もちろん、彼が未経験なはずはない、とアリスは思った。三十歳なのだ。しかも男性だ。純潔と名誉は結びつかない。「そういうことなら、大差はないと思います」

ヒューは拳の縁でアリスの頬を支えた。「あなたのような立場の女性は、マダム、このタイミングで結婚の話し合いができれば、ほぼまちがいなくうれしいはずだが」

「わたしは、天気の話をするほうがましです」

「それは残念だ。なぜなら、われわれは結婚について話し合うと決まっているから」

あなたがわたしを愛するようになってくださるまでは、話し合いません。そうアリスは胸のなかで誓った。「わたしたちは取り引きをしたはずです」

「たったいま、こういうことになったからには、取り引きの内容は変わってくるぞ、アリス。名誉にかかわる問題が生じるのだ」

　ヒューの金色の目が断固たる信念をたたえて輝くのを見て、アリスは息を呑んだ。彼はやさしい感情など持ち合わせていないのだ。愛や情欲についてさえ、話し合う気もない。いつも変わらず、自分の目的に向かってまっすぐ突き進むだけの人だ。女性の気持ちはもちろん、なにものにもその道を阻むことはできない。アリスの胃がきりりとねじれた。

「わたしとの体の結びつきを利用して、結婚せざるをえない状況に追い込もうという作戦でいたなら、あなたはたいへんな失敗をされましたね」

　ヒューは驚いた表情を浮かべた。やがて、その目に怒りが燃え上がる。「あなたは処女だったではないか」

「ええ、でも、だからといってなにも変わりません。これまで、ずっと変わらず結婚する気はありませんでしたから、将来の夫のために純潔を守る義務もなかった。あなたと同様、わたしも自由であって、その自由をきょう、行使したのです」

「くそいまいましい。あなたほど片意地な女性に会ったのは初めてだ」ヒューは声をひそめてののしった。「あなたは自由かもしれないが、私はちがう。この件に関しては名誉に縛られている」

「これと名誉がどうかかわるのです？」アリスは詰め寄った。

「あなたは私の許嫁だ」ヒューは大きな手を振り上げ、抑えきれない怒りをあらわにした。

「たったいま、われわれの結婚は完全なものになった」

「わたしの気持ちのなかではそうではありません。この件について、教会法は明白な判断を下していませんし」

「いい加減にしろ」ヒューは声を荒らげた。「この私に向かって、パリやボローニャで法律の細かい条項まで研究しつくしたような口をきくな。いまは、私の名誉について話しているのだ。今回の件は、私が自分で判断を下す」

アリスは目をぱちくりさせた。「なんだか、ひどく動揺していらっしゃるごようす。少しでも気持ちを静められたら、たぶん、もっと――」

「私の気はたしかだ、気遣うにはおよばない。それより、私の機嫌を気遣うほうが賢明だぞ。よく聞け、アリス。われわれは、婚約と結婚をへだてる川をもう渡りきったのだ。その二つをへだてるたしかなものは、もうなにもない」

「あの、その件の合法性ですが」アリスは形式張って言い返した。「先ほども言いましたように、教会法ではややあいまいなままになっています」

「いいや、マダム、あいまいなところはみじんもない。それに、この問題を教会裁判に持っていくつもりなら、想像を絶する報いを受けることになると保証しよう」

「気が高ぶっていらっしゃるんだわ」

「それから、もう一つ」と、ヒューは言い添えた。穏やかな声がかえって不気味だ。「報いを受けなければならないのは、教会があなたの問題を検討するずっと前だ。私がなにを言っているかわかるか？」

露骨に脅されてアリスの決意は揺らいだ。大きく息を吸い込んで勇気をかき集める。「言わせていただきますが、わたしは脅迫されても無理強いされても、結婚はしませんわ」

「もう遅い。引き返すことはできないのだ、アリス。新たな道をふたりで進んでゆかなければならぬ」

「いいえ、取り引きはまだ有効です。結婚について、わたしはまだ結論を出せません。それに――」洞窟の奥の暗がりでなにかが動いた。アリスは、ヒューのがっちりした肩の向こうを見つめた。

　喉元まで出かかっていた威勢のいい抗議の言葉は消えた。どうしようもない恐怖に襲われ、舌が凍りつく。「ヒュー」

　一瞬のうちにヒューは立ち上がった。鋼が革にこすれるかすかな音がして、鞘から剣が引き抜かれる。ヒューはくるりと振り返り、背後の脅威に立ち向かった。戦いにそなえた緊張感の目に見えないマントが、ヒューのまわりでひるがえった。

　アリスはあわててよつんばいになり、ヒューの背後に目をこらした。頭巾をかぶった人影が、真っ暗な奥の穴から姿を現した。ほとんど消えかけたたいまつを掲げている。

「ご機嫌よう、領主様」オックスウィックのカルバートがしゃがれ声で言った。

　ヒューは打ちつけるようにして、剣を鞘にもどした。「いったいここでなにをしているのだ、修道士よ？」

「祈っておりました」闇のなか、カルバートの目がきらりと光った。「声がしたので、だれが入ってきたのかと思い、見にきたのです。泥棒や強盗ではないかと心配で」

「祈っていたと言ったな？」ヒューは上着をするりと頭からかぶり、慣れた身のこなしで素速く、剣帯の留め金をしっかりとかけた。「なぜ洞窟で？」

頭巾に囲まれたカルバートの顔が、さらに奥へ引っ込んだように見えた。「この洞窟のずっと奥に、外の世界に気を散らされることなく、祈りに集中できそうな場所を見つけたのです。禁欲にぴったりの慎ましい石の部屋です」

「なかなか楽しそうな部屋だ」ヒューはそっけなく言った。「私は庭園で祈るほうがいいが、好みは人それぞれだ。心配にはおよばないぞ、修道士。許嫁と私は、これ以上おまえの祈りのじゃまはしない」

ヒューはアリスの腕を取り、尊大な優雅さをふりまきながら洞窟を出ていった。国王の謁見室から彼女をエスコートして出ていくかのように。

ふたりが去っていくのをカルバートは黙って見送った。洞窟の暗がりに立ったまま動こうともしない。骸骨のように痩せ細った体から強烈な反感が立ち上っているのが、目に見えそうだ。アリスはカルバートに見つめられているのがわかった。憤怒の熱に浮かされた視線が、背中に焼きつくようだ。

「わたしたちが結ばれたところを、彼は見ていたと思われますか？」アリスは不安げに訊いた。

「見られたところでかまうものか」ヒューの気持ちはもう、安全に斜面を降りていくためのルート選びに集中していた。カルバートのことなどまるで気に留めていないらしい。

「でも、噂《うわさ》を広められたら、ばつが悪いどころの話ではありません」

「知性のかけらでもあるなら、修道士は口をつぐんでいるだろう」ヒューはアリスを導き、低木の茂みのまわりをぐるりと回った。「しかし、われわれのあいだになにがあったか、あの男がしゃべったところでだれが気に留める？　婚約しているのだぞ。問題が起こるとしたら、あなたが結婚の最後の誓いを拒んだときくらいだろう」

「ほんとうに、目的を達するためならどんな機会も逃さないのですね？」

「ずっと昔に学んだのだ。目指したものを手に入れる唯一たしかな方法は、断固たる信念と意志の力を持つことだ、と」アリスのやわらかなブーツが小石のゆるい塊を踏んで滑り、ヒューは彼女の腕をがっちりつかんで支えた。「それはそうと、仕事の用事でロンドンへ行かなければならない。数日、長くても一週間以内にはもどる」

「ロンドンへ？」アリスは急に立ち止まった。「いつ発たれるのです？」

「あすの朝」

「まあ」アリスは思いもよらずがっかりした。ヒューのいない退屈な一週間が目に見えるようだ。熱を帯びた言い争いもなければ、人目を盗む情熱のひとときもない、ときめきとは無縁の日々。

「私がいないあいだ、許嫁としてここスカークリフのさまざまな用事を仕切ってもらいたい」

「わたしが？」アリスは驚いてヒューを見つめた。

「そうだ」彼女の表情を見て、ヒューはほほえんだ。「なにもかもあなたにまかせよう。安全面で心配はいらない。私が連れていく部下はふたりだけで、ダンスタンを含めて残りの全員を残して、城と領地を守らせる。メッセンジャーのジュリアンも残していく。私への伝言があれば、彼をロンドンへ遣わせなさい」

「承知いたしました」突然、思いもよらぬ新たな責任を背負わされ、アリスは頭がくらくらしはじめた。大切なスカークリフを管理させるのだから、ヒューはよほどわたしを信頼してくれているのだと思った。

「もどったらすぐに結婚するから」ヒューはさりげなく言い添えた。「私たちの結婚祝賀会の準備のほうも怠りなく」

「冗談ではありません。あなたにとって有能でつごうがいいという理由だけで結婚する気はないと、何度伝えればいいのですか？」

「だいじょうぶだ、マダム、有能さやつごうのよさのほかにも、あなたにはいろいろ長所がありそうだから。そうだ、それからもう一つ」

「なんでしょう？」

ヒューは立ち止まった。指から、肉厚の黒いオニキスの指輪をはずす。「これを持っていてくれ。私の権威の象徴だ。これを託すということは、あなたを信頼してたよりにしていることだと理解してほしい。ほんとうの妻のように――」

「でも、ヒュー――」

「あるいは、信頼のおける仕事上のパートナーとして」ヒューは苦笑いをしてつづけた。「持っていてくれ、アリス」指輪を彼女の手のひらにのせて、ぎゅっと指を握らせる。そのまま、ヒューはアリスの小さな拳を握りつづけた。「もう一つ、覚えていてほしいことがある。同じくらい大事なことだ」

アリスの胸は高鳴った。「なんでしょう？」

「あの洞窟に、決してひとりで入ってはならない。いいか？」

アリスは鼻にしわをよせた。「わかりました。言わせていただけるなら、あなたは騎士という職業を選ばれて成功でした。詩人としても、吟遊詩人としても、ぜったいにうまくいったはずはありませんから。優美な言葉を操る才能はゼロだわ」

ヒューは肩をすくめた。「そういう言葉が必要になれば、経験豊富な詩人や吟遊詩人を雇う」

「いつだって、だれよりもすぐれた職人を雇われるのでしょう？　それがあなたのお気に入りのルールじゃありませんか？」

「アリス、一つ、訊きたいことがある」

アリスはちらりとヒューを見た。「はい？」

「結婚するつもりはなかったから、将来の夫のために純潔を守らなければという思いはなかったと、さっきあなたは言った」

アリスはスカークリフの風景をながめた。「だから、なんでしょう？」

ヒューのいかめしい顔には、さっきから眉間に深くしわが刻まれている。「親密な交わりを避ける理由はないと思っていたのに、ついさっきまで避けていたのはなぜだ？」

「もちろん、理由はわかりきっているわ」と、ぶっきらぼうに言った。

ヒューは当惑の表情を浮かべた。「わかりきった理由というのは？」

「さっきまで、それだけの魅力を感じる男性に出会わなかったからです」アリスは斜面を大股で降りていき、残されたヒューは彼女のあとにしたがった。

アリスは、両手で持ったずっしり重い緑の石を何度も裏返したり、またもどしたりした。もう百回以上、書斎の窓から差し込む光が、細かな面の刻まれた石の表面で躍るのを見ている。この石について、どこか理解できないところがあると感じるのは、いつものことだった。彼女に見いだされるのを待っている秘密が隠されているかのようだ。

ヒューもどこか似ている、とアリスは思う。

しばらくのあいだ、ヒューの圧倒的な存在感から解放されるのだから喜ぶべきだ、とアリスは自分に言い聞かせた。そのあいだ心安らかに落ち着いて、自分の置かれている立場についても考えられるだろう。そして、理にかなった判断を下せるはずだ。

書斎のドアがぞんざいにノックされ、アリスは考えごとをやめた。「どうぞ」

「アリス？」ドアが開いて、ベネディクトが顔だけのぞかせた。なにかいいことがあったのか、表情が輝いている。「なにがあったか、姉さんにはぜったいにわからないと思うな」

「なにかしら？」

「ヒュー様といっしょにロンドンへ行くことになったんだ、僕」こつこつとかろやかに杖を鳴らして、部屋に入ってきた。ベルトから下げた小袋にヒューの計算盤が突っ込んである。

「ロンドンだよ、アリス」

「うらやましいわ」ベネディクトがこんなふうに喜びに顔を輝かせるのは何か月ぶりだろう、とアリスは思った。弟が急に変わったのはヒューのおかげだ。「これ以上の幸運は望めないくらいね。きっとすばらしい経験ができるわ」

「うん」ベネディクトは体を杖にあずけ、両手を満足げにこすり合わせた。「仕事上の取り引きで、ヒュー様の手伝いをすることになっているんだ」

アリスはびっくりした。「どうやって？　あなたは商売のことなんてなにも知らないじゃない」

「香辛料の貿易のことをいろいろ教えてくれるって、ヒュー様が」そう言って、計算盤をぽんとたたく。「このものすごい道具の使い方も、少し前から教えていただいているんだよ。これで数を足したり引いたり、掛けたり割ったりさえできるんだ」

「ヒュー様はいつ、あなたをロンドンへ連れていくとおっしゃったの？」アリスはゆっくりした口調で訊いた。

「ちょっと前、広間でいっしょに食事をしているとき」

「そう」アリスはしばらく考え込んだ。「ベネディクト、質問をさせて。あなたは正直に答えてちょうだい」

「いいよ」

「わたしが大広間で食事をしないことについて、だれかなにか言っていた?」

ベネディクトはなにか言いかけたが、気が変わったようだった。「なにも聞いてないよ」

「ほんとうに？　わたしがほかの人たちといっしょに食事をしないのは、ヒュー様を尊敬していない証拠だとか、そんなことは口にした人はいない？」

ベネディクトは居心地悪そうに体を揺すった。「サー・ダンスタンに聞いた話によると、きのう、ある人がそんなことを言ったらしいよ。それを聞いたヒュー様は、彼に広間から出ていくように命じたんだって。もうだれもそういうことは言わなくなるだろうって、サー・ダンスタンは言っていた」

アリスはきゅっと口をすぼめた。「でも、みんな、そんなふうに考えているにちがいないわ。ヒューの言うとおり」

「なにが？」

「いいの、気にしないで」アリスは椅子から立ち上がった。「彼はどこ？」

「だれが？　ヒュー様？　自室にいらっしゃると思うよ。新しい執事のエルバートをやめさせるとかおっしゃっていた」

「あの方がそんなことを？」自分のせいで恥をかかせたことをヒューに謝るつもりだったのを、アリスはすっかり忘れてしまった。「だめよ、そんな。わたしが許さない。エルバートは最高の執事になれるんだから」

ベネディクトはしかめ面をした。「きょう、彼はヒュー様の給仕をしていたんだけど、細口瓶のエールをすべて膝にぶちまけてしまったんだ」

「やむをえない事故だわ」アリスはデスクの向こうから出てきて、ドアに向かった。「話をきちんとつけなければ」

「あの、アリス、口を出すべきじゃないと思うな。だって、ヒュー様はここの主人なんだし」

アリスは弟の忠告を無視した。スカートの裾を持ち上げて、階段を目指して廊下を小走りに進んでいく。階下へ行くと、くるりと回れ右をしてまっすぐ廊下を歩き、ヒューが執務室として使っている部屋を目指した。

アリスは戸口で立ち止まり、部屋のなかをのぞいた。エルバートがヒューのデスクの前に立っていた。若者は震えていた。すっかり気落ちしてうつむいてしまっている。

「ど、どうか、お許しください、旦那様」エルバートは消え入りそうな声で言った。「レイディ・アリスに指示されたとおり、私のやるべきことをきちんとやろうと、ほんとうにがんばってはいるのです。でも、旦那様がそばにいらっしゃるのを意識すると、なぜかかならず失敗をしてしまうのです」

「エルバート、私もおまえを執事の立場から引きずり下ろしたくはないのだ」ヒューは淡々と伝えた。「おまえを執事に選んだのがレイディ・アリスだということも知っている。しかし、私としては、おまえの要領の悪さにはこれ以上我慢ならない」

「旦那様、どうかもう一度だけチャンスをあたえてください」

「それは時間の無駄というものだ」

「でも、旦那様、私はどうしても執事になりたいのです。天涯孤独の身ですから、ひとりで生きていけるすべを身につけなければならないのです」

「それはわかる。しかし——」

「私がわが家と呼べるのは、このお城しかありません。父を亡くしたあと、母はこのスカークリフへやって来ました。修道院に入りたかったのです。私は、前のご領主様、サー・チャールズに仕え、このお城でお世話になることができました。でも、その後、ご領主様は殺され、あなた様がいらして、そして——」

ヒューは、まとまりのない説明をさえぎって訊いた。「母上は地元の修道院におられるのか？」

「入っていましたが、去年の冬に亡くなりました。私には、ほかに行くところがありません」

「スカークリフから追い出そうというのではない」ヒューは請け合った。「ほかに働き口を見つけてやろう。厩舎《きゅうしゃ》などいいかもしれない」

「き、厩舎？」エルバートは腰を抜かさんばかりに驚いた。「でも、私は馬が、こ、こわいのです、旦那様」

「なるべく早く、苦手意識は克服することだ」同情心のかけらも見せず、ヒューは言った。「こわがっていると、馬にはすぐわかってしまう」

「は、はい、旦那様」エルバートはがっくりと肩を落とした。「やってみます」

「いいえ、そんなことはしなくていいのよ」アリスはスカートの裾を持ち上げ、しずしずと部屋に入っていった。「あなたは、いまの仕事上の地位に必要な条件をすべて満たしているのですから、ただ一生懸命働けばいいのです。ほかに必要なのは、練習と経験だけです」

エルバートは振り返り、すがるような目をした。「レイディ・アリス」

ヒューはちらりとアリスを見た。「この件は私が処理するから、マダム」

アリスはデスクに近づき、ドレスの裾が石の床に広がるほど、深々と膝を曲げた。お辞儀をして優雅に懇願する。「ご主人様、エルバートをやめさせる前に、どうか、いまの務めに慣れる時間をあたえてやってくださいませ」

ヒューはペンを取り上げ、さりげなく羽根の先でデスクをたたいた。「なぜだかわからないが、レイディ、あなたに優雅な作法を見せつけられると、私は最大限に警戒心を募らせてしまう。このあいだも上品なあなたに感心しているうちに、気がついたら取り引きをして、その結果、厄介ごとしか起こっていないからな」

アリスは頬が燃えるように熱くなった。それでも、浮き足立たずに踏ん張った。「エルバートには時間が必要なだけです、ご主人様」

「この数日で職務に慣れてもいいはずなのに、彼はほとんど進歩を見せなかった。このまま失敗を重ねられたら、冬が終わるまでに上着を何着も注文せねばなるまい」

「必要なら、新しい上着はわたしが手配いたします」アリスは言った。「エルバートはあなたに喜んでいただきたい気持ちがあまりに強くて、ついぶざまなところを見せてしまうのです」深々と曲げていた膝を伸ばす。「いくらか指導を受けて、さらに練習すれば、かならずうまくできるようになると思います」

「アリス」ヒューはもどかしげに言った。「そんな余裕はないのだ。ここにはやらなければならないことがいくらでもある。不慣れな執事を雇っている余裕はない」

「では、あなたがロンドンにいらっしゃるあいだに、職務を楽々とこなせるよう精進するチャンスをあたえてやってください。そのためになにをどうするかは、このわたしが指導いたします。おもどりになってから、彼を使えるかどうかもう一度、ご判断ください。まだ不充分だと判断されたら、そのときは彼を解雇していただいて結構です」

ヒューはゆっくりと椅子の背に体をあずけ、閉じかけたまつげの下からうかがうようにアリスを見た。「また取り引きかね、マダム？」

アリスはふたたび赤くなった。「はい、それでよろしければ」

「それで、今回、あなたが差し出すものは？」

ヒューの目がきらりと光るのを見て、アリスは息を呑んだ。むらむらと怒りがこみ上げ、行儀良く振る舞っていたのも忘れて、ついまくしたてる。「有能な執事を育ててあげようと言っているんです。それで充分なんじゃないでしょうか」

「なるほど」ヒューは口をゆがめた。「ようやく、私が知り合った女性らしい口ぶりになった。いいだろう。これから数日かけて、エルバートを執事のなかの執事に変えるがよい。私がもどるころには、この城は達人の手によって切り盛りされているものと期待するぞ」

「はい、ご主人様」アリスは自信たっぷりにほほえんだ。

「エルバート？」ヒューは声をかけた。

「はい、旦那様」エルバートはぺこぺこと何度もお辞儀をした。「一生懸命に努力して、うまくできるようになります」

「期待しているぞ」ヒューは言った。

エルバートはアリスの前でひざまずき、スカートの裾を捧げ持って熱烈なキスをした。

「ありがとうございます、マイ・レイディ。信じていただいて、口では表せないくらい感謝しています。できるかぎりの努力をして、すばらしい執事になります」

「あなたは有能な執事になれるわ」アリスは保証した。

「もういいだろう」ヒューは言った。「執事は下がりなさい。許嫁とふたりきりになりたい」

「はい、旦那様」エルバートはさっと立ち上がってヒューにお辞儀をすると、後ずさって扉へ向かった。

エルバートが壁に背中からぶつかり、アリスは思わずしかめ面をした。ヒューもあきれて目玉を天井に向けたが、なにも言わなかった。

エルバートはあわててしゃんと背筋を伸ばし、逃げるようにして部屋を出ていった。

アリスは振り返ってヒューを見た。「ありがとうございます」

「私が留守のあいだ、彼が城を全壊させないように気をつけてくれ」

「おもどりになるころには、まだスカークリフ城はここにそびえているはずですわ」アリスはちょっとためらってから言った。「弟をお連れになるとうかがいました」

「そうだ。ベネディクトは数字に強いようだ。そんな有望な助手がいれば、私としてもありがたい」

「あの子には法律を学ばせるつもりでした」アリスは嚙みしめるように言った。

「彼が計算や商売に興味があるのは、気に入らないか?」

「いいえ。正直言って、きょうの午後のように楽しそうなあの子を見るのは、ほんとうに久しぶりでした」アリスはほほえんだ。「あなたのおかげです」

「たいしたことではない。さっきも言ったが、彼の才能を伸ばしたいのだ。私にも役に立つはずだ」ヒューはペンを指先でたどり、羽根をととのえた。「私がロンドンへ行ったら寂しいか、アリス?」

なにかの策略と気づいて、アリスは急いで一歩、後ずさった。輝くような笑みを浮かべる。「それで思い出しました。ジョーン院長に使いを出さなければ。あすの朝、あなたがたが出発される前にミサを開いて、特別に祈りを唱えていただきたいのです」

「特別な祈り?」

「はい、ご主人様。あなたさまの旅の安全をお祈りするのです」

アリスは回れ右をして、急いで部屋から出ていった。

その夜、チェスをしていたアリスは、オニキスの重い駒を動かそうとしてふと手を止めた。眉をひそめてヒューを見る。「まるでゲームに集中していらっしゃらないのね。このままでは、ビショップを取ってしまいますよ」

ヒューは、黒水晶がはめこまれたチェス盤をつまらなそうに見下ろした。「そうらしい。うまい手だ、マダム」

「造作もない、子供の遊びです」アリスはじっとヒューを見ながらますます心配になった。どう考えても彼の振る舞いはおかしい、と思う。暖炉に当たりながらチェスの手合わせを、と誘われて、アリスは一も二もなく受け入れたのだ。しかし、序盤の手を見ても彼が上の空なのは明らかだった。

「さてと、巻き返せるだろうか」ヒューは頬杖をつき、チェス盤を見つめた。

「旅行の準備はすべてととのっています。あしたは、ミサがすみしだいすぐに出発できます。なにが気がかりなのですか？」

ヒューは驚いてちらりとアリスを見てから、かすかに肩をすくめた。「ご主君様のことを考えている」

「サー・エラスムスのことを？」

「ロンドンにいるあいだにお尋ねするつもりだ。ほかの医者にも診てもらうため、あちらに滞在されているとジュリアンから聞いた」

「お気の毒に」アリスは小声で言った。

ヒューは一方の手を握りしめた。「手の下しようがないというが、くそいまいましい、ほんの二、三か月前は、ほんとうに気力にあふれて健康そうでいらしたのだ」

アリスは思いやりを込めてうなずいた。「ご心配な気持ちはよくわかります」

ヒューは椅子の背に体をあずけ、香辛料を加えたワインのカップを手にした。暖炉で燃えさかる炎を見つめる。「いまの私があるのはすべて、あの方のおかげなのだ。教育を受け、騎士の爵位を得て、領地を手に入れたのもすべて。こんなにもよくしてくださった方に、どんなお返しができるというのだ？」

「忠誠心です。あなたがエラスムス様に忠義を尽くしていることは、だれだって知っています」

「そんなものでは足りない」ヒューはカップのワインをちょっと飲んだ。暖炉の炎に照らされた横顔に影が躍る。

アリスは言いよどんでから、訊いた。「どんな症状なのですか？」

「なんだって？」

「容易ならぬご病気の症状です。具体的にどんな状態なのですか？」

ヒューは眉をひそめた。「私もすべてを把握しているわけではない。よくわからないところもある。まず、ちょっとのことでぎくりとされる。歴戦の強者ではなく、まるで臆病な雄鹿のように。最後にあの方といっしょにいたときに、いちばん強く感じたのがそれだった。そして、いつもなにか気に病んでおられる。夜も眠れず、みるみる痩せてしまわれた。たまに心臓が、走っているときのようにどきどきするともおっしゃっていた」

アリスはじっと考えこんだ。「サー・エラスムスほどの名声を博した方なら、さぞ多くの戦いに参加なさったのでしょうね」

「まだ十八歳で十字軍に参加して以来、いやというほど経験されているはずだ。栄光と富を手にしたものの、聖地への旅は人生で最悪の出来事だったと、以前、私におっしゃったことがある。あちらでは、目にしたらまともではいられなくなるような、ひどい光景もご覧になったそうだ」

その晩遅くまで、アリスはヒューの言葉が気になってしかたがなかった。眠れないので、ベッドから出てガウンをはおった。

ロウソクに火をともして、そっと寝室を出る。寒い廊下を歩いて書斎へ行き、なかに入った。デスクの上の、緑の石の横にロウソクを置く。棚の上にある母親の教本を手にして、降ろす。

それから一時間、調べに調べてようやく、求めていた記述を見つけた。

13

「生まれつきの弱さゆえに、女たちは誘惑にかられてしまう」翌朝早く、村の小さな教会の説教壇に立ったカルバートは、声を張り上げた。「愚かにも傲慢な女は、ことあるごとに男の上に立とうとして、それによってかえって自らの魂を危うくするのだ」

教会にぎっしり集まった人びとが、居心地悪そうに身を揺すった。そわそわと広がる動揺の波の中央に坐ったアリスは、はらわたが煮え返るような思いをかみしめていた。これほど腹が立ったのは、叔父のラルフが長男を、彼女の一族が受け継いできた館の主《あるじ》にしてしまった日以来だ。

カルバートのかんに障る説教は、この朝の礼拝にアリスが指示したものではなかった。前日、彼女は修道院院長のジョーンに使いを出して、ロンドンへ旅立つヒューの安全を願い、特別に祈りを捧げてほしいと伝えていたのだ。

新たな領主と許嫁が城の専用チャペルではなく、村の教会で行われる早朝ミサに参加するという知らせはまたたく間に広がった。そして、スカークリフのささやかな集落の住人ほとんどすべてと、修道院からは修道女全員が、心躍る行事に参加した。領地の主といっしょに祈れる機会に恵まれるようなことは、めったにないのだ。

教会の最前列にヒューと並んで坐ったアリスは、おおぜいの人が集まったことを喜んでいたが、それも、オックスウィックのカルバートという災難が降りかかるまでだった。

ジョーンがミサの始まりを告げる祈りを終え、道中の危険について興味深い説教を語り出してすぐ、流浪の修道士が教会に入ってきた。

カルバートは石の床を杖でゴツゴツ突きながら、通路にあふれた人たちを押しのけて前に出てきた。茶色の長服の裾が、サンダルを履いた痩せ細った足のまわりでうねる。説教壇まで来ると、カルバートはジョーンに修道女たちといっしょに坐るように命じた。院長はためらったが、きゅっと唇を引き締めてしたがった。教会では、女性より男性の説教が優先される。

カルバートはすぐに木製の聖書台をつかみ、女性の魔性を執拗《しつよう》に批判する演説に取りかかった。会衆にもなじみ深い、ありきたりなテーマだ。巡回の神父や放浪の修道士は、女性を厳しく批判して、誘惑の魔手に気をつけろと男性に警告をする説教が大好きなのだ。

「か弱く、罪深きイヴの娘たちよ、汝《なんじ》らが救われる道がただ一つあるとすれば、それは夫の意志に服従することだと肝に銘じなさい。夫の支配を受け入れなければならないのは、聖なる神がそう定められたからだ」

アリスはさらにいらだった。ちらりと横目でヒューを見ると、退屈そうにしている。アリスは腕組みをして、やわらかいブーツのつま先でとんとんと床を打ちはじめた。

「厚かましくも、男の上に立とうとするか弱き女は、地獄の灼熱《しゃくねつ》の炎に焼かれてしまう」

教会に集まっている女性たちは、修道士の長広舌を聞きながら露骨にうんざりした表情を浮かべている。もう何度も耳にたこができるほど聞かされた話なのだ。

ジョーンは坐ったままもぞもぞと体を動かし、前のめりになってアリスの耳元でささやいた。「申し訳ありません、マイ・レイディ。今朝、あなたが望まれたのが、このような説教でないことは承知しています」

「女たちは図々しくも教会で声を張り上げる」カルバートは叱りつけるように言った。「善なる男たちが、彼女らの愚かなさえずりなど聞きたくないのもかまわずに。女たちは修道院を支配し、男の権利や特典を持っているかのように、権力を振るう」

アリスはカルバートを見ながら目を細めた。彼女がますますいらだっていることに気づかないのか、気づいても気にならないのか、カルバートは熱弁を振るいつづける。それどころか、アリスに刺すような視線を返してきた。

「もっとも強く、だれよりも高貴な騎士にさえ、みだらな企みをしかける女がいる。そんな女のささやきに耳を傾ける男たちは災いなるかな。そのうち力が弱まるのを感じるであろう。やがては、悪魔の意志を持つ女のなすがままになるのだ」

アリスははっとした。わたしを非難するつもりだ、と気づいた。

「彼女は罪深き肉体の危険な策を弄《ろう》し、餌食《えじき》を人目につかない場所へと誘い出す。そこで、夜な夜な現れる夢魔のように、男にのしかかるのだ」

「あきれた」アリスはつぶやいた。一つはっきりした、と思った。カルバートは、わたしが洞窟でヒューに覆いかぶさっているのを見たのだ。かーっと頭に血が上り、決まりの悪さは消し飛んだ。

「用心せよ」カルバートの視線がいきなりヒューに向かった。「男はみな、危険にさらされている。世の中の自然秩序における正当な地位を守る者は、永遠に用心せねばならぬ。戦いにおもむく前に鎧兜を身につけるように、男には、女たちの手に乗らないための鎧兜も必要なのだ」

「もうたくさん」アリスははじかれたように立ち上がった。「ばかばかしい説教はもう聞きたくありません。わたしが求めたのは、婚約者が道中、無事であるための祈りであって、こんな戯言《たわごと》ではありません」

集まっている人びとがいっせいに息を呑むのがわかった。全員がアリスのほうを見ている。アリスは、視界の端でヒューがほほえむのがわかった。

「男にきちんと支配されていない女は、その存在自体が、ありとあらゆる場所のすべての有徳の男たちにたいする侮辱なのだ」助け船を期待するように、カルバートはちらりとヒューを見た。「妻の口を慎ませるのは夫の務め」

ヒューは動こうとしない。興味津々にアリスを見つめる表情は、いつにも増して冷静に事態をおもしろがっているように見える。

「説教壇から降りなさい、オックスウィックのカルバート」アリスは命じた。「あなたの説教を喜んで聞いている人は、ここにはいません。村や修道院の善良なる女性たちを、苦々しい毒のような言葉でそしり、とがめているだけですから」

カルバートは非難をこめてアリスを指さした。「聞きなさい」その声は激しい怒りに震えている。「汝の言う毒とは、汝の女としての悪にたいする解毒剤なり。信頼に足る薬であるから、素直に呑み込んで不滅の魂を救うがよい」

「わたしの魂はあなたではなく、神の思いやりの真の意味を理解する者に託します。あなたには、きょうじゅうにこの教会からも村からもいなくなっていただきたいわ。こんな侮辱にはもう耐えられません」

カルバートは怒りに顔をゆがめた。「その赤毛と緑色の目が放埒《ほうらつ》な気性の証拠だ、レイディ。汝の将来の主人が、一族と魂にゆゆしき傷をあたえられる前に、自らの意志で、汝の無法な意志をたたきつぶさんことを」

「ヒュー様はご自分の面倒はご自分でみられます」アリスは言い返した。「消えなさい」

「女ごときの命令にしたがうつもりはない」

ヒューが身じろぎをした。その目をみるみる険しくしながら、たくましい肩をかすかに揺すった。ほんとうにささいな動きだったが、その瞬間、教会にいる全員がヒューに注目した。

「この女性の命令にしたがうのだ」とても穏やかな声だった。「彼女は私の許嫁だ。指にはめている指輪は、彼女の権威の印。彼女からの命令は私からの命令に等しい」

はぁーという満足げなささやきが、小さな教会じゅうにひびいた。スカークリフの民は領主の意図を瞬時にとらえたのだ。アリスの権威は揺るぎないものとして確立された。

「しかし……しかし、領主様」カルバートは唾を飛ばしながら言った。「まさか、この説教壇に女を立たせるおつもりですか」

「私の許嫁の言葉を聞いたはずだ」ヒューは言った。「出ていくがいい、修道士よ。許嫁は、おまえではない者の祈りが聞きたいようだ」

カルバートは発作を起こすのではと、一瞬、アリスは不安になった。口をぱくぱくさせ、目玉をひんむいて、筋肉という筋肉を痙攣《けいれん》させて全身をひきつらせているのだ。

どうなるのだろうというどよめきが、さざ波のように教会じゅうに広まった。

やがて、カルバートはなにも言わずに杖をつかみ、怒りもあらわに教会から飛び出していった。

静寂があたりを包んだ。集まっている人びとは、立ちつくしているアリスを驚きの目で見つめている。ヒューは、これからアリスがどうするか楽しみでしかたないかのように、穏やかな目で彼女を見ている。

アリスはぼーっとしていた。修道士を追い出したからではなく、ヒューが権威のすべてをかけて支持してくれたという、その事実にうっとりしていた。

あれは彼が、その場かぎりでわたしの機嫌を取ろうとしてやったことではない、とアリスにはわかった。もっと深い考えに根ざした行動だ。集まっていた人たち全員に、わたしがこの土地に真に影響力をおよぼせることを、はっきり告げてくれた。

ヒューがアリスの判断に敬意を示したのは、これで二度目だった。最初は、きのうの午後、彼女の意見を受け入れてエルバートを執事に復帰させたとき。そして、たったいま、教会の代弁者でもある修道士を公然とはねつけ、アリスが選んだ祈り手を認めたのだ。

彼は本気で敬意を示してくれている、と思い、アリスは天にも昇る思いだった。そんなふうに非情なヒューに尊重されることはめったにないだろう。彼が尊重するのは、心から信頼する者だけにちがいない。

「ありがとうございます、ご主人様」アリスはやっとの思いでささやいた。

ヒューはかすかに会釈を返した。教会の窓から差し込む朝の光を受け、琥珀《こはく》色の目が熱を帯びる。「祈りを再開しよう、マダム。日没までには旅立ちたいと思っているのだ」

アリスは耳まで真っ赤になった。「もちろんです、ご主人様」そう言って、ジョーンを見る。「どうかつづけてください、院長様。ご主人様と連れのみなさんは、長い旅に出なければならないのです」

「わかりました、マイ・レイディ」生まれながらの高貴さのにじむ優雅な所作で、ジョーンは立ち上がった。「ヒュー様の道中の安全をお祈りできますことは、わたくしにとって大きな喜びです。それから、お早いおもどりを重ねてお祈り申し上げます。ここにいる全員が同じように感じているにちがいありません」

修道女たちの満面の笑みを受けて、アリスは長椅子に腰を下ろした。陰気な表情を崩さないのはキャサリンだけだ。またふさぎの虫に取りつかれているのだろうか、と一瞬アリスは思った。

ジョーンは落ち着いた足取りで説教壇にもどった。道中の危険について明るく手短に訓話を述べてから、一行の旅行の無事を願って祈りを終えた。

最後の祈りは見事なラテン語で行われた。アリスとヒューとベネディクトと修道女たちのほかに、言葉の意味を正確に理解できた者がいたかどうかはかなり疑わしい。しかし、村人たちがミサを楽しんでいたのはまちがいないようだ。

アリスは目を閉じ、自分だけのささやかな祈りを胸のなかで唱えた。最愛なる主よ、わたしが心から愛するふたりをどうか見守り、彼らとともに旅する者たちをお守りください。

しばらくして、アリスは木製の長椅子の縁をちょっと手のひらでたどってから、ヒューの手に触れた。ヒューは視線を前に向けたまま、指先を伸ばしてきてアリスの指先を強く握りしめた。

数分後、村人たちは領主一行の出立を見送ろうと、教会の扉からあふれ出た。アリスは教会前のステップに立ち、ヒューと、ベネディクトと、彼らに同行する兵士ふたりが馬にまたがるのを見つめた。

カルバートが起こした騒ぎに気を取られ、アリスはもう少しでヒューへの贈り物を忘れるところだった。最後の最後になって、薬草の包みと処方の書き付けのことを思い出した。

「お待ちください、ご主人様」アリスはベルトに吊った袋に手を差し入れながら、ヒューの馬に駆け寄った。「うっかりして忘れていました。これをご主君様に差し上げてください」

ヒューは鞍にまたがったままアリスを見下ろした。「それは？」

「ゆうべ、あなたからサー・エラスムスの症状をうかがったとき、どこかで聞いたことがあると思いました」アリスは薬草と処方の書き付けを差し出した。「母が教本に、同じような症状について書いていたのです」

「母上が？」ヒューは小さな包みを受け取り、ベルトに下げた袋に押し込んだ。

「はい。よく似た症状の男性を治療したことがあったようです。その方も戦場でたいへんな目に遭われたとか。サー・エラスムスがその男性と同じご病気かどうかは定かではありませんが、この薬草は役に立つかもしれません」

「ありがとう、アリス」

「治療に当たる方には、そこに書きつけた指示にきちんとしたがっていただけるようにとご主君様にお伝えください。そうだわ、医者の瀉血《しゃけつ》はぜったいに受けられないようにと。よろしいでしょうか？」

「わかったぞ、マダム」

アリスは一歩後ずさった。おずおずとほほえむ。「道中、どうぞご無事で、ご主人様」

「一週間でもどる」ヒューは約束した。「われわれの結婚式を執り行う神父を連れて」

「断言しますが、領主様、あのアリスと修道士以上に驚いた顔をした人を、僕は知りません」がっしりした乗用馬にまたがったベネディクトがほほえんだ。「アリスは、めったなことでは驚かないんですよ」

ヒューはかすかに笑みを浮かべた。アリスに熱心に勧められて特別な朝のミサに参加したせいで出発は遅れたが、後悔する気持ちはなかった。村人たち全員を集めて旅立つ一行に神の加護を求めるほど、アリスが心配しているとわかっただけで、価値はあったと思っている。心配の対象はおもにベネディクトだろうとわかっていたが、それでがっかりはするまいと心に決めた。

できるだけ早くわが家へもどりたいと、男に思わせるような別れの場だった。私は城の主《あるじ》だ、という思いをヒューはじっくり嚙みしめた。しかも、あともう一歩で正式に妻を娶ることができる。そうなればまさに理想どおりだ。すぐにそうなる、とヒューは自分に誓った。もうすぐだ。ことは順調に運んでいる。

ヒューとベネディクトに同行している兵士ふたりは、主人のすぐ背後に馬でつきしたがい、無法者に遭遇した場合に備えて弓をかまえていた。しかし、そういった事態はまずありえない。見るからに鍛えられた騎士ひとりを含め、武装して良馬にまたがった男たち四人組が相手では、どんなに向こう見ずの追いはぎでさえ襲撃する気にはならないだろう。武器を見て思いとどまらなくても、四人全員が、一目でヒューの関係者とわかる黒い上着を身につけているという事実は無視できない。

無法者はとにかく簡単な獲物を狙う根っからの臆病者であるうえ、慎重だ。騎士になってほどなく、ヒューは自分やソーンウッドのエラスムスの旗を掲げた者にあえて強奪行為を働く者は、かならず追いつめてやるとはっきり宣言していた。わずかに一度か二度、短いあいだ徹底した不意打ちをくらわせただけで、ヒューが誓いを守る男であることは周知の事実となった。

「おまえの姉上は、どのくらいでカルバートの熱弁に耐えられなくなって立ち上がるだろうかと思っていたのだ」ヒューはベネディクトに言った。「実際のところ、もっと早く声をあげるだろうと思っていたから、我慢強さに驚かされた」

ベネディクトは奇妙な表情でヒューを見た。「以前の姉なら、あんな説教をされればすぐに嚙みついていたでしょう。今朝、カルバートがあれだけ演説をつづけられたのは、アリスがはっきりわからなかったからです」

「はっきりわからない？」

「自分の権利について」ベネディクトは慎重に言葉を選んでいるようだった。「つまり、あなたの許嫁としてどれだけの影響力を行使していいのか、よくわからなかったのです」

「姉上は、権力を振るうことに慣れた女性のようだ」ヒューは言った。

「まちがいありません」ベネディクトは弟にしか許されないようなしかめ面をした。「とは言え、ある意味、姉はそうならざるをえなかったのです。父の領地にかかわる仕事を、何年も取り仕切っていましたし」

「父上はめったに館では過ごされなかったと聞いている。母上はどうされていたのだ？」

「母は研究を進められれば満足でした。年々、薬草の研究は母にとって唯一、大切なものになっていきました。書斎に閉じこもり、研究以外のことはすべてアリスに押しつけたのです」

「そして、アリスは引き継いだ仕事をみごとにこなした」

「はい、たまに寂しい思いもしたとは思いますが」ベネディクトは眉を寄せた。「若くして仕事を引き継いだときには、とにかく責任の重さを感じただろうと思います」

「そのうえ、父上の領地をなんとかして守るという重荷も、ひとりで背負うはめになった」

「自分の義務とみなしているものをアリスが果たし損ねたのは、このときが初めてでした」

ベネディクトは手綱を握る手にぎゅっと力をこめた。「姉のせいではありません。叔父に立ち向かって自分たちの立場を守るだけの力が、姉にはなかったのです。でも、姉は自分を責めました」

「彼女はそういうたちなのだ」われわれはそういうたちなのだ、とヒューは心のなかで言い直した。そんな失敗をすれば、私も思いわずらっただろう。母の死の敵《かたき》を討てず、こうして苦しみつづけているように。

「運命に身をまかす、ということができない人なんです」

「そうだろう、姉上はすばらしい勇気の持ち主だ」ヒューは満足げに言った。

「ええ、でも、僕はたまに姉のことがものすごく心配になります」ベネディクトは不安そうにちらりとヒューを見た。「ときどき姉は、書斎の窓辺に立ってどこを見るでもなくぼんやりしているんです。どうしたのかと訊いても、なんでもないとか、夜、いやな夢をみたとか言うばかりで」

「父上の領地を失ったとしても彼女が恥じる必要はない。サー・ラルフに聞いたが、彼女は領地を守るべく必死に闘ったそうではないか」

「はい」ベネディクトはなつかしそうにほほえんだ。「姉は自分の言い分を主張する手紙を、せっせと書きつづけました。どうにもならないとわかると、人生で最大の失敗だったと認めました。それでも、すぐに気持ちを切り替えて、僕に外国で法律を学ばせ、自分は修道院へ入れるように計画を立てて動き出しました。アリスはいつも目的を持っているのです」

「そういうたちなのだ」

「姉のことをよく理解されていらっしゃるようですね」

「命令を下す立場の者は、率いるべき者たちの性分を知っていなければならない」ヒューは言った。

ベネディクトは探るような目でヒューを見た。「アリスが聞いたら、そのとおりだと言うと思います。姉は、きょうのように、あなたに権威を支持されるとは思っていなかったでしょう」

「姉上は、責任と、それに付随する権威を手にしなければ満足できない人だ」ヒューは言った。「呼吸する空気と同じくらいに、それがなければいられない」

　ベネディクトはうなずいた。

「彼女が気づいている以上に、私と彼女には似ているところが多い。われわれが城にもどるころには、彼女も気づきかけていると思うが」

　そういうことか、と言いたげに、ベネディクトは目を輝かせた。「こうしてロンドンへ旅をするのも、あなたの巧みな戦略なのですね？」

　ヒューはかすかにほほえむだけで、なにも言わない。

「これですべて納得できました」ベネディクトの声にはかすかに畏敬《いけい》の念がにじんでいる。「あなたは、スカークリフ城だけでなく領地の管理もまかせるほど、アリスを信頼しているところを示そうとなさっている。姉の能力を尊重していることを見せたいのですね」

「そうだ」ヒューはさらりと言った。

「あなたの妻になれば得られる権威と責任を味わわせて、結婚を承諾させようという魂胆、というわけですね」

　ヒューはにやりとした。「おまえはそうとう有能な助手になってくれそうだ。そのとおり。修道院に入るのと同様、私の妻になってもさまざまな義務を果たして満足と充実感を見いだせるはずだと、アリスに結論を出させたいのだ」そのうえ、ベッドのなかですばらしい満足も得られる。

「大胆な計略ですね」ベネディクトは感服して目を輝かせた。「でも、あなたの真の動機はぜったいにアリスに悟られてはなりません。あなたが練った策略にまんまと引っかかったと知ったら、それこそ激怒しますから」

ヒューは気にしていなかった。「領地にかかわるさまざまなことを取り仕切るのに目がまわるほど忙しく、私が突然、ロンドンへ旅立とうと決めた理由をじっくり考える暇などあるはずがない」

「そうですね」ベネディクトは考え深げに言った。「また采配を振る機会を得られ、姉はうれしいんじゃないかと思います。僕の相続財産を失ったという失敗さえ、忘れてくれそうです」

「姉上は挑戦しながら成長する人だ、ベネディクト。私の片腕としてスカークリフを豊かな領地に変えるという務めは、彼女を結婚する気にさせるうえで、小箱にぎっしり詰まった宝石よりはるかに効果的にちがいない」

ヒューが旅立って三日目の朝、アリスはジョーンと並んで立ち、屋根葺《ふ》き職人がつぎの小屋の屋根に上って、修理に取りかかるのを見つめていた。

「あとほんの三軒ですべて終わります」アリスは満足げに言った。「運がよければ、ヒュー様がロンドンからもどられるまでに終わりそうです。さぞ喜ばれることでしょう」

ジョーンは忍び笑いを漏らした。「あの小屋に住んでいる人たちの喜びは言うまでもありません。冬はもうすぐそこまで来ていますから。ヒュー様が修繕をしてくださらなかったら、屋根の穴から雪が落ちてきて、善良な村人がたいへんな思いをするところでした」

「ご領主様が、そんなことをさせるわけがありません。ほんとうに村人たちのことを気にかけていらっしゃるのよ」アリスは通りを歩き出し、新しい排水溝工事の進み具合を見にいった。古い排水溝の悪臭は、底にたまっていた汚物を作業員たちがかき出して地中深く埋めているので、日に日に薄れている。

ジョーンはアリスに歩調を合わせて歩きながら、彼女の顔を見た。「ヒュー様がこの領地にかける熱い思いを、心から信じていらっしゃるのですね？」

「はい。あの方はそれをなにより大切に思ってらっしゃいます。目標を投げ出したり、責任から逃れるようなことはぜったいになさいません」アリスはささやかな村を見渡した。陰鬱《いんうつ》さはすでにやわらいでいる。なにかを期待しているような雰囲気がすみずみまで満ちて、健全な輝きさえ放っているようだ。

この三日間、アリスは目が回るほど忙しく、さまざまな用事に追われていた。ヒューとその一行の姿が砂埃の向こうに消えた瞬間から、スカークリフの用事を監督するという仕事に没頭した。そんな責任をまた引き継ぐのは爽快《そうかい》な気分だった。この手のことは得意なのだ。目標に向かってこれほど楽しく熱中できるのは、叔父のラルフに言われてしかたなく自宅を離れて以来初めてだと、アリスは気づいた。

これはヒューからわたしへの贈り物だ、とアリスは思った。それをどんなにわたしが気に入ったか、あの方はわかっているのだろうか？

それから二日後の夜、寝室を激しくノックする音でアリスは目を覚ました。

「レイディ・アリス」

「ちょっと待ってちょうだい」アリスは声をあげた。

ベッドのまわりに垂れ下がっている分厚いカーテンを脇へ押しやり、ガウンに手を伸ばす。背の高いベッドから滑るように降りて、裸足のまま絨毯《じゅうたん》を横切り、扉に近づく。扉を細く開けると、若いメイドがロウソクを手にして廊下で待っていた。「どうしたの、ラーラ？」

「こんな時間にお起こしして申し訳ないのですが、マイ・レイディ、村の修道院からシスターがおふたりいらして、玄関ホールで待っていらっしゃいます。ジョーン院長様から遣わされたそうです」

アリスは恐ろしさに身をすくませた。なにかとんでもないことが起こったにちがいない。「着替えて、すぐに階下《した》へ行きます」

「かしこまりました、マイ・レイディ」ラーラは眉を寄せた。「外套をお持ちになったほうがいいと思います。あなた様を村へお連れするつもりのようですから」

アリスは扉をさらに広く開けた。「あなたのロウソクで、わたしのロウソクに火を灯して」

「わかりました」ラーラは素速く寝室に入ってきた。

アリスはてきぱきと服を着た。支度がととのうと、分厚いウールのコートをつかんで足早に階段を降りていった。

修道女がふたり、火の落ちた炉のそばで待っていた。人が訪ねてきたので目を覚まし、藁布団から飛び出してきたダンスタンと部下たちも、暗がりに静かに立っている。

修道女ふたりは不安そうな表情でアリスを見た。

「ジョーン院長様からの申しつけで、粉屋の家まで来ていただけるかどうかうかがいにまいりました、マイ・レイディ」修道女のひとりが言った。「末の息子の具合が、ひどく悪いのです。治療師としてはできるかぎりのことをして、もうほかに手の下しようがないそうです。それで、あなた様ならなにかご存じかもしれないと、院長様が」

アリスは、黒っぽい髪の小さな男の子が粉屋の軒先で笑いながら遊んでいた姿を思い出した。「もちろん、いっしょに行きますけれど、役に立てるかどうか自信はありません。シスター・キャサリンに治療法がわからないなら、わたしにもわからないのではないかと」

「ジョーン院長様は、あなたならお母様のご本を調べて、なにか特別な薬草を調合してくださるかもしれないとお考えです」

アリスはぎくりとした。「母はとても有能な研究者だったけれど、母が調合する薬には危険なものもあるの」命を奪うものさえある。

「ジョーン院長様も治療師も、このままではヤング・ジョンは死んでしまうとお思いです、マイ・レイディ」もうひとりのシスターが静かに言った。「もうこれ以上悪くなりようがない、と」

「わかりました」アリスはスカートの裾を持ち上げて体の向きを変え、塔の階段へ向かった。「母の処方教本を持ってきます」

数分後にアリスがもどってくると、ダンスタンが暗がりから姿を現した。
「粉屋の家までお送りいたします」と、ぶっきらぼうに言う。
「その必要はないわ」アリスは言った。
「必要は大ありです」ダンスタンはぼそっと言った。「夜、あなたをひとりで外出させたとサー・ヒューに知れたら、縛り首にされて城の胸壁から吊されてしまう」

ほどなくして、アリスが粉屋の慎ましい小屋に駆け込むと、キャサリンが濡らした布をヤング・ジョンの熱を持った額に置いたところだった。

ついその日の朝、ふざけ回っていた元気な男の子が、病気のせいでこんな変わり果てた姿になってしまうものかと思い、アリスは呆然とした。男の子は目を閉じていた。顔色は真っ青で、寝具の上にぐったりと横たわっている。触ると、小さな体は燃えるように熱い。呼吸は聞いていて恐ろしくなるほど荒い。一、二度、不機嫌そうに泣き声をあげたが、心配顔で取り囲んでいる者たちには気づいていないようだ。
「もうわたしにできることはありません」キャサリンが立ち上がった。「この子の命は神の手にゆだねられました」

いつにも増して陰気な顔だが、その表情に感情と呼べるものはにじんでさえいない。なんて冷ややかなの、とアリスは思った。まるでなんにも感じていないみたい。治療師として自分が処方する薬の限界を知り、受け入れているのだ。母とはまったくちがう。ヘレンは死が患者を連れ去るまで、決してあきらめなかった。

ジョーンが十字を切った。

粉屋の妻が母親の苦悩に満ちた悲鳴をあげ、またワッと泣き崩れた。胸板の厚い、やさしそうな顔の夫が妻を抱き寄せ、おずおずと肩をなでた。

「よしよし」と、夫は何度もささやいた。妻の肩越しにすがるような目でアリスを見つめる。その目も涙でうるんでいた。「来てくださって、ありがとうございます、マイ・レイディ」

「いいんです」アリスはぼんやりと言った。気持ちは小さな患者に集中している。粗末な寝台の脇に立ってヤング・ジョンを見下ろすと、母の言葉が思い出された。治療をする前に症状をすべて確認しなさい。

寝台を挟んだ向こうから、ジョーンが穏やかに言った。「ほとんど手の尽くしようがないのはわかっていますが、あなたに看てもらわずに望みを捨て去ることはできなかったのです」

「肺炎の通常の治療法はわかっています」アリスは静かに言った。「シスター・キャサリンもご存じのはず。適切な治療をほどこしたわね？」

「はい」キャサリンは冷ややかに言った。「知っているかぎりのことは。でも、薬をあたえても熱が下がらないんです」

ヤング・ジョンの母親の泣き声がひときわ高くなる。粉屋が苦しげに目を閉じた。

ジョーンはアリスの目を見て言った。「お母様は経験豊かな治療師で、独特の薬や強壮剤をいろいろ開発されたとおっしゃっていたわね。いま、試せるような薬をご存じかしら？」

アリスは、持ってきた革表紙の教本を抱える手にぎゅっと力をこめた。「肺炎をともなう原因不明の熱病に効く煎じ薬を一つ二つ、母は新たに調合しています。でも、使用するときは慎重に慎重を期すようにと警告もしているんです。非常に危険な薬なのでしょう」

「この子供が向き合っている病以上に、命を脅かすものがあるかしら？」ジョーンはさらりと尋ねた。

「いいえ」アリスは子供を見下ろした。死の冷たい手がいまにも彼につかみかかり、連れ去ろうとしているのがわかる。「その胸の発疹は――」

「なんでしょう？」キャサリンはすかさず訊いた。「似たものを見たんですか？」

「いいえ、でも、母は見たのだと思います」アリスは寝台の横にひざまずき、ヤング・ジョンの脈をたしかめた。弱くて、びっくりするほど速い。アリスは粉屋の主人を見た。「お子さんの病気について、わかることはなんでもおっしゃってください。最初に具合が悪くなったのはいつですか、ジョン？」

「きょうの午後です、マイ・レイディ」粉屋はささやくように言った。「ちょっと前までひよこを追いかけて走り回っていたと思ったら、母親が作ったプディングを一口も食べようとしなくなりまして」

アリスは教本を開いてつぎつぎとページをめくり、変わった肺炎の項を探し当てた。しばらく、食い入るように目をこらす。胸に赤い発疹。荒い呼吸。高熱。

「母は、同じ症状の幼児を診たと書いているわ」眉を寄せて、さらにページをめくる。

粉屋の妻は、夫の広い胸にすがってかすかに体を動かした。手の甲で涙をぬぐう。「その子は助かったんですか？」

アリスは彼女を見た。薬と同じくらい希望もあたえなければだめだと、以前、母は言っていた。適切な薬草と同様に、希望も治療には欠かせない重要なものだ、と。「はい」と、アリスは穏やかに言った。「助かりました」

「だったら、その薬をためしてください」粉屋の妻は懇願した。「お願いです、マイ・レイディ」

「やりましょう」アリスは励ますように言った。キャサリンのほうを見る。「必要な薬草のリストを渡します。できるだけ早く集めてきてちょうだい」

治療師はきゅっと唇を結んだ。「はい、マイ・レイディ」

命令をしたりして、キャサリンを怒らせてしまっただろうか、とアリスは思った。たとえそうだとしても、いまはどうしようもない。アリスはジョーンを見た。「鍋《なべ》ときれいな水が必要です」

「わたくしが持ってきましょう」ジョーンはすぐに言った。

「お湯を沸かしてください」

もうまもなく夜明け、というころ、ヤング・ジョンの熱は下がり出した。荒い呼吸もみるみるおさまっていく。新しい一日の最初の光が現れるころには、子供が助かって、またひよこを追いかけるようになるのは、だれの目にも明らかだった。

粉屋も妻も、ほっとして人目もはばからずむせび泣いた。

寝ずの看病でくたくたのアリスは、最後にもう一度、寝台の横にしゃがんでヤング・ジョンの脈を診た。力強く、安定している。

「もうすぐ、プディングを一口ちょうだいと言い出すと思います」アリスは静かに言った。

「ありがとうございます、レイディ・アリス」ジョーンが声をひそめて言った。

「わたしに感謝しないでください」アリスはヤング・ジョンを見下ろした。顔色もいい。眠りも安らかだ。「母のおかげですから」

キャサリンは長々とアリスを見つめてから、言った。「お母様はほんとうに博学でいらしたのでしょうね」

「ええ。ヨーロッパでももっとも優秀で、もっとも経験豊かな植物学者たちと文通をしていました。彼らの知識を集め、それに自分の発見を結びつけて研究しました。そうやって学んだことを、すべてこの本に著したのです」

ジョーンのやさしげな目がアリスの視線をとらえた。「症状を分析して、どんな病気かつきとめられる才能に恵まれた人に使われて初めて、その本も価値を持つのです。そんな才能はめったに得られないものなのだと、わたくしも知りました」

アリスはなんと返事をしていいのかわからなかった。

「お母様もきっと、あなたを誇らしくお思いでしょう、マイ・レイディ」ジョーンは穏やかにつづけた。「あなたは、そのご本を通じてお母様から受け継いだ知識をうまく役立てるすべを学ばれた。そして、今夜、その知識を利用して、ここにいる少年を救われたのです。お母様からすばらしい贈り物をいただきましたね」

結婚生活の孤独な歳月を費やしてヘレンが記したその教本を、アリスは見つめた。

母が仕事に注ぎ込む情熱に腹が立つこともあった、とアリスは思い出した。ふさぎ込みがちなヘレンは、子供たちがどんなにがんばってもあたえられない安らぎを、仕事にのめりこむことで得ているようなことがよくあった。

しかし、今夜、ヘレンの教本に記されていたことが、ひとりの子供の命を救ったのだ。

そんな価値ある贈り物を得るには、それなりの代償を支払わなければならない。そんな代償の一部を、わたしはわたしなりに支払ったとアリスは自覚していた。ベネディクトだって支払った。そして、だれよりも多く犠牲を払ったのはヘレンだった。

今夜、この教本があったからこそ、ひとりの男の子は死なずにすんだ。この子は、ヘレンの研究のせいで命を救われた最初のひとりではない、とアリスは自分に言い聞かせた。最後のひとりでもない。

アリスの胸の奥深く、怒りと悲しみしか知らなかった部分に、なにか穏やかで温かいものが花開いた。

「そうですね、院長様。おっしゃるとおりです。母がわたしにどんなにすばらしい遺産を残してくれたか、どういうわけかいままで気づきませんでした」

寝台に横たわっているヤング・ジョンがもぞもぞと体を動かし、目を開けた。母親を見上げて言う。「ママ？　どうしてこんなにたくさん人がいるの？」

両親は泣き声にも聞こえる笑い声をあげ、寝台の横にひざまずいた。

アリスは母親の教本を胸にきつく抱きしめた。そして、ありがとう、と心のなかで言った。

14

アリスは大広間の中央に立ち、じっと気持ちを集中させた。炉に火はあったが、部屋のなかは寒い。「ここの広間にはなにかが足りないわ、ジュリアン」

「なにか盗まれた、ということですか？」ジュリアンは、ぽろん、ぽろんと無造作につまびいていたハープを置いた。「ありえませんね。〝非情なヒュー〟から盗みを働くような奇特な人間はいませんから。そんなことをしたら、哀れな泥棒に心安まる日は訪れないと、だれでも知っています」

「盗まれたのではなくて。ただ……足りないのよ」アリスは片手を振り、なんの飾りもない壁と、イグサを敷きつめた床を示した。「ここは、ヒュー様が部下たちと毎日、食事をされる場所よ。会議を開いて、スカークリフをどう支配するべきか判断されるのもここ。お客様をもてなすのもここ。そして、ここにはなにかが欠けているわ。なにかが必要なの」

「ああ、おっしゃっている意味がわかりました、マイ・レイディ」ジュリアンはにこりとほほえんだ。「欠けているなにかとは、優雅さでしょう」

「優雅さ?」

「はい。この広間には、優雅さも、気品も、魅力も、スタイルもありません」

「そのすべてが?」アリスは唇を噛みしめ、広間に目をこらした。

「そのすべてと、もっと。ヒュー様は多くのことに秀でておられます、マイ・レイディ。しかし、流行や優雅さ、といったことにはまるで無関心でおられ、気を悪くなさらないでください、それが表れてしまっています」

「あなたの言うとおりだわ」

「私が思うに、問題は」ジュリアンはつづけた。「ヒュー様がブーツから上着、メッセンジャーの外套《がいとう》にいたるまで、すべて一つの色でおあつらえになることです。黒です」

「なるほど。あの方はほんとうに黒がお好きなようね。でも、旅からもどられて、すべてが空色やかぼちゃ色に変わっているのをご覧になって、喜ばれるとは思えないわ」

「黒をなくすようにご意見するなど、とんでもない」ジュリアンはゆっくりと広間を歩きながら、あちらこちらに目をこらして吟味しはじめた。「いろいろな意味で、ヒュー様には黒がお似合いです。でも、ほかの色を加えて黒を引き立たせるのはどうでしょう?」

「たとえば、どんな色を?」

「緑色とか赤とか。とても黒が引き立つ組み合わせだと思います。白もおもしろいでしょうね」

そのとき、アリスはぴんときた。「琥珀色よ」

「なんですか?」

アリスは満足げにほほえんだ。「琥珀色はヒュー様の目の色よ。すてきな色合いなの。ほとんど金色と言っていい。琥珀色を加えて、黒を引き立てましょう」

ジュリアンは考え深げにうなずいた。「深い琥珀色なら、この広間にまさしくぴったりでしょう」

「その色の組み合わせで天幕を作らせて、上座のテーブルを飾るのよ」そのようすがはっきりと目に浮かび、アリスはますますいきおいづいた。「琥珀色と黒で、あの方の上着もあつらえましょう」

「ヒュー様もちょうど、使用人に新しい制服を注文される時期です」ジュリアンはさらりと言った。「毎年、そうされています。使用人の上着の色を変えるなら、またとない機会です」

「そのとおりね」アリスはこの手のことには不慣れだったが、ジュリアンが得意なのは明らかだ。「お願いできるかしら、ジュリアン?」

ジュリアンは深々と優雅にお辞儀をした。「それはもう喜んで、マイ・レイディ。あなた様にも新しいドレスを作らせましょうか?」

アリスは、ヒューの新しい色であつらえたドレスを着て、彼を迎える自分の姿を思い描いた。「ええ。それはほんとうにすてきね」

ロンドンのヒューは、エラスムスの私室の壁からにじみ出ているような暗さも絶望も気にするまいと、強く心に決めていた。

「おお、ヒュー」炉の前の椅子に腰かけていたエラスムスが顔を上げた。歓迎の笑みは弱々しいが、喜びは伝わってくる。「会えてうれしいぞ。いっしょにいるのはだれだ?」

「ベネディクトです」ヒューはベネディクトに、前へ出るように身振りで示した。「私の許嫁の弟です」

「よく来た、若いベネディクトよ」

「ありがとうございます」ベネディクトはきちんとお辞儀をした。

「よく顔が見えるように、そばへ来い」エラスムスは言った。「今朝、そなたとヒューが埠頭でなにをしてきたのか、聞かせてくれ」

言われたとおり、ベネディクトが炉に近づいていくと、ヒューはエラスムスの妻と目配せを交わした。エレノアは、ヒューより少し年上の美しい女性だ。エラスムスが小声でベネディクトと話をはじめると、彼女はヒューを見て気丈にちょっとほほえんだが、その目の翳りは隠しようがない。エレノアが心から主人を愛していることを、ヒューは知っている。夫婦のあいだには、男の子と女の子がひとりずついた。

「回復の兆しはみられないのですか?」ヒューは小声で訊いた。

「発作はひどくなるいっぽうです。医者たちは、わたくしが解雇しました」

「いつも変わらず、あなた様の判断は適切です」ヒューは言った。

「ええ。あの忌まわしい器具で、主人をよくするどころか悪くするばかりなのですから。あのままにしておいたら、主人の血を一滴残らず搾り取ったにちがいありません。そして、あの恐ろしい下剤」エレノアは嫌悪感もあらわに首を振った。「なんの効き目もないというのに。主人は、安らかに死ぬことだけを望むほど衰えてしまいました」

ヒューはエラスムスを見た。この数か月で十歳も年をとってしまったように見える。まだ子供だったヒューの人生の中心にいた尊敬すべきたくましい人物であり、大人になってからは忠誠を誓って仕えてきた主君は、いまや、見る影もないほど青白く、瘦せさらばえてしまった。

「ご主君様を失うようなことは、考えられません」ヒューはささやくように言った。「まだ四十二歳でおられ、これまでずっと健康でいらしたではありませんか」

「夜もほとんど眠っていらっしゃらないのです」エレノアも小声で言った。「やっと眠られたと思っても、すぐに飛び起きられる。震えながらベッドを出て、夜明けまで歩きまわっていらっしゃるのです。亡くなることではなく狂ってしまうことを、主人はなにより恐れています」

「私の許嫁から、この薬草と処方を書きつけた手紙を預かってきました」ヒューは黒革の袋に手を入れ、中身を取り出した。「効果があるかどうかはわかりませんが、試して害はないと思います。薬を調合する技術は持っている者ですから」

エレノアはかすかに眉をひそめた。「過酷な治療をして、これ以上、主人を苦しめたくはないのです」

「ご主君様は根っからの戦士です」ヒューは言った。「この病がなんであれ、その事実は変えられません。望みをすべて捨て去る前に、最後にもう一度、戦わせてさしあげてください」

「そうね、あなたのおっしゃるとおりだわ」エレノアは薬草と処方の説明書をぎゅっと握りしめた。

エラスムスが片手を上げた。「ヒュー、こちらへ。おまえと少し話がしたい」

ヒューは炉辺に向かって歩き出した。目の前に迫っている深い悲しみを思い、気持ちは重く沈んでいた。

活気に満ちた暖かい厨房を、アリスはあら探しをしながらながめた。さまざまな食材と、詰め物をしたチキンと、香辛料のきいたソーセージのごった煮であふれんばかりの鉄の大釜が二つ、強火でぐつぐつ煮込まれている。厨房の下働きたちが額に玉の汗を浮かべながら、焼き串の柄をつかんでは返す。炎にあぶられた鉄板の上で、ミートパイの焼き色が濃くなっていく。

「大鍋は一週間ごとにすっかり中身を空けて、きれいに洗ってから磨いてちょうだい、エルバート」アリスはきびきびと言った。「どこでもやっているらしいけれど、大釜で何か月も絶えずなにか煮込みつづけて、ろくに磨きもしないのは嫌いよ」

「わかりました、マイ・レイディ」エルバートはこわいくらい真剣な顔をして、眉間に深くしわを刻んでいる。

ヒューが旅立って五日間、スカークリフ城は隅から隅まで掃除された。リネン用品をしまってある戸棚や衣装部屋はいったんすべて空にして、埃《ほこり》をぬぐい、新しいハーブの匂い袋を置いた。その後、ヒューの寝室からもっとも狭い納戸まで、部屋という部屋はすべて点検を受けた。そのあいだずっと、エルバートはアリスに付き添っていた。アリスが絶え間なく発する指示を聞いて、蠟引《ろうび》き書板に熱心にメモを取りつづけた。

アリスは厨房の点検を最後に取っておいた。

「下働きには、皿洗い以外の仕事も定期的にあたえられるように指示して。だれであれ、あまり長時間、火のそばにいさせたくないわ。皿洗いは、暑くてつらい作業だもの」

「ほかの仕事を」エルバートはまた尖筆で書板にメモした。「承知しました、マイ・レイディ」

汗まみれの下働き人たちはにっこりした。

アリスは忙しげな厨房をゆっくり歩きながら、何度も立ち止まっては気になったものに目をこらして観察する。アリスにほほえみかけられた料理人たちは、彼女を厨房に迎えたことにかしこまり、胸を躍らせていた。と同時にかなり緊張もしている、とアリスはわかっていた。彼らを訪ねたのはこれが初めてだ。それまでは、彼女がひとりで食べるための食事のメニューと細かな指示をエルバートを通じて伝えるのが、唯一の接点だった。

アリスは料理人がタマネギを刻んでいる作業台を見つめた。「わたしに作ってくれた野菜の特製ポタージュを、ヒュー様をはじめ城にいる全員に、一日に一杯ずつ出してちょうだい」

「野菜の特製ポタージュを」エルバートは繰り返した。「全員に。承知しました、マイ・レイディ」

「とても体にいいスープなのよ」アリスは説明した。「それから、昼食には少なくとも三品、野菜料理を出してください」

「野菜料理を三品。承知しました、マイ・レイディ」

「キャベツはゆで過ぎてはなりません」

エルバートはまたメモを書きつけた。「承知しました、マイ・レイディ」

陶器のボウルで混ぜられているミルクと小麦をのぞきこむ。「そのフルメンティーは蜂蜜で甘くしてちょうだい。おいしくなるから」

「フルメンティーに蜂蜜」エルバートの尖筆がさらに書板を滑っていく。

「クローブやカルダモン、あとジンジャーやサフランで作るソースの材料をリストにして渡しましょう。とてもおいしいのよ。ゆでた魚や、あぶった肉の料理によく合うわ」

「承知しました、マイ・レイディ」急に不安そうな顔をして、エルバートはちらりとアリスを見た。「香辛料のことですが、マイ・レイディ、どうやって手に入れたらよろしいでしょうか？」

アリスは驚いてエルバートを見た。「どういうことかしら？　サー・ヒューは最高級の香辛料を大量にお持ちよ。箱に入れて、お城に保管してらっしゃるわ」

エルバートはおずおずと咳払いをした。「旦那様は保管庫の鍵を管理していらっしゃいます。厨房で香辛料が必要になったら、かならず旦那様のところへ来るようにと厳命されました。しかし、これまでに二度、料理人の要望で香辛料をいただきに参りましたが、旦那様は二度ともひどく腹を立てられたのです」

「どうして？」

「旦那様は、その、香辛料を使い過ぎるとおっしゃるのです」エルバートは悲しげに言った。「おまえは家計がまるでわかっていない、おまえが甘い顔をするから料理人が香辛料を無駄遣いするのだとおっしゃいました」

「そうだったの」アリスは含み笑いを漏らした。「ヒュー様はあれほど美食家でいらしても、実際にこれだけの所帯の者に食べさせるメニューを決めるのはもちろん、ご自分の食事を準備せざるをえなくなった経験もおありではない。ここの料理人は毎日、四十人のお腹を満たさなければならないわ。特別な行事のあるときは、それ以上よ」

「そうなのです」エルバートは暗い顔で言った。

「サー・ヒューは帳簿をつけるのはお得意かもしれないけれど、料理を作るのにどれだけの材料が必要かは、まるでご存じないんだわ」

「はい、マイ・レイディ、ご存じないのです」エルバートは熱心に同意した。

「心配いらないわ、エルバート。ここを発たれる前に、サー・ヒューはわたしに保管庫の鍵を託されたの。あの方がもどられてからも、鍵はわたしが持っていることにしましょう。では、これからは毎日、必要な香辛料のリストを作って、午前中にわたしに渡すようにしてちょうだい。必要な分を計って、料理人に届けさせますから」

エルバートは目をきらきらさせた。「旦那様のところへ香辛料をいただきに参らなくてよいのですか？」

「行かなくていいわ。わたしがちゃんとやります」

エルバートがほっとするのが手に取るようにわかった。「ありがとうございます、マイ・レイディ」

「では、つぎはメニューの件ね。わたしが何種類か用意します。それを、あなたが好きなように入れ替えてちょうだい」アリスは、プディングをかき混ぜている女性ふたりにほほえみかけた。「料理人からなにか忠告があったら、なんでもわたしに伝えてくださいな。きっと役に立つでしょうし、料理のバラエティも増えるでしょうから」

女性ふたりはぱっと顔を赤らめた。

アリスは卵がぎっしり置かれたテーブルに近づいた。「卵料理を食べると、とても元気になれるのよ。昼食には少なくとも一品、卵料理を出してほしいわね」

「承知しました、マイ・レイディ」エルバートは大量の卵を見つめた。「どう料理するのがお好みでしょうか？」

「なにより健康にいい料理法は――」

「マイ・レイディ」戸口で使用人が声をあげた。「失礼します、マダム」

卵を見ていたアリスが振り返った。「どうしたの、イーガン？」

「おじゃまでして申し訳ありませんが、少年がやってきまして」イーガンは言った。「あなた様とすぐに話をしなければならないと言うのです。生死にかかわる問題と言い張っています」

「少年だって？」料理人のひとりが顔をしかめた。「とっとと帰んなって言ってやれ。レイディ・アリスはもっと大事なご用がおありなんだ」

アリスがそちらに目をやると、イーガンの背後に小さな人影が見えた。厨房の戸口に立っているのは、黒っぽい髪に金茶色の目の男の子だ。

八歳くらいだろうか。見覚えがないので村の子供ではないようだ。服は泥と垢《あか》でよごれているが、最高級品のように見える。

「レイディにどうしても話をしなければならないのです」あえぐような声で言った。「すごく大事なことなんです。お話ししてもらえるまで、僕はここを離れません」

「それはあんたの勝手だよ」下働きのひとりが、パン焼き用のへらをちょっと持ち上げて、脅すようなしぐさをした。「さっさと消えな、坊主。便所臭いよ」

下働きの言うとおり、戸口のほうから便所のような臭いが漂ってきた。男の子にひどい悪臭が染みついているのは、否定しようがない。

「へらを降ろしなさい」アリスはぴしゃりと言った。小さなお客にほほえみかける。「わたしはレイディ・アリスよ。あなたはどなた?」

男の子は背中をぴんと伸ばして、顎を突き出した。そんなちょっとした振る舞いににじむ、正真正銘生まれながらの自尊心が、服のよごれや不愉快な臭いを忘れさせた。「レジナルドです、マイ・レイディ。父はリヴェンホールのサー・ヴィンセントです」

エルバートは思わず息を呑んだ。「リヴェンホール」

突然、厨房は静寂に包まれた。レジナルドは小さな顎を引き締めただけで、ひるみはしなかった。アリスの顔を見つめる視線は、少しも揺るがない。

「リヴェンホールから?」アリスはレジナルドに近づきながら、慎重に尋ねた。「サー・ヴィンセントの息子さんなの?」

「はい」レジナルドはアリスに向かって颯爽《さっそう》としたお辞儀をして、絶望と断固とした決意がないまぜになった目を上げた。「父の領地と母の名誉を守りたいので、僕に力をお貸しくださいと、お願いに来ました」

「あら、まあ。いったいなんの話をしているの?」

「母はスカークリフにお願いしても無意味だと言いましたが、僕にはほかに行くところがありません。〝非情なヒュー〟とは従兄弟だと、以前、父が言っているのを聞きました。だから、きょう、ここへ来たんです」

「落ち着いて、レジナルド」アリスはなだめるように言った。

「サー・ヒューはロンドンにいらしているそうですが、あなたはここにいらっしゃるし、サー・ヒューの兵士たちもたくさん残っておられます。僕たちを助けてください。お願いです、マダム――」

「とにかく、初めからきちんと話してちょうだい」アリスはちょっと強い調子で言った。

ところが、レジナルドのなかで、なにかがぽきんと折れてしまったようだ。精神力だけでなんとか自分を保っていたのが、とうとう限界にきてしまったらしい。すべてが一気に崩れていく。レジナルドの目にみるみる涙があふれた。

「助けにきてくれないと、僕たちはもうおしまいなんだ」と、一気にまくしたてる。「父は馬上試合に参加するため、遠い南のほうにいる。お金が必要だって言って。うちの騎士も兵士も父といっしょだし」

「レジナルド――」

「きのう、サー・エドアルドが来て、僕たちの城に上がり込んだ。母はおびえてた。母を助けるのに、どうやって間に合うように父のところへ伝言を送ればいいのか、わからないし」

「しーっ。それはわたしが手配します」アリスはレジナルドの肩に手を置き、炉のそばの水を満たした手桶《ておけ》へと導いた。「まず、このひどい臭いをなんとかしなければ」アリスは執事を見た。「エルバート、だれかに着替えを持ってこさせて」

「承知しました、マイ・レイディ」エルバートは厨房の下働きのひとりに合図を送った。

レジナルドの体を洗って清潔な服に着替えさせるには、ほんの数分とかからなかった。さっぱりした彼を、アリスは厨房のテーブルに着かせた。

「わたしの特製野菜ポタージュを一杯、お客様にさしあげて」

料理人のひとりが野菜スープをマグカップに注いでテーブルに持ってきた。ポタージュに散らした根芹《ねぜり》の、ほっとするような香りがゆるやかに立ち上る。

「お飲みなさい」アリスは言い、少年の向かいに坐った。「元気が出るわ」

死ぬほど空腹だったのか、レジナルドはポタージュをむさぼるように飲んだ。それでも、最初にごくりと飲みこんだあと、一瞬、体の動きを止めたし、飲み終えてからは、すまし顔でマグをテーブルに置いた。「ごちそうさま、マイ・レイディ」とってつけたような礼儀正しさで言う。「とてもお腹がすいていたので」シャツの袖で口をぬぐいそうになってはっと気づき、行儀の悪さにとまどいの表情を浮かべる。少年は顔を真っ赤にして深々と息をついた。

「さあ、話してちょうだい。サー・エドアルドはだれなのか、その人がどうしてあなたのお父様の城に入りこんだのか」

「ロックトンのエドアルドは領地を持たない騎士です」レジナルドは言った。「雇われれば、だれの元でも戦う傭兵です。母は、無法者も同然だと言っています」

「そのエドアルドがどうしてリヴェンホールへやって来たの？」

「父が遠征中で、兵士もほとんどいっしょに連れていっていると知ったからだって、母は言っていました。それから、領地間の確執のせいで、非情なヒューはリヴェンホールを救いには来ないとサー・エドアルドは信じている、って母は言います」

「ロックトンのエドアルドは、ただお父様の城にずかずか入りこんできて、わがもの顔に振る舞っているの？」

「はい。きのうやって来たときは、親睦を深めに来たと言っていたそうです。それで、自分と兵士を泊めるように迫ったんです。母に断れるわけがありません。父が残した一握りの兵士しかいないのに、領地を守る態勢も取れません」

「では、お母様は、朝には出ていくだろうと期待して、彼らを城に入れたのね」

「はい。でも、やつらは居坐りました」レジナルドは悲しげに言った。「それで、自分の兵士を城壁に配置したんです。それで、リヴェンホールの領主みたいに振る舞ってる。うちの城を取り囲んで攻撃さえせず、わがものにしたんです」

「お父様のご主君様でいらっしゃるソーンウッドのエラスムス様が今回のことをお知りになったら、サー・エドアルドを倒しに向かわれるに決まっているわ」

「サー・エラスムスは死にかけているって、母は言ってます。使者を送っても、知らせをお受けになるまでに亡くなってしまうかもしれないって」

「既成事実《フェタコンプリ》」と、アリスはつぶやいた。

「母もそう言っていました」

アリスは、父の館に叔父がさっさと自分の息子を住まわせたときのことを思い出した。聖職者を相手に、国の法律や、教会法や、習慣法の細かい条項を論じて訴えるのも一つの方法だが、結局は、手に入れてしまった者の勝ち、というのが現実だ。彼であれ彼女であれ、自分のものを守れなければ、すぐにそれはもっと力のある者のものになる。それが世の中なのだ。

「気持ちはよくわかるわ、レジナルド」

レジナルドは不安そうな目をしてアリスを見た。「ゆうべ、食事のあと、サー・エドアルドは無理やり母を自分の部屋へ連れていこうとしました。母はすごくこわがっていた。あいつは、母を傷つけるつもりに決まってる」

アリスは背筋が寒くなった。「なんてこと。それで、お母様は……？　だいじょうぶなの？　そのあと、どうなったの？」

「母はあいつから逃れて僕の手をつかみ、塔の部屋へ逃げるしかないと言いました。それで、なんとか部屋に入って鍵をかけたんです」

「ああ、よかった」アリスはふーっと息をついた。

「エドアルドは激怒しました。扉をどんどんたたいて、ありったけの脅し文句を口にしました。結局、あいつは、そのうち死ぬほど腹が減れば出てくるだろうと言って、引き上げていきました。母はまだ部屋に閉じこもっています。ゆうべから、なにも飲み食いしていません」レジナルドは空になったマグを見下ろした。「僕も、きのうから口にしたのは、これだけです」

アリスは料理人を見た。「お客様にミートパイをお持ちして」

「はい、マイ・レイディ」すっかりアリスに魅了された料理人は、鉄板からパイをつかんでレジナルドの目の前に置いた。

アリスはまじまじと少年を見た。「あなたはどうやって逃げてきたの？」

「塔の部屋には古いお手洗いがあります」栄養たっぷりのポタージュのときよりさらにがつがつと、レジナルドはパイを平らげた。「そのたて穴は、ふつうのより少し幅が広いんです」

「あなたくらいの男の子なら通れるのね？」

レジナルドはうなずいた。「ところどころたいへんだったけど。それに、臭いもひどくて」

「想像はつくわ。穴のなかをどうやって降りたの？」

「母とふたりで、ベッドの天蓋《てんがい》に吊ってある古いカーテンを裂いてロープを作りました。それにつかまって、たて穴を降りていったんです」

それでレジナルドの服にはひどい臭いが染みついていたのだ。アリスは顔をしかめた。かわいそうに、この子は便所の排水路にもぐりこんで城から逃れてきたのだ。臭いはもちろん、どんなに恐ろしい思いをしたことだろう。

「あなたはほんとうに勇敢ね、レジナルド」

レジナルドはそれには答えなかった。「僕たちを助けてくれますか、レイディ・アリス？このままなにもしなければ、サー・エドアルドは母を傷つけるに決まっています」

そのとき、ダンスタンが厨房に飛び込んできた。怒りのあまり、頬ひげがひきつっている。そこにいる全員をにらみつけてから、アリスに視線を移した。

「いったいなにごとですか?」と、問いつめる。「リヴェンホールの子供がここでなにをしているんです？」

「こちらはレジナルド。サー・ヴィンセントの息子さんです」アリスは立ち上がった。「リヴェンホールの城が、ロックトンのエドアルドという名の雇われ騎士に乗っ取られたのです。城と、とらえられているレジナルドのお母様を助けなければなりません」

ダンスタンは驚いて口をあんぐり開けた。「リヴェンホールを助ける？　頭をどうかされましたか、マイ・レイディ？　ほんとうに城が他人の手に落ちたなら、サー・ヒューは盛大な宴会を開いて祝うでしょう」

「ばかを言わないで、ダンスタン。身内で争いごとがあるのは仕方がないかもしれない。でも、従兄弟の財産がよそ者に横取りされたのを放っておいていいはずがないわ」

「しかし、マイ・レイディ――」

「武装して馬にまたがるように、兵士たちに命じてください。わたし用に小型の乗用馬にも鞍《くら》をのせて。一時間以内にリヴェンホールへ向かいます」

ダンスタンの目が怒りに燃えた。「そんなことはさせられません。リヴェンホールを助けに行けば、裏切り者としてサー・ヒューに縛り首にされるかもしれない」

「そんなに彼がこわいなら、スカークリフに残ればいいわ。わたしたちはあなたなしで行きます」アリスは静かに言った。

「なんということを、マダム、縛り首になるとしても、私はあなたより運がいいと言うべきだ。サー・ヒューがあなたをどんな目に遭わせるか、想像もつかない。あなたはあの方の許嫁なのです。こんなふうに裏切られて、あの方が許すわけがない」

「彼を裏切るつもりはありません」胃のあたりに冷たい不快感が広がったが、アリスは気を強く持った。「彼の親族の救援に向かうのです」

「あの方が毛嫌いしている親族だ」

「幼いレジナルドや彼の母親を嫌っているはずはありません」

「ヴィンセントの跡継ぎと妻だぞ」ダンスタンは信じられないという顔でアリスを見た。

「ヴィンセントにたいするのと同様、サー・ヒューは助ける気にはなるまい」

「サー・ヒューは、この領地の指揮権をわたしに託していかれたわ。そうじゃない？」

「それはそうだが――」

「わたしは、正しいと思ったことをやるしかないのです。兵士たちに指示をあたえなさい、サー・ダンスタン」

ダンスタンは、もどかしさと怒りに顔をゆがめた。そして、陶器の壺をつかんで厨房の壁に投げつけた。壺は粉々に砕け散った。

「あなたは厄介の種になると、あの方に申し上げたのだ。厄介を引き起こすだけだ、と」踵《かかと》でくるりと方向転換して、ダンスタンはいきおいよく厨房から出ていった。

二時間後、鮮やかな緑色のドレス姿で、まとめた髪を絹のネットで包んで銀の飾り環で留めたアリスが、リヴェンホール城の門を抜けていった。幼いレジナルドも小柄な灰色馬にまたがり、アリスと並んで進んでいく。城の外壁のなかに入っていくのを、阻む者はいない。エドアルドもあえて非情なヒューに挑む気はないのだろう、とアリスは思った。しだいに緊張感がこみ上げてくる。城壁の守りについている兵士たちの油断ない視線を痛いほど感じる。わたしがしたがえている兵力を値踏みしているにちがいない、とアリスは思った。

率いている軍勢は見るからに立派で、文句なく威圧的だとわかっていたから、気持ちは少し楽になった。サー・ダンスタンをはじめ、ヒューがスカークリフ城に残した騎士たちや騎兵の分遣隊があとにつづいているのだ。馬にまたがったジュリアンの姿さえある。彼がアリスに説明したところによると、サー・ヒューに雇われた男たちはすべて、職種にかかわらず剣か弓の使い方を学ばなければならないという。

霧深い日の灰色の日射しを受けて、磨き上げられた兜《かぶと》が光り、並び立つ槍や剣の切っ先がきらめく。風を受けて、黒旗がはためく。

「ようこそ、マイ・レイディ」見上げるような巨体で、茶色い髪は伸び放題、もじゃもじゃの顎髭をたくわえた男が、ずる賢そうな目をきらめかせ、城の正面ステップの最上段から挨拶をした。「非情なヒューの旗を掲げている方ならだれだって、お近づきになれればうれしいですよ」

「あれがサー・エドアルドです」レジナルドが怒りをこめて言った。「見てください。ここの領主みたいに振る舞って」

　アリスはエドアルドをまじまじと見ながら、手綱を引いて馬を止めた。この雇われ騎士はイノシシそっくりだ、と思った。首が太くて短く、顎ががっちりして、小さくて鈍そうな目をしている。脳ミソもイノシシ並みにちがいない。

　背後にダンスタンと部下たちが整列するのを待ちながら、さげすむような視線をエドアルドに送りつづける。「この領地の奥様に、新たな隣人がご挨拶に参りましたとお伝えください」

　隙間だらけの黄色い歯をむき出し、エドアルドはにやりとした。「で、あなたはどちら様で？」

「非情なヒューの許嫁、アリスと申します」

「許嫁だって？」エドアルドはアリスの背後の武装した男たちに目をこらした。「イプストークの市で、サー・ヒューにサー・ヴィンセントとの馬上試合を放棄させた女ってことか。あの日のサー・ヒューは、あんたにおかんむりだったたな」

「ご心配なく、サー・ヒューは将来の妻の選択に心から満足していらっしゃいます」アリスは言った。「実際、なんのためらいもなく、領地と部下たちの指揮権をわたしに託してくださるくらい、満足していらっしゃいます」

「そうらしい。で、サー・ヒューはどこに？」

「ロンドンからスカークリフへもどる途中です」アリスは冷ややかに言った。「あの方がこちらへいらっしゃるまで、わたしはレイディ・エマとおしゃべりをして過ごすつもりです」

エドアルドはずる賢い目をしてアリスを見た。「あんたがここにいるのを、サー・ヒューは知っているのかい？」

「すぐに知るところとなるはずですから、ご安心ください」アリスは言った。「わたしがあなたなら、それまでにリヴェンホールをあとにしますわ」

「俺を脅しているのかい、レイディ？」

「警告と受け止めてください」

「気をつけなければならないのは、あんたのほうだよ、マダム」エドアルドは不快な声で物憂げに言った。「どうやら、リヴェンホールとスカークリフの関係を知らないらしいな。未来の旦那は、身内の事情をあんたに説明する気はないようだ」

「ヒュー様はすべてを話してくださいました。わたしに全幅の信頼を置いてくださっていますから」

エドアルドは怒りに顔をこわばらせた。「すぐにそうじゃなくなるだろうよ。この城を占領した俺に、サー・ヒューは感謝する。あの人が主君からリヴェンホールに仕返しするのを禁じられているのは事実だ。しかし、第三者が代わりに目的を達してくれたと知って、じゃまをするわけがない」

「状況を把握していないのはあなたのほうです」アリスは穏やかに言った。「身内の問題に鼻を突っ込んだのです、あなたは。サー・ヒューが感謝するはずがありません」

「どうなるかは、いまにわかる」エドアルドは語気荒く言った。

「ええ、そのうちわかります」アリスは冷ややかにほほえんだ。「それまで、わたしはレイディ・エマとおしゃべりをして過ごしましょう。彼女はまだ塔のお部屋にいらっしゃるの？」

エドアルドは小さな目を細めた。「坊主から話を聞いたんだな？ そうだ。あの女、部屋に閉じこもって出てこようとしない」

アリスはレジナルドに体を向けた。「行って、お母様を塔からお連れしてきて。わたしがお近づきになるのを楽しみにしているとお伝えして。そして、サー・ヒューの騎兵隊が来たから、あなたとお母様はもう安全だ、と」

「わかりました、マイ・レイディ」レジナルドは灰色の小型馬から滑るように降りた。エドアルドをじろりとにらんでから、正面ステップを駆け上がり、玄関ホールへと消えていく。

エドアルドはハムのように大きな両手の拳を腰に押しつけ、挑むようにアリスに言った。

「俺たちの問題を引っかき回して、あんたは自分でわかっている以上に危ない橋を渡っているんだぞ、レイディ・アリス。そうだ、はるかに危険な橋をな」

「それはわたしの問題で、あなたの知ったことではありません」

「サー・ヒューがもどってきたら、こんなふうに裏切られたと知って激怒するだろう。あの人が忠誠心をなにより大事にしているのは、だれでも知っている。少なくとも婚約は解消するだろう。そうしたらどこに行くんだ、愚かな女よ？」

「愚かなのはあなたです、エドアルド」アリスはダンスタンを見た。「馬から降りるのを手伝っていただける？」

「承知しました、マイ・レイディ」ダンスタンはうなるように言った。エドアルドに視線を釘付けにしたまま、馬を降りる。小型乗用馬に近づいて手を差しだし、アリスが鞍から降りるのを手伝った。

ダンスタンの口元がこわばっているのがわかり、アリスはなだめるようにほほえんだ。

「すべてうまくいきますから、サー・ダンスタン。わたしを信じて」

「きょうの私の所行がサー・ヒューに知れたら、まずまちがいなく首を切られるでしょう」

アリスだけに聞こえるように、ダンスタンは耳元で言った。「しかし、そうされる前にサー・ヒューには伝えます。あなたの許嫁はあなたにも負けない勇気の持ち主です、と」

「あら、ありがとう」ダンスタンがしぶしぶ口にしたほめ言葉に驚き、アリスは胸が熱くなった。「どうか、あまり心配しないでください。あなたは一つも悪くないと、わたしからヒュー様にちゃんと伝えますから」

「だれが悪いかは、サー・ヒューご自身が判断して決められる」すべてをあきらめたように、ダンスタンはまったくの無表情だ。

「レイディ・アリス、レイディ・アリス」レジナルドが城の正面玄関で声を張り上げた。「母のエマをご紹介します」

アリスがそちらを見ると、穏やかな目をしたやさしげな金髪の美しい女性が、レジナルドと並んで立っていた。不安と、おそらく眠れない夜を過ごしたせいで疲れ果てて見えるが、立ち姿には揺るがぬ自尊心が表れ、目にはかすかな期待感がにじんでいる。

「ようこそおいでくださいました、レイディ・アリス」エマは嫌悪感もあらわにじろりとエドアルドを見た。「きちんとお迎えもできず、申し訳ありません。ご覧のとおり、招かれざる客人のせいで、わたくしどもは迷惑を余儀なくされているのです」

「その問題ならすぐに解決するでしょう」スカークリフの兵士たちに守られているから、と安心しきって、アリスは正面ステップを上った。「どうかご安心を。わたしの婚約者がすぐにこのクズを片づけてくれます」


エルバートは頭がどうかしてしまったのだろうか、とヒューは思った。この若者には、最初からどうも釈然としないものを感じていたのだ。「レイディ・アリスがなにをしたと?」

エルバートは震えていたが、あとずさりはしなかった。「サー・ダンスタンと騎兵隊すべてを率いて、ロックトンのエドアルドという者の手に落ちたリヴェンホールを救いに向かわれました。私にわかるのはそれだけでございます、旦那様」

「信じられん」

ヒューの背後では疲れた馬たちが脚を踏みならし、さかんに鼻を鳴らして、早く厩舎へ連れていけとせがんでいる。ベネディクトと兵士ふたりも同じように疲れ果てている。三人ともすでに馬を下りて、なにがあったのかサー・ヒューから説明があるのを待っていた。

ヒューはきょう、旅のささやかな一行をせき立て、予定より一日早くスカークリフにたどり着いたのだ。わが家が近づいて、城の正面ステップで彼を待っているアリスの姿が見えはじめる、という喜ばしい光景を胸に描きながら。

そんな思いどおりにはいくまいと、覚悟しておくべきだった。どんな戦略を立てようと、相手がアリスの場合、めったに計画どおりにはいかないのだ。それでも、彼女がリヴェンホールへ向かったとはどうしても信じられなかった。

「ほんとうです、旦那様」エルバートは言った。「だれにでも訊いてみてください。今朝、幼いレジナルドがやってきて、自分と母君を助けてほしいと訴えたのです」

「レジナルド？」

「サー・ヴィンセントの息子さんで、彼の後継者です、旦那様。母君と、父君の城をなんとしても守ろうと、必死でした。レイディ・アリスは彼に、リヴェンホールの救援に向かうことをあなた様もお望みになるだろうとおっしゃいました」

「まさか、リヴェンホールへは行くまい」ヒューはささやくように言った。「たとえアリスでも、そんなやり方で私に挑もうとは想像すらしないはずだ」

エルバートは大きく息を吸い込んでから言った。「レイディ・アリスはそうしなければならないと思いこんでいらっしゃいました、旦那様」

「話にならん」ヒューは、馬を引き取りに来た厩番《うまやばん》を見た。「新しい馬を連れてこい」

「はい、旦那様」厩番は厩舎《きゅうしゃ》を目指して走っていった。

「領主様？」ベネディクトは自分の馬の手綱を、べつの馬番に渡した。「どうされたのです？　アリスの身になにかあったのですか？」

「いや、まだだ」ヒューは言った。「しかし、すぐになにかある。手を下すのは、この私だ」

リヴェンホール城の壮大な広間に緊張感が広がるのを感じても、アリスは気づかないふりをした。炉の近くにエマと坐り、静かに話をしているところだった。レジナルドは炉辺のスツールに坐っている。

サー・ヴィンセントの椅子にふんぞり返っているエドアルドを、エマがときどき怒りをこめて見やるのにアリスは気づいていた。侵入者はまるで主人気取りで、ボウルに盛ったショウガ風味のアカスグリの実をむしゃむしゃ食べている。見るからにむさ苦しい兵士が三人、近くの長椅子を占領していた。三人の視線は、ダンスタンと、彼がアリスのそばに配した騎士ふたりをとらえたままだ。スカークリフのほかの兵士たちはエドアルドの兵士に取って代わり、城の外壁の守りについている。

「悪い意味ではないのよ、アリス」エマはささやいた。「でも、わたしたちの城は、この二日で二度、占領されてしまったみたい。最初はエドアルドの兵士で、つぎはサー・ヒューの兵士よ」

「ヒューがロンドンからもどったら、すぐに城はあなたがたの手にもどるわ」アリスは皿から木の実をつかみ取った。「エドアルドの件は、ご主人様が片づけてくださいます」

「おっしゃるとおりになるように祈ります」エマはため息をついた。「でも、夫から一族の歴史を聞いたかぎりでは、そんな単純な話ではないような気がします。エドアルドが城を占拠したことをサー・ヒューが黙認されたらどうなりますか？」

「黙認されるわけがありません」

「それに、あなたのことも心配だわ、アリス。きょう、あなたがここでなにをしたか知ったら、サー・ヒューはなんとおっしゃるかしら？　裏切り行為と受け取られる可能性は高いと思います」

「いいえ、わたしからなにもかも説明したら、あの方はわかってくれます」アリスは手にした木の実のうち、三つをぽんと口に放り込み、もぐもぐと噛んだ。「サー・ヒューはそれは聡明な方なんです。ちゃんと聞いてくれますとも」

レジナルドは不安げに唇を嚙んだ。「サー・ヒューがすっごく怒って、あなたの説明に耳を貸さなかったらどうなさいますか、マダム？」

「ご主人様の知性を上回るものがあるとすれば、彼の自制心だけです」アリスは誇らしげに言った。「状況をしっかり把握しないかぎり、行動は起こされません」

くぐもった叫び声が前庭から聞こえた。鋼の蹄鉄《ていてつ》が石畳を打つ音が響きわたる。ダンスタンはびくっとしたあと、すっと背筋を伸ばし、部下たちに目をやった。

「おお、そろそろだな」エドアルドは立ち上がった。勝ち誇ったような目でちらりとアリスを見る。「ようやくサー・ヒューのお出ましらしい。許嫁が敵の城にいるのを見て、あの人がなんと言うかいまにわかる」

アリスはなにも言わなかった。

外では雷鳴がとどろき、昼のあいだずっと気配だけを漂わせていた嵐の到来を告げていた。つぎの瞬間、広間の扉がいきおいよく開いた。

ダンスタンはアリスの目を見た。「悪魔は追い払うよりも呼び寄せるほうが簡単だとか。あなたはまちがいなく、後者の才能に恵まれています。前者のわざも少しはそなわっているように、みんなで祈るしかなさそうです」

15

たとえようもなく優雅に、そして決然とした意志とともに、ヒューは憎んでも憎みきれない敵の広間へと静かに入ってきた。嵐を思わせる膨れ上がるいっぽうの怒りと、忍び寄る夜の暗い兆しとともに。黒い外套がひるがえり、革の黒いブーツのまわりで渦を巻いている。オニキス色の髪が風になびく。その目が融けかけた琥珀のように輝いている。鎧《よろい》は身につけていないが、外套のひだがめくれて、腰にひっかけるように留めている黒革の剣のベルトがあらわになった。大きな手の一方が、柄にのせられている。

だれひとり動かない。広間にいる全員が、目の前に迫っている大嵐の化身のようなその男を見つめた。

ヒューは、焼けつくような一瞥《いちべつ》で凍りついた広間を掌握した。その瞬間、彼は状況をすべて把握したとアリスにはわかった。把握して、電光石火の早業で計算をして、自分のつぎの動きと、広間にいる全員の運命を決めた。

ヒューが瞬時に広間を威圧するようすは、息を呑むほどみごとだった。そこにいる全員から恐ろしさ半分の尊敬を得ていくようすは、猛烈な嵐が見えるかぎりの空をあっという間に暗くしていくのにも似ている。

突然、ロックトンのエドアルドはついさっきまでより小さく、あの迫力はどうしたのかと思うほどありきたりに見えはじめた。不幸なことに、さもしさと不道徳な感じはほとんど変わらない。

ヒューの視線がアリスをとらえた。

「許嫁《いいなずけ》を迎えに来た」ヒューのささやくような声が、静まりかえった広間の隅々にまで染みこんでいく。

「驚いた」エマは一方の手で喉元を押さえた。

レジナルドは魅入られたようにヒューを見つめている。「すっごく大きい人じゃない？」

一時的に魔法にかけられていたのが解けたかのように、エドアルドはぴょんと立ち上がった。「サー・ヒュー。ようこそ。レイディ・アリスはわれわれの名誉あるお客人だ」

ヒューはエドアルドを見ようともしない。「アリス。こちらへ」

「ヒュー」アリスは飛び上がるようにして立ち上がって、スカートの裾を持ち上げ、きちんとヒューを迎えようと広間をいきおいよく横切っていった。「ご主人様、お会いできてほんとうにうれしゅうございます。お帰りは明日になるのではと案じておりました。これで、すべてをあなた様に解決していただけます」

「ここでなにをしている、アリス?」ヒューの目が炉の炎を受けて輝いた。

「しばらくわたしの話を聞いてさえくだされば、なにもかもすっきりと納得していただけます」ヒューの目の前まで来たアリスは、ぴたりと立ち止まった。深々と膝を曲げてお辞儀をする。「すべてご説明いたします」

「もちろん、そうだろう。あとでやってもらうことにしよう」ヒューが手を差し伸べて支えてくれないので、アリスはひとりでゆっくり膝を伸ばした。「来なさい。帰るぞ」

ヒューは、ブーツの踵でくるりと体の向きを変えた。

アリスの背後でエマが小さく絶望の声を漏らした。

「なにもかもうまくいきます、お母様」レジナルドがささやいた。「見ていてください」

「お待ちください、ご主人様」アリスが言った。「お言葉ですが、まだここを立ち去るわけにはいきません」

ヒューは立ち止まり、ゆっくり振り返ってアリスと向き合った。「なぜだ?」

アリスは、すでに決めたことをやりとげる気持ちをあらためてかき集めた。やさしいことではなかった。慎重にことを運ばなければヒューのなかの悪魔は払いのけられないと、わかっていた。いまのところ、味方はヒューの知性だけだ。「まず、ロックトンのエドアルドに兵を連れて城から出ていくよう、告げていただかなければなりません」

「そうなのか?」

エドアルドはしゃがれて耳障りな笑い声をあげ、満足そうに前に出てきた。「あんたの許嫁はなかなか魅力的な女性だが、がむしゃらで片意地なところがあるようだな」そう言ってアリスに流し目を送る。「そんな女を手なずけるのはさぞ楽しいだろうから、あんたがうらやましいのも事実だ。ほんとうに、どんなにおもしろいことやら」

アリスはくるりと回れ右をして、エドアルドと向き合った。「もうそのくらいになさい、このいやらしい独活《うど》の大木。いったい何様のつもり？　あなたなんか、この広間にいる権利もないのよ。サー・ヒューにすぐに追い出されるわ」

エドアルドは、もじゃもじゃの顎髭の奥で黄色い歯をむき出した。意味ありげに横目でヒューを見る。「言わせてもらえれば、甘やかしすぎだな。こちらの許嫁とやらは、あんたにさえ召使いに言いつけるように命令できると考えているらしい。鞭《むち》でちょっとこらしめて、口を慎むことを教えたほうがよさそうだ」

「もう一度、許嫁を侮辱したら」ヒューは恐ろしいくらい穏やかに言った。「この場でおまえを切り捨てる。わかったか、エドアルド？」

アリスは満足そうに頬を染めた。

エドアルドはびくりとしたが、すぐに立ち直った。「サー、侮辱したつもりはないぞ。たんに私見を述べただけだ。この俺も、たまに生意気なタイプを相手に楽しんでいるからな」

アリスは嫌悪感もあらわにエドアルドを見てから、ヒューに向き直った。「すぐにここを出ていくように、言ってやってください。ここにいても用はないんですから」

「ふん。女というやつは」エドアルドは大きな頭を振った。「世の中の道理というものがわかっていない。そうだろう?」

ヒューは、とりたてて興味もなさそうにエドアルドに目を向けた。生肉を目の前にした満腹のハヤブサそのものだ。「おまえはどうしてここに?」

エドアルドの悪意に満ちた目が、さらにずる賢そうにきらめいた。「それはもう、知れたことだろう? リヴェンホールの領主に、領地を守れるだけの金も兵士もないことは周知の事実だ」

「そこで、領主が不在のあいだに領地を乗っ取ろうと考えたのか?」ヒューの声からは、冷ややかな好奇心しか伝わってこない。

「あんたがソーンウッドのエラスムス様に、ここを奪わないと誓った話は有名だ」エドアルドは両手を広げた。「決して誓いを破らない男、というあんたの評判は伝説と言っていい。しかし、あんたの主君様への誓いは、俺たちみたいに貧乏で、自分で生きていく道を切り開かなければならない騎士には当てはまらない。そうだろう?」

「そう、それはそうだ」

エドアルドはにやりとした。「ソーンウッドのエラスムス様は、どう考えてももうお迎えが近い。リヴェンホールの助けにやってくるとは、とうてい思えないね」

エマが息を呑んだ。「息子の相続財産はあなたには渡しません、サー・エドアルド」

エドアルドの小さな目がきらめいた。「だれが俺を止めるのか、お教えねがえますかね、レイディ・エマ?」

「サー・ヒューが止めるよ」レジナルドが大声を張り上げた。「レイディ・アリスが約束してくれたんだ」

エドアルドは鼻を鳴らした。「ばかを言うな、小僧。レイディ・アリスがなにをどう信じていようが、ご主人様に命令などできるわけがないんだ。それでは話がさかさまだ。本人もすぐに思い知るだろうよ」

レジナルドは両手の拳を腰に押しつけ、ヒューに向き合った。「サー・エドアルドは母上を傷つけようとしたんです。あなたは彼がリヴェンホールにとどまるのを許さないって、レイディ・アリスはおっしゃいました」

「もちろん、お許しにならないわ」アリスはきっぱりと告げた。

エマが一歩、足を踏み出した。祈るように組み合わせた両手を、持ち上げる。「あなた様がこの城に愛着をお持ちでないことは存じておりますが、ここを守るというあなた様の許嫁の誓いを、どうぞ尊重してください」

「尊重してくださるわ」アリスはエマに請け合った。「ヒュー様はわたしに指揮権を託していらしたんだもの。あの方の代理としての権限をあたえてくださったのだから、わたしを支持してくださるわ」

「レイディ・アリスは約束してくれたんです。僕が父上の城を守るのを、あなたが助けてくださるって」レジナルドは期待をこめてヒューを見つめた。

それは愉快な冗談だと言わんばかりに、エドアルドはぽんと自分の腿をたたいた。「まったく、なにもわかってないぞ、この坊主は」エドアルドの部下のふたりが、ぎこちない含み笑いを漏らした。

「もういい」ヒューのその一声で、ふたたび広間は静寂に包まれた。エドアルドを見て言う。「兵を連れて、ここを去れ」

エドアルドは、二度、三度とまばたきをした。「どういうことだ?」

「聞こえたはずだ」ヒューは静かに言った。「すぐにこの広間から出ていけ。さもなければ、わが兵士たちに城を奪還するよう命じる」ふたたび部屋を見渡して、ダンスタンとスカークリフの騎士たちの位置関係を把握する。「奪還には、二、三分もかからないだろう」

エドアルドは激怒した。「正気を失ったか? 女に命じられて、この城を守るというのか?」

「レイディ・アリスの言うとおりだ。私は彼女に全権を託して旅に出た。今回の件に関しては、彼女の判断を支持する」

「どうかしてるぞ」エドアルドは歯をむいてうなった。「俺をここから追い出すわけにはいくまい」

ヒューは肩をすくめた。「前庭へ入ってくる際に気づいたが、外壁の守りについているわが軍は、そちらの兵士を数で圧倒している。見たところ、この広間はサー・ダンスタンの支配下にあるようだ。どういうことになるか、試してみる気はあるか?」

エドアルドは怒りのあまり真っ赤になった。やがて、その顔がずる賢そうにゆがんだ。

「こん畜生め。やっとわかったぞ。あんたはこの城が欲しいんだろう？　エラスムス様に誓ったものの、この機に乗じて領地を手に入れて、リヴェンホールへの復讐を果たそうという魂胆だ。そういうことなら、じゃますするつもりはないが、俺と手を組むというのはどうだ？」

「ヒュー様」エマがすがるような声をあげた。「どうか、そんな無慈悲なことはおやめください」

「あきれたわ」アリスは両手を腰に当て、エドアルドをにらみつけた。「もうそれ以上、ばかを言うのはやめてちょうだい、サー・エドアルド。誓いを破るなど、ヒュー様は夢にも思ってらっしゃらないわ」ヒューはエドアルドを見た。「そうでしょう？」

ヒューはエドアルドを見た。ヒューに向かって眉をひそめる。「誓いも守れないようでは名誉ある男とは言えまい。レイディ・アリスは私の代理として、おまえに城から出ていくように命じたのだ、エドアルド。彼女が行使する権限は、元はといえば私のもの。わかるか？」

「まさか、ほんきのわけがない」エドアルドはあせってまくしたてた。「女ごときに、代わりに命令を下させるのか？」

「私の許嫁だ」ヒューは冷ややかに言った。

「それはそうだが――」

「つまり、わたしは彼のパートナーなのです」アリスはエドアルドに告げた。

「すぐに出ていけ」ヒューは言った。「それがいやなら、戦いの準備にかかれ」

「なんたることだ」エドアルドは声を張り上げた。「信じられん」

ヒューは剣の柄を握りしめた。

エドアルドがあわてて一歩後ずさる。「あんたと戦う気はないよ、サー・ヒュー」

「では、去るがいい」

「ふん。まったく、だれが信じるだろう？　非情なヒューが生意気な口をきく赤毛女に骨抜きにされて——」

「もういい」ヒューは言った。

エドアルドは唾を飛ばして一気に言った。「いいか、あんたはまちがいなく、この女の気まぐれにしたがった日のことを後悔するぞ」

「そうだとしても、それは私の問題でおまえには関係ない」

「もうこんなばかげた話はうんざりだ」エドアルドはくるりと回れ右をして、扉に向かって大股で歩き出した。ついてくるように、部下たちに合図を送る。

ヒューはダンスタンを見た。「門から出ていくのを見届けろ」

ダンスタンは少しだけ肩の力を抜いた。「わかりました」そう言って、スカークリフの騎士たちに合図をする。

アリスは、去っていくエドアルドと兵士たちを満足げに見つめた。「ねえ、レジナルド？　わたしが言ったとおり、なにもかもうまくいったわ」

「はい、マイ・レイディ」レジナルドは畏敬の念をこめてヒューを見つめた。

エマは両手をきつく組み合わせた。不安げな視線をアリスからヒューへと移す。「お願いでございます、どうか……あの、どうか……」どうしても先をつづけられず、口を閉ざしてしまう。

エマがなにを考えているか、アリスはわかっていた。たったいま、ロックトンのエドアルドが明け渡したものを、ヒューがわがものにするのはあまりにたやすい。「さあさあ、エマ。ヒュー様はリヴェンホールに手を出されたりしないわ」

「この城を奪うつもりはありません、マイ・レイディ」なんの感情もこめずにヒューは言った。「そうソーンウッドのエラスムス様に誓いましたし、人がなんと言おうと、あの方はまだ存命しておられる。あの方が生きていらっしゃるかぎり、私は忠誠を尽くします」

エマは泣きそうな笑みを浮かべた。「ありがとうございます。誓われたからといって、あなたがリヴェンホールを救いにこなければならなかったわけではないと承知しています。なにもなさらず、この城がロックトンのエドアルドの手に落ちるにまかせていたほうが、どんなにか好つごうだったか」

「ええ」ヒューはとらえどころのない目をしてアリスを見た。「そうするほうが、なにより好つごうでした」

レジナルドが前に進み出て、うやうやしくヒューにお辞儀をした。「父に代わり、きょうのお力添えに感謝いたします」

「私に感謝するにはおよばない」ヒューは言った。「私の許嫁がやったことだ」

「ほんとうに立派でしたわ、彼女」エマはため息混じりに言った。「一生、感謝しても感謝しきれません。彼女がいなかったら、わたしたちはどうすることもできなかったでしょう」

アリスはうれしそうにほほえんだ。「たいしたことではありません。わたしはただ、ヒュー様の伝説的な評判の力を利用しただけです」

「そうだったのか」ヒューの目が燃えるような輝きをおびた。「すぐにわかるだろうが、どんな力も行使すればそれなりの代償がともなうのだ」

「あの方に悪気はなかったのです」ダンスタンは言い、ヒューが両手で挟んだワインのカップをゆっくり傾けるのを食い入るように見つめた。「結局のところ、女性なのです。女らしいやさしい心の持ち主ということだ。母親を助けてくれと幼いレジナルドに懇願され、どうしてもはねつけられなかったのです」

ヒューは炉で燃え上がる炎を見つめた。アリスや兵士たちとともにリヴェンホールからもどるとすぐ、彼はまっすぐ自分の書斎へ向かった。嵐のまっただなか、兵を率いてもどってくる道中は過酷で、アリスに話しかける余裕もなかった。

外ではまだ、狂ったような風と雨がスカークリフの黒い断崖に打ちつけている。大嵐はヒューの気分をそのまま映しているかのようだ。もう少しだったのだ、とヒューは思った。ワイン・カップを握る手に、思わず一瞬、力がこもる。あと一歩だった。復讐を遂げる機会は、もう手中にあったも同然だった。

「最初、おまえが私の許嫁をどう見ていたかを思うと、そうやって彼女を擁護しているおまえに驚かずにはいられないぞ、ダンスタン」

ダンスタンは真っ赤になった。「あの方は、あなたの計画を知りようもなかったのだから」

「まったくもって、好つごうとしか言いようがなかったのだ」ヒューは炎の中心に目をこらした。「リヴェンホールは、もういつ経済的に破綻《はたん》してもおかしくないところまで追いつめられていた。ヴィンセントは馬上試合の負けが込んで支払いに追われ、父親が残したわずかな土地を切り売りしていた。城を守るための、充分な兵も残さずに遠征中だった。あの領地がロックトンのエドアルドのような者の手に落ちる機は、熟していたのだ」

ダンスタンはふーっと大きく息をついた。「リヴェンホールが自滅するのを、あなたが待っていたのは、気づいていました」

「戦略として、これほど簡単なものはない」

「はい」

「それなのに、どういうわけか彼女が私の網にかかってきた。おかげで計画は台無しだ」

ダンスタンは咳払いをした。「スカークリフの全権を委任して旅立ったのは、あなたです」

「スカークリフの全権だ。リヴェンホールではない」

「どこまでの権限をあたえるのか、あなたははっきり告げていなかった」ダンスタンはあとに引かなかった。

「その過ちはもう繰り返すまい」ヒューはカップのワインをちょっとだけ飲んだ。「私は、いつも失敗から学ぶのだ、ダンスタン」

「これは伝えておかなければならないと思うのだが、あの方はほんとうに勇敢に振る舞っていた。あんな女性は見たことがない。馬にまたがり、武装した騎士団の先頭に立ってリヴェンホールの門を抜けていく姿は、兵を率いる女王のようだった」

「そうだったのか？」

「あなたの旗を掲げてやってくるのが女性だとわかったとき、ロックトンのエドアルドがどんな顔をしたか見せたかった。不安におののいていたぞ。どう考えたらいいのかわからなかったのだろう。そして、ことのしだいを知ったあなたが、あの方を支持しないことに賭けた」

「彼女を支持するしかなかった。ほかに選ぶ道はなかったのだ。彼女は、私の名のもとに行動していたのだから」ヒューは口元をゆがめた。「いや、それどころじゃない。自分を私のパートナーだと思っている。仕事仲間気取りなのだ」

「ほかになにを言いたいのか知らないが、あの方がどんな男にも引けを取らない勇気の持ち主であることは、知っておくべきだ」ダンスタンは意味ありげに一息置いた。「それどころか、あなたにも匹敵する勇気の持ち主なのだ」

「私が気づいていないとでも？」ヒューは穏やかに訊いた。「忘れているかもしれないが、私が彼女と結婚する気になった理由の一つが、それだ。私は、そんな勇気ある跡継ぎがほしいのだ」

「そういえば、あなたは、力を行使すればそれなりの代償がともなうとおっしゃった。勇気の場合も同じでは?」

「おお、そのようだな。その勇気のために、私がどれだけ高い代償を支払わされたか、彼女は知るべきではないか? それにしても、商売や取り引きは得意だと自負していた私が、この体たらくだ」

ダンスタンは深々と息を吸ってから言った。「あなたがリヴェンホールのすべてに抱いている感情の根深さを、レイディ・アリスは知らなかったのです。そこを考慮してあげなければ」

ヒューはようやく炉の炎から視線を上げ、古くからの友人の目をまっすぐ見つめた。「そこがおまえの思いちがいなのだ、ダンスタン。私のリヴェンホールにたいする思いを、彼女は知っていた。なにもかもよく知っていたのだ」

「ほんとうに、あんな驚くべき光景はほかにないよ、アリス」ベネディクトはつい熱が入り、杖でドンと床を突いた。窓の外を見ていた彼がくるりと振り向くと、その輝くような表情に高ぶった思いがあふれている。「香辛料がぎっしり詰まった大箱が、天井まで積み上げてあるんだ。シナモンに、ショウガ、クローブ、胡椒、サフラン。貯蔵室を監視させるのに、ヒュー様は一日二十四時間、警備員を雇わなければならないんだよ」

「驚きはしないわ」アリスはデスクの上で両手を組み合わせ、ロンドンからもどったばかりのベネディクトの土産話に、熱心に耳を傾けようとした。しかし、どうもうまくいかない。前の晩の出来事が気になって、ついそちらのことを考えてしまう。

あれだけ荒れ狂っていた嵐は、夜明けとともにおさまった。窓から差し込む暖かな光が、アリスの石のコレクションを照らし、デスクの上の不格好な緑の石さえ内側から輝いて見える。

めったにない好天のせいでヒューの機嫌も直ればいいのに、と思ったが、まず無理だろうと半分あきらめていた。ゆうべ、城にもどってきてから、話をするどころか、ヒューの姿さえ見かけていない。彼に会いたいのか、話がしたいのか、それさえアリスはよくわからなかった。

過去の残り火をかき立てて、彼を怒らせてしまったのはわかっている。ふたたび鎮火するまでどのくらいかかるのかは、予想もつかない。それまでは、炎がまた燃え上がるようなきっかけは避けるのが賢明だと、それは感じていた。

「あの方はおおぜい人を雇っているんだ、アリス。代書人も、事務員も、財産管理人もいる。そういう人たちが胡椒商人組合の人たちと取り引きをしたり、帆船の船長と契約を交わしたりするんだ。影響力のある商人と物々交換もする。ある午後には港の埠頭へ行って、船から荷が降ろされるのも見た。東洋から、びっくりするような商品を運んできたんだよ」

「それはうっとりするような光景だったでしょうね」

「そうさ。でも、なにより興味深いのは、航海と積み荷の記録が保管してある図書室なんだ。その部屋を管理している執事の人が、積み荷の商品一つ一つがどういうふうに記録されるのか、教えてくれたよ。彼はヒュー様みたいに計算盤を使うんだけど、その素速さといったらすごいんだ。たいへんな計算も一瞬のうちにこなしてしまう。彼はその分野の達人だって、ヒュー様も言っていた」

ベネディクトがいつになく興奮しているので、さすがのアリスもほかのことを忘れて気持ちを集中せざるをえなかった。まじまじと弟を見つめる。「あなたもそういう仕事がしたいようね」

「ヒュー様のもとで働けたら、ほんとうに楽しいと思うよ」ベネディクトは同意した。「あの方はだれよりも熟練した者を雇って、その人なりの仕事ができるようにできるかぎりの権限をあたえるんだって。それがいちばんなんだっておっしゃっていた」

アリスはしかめ面をした。「雇っている人があたえられた権限を越えることをしたら、どうされるのかしら？」

「クビにすると思うよ」ベネディクトはさらりと言った。

「許嫁もそんなふうに簡単に捨てるかしら？」アリスは小声で言った。

廊下のほうから小さな物音がして、アリスははっとした。耳にしたかすかな足音がエルバートかほかの召使いのものであるようにと願い、食い入るように扉を見つめる。一時間ほど前、ふたりきりで話がしたいと、ヒューへの伝言を執事に言いつけたのだ。いまのところ、まだ返事はない。

足音は途切れず、アリスの書斎の前を通り過ぎていった。さらに廊下を遠ざかっていく。アリスは小さくため息を漏らした。

ベネディクトはアリスを見た。「なんて言ったの？」

「なにも。もっとロンドンの話を聞かせてちょうだい。滞在中はどこに泊まったの？」

「サー・ヒューの行きつけの宿屋だよ。出される料理は素朴だけど、料理人は古くなった肉を煮込んでごまかしたりしないし、寝具も清潔だった。宿屋はそういうところがちゃんとしているのがいちばんだって、サー・ヒューはおっしゃっているよ」

「その宿屋には女の人がいた？」アリスはおそるおそる訊いた。

「いたよ、宿屋の酒場とかに。どうしてそんなことを訊くの？」

アリスは緑の石をつかみ、目をこらして調べるふりをした。「ヒュー様はそういう女性たちと話をしてらした？」

「もちろん、料理やエールを注文するからね」

「そういう女性のだれかと、ヒュー様はどこかへ行かれた？」アリスはさりげなく訊いた。

「いいや」ベネディクトは当惑顔だ。「酒場の女とどこへ行くんだよ？」

アリスのなかのなにかがふっとゆるんだ。緑の石を置いて、弟にほほえみかける。「わからないわ。ただ訊いてみただけ。もっとロンドンの話を聞かせて」

「まさにびっくり仰天するようなところだよ、アリス。人も、お店も、たくさんなんてもんじゃない。高層建築だって数えきれないよ」

「すてきでしょうねえ」

「そうさ。でも、ヒュー様は自分の城にいるほうが居心地がよくて好きだって」ベネディクトは作業台の横で立ち止まり、天体観測器をもてあそんだ。「僕、ずっと将来のことを考えていたんだ、アリス。それで、どうしたいのかわかった気がする」

アリスは眉をひそめた。「もう仕事を決めちゃったの？」

「サー・ヒューのもとで働きたい」

アリスは驚いて弟を見つめた。「どんな仕事をして？」

「香辛料の貿易関係の仕事がしたいんだ」ベネディクトは熱っぽく告げた。「帳簿の付け方を学んだり、貿易船の船長とどうやって契約を結ぶべきか、教えてもらったりしたい。帆船の積み荷の陸揚げや、香辛料の売買を監督したりしたい。考えるだけでわくわくしちゃうよ、アリス。姉さんには想像もつかないだろうけど」

「ほんとうに、そういう仕事を楽しめると思うの？」

「法律関係の仕事よりははるかにおもしろいよ」

アリスはちょっと悲しげにほほえんだ。「サー・ヒューはわたしにできなかったことをなさったのね」

ベネディクトはちらりと姉を見た。「どういうこと？」

「あなたに世間のなんたるかをかじらせて、将来への夢をかきたてたの。すてきな贈り物をいただいたわね」

そして、親切にもヒューが弟に贈り物をしているあいだに、このわたしは彼が念願の復讐を遂げるチャンスを奪っていたのだ。そう思ってアリスは悲しくなった。

その日の午後、アリスが塔の階段を降りて昼食の席に向かうと、広間じゅうに驚きと静寂が広がった。

マグやナイフがカチャカチャとぶつかる音が、一瞬のうちにやんだ。せわしなく動き回っていた召使いたちが立ち止まり、一点を見つめる。長椅子に並んで坐り、長テーブルに向かっていた男たちが口をつぐんだ。どっとはじけたやかましい笑い声が、かき消える。

だれもが驚いてアリスを見つめた。アリスはわかっていた。彼らが驚いているのは、わたしが現れたせいもあるけれど、わたしが黒と琥珀色の新しいドレスを着ているからだ、と。このドレスを着ている意味を、みんなが理解している。ヒューの許嫁が、将来の夫の新しい色を身につけているのだ。

驚いてあれこれ詮索《せんさく》するつぶやきが、広間全体から聞こえた。

アリスはぎこちなくほほえんだ。わたしの登場は、ヒュー様が好んで引き起こす衝撃に次いで二番目の衝撃を引き起こした、と思った。

まっすぐ広間の奥に目をやると、黒と琥珀色の新しい天蓋の下にヒューが坐っている。広間にみなぎる緊張感にもかかわらず、アリスはジュリアンの努力の結果をうれしく思わずにいられなかった。テーブルにはクロスがかけてある。壁にはタペストリーが飾られている。床に敷きつめた清潔なイグサから新鮮なハーブの香りが立ち上る。召使いの多くは、すでに新しい色の制服を身につけていた。

上座のテーブルで、大きな黒い椅子に坐っているヒューはことのほか立派に見える、とアリスは思った。

と同時に、とても冷ややかでよそよそしい感じだ。一瞬こみあげたうれしい気分は、あとかたもなく消え失せた。あの方は、リヴェンホールを助けに向かったわたしを許してはくれないのだ。

「マイ・レイディ」エルバートがすぐそばへやってきた。不安そうな顔をしている。「きょうは、こちらでお食事を？」

「ええ」

エルバートはまぎれもなく誇らしげににっこりした。「上座のテーブルまでおともいたします」

「ありがとう」どう見ても、ヒューはここまで迎えにきてくれる気はないようだ。

ヒューは恐ろしいくらい集中して、上座のテーブルに向かってくるアリスを見つめていた。彼女がかなり近づいてきてもまだ、黒檀《こくたん》の椅子から立ち上がらない。最後の最後になってようやく立ち上がると、他人行儀に頭を下げ、彼女の手を取って席に着かせた。ヒューの指先が鉄のバンドのように、アリスのやわらかな手のひらを締めつける。

「ご同席の名誉にあずかり、感謝いたします、レイディ・アリス」つぶやくように言った。

その口調に身震いをしたアリスは、ヒューに反応を悟られたにちがいないと思った。速まるいっぽうの脈拍を落ち着かせようとしながら、椅子に坐る。

「お食事を楽しんでいただけたら、と思います」アリスはつかまれていた手を素速く引いて、自由の身になった。

「あなたに同席してもらえれば、料理にもある種の味わいが増すにちがいない」

ヒューの簡潔な一言は敬意の表れではないとわかったが、アリスはとぼけることにした。

「お誉めいただいて、感謝いたします」

ヒューはふたたび椅子に坐った。象眼模様の椅子の背にゆったり体をあずけ、がっしりとして大きなアームに一方の肘をのせる。険悪な目つきでまじまじとアリスを見つめた。「あなたのような繊細な感受性の持ち主が、こんな不作法な者たちと食事をしようと決めた理由を、聞かせてもらえるだろうか？」

アリスは、ばつの悪さにみるみる頬がピンクに染まるのを感じた。「不作法な方たちとは思っていませんから」エルバートを見てうなずくと、執事はさっとつぎの仕事にかかった。

「あなた様とお食事をごいっしょするのが楽しみでなりません」

「そうなのか？」

ヒューはアリスの新しいドレスに気づきさえしなかった。

先が思いやられる、とアリスは思った。しかし、相手がヒューの場合、ものごとが簡単に進むことはめったにないのだ。なにか話題を変えるきっかけはないかと、アリスはあたりを見回した。あるテーブルの下座のほうに、見慣れない男性が坐っている。服装から見て宗教関係者のようだ。

「あちらのお客様はどなたでしょう?」アリスは丁寧に訊いた。

「私がお連れした神父だ」煮魚の洗練された料理が目の前に置かれ、視線を落としたヒューは、おや、という顔をした。添えられたソースはサフランで色づけされている。「あした、われわれの結婚式を執り行ってくれる」

アリスは息を呑んだ。「結婚式?」

「われわれの結婚の儀式だ、マダム」ヒューは口元をゆがめて冷ややかな笑みを浮かべた。

「それとも、式のことをお忘れだろうか?」

「いいえ、まさか、忘れるわけがありません」アリスはスプーンを手にした。力いっぱい握ったので、指先が白くなる。

まちがいなく彼は怒っている、とアリスは思った。思っていたよりはるかに腹を立てているようだ。どうすればいい? これほど不機嫌なヒューをどう扱えばいいのか、想像もつかなかった。もうだめだ、という気になりかける。しかし、なんとか気力だけで踏みとどまった。

「まだ私の質問に答えていないが?」ヒューは言い、執事がテーブルに運んできたチーズとリーキの温かいタルトを一切れ、取った。

「どんな質問でしょう?」

「なぜ、将来の主人とその部下たちといっしょに食事をするような、へりくだった真似をするのか？」

「へりくだったつもりはありません。ただ、あなたと食事を楽しみたいと思っただけです。そんなに妙なことでしょうか？」

ヒューはタルトを一口食べ、じっくり味わいながらちょっと考えた。「そう。これほど思いがけないことはない」

わたしをからかっているのだ、とアリスは思った。いじめている。「でも、ほんとうです、ご主人様」そう言って、アーモンドで香りをつけた野菜料理を見下ろした。「ロンドンからもどられたあなたを、歓迎したかったのです」

「歓迎したかったのか、なだめたかったのか？」

アリスの頭にかーっと血が上った。カタンと音をたててスプーンを置く。「あなたをなだめたくて、ここにいるわけではありません」

「ほんとうに？」ひきつるような笑みがヒューの口元でかすかに躍った。「これまでの経験からして、あなたの行儀がみちがえるようによくなるのは、なにか願いごとがあるときだ。きょうのあなたの振る舞いは、出過ぎた真似をしたと自覚している女性のそれだ。おそらく、きのうしでかしたことの償いをしたいのだろう？」

食事なんてもう一口も食べられない、とアリスはわかった。いきなり立ち上がって、ヒューに立ち向かった。「わたしは、必要だと思ったことをやったのよ」

「坐りなさい」

「いいえ、坐りません。きょう、ここに食事をしに来たのは、この城をよくしようと手を加えた結果を、あなたが気に入られたかどうか知りたかったからです」アリスは手を掲げ、頭上を覆っている黒と琥珀色の天幕を示した。「こういう飾りについて、あなたからはなんの一言もないわ」

「坐りなさい、アリス」

「手の込んだ料理にも、関心一つ示さない」アリスはヒューをにらみつけた。「あなたがいらっしゃらないあいだに、わたしは何十時間も費やしてこの城を立て直したのに、やさしい言葉の一つもかけてはくださらない。教えてください。タルトはおいしかったのですか？冷めたりせず、温かかったのに気づかれました？」

ヒューは目を細めた。「いまは、それよりほかに関心が向いているのだ」

「エールは飲まれましたか？　醸造したてなのですよ」

「まだ味見していない」

「リネン類のよい香りを味わわれました？　新しく敷きつめた、床のイグサはどうです？お手洗いの排水溝はすべて大量の水で洗い流され、ほのかによい香りがしているのに気づかれました？」

「アリス――」

「ジュリアンとわたしでさんざん頭をひねって選んだ、新しいシンボルカラーはどうでしょう？　あなたの目の色に合わせて、琥珀色を加えたのです」

「マダム、私は本気だ。すぐに坐らないと――」

アリスはヒューの言葉を無視して、いきおいよくスカートのしわを伸ばした。「それから、わたしの新しいドレスはいかがでしょう？　メイドたちが夜なべして、刺繍《ししゅう》を仕上げてくれたのですよ。お気に召しました？」

ヒューは、黒と琥珀色のドレスにさっと視線を走らせた。「私の色を身につけている姿を見せたら、私の機嫌が直るとでも？」そう言って、一方の手で椅子のアームを力いっぱい握りしめた。「まさか、私が復讐よりきれいな便所のほうに関心があるとでも思っているのか？」

アリスは怒りを爆発させた。「わたしは、幼いレジナルドにたよられ、なんとか助けてほしいと懇願されたとき、あなたがやったはずのことをやったまでです」

ヒューの目が怒りを帯びてぎらついた。「自分がやったことを、そんなお粗末な理屈で弁解できると思うのか？」

「ええ、そう思っています。あなただって、レイディ・エマや、彼女の幼い息子や、彼女を支える者たちすべてが、あの胸が悪くなるようなロックトンのエドアルドの手に落ちるのを、手をこまねいて見ていられなかったに決まっています。あなたのリヴェンホールへの思いにかかわらず、高潔なあなたは、なんの罪もない人たちがあなたの復讐心のせいで苦しむのを放っておけるわけがないのよ」

「私の本質をまるでわかっていないらしい」

「それはちがうわ。あなたのことはよーくわかっています。言わせていただければ、あなたの行いの気高さに唯一勝っているのがとてつもない頑固さだっていうのは、ほんとうに残念だわ」

アリスはスカートの裾を持ち上げてくるりと背中を向け、逃げるように上座のテーブルをあとにした。扉に着くころには涙がこみ上げ、目の奥が焼けつくように痛んだ。足早にステップを降りて、日の光のもとへ飛び出していく。

アリスは立ち止まりもせず、振り向きもせず、城の門を抜けて走り去った。

16

どうして行き先に洞窟を選んだのか、本人にもわからなかった。しかし、よくわからない理由から、アリスはヒューと愛を交わした広い洞窟の暗がりに慰めを見いだしたのだ。なにがなんだかわからないまま、アリスは延々と急斜面を上っていった。あんなみっともないかたちで城から逃げたりして、わたしはどうしたかったのだろう、と思う。

洞窟に入ってすぐの露出した岩に坐って、やみくもに駆けてきて乱れた呼吸をととのえる。服はだらしなく乱れ、心身ともにくたくただ。髪をまとめていた輪飾りもゆるんで、横にずれてしまっている。ほつれた赤い巻き毛が揺れて、頬をかすめる。やわらかい革靴は傷だらけだ。新しいドレスのスカートも、あちこち泥でよごれている。

とにかく彼の気持ちが落ち着いたら、わたしがリヴェンホールを救いに向かった気持ちは理解してもらえると、アリスは信じ込んでいた。許してもらえると決めつけていた。いずれにしても、並みはずれて理知的な人なのだ。ロックトンのエドアルドのような野蛮人とはちがう、と。

その一方で、ヒューはなんの理由もなく〝非情なヒュー〟と呼ばれているわけではないと、思い出さないわけにはいかない。彼を知っている者たちによれば、いったんこうと決めたら梃子でも動かないのがヒューだった。そして、彼は生まれたその日から、復讐を遂げようと決めていたのだ。

アリスの心は重く沈んでいた。ふだんはなんでも楽天的に考えられるのに、いつになく気持ちは深く落ち込み、つらくてたまらない。当たり前のように、つねに将来の計画を立てていたのが、将来になにも見いだせないかもしれないと気づいたときは、ショックだった。

洞窟の外に広がるスカークリフの景色をながめ、愛してくれない男性と結婚などできるはずがない、と暗い気持ちで考える。

やはり、修道院の塀のなかで隔離された穏やかな人生を送る道を、もう一度考えてみるべきかもしれない。

愛にたいする子供っぽい夢は、そろそろ捨てる時期なのだろう。

それでも、ヒューと出会うまではそんな子供っぽい夢をみようとさえしなかったのだと思い、不思議な気がした。

アリスは、自分が置かれている状況を冷静かつ論理的に考えようとした。まだ結婚はしていないのだ。婚約を解消する時間もある。

ふたりで交わした取り決めをきちんと守るように、ヒューを説得することは可能だ。いずれにしても、約束を守ることにかけては信頼のおける男性なのだ。そのたしかな証拠を、アリスは、ゆうべ、リヴェンホールで見た。復讐をあきらめざるをえなくなるにもかかわらず、ヒューはアリスへの約束を守ったのだ。

もちろん、ヒューが喜んで婚約を破棄する可能性もある。そう思ってアリスはわびしさを嚙みしめた。わたしはヒューが期待していたよりはるかにつごうの悪い女だと証明してしまったのだから。

そう思ったとたん、また涙がこみ上げてきた。ドレスの袖で涙をぬぐって吹っきろうとしたが、ふと上げかけた手を止め、泣きたい気持ちに身をまかせた。組んだ両腕に顔を押しつけ、感情の嵐のなすがままになって泣きじゃくった。

これまで生きてきて、これほど孤独を感じるのは初めてだった。

さまざまな感情が潮のように押し寄せ、やがておさまるまで、かなり時間がかかった。ようやく嗚咽《おえつ》がおさまったアリスは、黙って坐っていた。岩盤の上で組み合わせた腕に頭をのせて、気持ちが落ち着くのを待つ。

そして、自分にたいして前向きな説教をはじめた。

泣いているだけでなにかが解決したためしはないのよ、と言い聞かせる。過去を悔いて時間を無駄にしてはだめ。正直なところ、もう一度やり直せるとしても、わたしはきのうとちがう道を選びはしない。レジナルドとエマを見捨てはしない。

わたしは、ヒューはわかってくれると信じきっていた。彼だって、同じようにしていただろうと決めつけていた。

そう、わたしが判断を誤ったのはまちがいない。ヒューの伝説の暗い側面を見落としていた。

失敗は乗り越えなければならない。そろそろ前進しはじめよう。わたしが人生で一つだけ学んだとすれば、運命を自分の意志でコントロールしたいと願う女性はつねに強くなければならない、ということだ。

いま、アリスが直面している厄介ごとは、つらい経験を通じて彼女と同じ教訓を学んだ男性と問題を分かち合っているという事実にある。

アリスはスカートのひだで目をぬぐい、深々と息を吸い込んで気持ちを静めると、ゆっくり頭を上げた。

最初に見えたのは、ヒューの姿だった。

洞窟の壁にさりげなく寄りかかり、両手の親指を剣の革のベルトに引っかけている。その表情から感情はまったく読み取れない。

「神父は相当ショックを受けていたぞ」ヒューは穏やかに言った。「食事の席で、あんな余興を目の当たりにしたのは初めてにちがいない」

アリスの胃がきりりと縮んだ。「いつからそこに立って、わたしを見張っていらしたのですか？　なにも聞こえなかったので、いらしたとは気づきませんでした」

「そうだろう。泣くだけでせいいっぱい、というようすだった」

アリスは、ヒューのけわしくて冷淡な顔から目をそむけた。「まだ足りなくて、わたしをなじりにいらしたのですか？　そういうことなら、わたしはもう闘う気分ではないとお知らせしなければなりません」

「それは意外なお言葉。あなたが闘いに飽きることがあろうとは、知らなかったぞ、マダム」

アリスは刺すような目でヒューをにらんだ。「ああ、もう、ヒュー、うんざりだわ」

「はっきり言うと、私も同じだ」

ヒューの困ったような口調に気づき、アリスはとまどった。つぎの瞬間、もしかして、と期待がこみ上げたが、すぐに抑えつけた。「わたしに謝りにいらしたのですか？」

ヒューはかすかにほほえんだ。「そこまで調子に乗るのはどうかと思うぞ、アリス」

「そうですね、あなたが、そんな論理的かつ分別ある理由で、ここへいらっしゃるわけがないわ。償いをするためではないなら、どうしてわたしを追ってきたのです？」

「ここの洞窟にひとりで来てはならないと言ったはずだ」

話をそらそうとしている、と気づいてアリスは驚いた。ヒューらしくもない。

「ええ、たしかにそうおっしゃいました。指輪をくださった日に」アリスは親指にはめた指輪を見下ろした。幅広のオニキスの石がずっしりと重い。また悲しみの波が押し寄せてくる。「でも、あなたの言いつけを守らなかった罪も、きのうのとんでもない罪の数々にくらべれば取るに足らないのでしょうね」アリスはつぶやいた。

「そう。たしかに」

この人がなにを考えているかわかったらどんなにいいだろう、とアリスは思った。どんな気分でいるのか、まるで読み取れないのだ。それでも、とりたてて腹を立てているようには見えない。ヒュー本人も自分の気持ちを測りかねているのかもしれない、とふとアリスは思った。ふたたび、希望の光がきらりとまたたいた。

「婚約を解消したいと、そうおっしゃりにきたのですか？」アリスは冷ややかに訊いた。

「解消すると言ったら、あなたは私を訴えるだろうか？」

アリスはむっとした。「ばかを言わないで。お忘れかもしれませんが、わたしたちは取り引きをしたのです」

「そうだ」ヒューは背筋を伸ばし、洞穴の壁から離れた。両手を伸ばしてアリスの両肩をつかみ、そっとやさしく立たせる。「約束を破っても、私を訴えないと？」

「訴えません」

「いや、むしろ、あなたは修道院へ逃げ込めてうれしくてたまらないのだろう。ちがうか？」

アリスは体をこわばらせた。「わたしがしたことにあなたがひどく腹を立てていらっしゃるのは知っています。でも、あなたに知っていてほしいのは――」

「しーっ」ヒューの目がきらめいた。「きのうのことは、もう私たちのあいだでは口にするまい」

アリスは目をぱちくりさせた。「口にしない?」

「さんざん考えたのだが、きのう、リヴェンホールであったことに関して、あなたは悪くないという結論にたどり着かざるをえなかった」

「そうなのですか?」

「そうだ」ヒューは、アリスの肩にかけていた両手を下ろした。「悪いのは私、この私ひとりだ」

「ほんとうに?」アリスは魔法の窓をすり抜けて、世の中の道理がちょっとずれた国に足を踏み入れたような気がした。

「そうだ」ヒューは分厚い胸の前で腕組みをした。「あなたに託す権限の範囲をしっかり定めなかった。考えうるすべての状況を想定するのを怠った。あなたのやさしい心を考慮しなかった」

「そんなこと、やれと言うほうが無理です」アリスは皮肉を言いたくてたまらなくなった。「だって、あなたは人の身になるというのがどういうことか、ご存じないようですもの。それに、言っておきますが、あなたからリヴェンホールを救いに行ってはならないとはっきり命じられていても、わたしはあなたに背いていたはずです」

ヒューはかすかにほほえんだ。「あなたは限度というものを知らないようだな、アリス?世間から私が〝非情〟と言われていることも忘れているらしい。よほど忘れっぽいと見える」

「わたしの考えは変わりません。助けを乞うレジナルドを目の当たりにしたら、石のごとくかたくななあなたの心にも哀れみの情がわいたはずです」

「そうは思えない。私はあくまで、最終的な目標から目を離さなかったはずだ」

「あなたが気に入る気に入らないにかかわらず、あの子はあなたの親族なのですよ。それに、あの子と母親は過去に起こったこととはなんのかかわりもありません。いま生きているだれひとりとして、かかわりはないのです。過去の悔いるべき行いは、もうそのままにして触れないでおきましょう」

「もういい」ヒューはアリスの唇に人差し指で触れ、あふれ出る言葉をさえぎった。「知れば驚くかもしれないが、私はあなたと喧嘩《けんか》をしにここへ来たわけではない」

「そうなのですか？」アリスはわざと驚いた顔をしてヒューを見た。

「そうだ」ヒューはぐいと顎を引き締めた。「リヴェンホールでのきのうの出来事については、もうなにも言うな、アリス。終わってしまったことだ」

アリスは黙ってヒューを見上げ、やわらかな唇に触れている荒れた指の、ざらざらして刺激的な感触をじっくり味わった。一瞬、ヒューはなにかの印を探すように、ただアリスの見開いた目をのぞきこんだ。

「アリス、以前、この洞窟にいたとき、あなたはこれまで男性との経験がなかった理由を、興味を引かれる男性がいなかったからだと言った」

「それは事実です」厳密に言うとちょっとちがう、とアリスは思った。これまで、愛を捧げられる男性に会わなかったから、というのがほんとうの理由だ。「それがなにか？」

ヒューはなにも答えなかった。ただアリスを引き寄せ、髪がくしゃくしゃになった頭を大きな片手で固定して、キスをした。

抱擁にこめられた熱情がいまにもほとばしりそうだ。情欲の波の圧倒的ないきおいに、アリスは身を震わせた。

ヒューの腕に抱かれるたびにアリスは、その自制心の強さを感じずにはいられない。しかし、きょうにかぎって、彼がみずからを制している鋼のような枷《かせ》を引きちぎろうとしているのがわかった。どんな恐るべき力が作用して、自制心を捨て去る一歩手前まで彼を追いつめたのだろう、とアリスは思った。

ヒューのキスには、怒りと落胆の名残が感じられた。アリスの口に押しつけられた口の動きは執拗で、容赦ない。彼の魂いっぱいに吹きすさぶ嵐の音が、アリスは耳に聞こえるような気がした。

でも、彼はわたしを傷つけはしない。傷つけるわけがない。アリスは突然そう気づいた。えも言われぬうれしさがこみ上げてくる。アリスは両腕でそっとヒューの首を抱いた。

ヒューが頭を上げたとたん、アリスは低く声を漏らして、唇を開いて彼を待ち受けた。ヒューは暗い顔でアリスの口を見つめた。「そろそろ城へもどらなければ。あした、結婚式を挙げるまでにやらなければならないことが山ほどある」

アリスはうなり声をかみ殺した。深々と息を吸い込んで、気持ちを落ち着けようとする。

「結婚の誓いを交わすのは、もう少し先にするべきだと思います」

「いいや、マダム」けわしい声だった。「もう遅い」

「たんなる騎士としての名誉のために結婚されるつもりなら、ご心配にはおよびません。わたしは――」

「たんなる騎士としての名誉?」ヒューの琥珀色の目が、急に鋭くなった。「名誉は私にとってすべてだ、マダム。すべてだ。わかるか? 私のすべてが、そこから派生している」

「あなたの名誉が重要でないと言ったつもりはありません。それどころか、わたしはいつだってあなたの――」視界の端になにかが見えた気がして、アリスは言葉を切った。首をめぐらせ、洞窟の奥の暗がりに目をこらす。

ヒューは眉をひそめた。「なんだ?」

「おお、いやだ」アリスは息を吸い込んだ。「あれ、サンダルに見えませんか?」

ヒューは洞窟の奥につづく開口部のほうを見た。その目が細くなる。「たしかに、見える」

アリスを抱いていた手を離して、暗い通路に向かって歩き出す。「あのろくでもない修道士がまだこの辺をうろついているなら、この手で直接、スカークリフの土地からつまみ出してやる」

「でも、もう伝道できないのに、どうしていつまでもここにいたいのかしら?」ヒューのあとを追いながら、アリスは訊いた。

「すばらしい質問だ」ぽっかり開いたトンネルの入り口近くまで来て、ヒューは立ち止まった。一瞬、体の動きを止めてから、サンダルをよく見ようとしてその場にしゃがみこんだ。

「なんでしょう?」アリスは小走りに近づいて、ヒューの広い肩越しにのぞきこんだ。底知れぬ不安感がこみ上げてくる。洞窟の奥へとつづく通路から流れてくる空気が、突然、ぞっとするほど冷たく感じられた。「なんてこと」

サンダルはまだカルバートの足とつながっていた。修道士は不吉なくらい静かに、洞窟の石の地面に横たわっていた。くしゃくしゃの茶色い長服がまるで汚らしい毛布のように、痩せ衰えた体を覆っている。

暗がりでも、カルバートの体が奇妙なかたちにねじれているのがわかる。しばらくのあいだ、相当に苦しんだようすだが、いまではもうなにも感じていないのは火を見るより明らかだ。

「死んでいる」ヒューは静かに言った。

「ええ。かわいそうに」アリスは十字を切った。「好きにはなれない人だったけれど、こんなところでひとりで亡くなったのは気の毒だわ。なにがあったと思われます?」

「わからない。おそらく、ころんで、先の尖った岩に頭をぶつけたのだろう」ヒューは修道士の足首をつかんだ。

「なにをなさるんです?」

「もっとよく見たい。どうも腑《ふ》に落ちないのだ」洞窟のさらに奥へつづく通路から、修道士の体を引きずり出す。

アリスはあわててあとずさって道を空けた。そして、カルバートの口のまわりが異様な青色に変わっていることに気づいた。恐ろしさのあまり、体が震え出す。

珍しい薬草の絞り汁から作る薬について、母親がなにか書き記していたことが思い出された。アリスはカルバートの指の爪を見た。両手は鳥の鉤爪のようにこわばっていたが、爪の色がかすかに青みがかっているのがわかる。

「ご主人様？」

「なんだ？」ヒューはぼんやりと訊いた。修道士の遺体を洞窟の入り口に近い、明るい場所に横たえるのに一生懸命だったのだ。なんとかやり遂げて立ち上がり、じっと考えこむような表情でカルバートを見下ろした。

「修道士は、ころんだのが原因で亡くなったとは思えません」アリスはささやくように言った。

ヒューは、値踏みするような鋭い目でアリスを見た。「どういうことだ？」

「原因は毒薬にちがいありません」

ヒューは長々とアリスを見つめた。「それはたしかか？」

アリスは冷静にうなずいた。「母の本には、その毒薬について数ページにわたって記述があります」

「そういうことなら」ヒューは落ち着き払って言った。「この男の死因については他言無用だ。わかるか、アリス?」

「はい」驚くほど張りつめた声で言われ、アリスはとまどった。「でも、よくわかりません。どうして、黙っていなければならないほど大事なことなのですか?」

「教会であなたが彼に激怒したのを、村人全員が見ているからだ」ヒューは修道士の遺体のかたわらに片膝をついた。「しかも、あなたは薬草から薬を作る達人だと、みんなが知っている」

アリスは骨の髄まで寒くなった。吐き気もこみあげてきた。急いで唾を呑み込んで、波打つ胃袋を落ち着けようとする。「なんてこと。わたしには哀れなカルバートを殺す動機があり、そのための毒薬も調合できると、村の人たちが考えるかもしれないのですね」

「将来の妻がそんな噂《うわさ》の種にされるのは、できれば避けたい」ヒューはカルバートのベルトに下がっていた革袋を留め具からはずして、取り上げた。「この土地はいやというほど伝説や呪いの影響を受けてきた。これ以上、新たな呪いは背負いたくない」

アリスは頭がぼーっとしていた。ヒューがなにをしているか、まるで気に留めていない。膝ががくがくして、いまにもその場にへたりこんでしまいそうだ。一方の手のひらを洞窟の壁に押しつけ、体を支える。「それでも噂になってしまったら?」

ヒューは肩をすくめ、カルバートの革袋を手にして立ち上がった。「そうなったときは、私が対処する」

「そうでしょうね」全身に寒気が走り、アリスは自分の体を抱きしめるようにして縮こまった。「際限なくあなたに迷惑をかけつづけるのが、わたしの運命のようだわ」

「たしかに。しかし、それを補うなにかも得られるにちがいない」ヒューは革袋を開けて、なかを確認した。「これはおもしろい」

不安に押しつぶされそうになっていたアリスだが、ようやくヒューの表情に気づいた。すると、生まれながらの好奇心がついかきたてられずにはいられない。「なんですか?」

ヒューは丸められた羊皮紙を引っ張り出した。そっと広げる。「地図だ」

アリスは一歩、ヒューに近づいた。「なんの?」

ヒューはしばらく線画に目をこらしていた。やがて顔を上げると、その金色の目が輝いている。「スカークリフの洞窟の通路が描かれているようだ。これまでにカルバートが探索した洞窟路にちがいない」

アリスは足早にヒューに近づいた。地図の線画を見つめる。「見て、洞窟路のいくつかに印がつけてあるわ。ほら、ここの二か所にはなかったと描いてある」アリスはヒューを見た。「なかったって、なにがなかったのかしら?」

「この洞窟で、われらが修道士は祈りばかりを捧げていたのではなさそうだ。なにかを探していたらしい。このあたりの洞窟で探すような宝物は一つしかない」

「スカークリフの石」アリスはつぶやき、ぎくりとした。

「そうだ。おそらく、彼はそのために殺されたのだろう」

「お呼びでしょうか?」ジュリアンは、ヒューの書斎の戸口から声をかけた。

「そうだ」ヒューは帳簿を脇に置いた。「入ってくれ、ジュリアン。話がある」

「ロンドンに言づてを持っていけとおっしゃるのではないと信じています。午後から結婚の宴があるというのに」ジュリアンはゆったりした足取りで部屋に入ってきて、ヒューのデスクの前に立った。「ごちそうを楽しみにしていたのですから。最近、この城の食事はほんとうにおいしくなりました。お気づきですか?」

ヒューは目を細めた。「気づいている。しかし、おまえを呼びにやったのは、最近、私のテーブルを飾っている美味なる料理について話し合うためではない」

「もちろんです」ジュリアンは満面に笑みを浮かべた。「われわれがいただいているすばらしい料理のことでお礼を言わなければならない相手は、もちろんご存じでしょう」

「最近、この城のすべてが組織だってきちんと機能している点について、これ以上、的確な指摘も必要ない。そのたぐいの感想はもう耳にタコができるほど聞かされている。これだけ改善されたのは、わが許嫁が家事を取り仕切る力量を遺憾なく発揮した結果だと、私もよくわかっている」

「当然です」ジュリアンはつぶやいた。「では、私はなにを言いつかればよろしいのでしょう?」

ヒューは指先でとんとんとデスクを打ちはじめた。「おまえは、的を射た賛辞や美辞麗句をあやつるのがたいそうじょうずだというではないか、ジュリアン?」

ジュリアンはちょっと謙遜《けんそん》して言った。「詩作を少しかじっていまして、いくつか作品も手がけましてございます」

「すばらしい。じつは、賛辞のリストが必要なのだ」

ジュリアンは、え？　という顔をした。「リストですか？」

「三つ四つあればうれしい」

ジュリアンは咳払いをした。「あの、どんなたぐいの賛辞がお好みでしょうか？　剣の腕前や、戦いにおける勝利に重きを置くのがよろしいですか？　あなた様の忠誠心や栄誉についても、いいものを書く自信はあります」

ヒューはじっとジュリアンを見つめた。「いったいぜんたい、なんの話をしているのだ？」

「賛辞が必要だとおっしゃたので」

「私への賛辞ではない」ヒューは嚙みつくように言った。「許嫁への賛辞だ」

ジュリアンの目に笑いが躍った。「おお。わかりました」

ヒューはデスクの上で両手を組み合わせ、眉間にしわをよせて気持ちを集中させた。「私にも得意なものはいろいろあるが、女性を喜ばせる賛辞のたぐいをこしらえるのは苦手なのだ、メッセンジャー。だから、おまえに麗しい文句を列挙してもらい、それを覚えて新妻に伝えたい。わかるか？」

「はい、ご主人様」ジュリアンは満足げにほほえんだ。「そして、言わせていただければ、いつものように、あなた様は目的にふさわしい最高の職人を指名されました。決して失望させるようなことはないと、お約束いたしますとも」

つぎの日の夜、アリスはヒューの広々とした寝室の絨毯の上を行ったり来たりしながら、へそのあたりのそわそわした感覚をなんとかなだめようとしていた。こんなにも落ち着かない気分になったのは、生まれて初めてだった。ヒューとアリスはもう取り決めを交わしたパートナーではない。夫と妻だ。

アリスは燃えさかる炉の横を通り過ぎ、また扉の前で立ち止まって、廊下から足音が聞こえてこないか耳をそばだてた。身の回りの世話をする侍女たちは、一時間近く前に下がらせていた。ヒューはもう寝室へ引き上げてきていいころだ。

わざと待たせているのだろうか、とアリスは思った。わたしの情熱を最大にかきたてようという魂胆かもしれない。ほんとうにそれがねらいなら、彼は驚かざるをえないだろう。いま以上に、熱烈にだれかを求めるのは不可能だ、とアリスは思った。ほんとうにじれったくてならない。

ヒューの巧みな戦略はもうたくさん、と腹立ちまぎれに思う。きょうはほんとうに、長い一日だったというのに。

その日は、オックスウィックのカルバートの埋葬式から始まった。亡骸《なきがら》は、村の教会の裏にある小さな墓地で永遠の眠りについた。アリス、ベネディクト、ヒュー、そしてジョーンだけが参列した。ヒューとベネディクトとともにスカークリフへやって来た神父のジェフリーが墓穴のかたわらに立ち、故人のために祈った。だれも涙一つこぼさなかった。

そして、数時間後の正午ちょっと前、ジェフリーは教会の扉の前で結婚式を執り行った。

そのあと、終わりのないお祭り騒ぎと、つぎつぎと手の込んだ料理が饗される宴会がつづいた。絶えずほほえみ、祝ってくれる全員に愛想よく振る舞ったせいでアリスは疲れ果て、どこのベッドでも近づいただけで眠り込んでしまうだろうと思っていた。

しかし、ひとりで寝室に残され、ヒューを待つ身になったとたん、これでよかったのかという疑念がわき起こり、疲労感は消し飛んだ。アリスは歩き回るのをやめ、炉の前のスツールに坐った。燃えさかる炎を見つめて、将来を思い描こうとする。

しかし、将来は、その日スカークリフに立ちこめている靄《もや》とはまたちがう霧に覆われているようだった。一つだけ、まぎれもなくたしかなことがあった。

アリスはヒューの妻である、ということだ。

かすかな震えが全身を駆け抜けた。寝間着の前をかき合わせて強く体に密着させる。将来の計画はすべて書き換えられ、もう変更はできない。後もどりも心変わりも許されない。誓ってしまったのだ。

なんの前触れもなく、背後の扉が開いた。

反射的に振り返ると、ヒューが寝室に入ってきた。「お帰りなさい、ご主人様」

ヒューがひとりだとわかり、アリスはほっとした。初夜のベッドにばか陽気な付添人をともなう習慣は無視してくれたらしい。

「こんばんは……わが妻よ」最後の言葉をわざとゆっくり言い、こんなに興味深いことはないと言いたげだ。

黒い革のブーツで音もたてずに絨毯を踏みしめ、ヒューはアリスに近づいてきた。まさに夜の化身だ、とアリスは思った。炉の明かりをも吸い込み、黒い影を放つ闇の妖術師。ヒューは、琥珀色の刺繡付きの新しい黒い上着を着ていた。アリスが彼のために作らせたものだ。黒い髪は後ろになでつけ、広い額がすっきりとあらわになって、炉の炎に照らされた目が不思議な色を放っている。

アリスはいきおいよく立ち上がった。カップ二つと、細口瓶が置かれたテーブルをちらりと見る。「ワインを召し上がりますか?」

「ああ。ありがとう」ヒューは炉の前で立ち止まった。炎に両手をかざして、ワインを注いでいるアリスを見る。咳払いをした。

「あなたの髪は、夜の帳《とばり》が降りる直前のみごとな夕日の色だと、私はもう言っただろうか?」さりげなく訊いた。

アリスが細口瓶を持つ手が震えた。頰に赤みがさすのがわかる。「いいえ、ご主人様。おっしゃっていません」

「ほんとうに、そんな髪の色だ」

「ありがとうございます」

ワインがいきおいよくカップに注がれてしぶきが上がるのが見えて、ヒューは眉を上げた。「緊張しているらしい」

「こういう日ですから、さほど不思議でもないでしょう？」

ヒューは肩をすくめた。「たいていの女性にとってはそうかもしれないが、あなたはたいていの女性とはちがうだろう、アリス」

「あなたも、たいていの男性とはちがいます」カップを手に、アリスは振り返った。

ヒューがカップを受け取るとき、指先がかすかにアリスの指先をかすめた。「私は、ほかの男とどのようにちがう？」

わたしが初夜に交わそうと思っていた会話はこんなのじゃない、と、アリスは思った。質問にたいして、彼はまじめな返事を期待しているのか、それとも、また新たな戦略を実行して、わたしを混乱させようとしているのだろうか？

「あなたは、わたしの知っているたいていの人より知的です」アリスは慎重に言った。「重厚な感じ。理解するのがむずかしいこともあるけれど、逆に、とてもわかりやすいこともあります」

「だから私と結婚したのか？」ヒューは、ワインのカップの縁越しにアリスの目を見つめた。「私がほかの男たちより知的だから？　より興味深いから？　私はあなたの好奇心をそそるか？　知りたがり屋の性格を刺激する存在か？　あなたにとっては、コレクションに加える価値のある、ほかとはちがうものなのだろうか？」

アリスはなんとなく居心地が悪くなってきた。急に慎重になって言う。「いいえ、そういうわけではありません」

ヒューはワインのカップを片手に、寝室を歩きはじめた。「つごうがいいとわかったから、私と結婚したのか？」

アリスは眉をひそめた。「いいえ」

「私は、あなたと弟を叔父上の館から救い出した」ヒューは言った。

「はい、でも、それが理由であなたと結婚したわけではありません」

「ひょっとして、緑の石をわがものにしつづけるためなのか？」

「とんでもないことです」アリスは眉を寄せた。「なんておかしな発想でしょう。ちょっと珍しい石を手にするためだけに、結婚などしません」

「ほんとうに」

「ほんとうに、ほんとうです」アリスは歯のあいだから押し出すように言った。

ヒューは、大きな黒いベッドの、支柱の一本のそばで立ち止まった。怪しげな笑みを浮かべる。「では、情欲のためだろうか？」

アリスのなかで怒りの炎が燃え上がった。「またわたしをからかってらっしゃるの？」

「情報を得ようとしているだけだ」

「どうだか。わたしが、キスごときの喜びを得たくて結婚するなんて、ほんきで思っているんですか？」

「キスだけではない」ヒューは言った。「そのあとにつづくものも含めて、だ。あなたは並みはずれた熱情の持ち主だからね、マダム」

「そういうことを口にするのは失礼だわ」

「しかも、あなたは好奇心の塊だ」ヒューの声がちょっとかすれた。「肉欲を刺激され、あなたはもっと多くを経験したがっている。その思いを実現させる現実的な方法はただ一つ、結婚して夫とベッドをともにすることだ。そうではないか？」

アリスは呆然とした。「わざとだったのですね？　すべて戦略だったんだわ。そうじゃないかと思いかけたところよ」

「そうじゃないかとは？」

「わたしの息が止まるくらいキスしたり、触れたり、愛し合ったりしたのは、情欲で惑わせて陥れるためじゃないか、と」

「これまでに味わったものを興味深いと思うなら、その方面について、ほかに学ぶべきことがどれだけたくさんあるか、身をもって知るのを楽しみに待つがいい。枕元にペンと羊皮紙を置いて、すべて観察して記録するべきかもしれない」

「まったくもう、あなたという人は」アリスはテーブルにたたきつけるようにカップを置いた。両手を拳に握りしめる。「でも、わたしが結婚したのは、たんにあなたともっとベッドをともにするため、と思っているなら、それはまちがいです」

「ほんとうに？」

「こんな不愉快なやりとりをして、あなたがなにを訊き出そうとしているのかは知りません。もうこれ以上、話をつづける気もありません」アリスはすたすたと扉へ向かって歩き出した。

「どこへ行くつもりだ？」

「わたしの部屋へ」そう言って、鉄製のドアノブをつかんだ。「いまのようなおかしな気分から抜け出せたら、知らせてください」

「妻が自分と結婚した理由を知りたがる男の、どこがおかしい？」

アリスは怒りにまかせてくるりと振り向いた。「あなたみたいに頭のいい人が、とぼけたってむだです。わたしがあなたと結婚した理由は、よーくわかってらっしゃるはず。あなたを愛しているからです」

ヒューは凍りついたように動かなくなった。その目の奥で、なにか暗くて深刻なものが渦を巻いた。

「そうなのか？」ようやくささやくように言った。

アリスはヒューの孤独な渇望に気づき、自分の寝室へ逃れようとしていたことをすっかり忘れた。自分で経験していたからこそ、彼の思いの深刻さはわかった。

「ご主人様、ご自分で思っていらっしゃるほど、あなたはひとりぼっちではありません」アリスはやさしく言った。そして、ドアノブから手を離して、彼のもとへと走った。

「アリス」

ヒューはアリスをつかまえて持ち上げ、息ができなくなるくらいきつく抱きしめた。

それから、なにも言わずに、彼女の寝間着を脱がせて床に落とした。アリスは震えながら白いシーツの上に横たえられた。

ヒューはむしり取るようにして服を脱いで無造作に放り、だらしない衣服の小山を築いた。

目の前にヒューが立つと、アリスは雄々しく張りつめた体を見て息を呑んだ。さまざまな感情が一気にほとばしる。動揺と興奮と不安を同時に感じていた。アリスは手を差し伸べ、ヒューの手を握った。

「わが妻」ヒューはアリスをマットに押しつぶさんばかりにして、のしかかった。

頭を下げ、口に口を押しつけてきたヒューの金色の目に、痛いほどの渇望とむき出しの肉欲が見え隠れする。その瞬間、アリスは、ヒューという存在の芯でごーごーと荒れ狂う風が、ようやく静まったことに気づいた。

アリスは嵐のような愛の行為にのめりこんだ。それは、それまでにヒューと経験したものとはまったくちがっていた。計画的で穏やかな誘いかけではない。猛烈な嵐の風に吹き飛ばされてしまいそうだ。快楽の波にもまれ、翻弄《ほんろう》されて、そのうちアリスはうまく息ができなくなった。

ヒューのごつごつと硬い手が胸をまさぐる。乳首が硬くなった瞬間、ヒューはそれを口に含んだ。敏感なつぼみを甘嚙みされて、アリスは身を震わせた。

ヒューのかすれたうめき声が胸の奥から絞り出される。彼の手が徐々に下がっていってアリスの腹をなで、やわらかな茂みを探し当てた。両脚のあいだにあふれた潤いにヒューの指が触れるのがわかり、アリスははっと息を呑んで目を閉じた。

そして、アリスが息をつく暇もなく、ヒューは彼女の足を広げて、そのあいだにこわばりを押し込んだ。大きい、彼はすごく大きい。それに、硬い。生きたまま呑み込まれるようだ、とアリスは思った。さっきヒューが口にした、美しい賞賛の言葉がよみがえる。夜の帳が降りる直前のみごとな夕日の色……。

ヒューは両肘で体重を支えて、アリスの顔を見下ろした。彼の顔つきは引き締まり、その目は炉の炎を映して燃えているようだ。ヒューは力強い両手でアリスの顔を挟みつけた。

「もう一度、愛していると言ってくれ」

「愛しています」アリスはおずおずとほほえんで彼を見上げた。恐ろしくはなかった。そして、そのとたんに、ヒューの魂に秘められていた事実に気づいた。あなたにはわたしが必要なんだわ、とアリスは思った。わたしがあなたを必要としているのと同じくらいに。いつかきっと、あなたもそのことに気づく日がくる。

ヒューは驚くような力をこめて、アリスの奥深くへと押し進んだ。

17

彼女は私を愛している。

ずいぶんたってから、ヒューはふっくらした枕に背中をあずけて仰向けになり、さっきまでのことを思い返していた。全身が妙な安らぎに満たされている。思い出せないくらい前から内面で荒れ狂っていた邪悪な嵐の風が、ようやくおさまったような気がした。

彼女は私を愛している。

ヒューは、アリスが熱を込めて宣言したときの記憶を、またじっくり味わった。彼女はそんな言葉を軽々しく口にするような女性ではない、と自分に言い聞かせる。それが真実だと確信しないかぎり、ぜったいに言うはずがない。

ヒューは体をちょっと動かしてから、広々としたベッドで用心深く伸びをした。アリスを起こしたくはなかった。彼女はヒューの体の曲線に腰のくびれをおさめて、ぴったり寄り添って眠っていた。

なんてやわらかい肌だろう、とヒューは思った。腿のカーブに触れると、とてもこの世のものとは思えない。しかも、びっくりするほど温かい。しかも、彼女の香りはもっとも珍しい香辛料の香り以上に魅力的だ。

ヒューに触れられ、アリスは眠っているにもかかわらず、かすかに身じろぎした。さらにすり寄ってきたアリスを抱く腕に、ヒューは力をこめた。私の目に狂いはなかった、と思った。あの晩、彼女の叔父の館で堂々と私と向き合い、自分と弟の将来を見すえて、大胆にも取り引きをもちかけてきたときに想像したとおりの女性、それがアリスだ。

いや、それ以上だ。私ほど幸運な男はいない、とヒューは自分に言い聞かせた。勇気があって、名誉を重んじ、頭がいい、という、私にとってなにより重要な条件を満たした妻を求めていたのだから。しかも、妻にしたのは、甘く、やけどをしそうな情熱をこめて、息を呑むほど私を愛してくれる女性だ。

「うれしそうね、ご主人様」アリスが眠そうな声でもごもごと言った。「なにを考えていらっしゃるの？」

ヒューは彼女を見下ろした。「以前、あなたは心配していたが、結婚祝いの品をだまし取られるような心配はなかったというわけだ。あなたには、香辛料大箱二つ分の価値が、充分にある」

アリスはくぐもった笑い声をあげた。「あなたっていう人は、騎士の風上にも置けないやくざな悪党だわ」

さらに、さっと起き上がってベッドにひざまずき、枕をつかんでヒューをこっぴどくたたきはじめた。

ヒューは適当に攻撃をよけながら、はじけるような笑い声をあげた。「降参だ」

「降参するだけでは足りないわ」アリスはやわらかな武器でまたヒューをたたきはじめた。

「謝ってちょうだい」

ヒューはアリスから枕をひったくり、脇へ放った。「謝る代わりに、あなたを賛美するというのは?」

アリスは唇をきゅっと結んで考え込んだ。「とにかく聞いてみて、謝ってもらうのと同じくらい満足できるかどうか、判断しましょ」

「あなたの胸は、もいだばかりの夏の桃のように甘く、ふっくらしている」そう言って、胸の片方を手でそっと包み込む。

「とてもすてきなほめ言葉だわ」アリスは認めた。

「ほめ言葉なら、まだまだいくらでも出てくるぞ」

「まあ」

ヒューはアリスをつかまえて、自分の体の上に引き下ろした。ふわりと胸の上を覆った彼女は温かくてやわらかく、ぞくぞくするほど女らしい。ヒューはアリスの突き出た頬骨を指先でたどった。イプストークで、彼女を追いはぎの手から救った日の記憶がよみがえった。あのとき、まっすぐ胸に飛び込んできた姿が目に浮かぶ。すでにもう、私の腕のなかが自分の居場所だと知っていたかのようだった。

「いくらでも、山ほど出てくる」ヒューはささやいた。

アリスはヒューの胸の上で腕を組んだ。「そうねえ、ほめられるのはとてもうれしいから、もっと聞きたくてたまらないけれど、今回はそれではちょっと足りないわ」

「やはり謝ってほしいのか？」

「いいえ」アリスはくすくす笑った。「願いごとをきいてほしいの」

「願いごと？」

「ええ」

「どんな？」急に慎重になって、ヒューは訊いた。アリスの乱れた髪に指先を差し入れて、とかす。私のベッドで横たわっている彼女の愛らしさは格別だ、とヒューは思った。古くからの伝説も運命のいたずらもなければアリスには出会っていなかったと思うと、身が震えた。

その一方で、自分は生まれたその日から、彼女を見いだす運命だったのだろうとも思えた。

アリスはいかにもうれしそうにほほえんだ。「わたしにもまだわからない願いごとよ。これ、というものが見つかるまで権利は保留しておくわ」

「どうやら後悔することになりそうだが、今夜はもう、あなたと取り引きをする気分ではない。この先、その願いごとをかなえてやると約束しよう、マダム」

アリスはぱたぱたと大げさにまつげをはためかせた。「なんてやさしい方かしら」

「わかっている。それが、最大の短所の一つにちがいないのだ」

翌朝、ダンスタンはいつものように楽しげに土の上に唾を吐き、物置のゆがんだ戸を見た。「いい天気ですね、領主様」

「そうだな」ヒューは壊れた扉をしげしげと見て、心から満足そうな表情を浮かべた。「雨の気配はない。つまり、城の外壁の修復は予定どおりに終わらせられる、ということだ」

スカークリフの領地で、これほど短期間にこれだけ作業が進んだことが、ヒューはうれしかった。村の家で修理が必要だった最後の数軒も、作業を終えた。新しい排水溝も完成し、川に架けられた橋も、また以前の頑丈さを取りもどした。問題のなかでもとくに火急を要するものは、解決したのだ。

こんどは、城のなかでさほど深刻でない問題に取りかかる番だ。物置の傾いたドアの修理も、その一つだった。中庭の向こうから、カーン、カーン、ガンガンと、工具を振るう音が響いてくる。

「作業員の数は充分です」ダンスタンは言った。

その日の朝、修復作業の手伝いにやってきた村人の数の多さに、ヒューも驚いていた。手を貸すようにと命じたわけではなかった。ただ、農作業を離れる余裕のある者には、ほかに仕事があると伝えただけだ。

体力に自信のあるスカークリフの男はほぼ全員、一時間以内に道具を手に集まってきた。そして、驚くほど楽しそうに、いそいそと作業に取りかかったのだ。

「きょう、これだけおおぜいの人が集まったのは、妻のおかげだ」ヒューはさらりと言った。「私がロンドンにいるあいだに、よほど村人たちにいい印象を植えつけたと見える」

「レイディ・アリスは、あっという間に、あなたに劣らぬ伝説の人になりつつある。治療師にもさじを投げられた、粉屋の息子のヤング・ジョンを救った話は、村人ならだれでも知っています」

「その話は聞いている」ヒューは静かに言った。

「教会で、オックスウィックのカルバートに説教壇から降りるように命じたようすも、彼らの脳裏にこびりついている」

「たしかに、忘れられない光景だ」

「しかも、あなたが不在のあいだ、命じられた修復作業を、奥方はそれは熱心に監督されていた」

ヒューは苦笑いをした。「アリスは采配を振るのが大の得意だ」

「はい。しかし、奥方が真の伝説の人になるのを決定づけたのは、なんといってもあのリヴエンホールの救出劇だろう」

ヒューはうなり声をあげ、余裕しゃくしゃくだったムードを一変させた。「村人たちは、彼女の勇気を恐れ敬っているというのか？」

「そのとおり。まさに恐れ敬っています」

「妻が臆病者でないのは認めるが、ひとりでリヴェンホールを救ったわけではないぞ。おまえを含め、私の兵士たちのほとんどがいっしょだったのだ。ロックトンのエドアルドは、あれだけの兵に太刀打ちできないのはわかっていたし、私の許嫁を相手に武器を取り、あえて私に刃向かうつもりもなかっただろう」

「村人たちが感服したのは、奥方が大胆にも兵を率いてリヴェンホールへ向かったからではありません」ダンスタンはにやりとした。「その後、あなたの癇癪《かんしゃく》を乗りきったという事実に、恐れかしこまった」

「ばかばかしいにもほどがある」ヒューは不満そうにうめいた。

ダンスタンは物知り顔でヒューを見た。「奥方があなたに魔術をかけたのだと言う者もいます」

「そうなのか?」昨晩の熱い記憶が脳裏を横切る。ヒューはにんまりした。「彼女なら、魔法の使い手かもしれないと噂されるのも無理はないのかもしれない」

ダンスタンは眉をつり上げ、額にしわをよせた。「結婚は、あなたの性格に興味深い影響を及ぼしたらしい」

そのとき、見張りの塔から大声がして、ヒューは返事をせずにすんだ。

「訪問者が三名、近づいてまいります」見張り番のひとりが、地上のふたりに大声で知らせた。

「訪問者？」ヒューは眉をひそめた。「スカークリフに訪ねてくるとは、いったい何者だ？」

「訪ねてくる友人がいないわけではないだろう」ダンスタンがのんきに言った。

「あらかじめ伝言もせず、訪ねてくるような友人はいないぞ」ヒューは、塔の見張り番を見上げた。「武装した者か？」

「いいえ」見張り番は、スカークリフにつづく街道に目をこらした。「ひとりは、剣だけを帯びた男です。連れは、女性と子供です」

「ちくしょうめ」いやな予感が全身を駆け抜ける。ヒューはくるりと体の向きを変えて、開かれた門のほうを見やった。「まさか、わざわざ挨拶をしに訪ねてくるほど愚か者だったとは」

「だれです？」ダンスタンは訊いた。

質問の答えは、しばらくして、馬にまたがって城の中庭に入ってきた。リヴェンホールのヴィンセントだった。同じく、馬上のレイディ・エマと幼いレジナルドもいっしょだ。

ヒューはうんざりしてうめいた。「結婚した翌朝だというのに、穏やかな朝のひとときを過ごすことさえ許されないのか？」

「スカークリフの歴史が変わりつつある」ダンスタンが小声で言った。

あたりにいた全員が、作業の手を止めて客人のほうに顔を向けた。厩番たちが走ってきて、三人が乗っている馬の手綱をそれぞれ取った。

ヴィンセントが馬から降り、振り返って雌馬から降りるエマに手を貸すのを、ヒューは不機嫌そうに見つめた。幼いレジナルドが鞍からぴょんと飛び降り、ヒューを見てにっこりした。

思いつめたようなけわしい顔つきのヴィンセントは妻の腕を取り、絞首台へ向かうような足取りで近づいてきた。

「サー・ヒュー」ヴィンセントは仏頂面の領主の前で立ち止まり、ぎこちなく会釈した。

「ようやく馬上試合の遠征を中断して、領地にもどったようだな」ヒューはぶっきらぼうに言った。「もっと早くそうしなかったのが残念でならない。そうしていれば、私の妻もあんな厄介ごとに巻き込まれずにすんだのだ」

ヴィンセントは真っ赤になり、歯を食いしばった。「あなたには恩義を受けたと理解している、サー・ヒュー」

「あなたが恩義を受けたとすれば、相手は私の妻だ。少しでも私に恩を受けたと思って、苦しむにはおよばない」

「正直言って、あなたに恩は受けたくはない」ヴィンセントは、食いしばった歯のあいだから押し出すように言った。「それでも、あなたが妻と息子のためにしてくださったことに、感謝しないわけにはいかない」

「感謝など、よしてくれ。私はいらない」

「では、奥方に感謝させてほしい」ヴィンセントは歯をむき出して言った。

「それも必要ない。今朝は、レイディ・アリスは書斎で仕事中だ」アリスが来客に気づく前に中庭からリヴェンホールの三人を追い出さなければと、急にヒューは思いついた。「彼女は、じゃまされるのは好まない」

エマが横から急いで言った。「おふたりがきのう結婚されたことは存じております。それで、お祝いを申し上げたくてまいりました」ヒューを見て、弱々しいが気品あふれる笑みを浮かべた。

ヒューはかすかに頭を下げ、感謝した。「不意に訪れたあなたがたを歓迎する宴を開く用意がなくとも、どうぞご勘弁ください。実際、いまはおもてなしできないのです。ほかにもっと差し迫った問題がありまして」

エマはがっかりした表情を浮かべた。

ヴィンセントは刺すような目でヒューをにらみつけた。「いい加減にしろ。できることなら、こんな恩などさっさと返してしまいたいのだ」

「それなら、自分の領地が繁栄するように取り計らい、スカークリフがもう二度とリヴェンホールの領地を守りに行かずにすればすむことだ」ヒューは冷ややかにほほえんだ。「その件について私がどう感じているかは、もちろん、百も承知だろう。リヴェンホールを救うのは、私の性に合わないのだ」

「同じように、スカークリフの助けを受けるのも私の性に合わないぞ」ヴィンセントは言い返した。

「レイディ・エマ。レイディ・エマ」アリスのうれしそうな声に、中庭にいた全員が気づいた。「ようこそ。いらしてくださったのね。なんてすてきなんでしょう」

「ちくしょうめ」ヒューは小声で言った。アリスに気づかれる前に、ヴィンセントと彼の家族を中庭から追い出す、が聞いてあきれる。

ヒューを含めて全員が視線を上げて、塔の窓を見た。幅の狭い窓からアリスが身を乗り出し、激しくハンカチを振って歓迎している。これだけ離れていても、彼女の顔がうれしさに輝いているのがわかる、とヒューは思った。

「ちょうどよかったわ。いまから昼食ですから、ぜひごいっしょに」アリスは地上のエマに向かって声を張り上げた。

「ありがとう、マイ・レイディ」エマも大声で言った。「ごいっしょにお食事できるのね、うれしいわ」

「すぐに降りていきます」窓からアリスの姿が見えなくなった。

「最悪だ」ヴィンセントがうんざりしたように言った。「これを恐れていたのだ」

「ああ」ヒューも同意した。アリスとエマが早くも友情を築いているのは明らかだった。

「賢明な男は引き際を心得ているものです」ダンスタンは助けるつもりで横から言った。

ヒューとヴィンセントは同時に振り返り、そろってものすごい形相でダンスタンをにらみつけた。

ダンスタンはふたりをなだめるように両手を広げた。「馬のようすを見てきます」

　二時間後、アリスは書斎の窓辺にエマと並び、ヒューとヴィンセントがそろって中庭を横切っていくのを心配そうにながめていた。男たちふたりは厩へ向かっている。

「なにはともあれ、食事中はふたりとも、お肉用のナイフでたがいの喉元に斬りかかったりはしなかったわね」アリスは言った。

　食事の席は、いかにも消化に悪そうな緊張感に満ちていたが、暴力沙汰は起こらず、アリスは心からほっとした。女性ふたりはつぎからつぎへと話題を変えて会話をつづけたが、ヒューとヴィンセントはむっつり黙り込んだまま、ひたすら料理を口に運ぶばかりだった。男たちのあいだで一言二言、言葉は交わされたが、いずれも辛辣《しんらつ》でとげとげしい内容だった。

「そうね」男たちが厩へ入っていくのを見ながら、エマは眉をひそめて表情を曇らせた。「ふたりとも、両家族のあいだの古い確執に振りまわされている罪のない犠牲者なんだわ。ふたりにはなんのかかわりもない古い出来事なのに、年長者たちは彼らに怒りと復讐の自覚という重い荷を背負わせたのよ」

　アリスはエマを見た。「その確執のいきさつはどのくらいご存じなの？」

「わたしも、ほかのみなさんがご存じのことくらいしか知らないの。リヴェンホールのマシューは婚約者がいながら、あなたのご主人のお母様にあたるレイディ・マーガレットを誘惑した。マシューは一年近くフランスに滞在し、そのあいだにヒュー様がお生まれになった。もどってきたサー・マシューは、マーガレットに会いに出かけたと言われているわ」

「そして、亡くなった」

「リヴェンホールの人たちは、その晩、マーガレットがマシューに毒を盛り、自分でも致死量の毒を飲んだと信じています」

アリスはため息をついた。「では、そのとき、サー・マシューはマーガレットと結婚する気だと告げるつもりで会いに行ったとは、ちょっと考えられないわね」

エマは悲しげにほほえんだ。「主人のヴィンセントによると、彼の叔父様が女性相続人との婚約を解消する可能性はなかったそうよ。花嫁になるはずだった女性はとてもお金持ちで、両家ともふたりの結婚を望んでいたんですって。でも、サー・マシューはレイディ・マーガレットを愛人にするつもりだったのかもしれない」

「そして、誇り高いマーガレットには、べつの女性と結婚する男性の愛人でいつづけることはできなかった」アリスは首を振った。「そういう気持ちはよくわかるわ」

「ええ」エマはアリスの目を見た。「でも、少しでもやさしさがあれば、復讐を遂げたいからといって毒薬を使ったりするかしら？　いわんや、自分でも毒薬を飲んで、まだ乳飲み子の息子を置いて死んだりはできないはず」

「そうね、どんなに腹が立ったとしても、わたしにはできないわ」アリスは指先でちょっと、自分の腹に触れた。わたしだってもう、ヒューの赤ちゃんを宿しているかもしれない。そう思うと、なんとしてでも守りたいという狂おしいほどの思いがこみ上げてくる。

「わたしでもあなたでも、あのようなことはしなかったでしょう」エマがささやくように言った。

アリスは毒を飲んで死んだオックスウィックのカルバートのことを思った。氷のように冷たい風に触れたごとく、体が震える。「レイディ・マーガレットもやっていなかったら？」

エマは困惑顔でアリスを見た。「どういうことかしら？　あの夜のことは、それ以外に説明のしようがないでしょう」

「それはちがうわ、エマ」アリスはゆっくり言った。「もう一つ、ほかに可能性があります。だれかべつの人がサー・マシューとマーガレットに毒を飲ませていたら、どうなるかしら？」

「なにが目的で？　筋がとおらないわ。ふたりを殺さなければならない人がほかにいるとは思えません」

「おそらく、あなたのおっしゃるとおりでしょうし、この期におよんでそんな昔に起こったことの真相がわかるはずもないわ」ただし、いまになって、ふたりを毒殺した者がスカークリフにもどってきたとすれば話はべつ、とアリスは思った。でも、どうして今回は修道士を手にかけたのだろう？

さまざまな思いが頭のなかで渦巻き、アリスは急に落ち着かなくなった。くるりと窓に背中を向け、部屋を横切ってデスクに近づくと、緑の石を手に取った。「わたしの石のコレクションをご覧になりますか？　レイディ・エマ」

「石？　石を集める方がいらっしゃるとは、知らなかったわ」

「わたし、さまざまな石の特徴を記した本を手がけたいのです」

「そうなのですか？」エマは中庭を見下ろし、凍りついた。「いやだわ、ふたりはなにをしているの？」

「だれですか？」

「わたしたちの夫です」エマの目が見開かれた。恐ろしそうに口を押さえる。「ふたりとも、剣を抜いてにらみ合っているわ」

「まさか、そんなはずは」アリスは急いで窓辺に寄り、身を乗り出して目をこらした。

エマの言うとおりだとすぐにわかった。中庭の中央で、ヒューとヴィンセントが向き合っている。日射しを受け、抜き身の剣がきらりと光る。ふたりとも兜や鎖帷子《くさりかたびら》は身につけていないが、それぞれ小さな盾を手にしている。修理を手伝っていた村人たちも、数人の騎士も、工具を置いて作業を中断している。見物人の輪がみるみる大きくなっていく。

「そんなばかなことはすぐにやめなさい」アリスは窓から声を張り上げた。「このわたしが許しません、聞こえますか？」

中庭に集まった者たちがいっせいに彼女を見上げた。数人が、にやりとしそうになった口元をあわてて引き締めた。さかんに顔を見合わせて、耳打ちし合っている者がおおぜいいる。賭けをしているのだ、とアリスはわかった。

ヒューは抑えつけるような目をして窓を見上げた。「あなたは石やカブトムシを見ていればいいだろう、マダム。これは男の楽しみだ」

「あなたとお客様に剣術の手合わせなどやっていただきたくありません」アリスは窓の下枠

を強く握りしめた。「もっとほかのことをして、サー・ヴィンセントを楽しませてさしあげて」

ヴィンセントもアリスを見上げた。それだけ離れていても、彼の笑みの下に残忍さが見え隠れしているのがわかる。「断言できますが、マイ・レイディ、私はこの余興に大いに満足しているのです。それどころか、あなたのご主人と剣術の手合わせをする以上に楽しいことは、ちょっと思い浮かびませんね」

エマも上から夫をにらみつけた。「わたしたちは、このお城の客人なのですよ。レイディ・アリスがああおっしゃっているのだから、聞き入れるべきだわ」

「しかし、手合わせをしようと言い出したのは、彼女の主人だ」ヴィンセントは声を張り上げた。「私に断れると思うか？」

アリスは窓からさらに身を乗り出した。「サー・ヒュー、どうかお客人に、ほかの気晴らしで楽しみたいとおっしゃって」

「ほかに薦められる、どんな気晴らしがあるというのだ、マダム？」ヒューはとぼけて訊いた。「槍の練習でもすればいいのか？」

アリスは思わずかーっとなった。「もっと楽しいことが思いつかないなら、サー・ヴィンセントに新しい排水溝でもご覧いただけばいいわ。なにをしようとあなたの勝手ですけれど、この城でおふたりが馬上試合まがいのことをするのは許せません。おわかりですか？」

中庭は、息もつけないほど緊張に満ちた沈黙に包まれた。すべての目が、塔の窓に吸い寄せられる。

ヒューはしばらくアリスを見つめていた。「許せません、だと?」ようやく、ゆっくりと繰り返した。

アリスは深呼吸をした。指先が、さらに強く窓の下枠に食い込む。「聞こえたはずです。お客人をもてなすのにふさわしいやりかたとは思えませんから」

「マダム、忘れているかもしれないが、この城の主人は私だ。客人は、私がふさわしいと思うやり方でもてなす」

「ゆうべ、願いごとを聞いてくれると言ったのを覚えてらっしゃいますか?」

「アリス」

「いま、それをかなえてください、ご主人様」

ヒューの表情が、さっき食事中にも見られなかったような険悪なものに変わった。張りつめた数秒間、身じろぎもせず考えていたヒューは、やがてシューッと恐ろしげな音をたてて剣を鞘《さや》に押し込んだ。

「いいだろう、マダム」抑揚のない声で言う。「あなたの求める願いごとをかなえよう」ヒューは冷ややかにほほえんだ。「サー・ヴィンセントを村の排水溝へお連れする」

ヴィンセントは高笑いをしながら剣をおさめ、力まかせにヒューの背中をたたいた。「心配しなくてもだいじょうぶだ」その声には、同情心がにじんでいなくもない。「心からの自信を持って言うが、結婚生活にはすぐ慣れる」

ほどなくヒューは、生まれたときから憎むように教えられてきた男と馬を並べて、修道院の脇を通り過ぎようとしていた。彼もヴィンセントも、馬でスカークリフ城を出てから一言も口をきいていない。

「ほんとうに、村の排水溝に案内するつもりか？」ヴィンセントがそっけなく訊いた。

ヒューは顔をゆがめた。「いいや。じつは、ぜひとも話し合っておきたいことがあるのだ」

カルバートが殺されたことについて、どこまでヴィンセントに話すべきか悩みに悩んだすえに、ヒューはようやく結論に達していた。

「リヴェンホールで私が果たすべき役割についてまた説教するつもりなら、もう口出しは無用だ。馬上試合を重ねて、やっと領地の面倒を見られるだけの金を手に入れた。もう二度と領地を離れるつもりはない」

ヒューは肩をすくめた。「それはあなたの問題だ。しかし、好むと好まざるに関係なく、われわれは隣人同士だから、ごく最近、この近辺で殺人があったことは、あなたに知らせておくべきだろう」

「殺人？」ヴィンセントは驚いてヒューを見た。「だれが殺されたのだ？」

「断崖の洞窟の一つで、私が遺体を見つけた。オックスウィックのカルバートという、流浪の修道士だ。強盗に殺《や》られたのかもしれない」

「なぜ修道士が殺されるのだ？」

一瞬ためらってから、ヒューは言った。「スカークリフの石を探していたからだ」

信じられないと言いたげに、ヴィンセントは鼻を鳴らした。「そんなものは古い言い伝えだろう。実際にスカークリフの石というものがあったとしても、とっくの昔に失われてしまっている」

「そうだが、いつの世にも伝説を信じる者はいる。修道士も信じていたのかもしれない」

「その人殺しは？」

「伝説を信じていたひとりかもしれない」ヒューは穏やかに言った。

ヴィンセントは眉をひそめた。「その強盗が、ありもしない宝物を狙って修道士を殺したとしたら、いまごろは自分の思いちがいに気づいているに決まっている。もうこのあたりから姿を消しているだろう」

「たしかに。しかし、あなたは領地にもどって責任を引き受けようと決めたと聞いたから、事件のことは耳に入れておくべきだと思ったのだ。おたがい、殺人者に近所をうろつかれてはかなわないからな」

「剣に劣らず、皮肉の効かせ方もうまいものだな、サー・ヒュー」

「きょう、妻が私に使わせてもいいと判断した武器は、これだけだからな」ヒューはぼそっと言った。

ヴィンセントはしばらく黙りこくっていた。ふたりの乗った馬が地面を踏みしめるやわらかな蹄《ひづめ》の音だけが響く。修道院の菜園で作業中の修道女が数人、ふたりにちらりと目をやった。粉屋の息子が、自宅の軒下からちぎれんばかりに手を振っている。

「サー・ヒュー、サー・ヒュー」男の子が楽しそうに呼びかけた。

ヒューは片手を上げて挨拶を返した。幼いジョンがうれしそうに笑い声をあげる。

ヴィンセントは、男の子が家に入っていくのを見送った。それから、ヒューを見て言った。「ソーンウッドのエラスムス様はもうお迎えが近いと聞いている」

「そうらしい」

「寂しくなるな」ヴィンセントは心から言った。「あなたと私に戦うことを禁じたのを除けば、いい主君だった」

「偉大な主君だ」

ヴィンセントは修理のすんだ家々を見渡した。「この数か月ですばらしい仕事をやりとげたのだな、サー・ヒュー」

「そう。妻の助けを借りて」ヒューは心の底から誇らしさと満足感に満たされた。スカークリフに秩序と安定がもたらされたのだ。春には繁栄の兆しも見えはじめるだろう。

「教えてほしい」ヴィンセントは言った。「あなたはまだリヴェンホールがほしいのか、それとも、この領地だけで満足しているのか?」

ヒューは眉を上げた。「エラスムス様が亡くなって誓いを守る必要がなくなったら、リヴェンホールを奪うかと訊いているのか?」

「奪おうとするか、と訊いているのだ」ヴィンセントはそっけなく訂正した。

「奪おうとする？」ヒューのなかのどこかわからないところから笑いがわき起こった。それは、彼の存在のもっとも奥まったところから、とどろき渡った。笑い声は通りにも響いて、修道院の壁の向こうにいる修道女たちに、なにごとだろうと思わせた。

「質問をおもしろがってもらえてうれしいが」ヴィンセントは警戒するような目つきでヒューを見た。「私はまだ返事を待っているのだぞ」

ヒューはやっとの思いで笑いをかみ殺した。「私の妻があなたの奥方と友達でいるかぎり、リヴェンホールは安泰だろう。リヴェンホールへ攻め込んで、際限なく小言を言われるはめになるのはごめんだ」

ヴィンセントはフクロウのように目をぱちぱちさせてから、じわじわとほほえんだ。「あなたはもう、既婚者の生活にうまいこと落ち着きつつあるような気がするぞ」

「もっとひどい運命もあるさ」

「そうだ。あるとも」


翌日の夜明けは、不気味な雲が垂れ込めていた。ヒューはデスクのロウソクに火をともし、ベネディクトと仕事をはじめた。

ヒューは香辛料のリストを半ばまで確認したところで、ロウソクの炎が妙な具合に揺れていることに気づいた。羽根ペンを置いて、親指と人差し指で目をこする。ふたたび目を開けると、炎がびっくりするほど大きくなっていた。大きすぎる。

「どうかされましたか？」心配そうな顔をして、ベネディクトはデスクに身を乗り出した。

「いや」ヒューは頭を振り、蜘蛛《くも》の巣に包まれてしまったような感覚を振り払おうとした。

やがて、ベネディクトの顔が奇妙にゆがみはじめた。目と鼻が口のなかへと流れ込む。

「ヒュー様？」

ヒューは遠のきそうな意識をなんとか引きもどした。ベネディクトの顔がもとにもどった。「計算は終わったのか？」

「はい」ベネディクトはちょっと前に部屋に運ばれてきた野菜のポタージュのカップ二つを、脇へ押しやった。「あす、ジュリアンがロンドンへ持っていけるように、きちんと総額を出しておきます。ほんとうに、だいじょうぶですか？」

「なんだって、ロウソクの炎がこんなに揺れているのだ？　すきま風もないのに」

ベネディクトはロウソクを見た。「炎はまっすぐに見えますが」

ヒューはロウソクに目をこらした。炎が激しく燃えさかっている。おかしなピンク色に輝きながら。ピンク色の炎？

ヒューはロウソクから目をそらし、壁にかかったタペストリーを見つめた。じっと見ていると、中央に織り込まれた一角獣が動き出した。優雅な頭をめぐらせて、失礼にならない程度の好奇心をこめて、ヒューを見つめた。

「ポタージュだ」ヒューはささやくように言った。

「ご主人様？」

ヒューは、目の前の、半分残っているポタージュのカップを見た。恐ろしい予感が霧のかかったような脳を貫いた。「おまえは飲んだのか？」声はもう、耳障りなささやきにしか聞こえない。

「野菜のポタージュですか？」ベネディクトの目鼻が、炎とそっくり同じように揺れた。

「いいえ。嫌いなんです、これ。アリスがとても体にいいと信じているのは知っていますが、僕は好きになれなくて。いつもこっそり便所に捨ててしまうんです」

「アリス」部屋がゆっくり回転しはじめ、ヒューはデスクの縁をつかんだ。「ポタージュだ」

「どうされました？」

「呼べ。アリスを呼べ。彼女に……言ってくれ……毒だ」

ベネディクトはさっと立ち上がった。「ありえません。どうして姉が毒を入れたなどと？」

「アリスではない」やっとの思いで言葉を絞り出す。「リヴェンホールのしわざだ。私のせいだ。城に入れるべきではなかった――」

鈍い音をたてて床に崩れ落ちたヒューは、ベネディクトの足音がばたばたと扉をすり抜け、廊下を遠ざかっていくのをぼんやり聞いていた。そのうち、タペストリーから一角獣が抜け出し、部屋を横切ってきて、もったいぶった表情でヒューを見下ろした。

「あなたの父上と母上もこんなふうだった」一角獣は静かに言った。

18

「ご主人様、喉に指を突っ込みますよ。どうか、わたしの指をかみ切らないでください」アリスはヒューの脇にしゃがみこみ、彼の頭の向きを変えて口をこじ開けた。

つぎの瞬間、ヒューはうめき声をあげ、ベネディクトが支えている寝室用便器をめがけて、胃の内容物を嘔吐《おうと》した。

最初の痙攣《けいれん》がおさまりはじめるのを待って、アリスはふたたび喉の奥に指を差し込んだ。ヒューは激しく上半身を痙攣させた。胃のなかに残っていた少量の内容物が、噴出する。

ベネディクトはおびえた目をしてアリスを見た。「死んじゃうの？」

「いいえ」アリスは猛然と否定した。「死なせたりするものですか。お水を持ってきて、ベネディクト。大きな瓶にたっぷり。それから、牛乳も。急いで」

「わかった」ベネディクトは杖をつかんでよろよろと立ち上がり、扉へ向かって駆け出した。

「それから、ベネディクト？」

片手を戸の枠にかけて、立ち止まる。「なに？」

「このことはだれにも言わないで、いい？　水と牛乳は、わたしから洗顔用にたのまれたと言って」

「でも、ポタージュに毒が入っていたら？　みんなが朝食に飲むことになっているんだよ」

「朝食に毒は入っていないわ」アリスは静かに言った。「ちょっと前、わたしもカップに一杯分、いただいたもの。メイドも同じよ」

「でも――」

「急いで、ベネディクト」

ベネディクトは急いで部屋から出ていった。

ヒューが目を開けた。琥珀《こはく》色の目が熱っぽい。「アリス」

「あなたはとても大柄だし、ポタージュもぜんぶは飲んでいらっしゃらないわ。飲まれた分もほとんど吐いてしまったし。死ぬようなことはありません」

「殺してやる」ヒューはきっぱり言った。また目を閉じる。「こうなったら、エラスムス様への誓いも無視せざるをえないだろう」

「だれのことをおっしゃっているの？」

「ヴィンセントだ。私を毒殺しようとした」

「ヒュー、それはまだわからないわ」

「ほかにだれがいる？」またつぎの痙攣が襲ってきた。たくましい体ががくがくと震えたが、もう吐くものはなにもない。「あの男にちがいない」

ベネディクトが足音を響かせ、扉をすり抜けて入ってきた。階下《した》の厨房まで急いだせいで、肩で息をしている。片手に瓶を二つ下げている。「牛乳と水、両方持ってきた」

「いいわね」アリスは一つ目の瓶に手を伸ばした。「飲ませるから手伝って」

ヒューは薄目を開けた。「気を悪くしないでほしいが、マダム、いまのところ、あまり食欲はないのだ」

「毒を飲んでしまった者には大量の水分を摂らせるのがいいって、母の本に書いてあるの。体液のバランスがととのうから」アリスはヒューに膝枕をさせた。「お願いです。どうか、これを飲んでください」

額にはまだうっすら汗がにじんでいたが、ヒューはおもしろそうにきらりと目を光らせて、アリスの胸のふくらみを見上げた。「あなたに行儀よく振る舞われると、私はどうしていいのかわからなくなる。いいだろう、マダム、緑色でないかぎり、あなたがいいというものはなんでも飲もう」

アリスはベネディクトを見上げた。「もうずいぶん気分がよくなられたみたい。サー・ダンスタンを連れてきてちょうだい。彼の手を借りないと、ご主人様を寝室まで運ぶのは無理だわ」

「はい」ベネディクトはまた扉に向かって歩き出した。

「ちくしょうめ」ヒューはつぶやいた。「子供みたいに抱えられていくのはごめんだ」

結局、ヒューはアリスとベネディクトとダンスタンに支えられながら、なんとか自分の足で廊下を歩いて寝室まで行った。そして、大きな黒檀のベッドに倒れこむと、そのまま眠りこんだ。

「毒?」ベッドの足下に立っていたダンスタンは、両脇に下げていた手を大きな拳に握りしめた。「サー・ヒューが毒を盛られたと? たしかですか?」

「はい」アリスは眉をひそめた。「でも、この話はまだだれにもしないでください、サー・ダンスタン。いまのところ、この話を知っているのは、わたしたち四人だけです。しばらくは、このままにしていたいのです」

「だれにも話さない?」ダンスタンは、頭がどうかしたかと言いたげにアリスを見つめた。「私は、この城を隅から隅まで徹底的に探します。厨房の使用人をひとりずつ締め上げて、サー・ヒューのカップに毒を入れた者を突き止めます」

「サー・ダンスタン――」

「おおかた、リヴェンホールの差し金だろう」ダンスタンは額に深いしわをよせて推理した。「そうだ、それで説明がつく。きのう、城を出ていく前にサー・ヴィンセントはスカークリフ城の使用人を買収して、毒草をポタージュに入れさせたにちがいない」

「サー・ダンスタン、もうたくさんです」アリスはベッド脇のスツールから立ち上がった。

「この件はわたしが対処します」

「いや、マダム。サー・ヒューはあなたがこのような忌まわしい問題にかかわることを、望まないでしょう」

「わたしはもうかかわっています」アリスは奥歯を嚙みしめ、意識して声をひそめて言った。「それに、わたしのほうがあなたよりはるかに毒についてくわしいはず。きっと、この企みのからくりを突き止めてみせます。そうすれば、だれが手を下したかもわかるでしょう」

「リヴェンホールのサー・ヴィンセントのしわざだ」ダンスタンは断言した。

「それはまだわからないわ」アリスは寝室をうろうろ歩き出した。「現時点でわかっているのは、サー・ヒューのポタージュだけに毒が混入されていた、ということ。つまり、毒はカップが書斎に運ばれるあいだに混入されたか、あるいは――」

「裏切り者の召使いを探し出してやる」ダンスタンは怒りをあらわにしてアリスをさえぎった。「昼までに縛り首にしてやるぞ」

「あるいは」アリスはすかさず繰り返した。「ポタージュが注がれたときにはもう、毒はカップに入れられていたかもしれない」

ダンスタンは理解できず、当惑顔になった。「すでにカップに入れられていた?」

「ええ。厨房はいつもてんてこ舞いの忙しさです。強力な毒が数滴、カップの底に垂らされても、ポタージュが注がれるときに気づかれることはまずないでしょう」

「数滴で大の男が殺せると？」

「ある種の薬草から作られる毒のなかには、非常に毒性が強く、蒸留しても人の命を奪う特性が消えないものもあります。熱いポタージュスープに混ぜれば、毒性がさらに促進される可能性もあるわ」

特殊な毒であって、どこにでもあるものではない、とアリスは胸のなかで言い添えた。そして、そんな毒薬の材料となる薬草は、母の本によれば、めったに手に入らない。

ベネディクトは、眠っているヒューの向こうからアリスを見つめた。「サー・ヒューが使う食器はだれでも知っているよ。たくさんある食器のなかから、ヒュー様のカップを見分けるのは、犯人にとってもとても簡単だろうね」

「そうね」アリスは背中で両手を組み合わせ、あいかわらず部屋のなかを行ったり来たりしている。「サー・ダンスタン、今回の調査はわたしが指揮します、いいですか？　結果はなにより重要です。リヴェンホールと戦えば、多くの命が犠牲になるでしょう。ほかに選びうる道があるなら、わたしは人が死ぬような決定は下しません」

「心配するにはおよびません、マダム。サー・ヒューが目覚められたら、ほかに選びうる道などなくなりますから」噛みつくように言う。「馬にまたがれるようになられたら、あの方はすぐに復讐を遂げるだろう」

アリスはヒューの顔を見た。眠っていてさえ、なだめられようのない容赦のなさがにじんでいる。ヒューがいったんこうと決めたら梃子でも動かないのは、だれよりもアリスがよく知っていた。

アリスはくるりと振り返ってダンスタンとベネディクトに向き合った。「では、すぐに動き出さなければ」

アリスは母親の教本を閉じた。デスクの上で両手を組み合わせて、目の前に立っている若い厨房の下働きを見つめる。

「あなたは、今朝、野菜のポタージュをサー・ヒューにお持ちしたわね、ルーク？」

「はい、マイ・レイディ」ルークは誇らしげにほほえんだ。「毎朝、旦那様にポタージュをお運びする係に選ばれたんです」

「だれに選ばれたの？」

ルークは不思議そうにアリスを見た。「執事のエルバートさんです、もちろん」

「教えてちょうだい、ルーク、きょう、旦那様のお部屋へ行く途中、足を止めてだれかと話をした？」

「いいえ、マイ・レイディ」ルークの目に警戒の色が浮かんだ。「誓って言いますが、一度も立ち止まりませんでした。教えられたとおり、まっすぐ旦那様のお部屋へ行きました。お部屋に着いたとき、ポタージュはまちがいなくまだ熱かったです。旦那様がお飲みになったときに冷めていたとしても、僕のせいじゃありません」

「落ち着いてちょうだい、ルーク。ポタージュは充分に熱かったわ」アリスはやさしくなだめた。

ルークはぱっと顔を輝かせた。「旦那様は僕の働きに満足していらっしゃいますか？」

「今朝は、ことのほか印象を強く持たれたごようすよ」

「だとしたら、もうすぐ執事のエルバートさんから、大広間で給仕をする許可がいただけるな」ルークはうれしそうに言った。「そうなるのが僕の最大の夢なんです。母が誇りに思ってくれるはずです」

「あなたならすぐに目的を達成できると思うわ、ルーク。しっかりした男の子のようだもの」

「しっかりしてますとも、マイ・レイディ」ルークは熱をこめてきっぱり言った。「旦那様が教えてくださいました。ほんとうの強さを手に入れる秘訣は、人生のどんな場面でも断固とした信念と意志を持ちつづけることだ、って。そうやって強い男になれば、目的は達成できる、って」

不安で気持ちは沈んでいたが、厨房で下働きをしている少年にも惜しみなく助言をしているヒューを思い、アリスはつかのま、ほほえんだ。「ほんとうに、いかにもヒュー様がおっしゃりそうなことだわ。その知恵はいつ授けていただいたの？」

「きのうの朝、どうして毎日、野菜ポタージュをお飲みになれるのかと、うかがったときです。僕は、あれだけは触るのもいやだから」

アリスはため息をついた。「仕事にもどっていいわ、ルーク」

「はい、マイ・レイディ」

ルークが書斎から飛び出していくのを待って、アリスはまた教本を開いた。一つはっきりしたと思った。ルークは正直な少年だ。ヒューの書斎へ向かうあいだ、だれにも会っていないというのはほんとうだろう。

つまり、毒はポタージュがカップに注がれたあとに入れられたのではない、ということだ。

言い換えれば、だれにも知られず、空のカップの底に垂らされたであろう毒薬を探さなければならない、ということだ。ほんの数滴で体の不調や死を引き起こせるような、猛毒である。

あっけなくヒューを失っていたかもしれないのだと思い、アリスはぎゅっと目をつぶった。恐ろしくて体ががくがく震えた。

彼、あるいは彼女がつぎの凶行におよぶ前に犯人を見つけださなければ。ヒューが従兄弟の城に攻め込んで、リヴェンホールとスカークリフのあいだに平和が訪れる希望が永遠に失われる前に、犯人を探し出さなければならない。

アリスは、母親がある毒草について記した説明に気持ちを集中させた。

この処方どおりに調合すれば、少量でも腸の激痛をおさめられる。しかし、多すぎれば死にいたる場合も……

控えめなノックが、またかやってきたことを告げた。

「入りなさい」開いたページから顔も上げず、アリスは声をあげた。

扉の隙間から、エルバートが顔だけのぞかせた。「お呼びでしょうか、マイ・レイディ?」

「ええ、エルバート」アリスは視線を上げた。「きょう、つぎの食事が始まるまでに、城にあるすべての皿とカップをきれいに洗ってちょうだい」

「でも、奥様に言われたとおり、皿とカップはすべて、食事が終わるたびに洗っています」

新たな指示を受けて明らかにとまどい、エルバートは口ごもった。

「わかっているわ、エルバート、でも、きょうは昼食の前にもう一度、洗ってほしいの。いいかしら?」

「かしこまりました。昼食の前ですね。すぐに指示をあたえます。ほかにご用はございますか?」

アリスは一瞬ためらった。「きょう、旦那様はみんなといっしょに食事はなさいません。寝室にいらして、じゃまされたくないそうよ」

とたんにエルバートは不安顔になった。「なにかあったのですか、マイ・レイディ?」

「いいえ。ちょっと寒気がするそうよ。わたしがお薬を差し上げました。あすにはよくなられるでしょう」

エルバートの表情がほころんだ。「野菜のポタージュをもう少し、お部屋にお持ちいたしましょうか？」

「それにはおよばないわ。ありがとう、エルバート。下がっていいわ。すぐにお皿とカップを洗うのを、忘れないでちょうだい」

「かしこまりました、マイ・レイディ。すぐにやらせます」エルバートはお辞儀をして、指示をあたえに行った。

アリスは、じわじわと押し寄せてくる恐怖心を振り払った。教本のページをさらにめくって、母親のすっきりした手書き文字に目をこらす。

デスクの上に置かれた水時計のしずくが、ゆっくりとしたたる。一時間が経過した。さらに何時間か過ぎ、アリスは母親の教本を閉じて、またしばらく黙って椅子に坐りつづけた。そして、手に入れた情報をじっくり吟味した。

アリスが思っていたとおり、今回のような仕掛けられ方をしてもなお、充分に毒性を発揮する毒薬が実際にどのように調合されたかは謎だった。

毒薬の恐ろしさは広く知られているが、ほんとうのところ、その危険性は意外なほど低い。うまく毒性が発揮されることはめったにないのが現実である。

多くの人の思いこみに反して、人を死にいたらしめるような毒薬は簡単に作れるものではない。まず、原料になる植物は、経験豊かな庭師にしか見分けられない。研究と実験を重ねなければ、煎じる準備さえおぼつかない。人を殺せる猛毒の研究にわざわざ長い時間を費やすのは、たとえば、治療法を探して毒薬とその解毒剤の研究をする奇特な植物学者や、黒魔術の知識を追求する錬金術師くらいのものだ。

毒薬作りには、さまざまな現実的問題がからんでくる。とくにむずかしいのは、適切な使用量のみきわめだ。ごく少量で結果を得られるように毒薬を精製するのも、きわめてむずかしい。さらにむずかしいのは、効果の確実な薬を作ることだ。当然のことながら、たいていの毒薬は使ってみるまで効果のほどはわからない。

アリスの母親が教本に書いていたとおり、ほんものの毒よりも、悪くなった食べ物が原因で食中毒にかかり、死亡する人のほうがはるかに多いのだ。

アリスは心のなかでおおざっぱに結論を出した。猛毒を作り、それが狙っている者の口にまちがいなく入る方法を見つけられる人物は、決して多くない。

いいえ、者ではなく、者たちだ。

なぜなら、犠牲者はふたりだから、とアリスは自分に言い聞かせた。オックスウィックのカルバートも毒殺されている。

でも、いったいだれが、かんに障る修道士と伝説の騎士の両方を殺したがるだろう？　ふたりのつながりはなに？

アリスは延々と考えつづけた。

犠牲になったふたりの共通点は、アリスにわかるかぎりでは、スカークリフの石に興味を持っているということだった。しかし、緑の石を手に入れたとたん、ヒューは残りの宝物の探索をやめてしまった。それどころか彼は、伝説の宝石の残りが実際に存在するとは思っていない。

それに引き替え、カルバートは古くから伝わる話を明らかに信じていた。強く信じていたからこそ、危険なスカークリフの洞窟に入りこんで、宝物を探していたのだ。

そうなると、ふたりのあいだにこれといった共通点は見いだせない。

真実への鍵は過去にあるのかもしれない、とアリスは思った。いずれにしても、この近辺で過去にもう一件、毒のからんだ事件が起きているのだから。

その日の午後遅く、正式に修道誓願を立てる前の、背が低くてほがらかな若い修練女に案内されて、アリスは修道院院長の書斎に入っていった。

ジョーンは笑みを浮かべて、デスクの向こうで立ち上がった。「レイディ・アリス。どうぞ、おかけください。こんな時間にどんなご用でしょうか？」

「おじゃまして申し訳ありません、マダム」アリスは修練女が扉を閉めるのを待って、木製のスツールに腰かけた。

「おひとりでいらしたの？」ジョーンも椅子に坐った。

「はい。使用人たちは、わたしが夕方の散歩に出たと思っています。お城にはできるだけ早くもどらなければなりません」ヒューが目を覚ます前に帰りたかった。「お時間は取らせません」

「お気遣いなく。あなたならいつでも大歓迎よ、アリス」ジョーンは両手を組み合わせ、ちょっと心配そうにアリスを見つめた。「なにか困ったことでも？」

「はい、マダム」アリスは身がまえた。「いくつか質問をさせてください」

「どんな質問かしら？」

「こちらの治療師の、シスター・キャサリンについて」

ジョーンは眉を寄せた。「そういうことなら、本人に直接、お訊きになればいいわ。すぐに呼んでこさせましょう」


「とても信じられません」僧衣のスカートをシュッシュッと鳴らしながら、ジョーンは足早に石造りの廊下を歩いていく。「シスター・キャサリンはきちんと訓練を受けた治療師です。人に毒を盛ったりするわけがありません」

「彼女が姿を消したのは、妙だとお思いになりませんか？」アリスは訊いた。

「修道院の敷地内の、どこかにいるに決まっています」

「チャペルも、菜園も、蒸留室も確認しました。ほかにどこにいるとおっしゃるの？」

「自室で瞑想をしていて、わたくしが呼びに行かせた修練女がノックしたのも気づかなかったのでしょう。あるいは、またふさぎ込みの時期に入ってしまったのかもしれません。そうなって薬を飲むと、たまに深い眠りに入って目が覚めないことがあるのです」

「ほんとうに、厄介なことになってしまって」

「あなたの疑念のほうがもっと厄介です」ジョーンはそっけなく言った。「シスター・キャサリンは三十年近く、この修道院にいるのですよ」

「はい、それも理由の一つで、彼女がなんらかのかたちで今回の事件にかかわっているのではないかと思うのです」アリスは、廊下の両側にずらりとならんでいる木製の扉を眺めた。それぞれに格子のはまった窓があり、扉の向こうはこぢんまりとして質素な個室になっている。

廊下はしんと静まりかえっていた。日中のこの時間、たいていの個室は人気《ひとけ》がない。修道女たちは、菜園や厨房や記録室や音楽室で、それぞれの仕事に励んでいる。

ジョーンは振り返ってアリスを見た。「ヒュー様のご両親は三十年近く前に毒殺されたとおっしゃったわね？」

「はい。彼のお母様が毒を盛ったと考えられたそうです。それで、とんでもないことをした女としてさげすまれたとか。でも、わたしはきょう、ひょっとしたらそうではないのではと、思いついたのです」

「どうして、その事件について、シスター・キャサリンが噂以外のなにかを知っているかもしれないと思ったのでしょう？」

「修道院の菜園で、わたしが彼女に会った日のことを覚えていらっしゃいますか？」

「もちろんです」

「彼女はあのとき、男は簡単に婚約の誓いを撤回するものだ、という意味のことを言ったのです。ちょっとどうかと思うくらい恨みがましい感じでした」

「前にも言いましたが、キャサリンはふさぎ込みの病に苦しんでいるのです。悲しげだったり、恨みがましく見えたりするのも珍しくありません」

「ええ、でも、あのときの彼女の反応は、とても個人的なものだったような気がしてなりません。彼女は、捨てられてしまうかもしれないから、結婚を先延ばししないようにと私に警告したんです」

「それがどうかしたかしら?」廊下のいちばん奥の扉の前で、ジョーンは立ち止まった。

「現実的な忠告に思えるけれど」

「彼女自身、婚約を破棄されて屈辱を味わったかのような口ぶりでした」アリスはなおも言った。「それで、彼女が修道院に入ったのは、婚約を破棄されたせいかもしれない、と思えてきたんです」

「珍しいことではありません」ジョーンはオーク材の分厚い扉を、強くノックした。「それが理由で修道院に入る女性はおおぜいいます」

「知っています。でも、彼女もそういう理由だったのかどうか、どうしても本人に訊いてみたいのです」

ジョーンはアリスの目を見た。「それで、そうだったら?」

「婚約の誓いを破った相手がヒューのお父様、つまり、リヴェンホールのサー・マシューだったのかどうか、訊いてみたい」

ジョーンは眉をひそめた。「でも、噂によると、サー・マシューは婚約を破棄していません。これまでにわたくしが聞いた話では、彼は家族が決めた女性とほんきで結婚する気持ちだったようです。ヒュー様のかわいそうなお母様とは、愛人として付き合っていくつもりだったと、みんなが信じています。それを知ってお母様は傷つき、激怒して、ひそかに毒を入れたカップを愛する人に差し出した、と」

「そういうことになっています」アリスは認めた。「でも、実際はそうではなかったらどうなります？　フランスからもどってきて、息子が生まれたことを知ったマシューが、誘惑してしまった女性と結婚しようと決めたとしたら、どうでしょう？」

「つまり、彼と婚約していた女性が復讐を果たしたのかもしれないということですか？」

「ありうることではありませんか？」

「ちょっと飛躍しすぎです」ジョーンはきっぱりと言った。

「シスター・キャサリンが気分にむらがあって苦しんでいるとおっしゃったのは、院長様です」アリスは言った。

ジョーンはつま先立ち、格子窓からなかをのぞいた。「だれもいないわ。彼女の姿もない。なにもかも、とても妙な感じがするわ」

「修道院を出ていったようですね、彼女」

「でも、どこへ行けるかしら？　修道院の厩《うまや》から馬を出せば、まちがいなくだれかが気づいているはずよ」

アリスも扉に近づき、格子のあいだからなかをのぞいた。「ベッドの上に羊皮紙が置いてあります」

「シスター・キャサリンは並みはずれて几帳面な方です。私物を散らかしていくはずがないわ」

アリスはジョーンを見た。「だれかに見つけてほしい場合は、べつです」

ジョーンはみるみる不安そうな目つきになった。なにも言わずに、ベルトから下げた重いリングを持ち上げる。鉄製の鍵から一つを選んで、キャサリンの扉の鍵穴に差し入れた。

アリスはすぐに小さな部屋に入っていった。幅の狭いベッドと、小さな木製の整理だんすのほかは、ほとんどなにもない部屋だ。藁《わら》のマットレスの上には、丸めた羊皮紙が置いてあった。

アリスは羊皮紙に手を伸ばしかけた。いったん手を止めて、院長を見る。ジョーンは黙ってうなずき、同意した。

アリスは羊皮紙を手に取り、慎重に広げた。緑色の石がはめこまれたずっしり重い金の指輪が、ベッドの上にころがり落ちた。アリスは指輪を手に取り、じっと目をこらした。「これは、シスター・キャサリンのものですか?」

「そうだとしたら、ずっとどこかにしまっていたようです。わたくしは見た覚えはありません」

「どこかで見たような気がする」アリスは言い、顔を上げた。「そうだわ、レイディ・エマがこれとそっくりな指輪をはめていました。結婚の誓いを交わしたとき、サー・ヴィンセントから贈られたものだとおっしゃっていたわ」

「ますます状況は悪くなるいっぽうだわ」ジョーンは小声で言った。「紙にはなにが書いてあるのです？」

「短いメモのようなものです」

「読んでください」

アリスは眉間に深いしわを刻み、あきれるほど几帳面な手書きの文字を見つめた。

　非嫡出の息子が、父親と母親が犯した罪の報いを受けた。これでおしまい。

「驚いた、彼女はなにを言っているの？」ジョーンはささやくように言った。

「キャサリンが復讐を遂げたと信じているのは、まちがいありません」アリスは羊皮紙をまた丸めた。「失敗したとはまだ気づいていないわ」

鉄の輪にまとめた鉄製の鍵をじゃらじゃらいわせながら、ジョーンは扉のほうへ引き返した。「修道女に言って、村人たちに話を聞いてこさせます。おそらく、キャサリンを見かけた人がいるでしょう」

アリスは、個室の幅の狭い窓から外を見た。灰色の霧がまた濃くなっている。「もう遅くなりました。わたしがいないことに気づいて、だれかが心配する前に、お城にもどらなくては」だれかではなくてヒューだ、とアリスは思った。いまごろはもう目を覚まして、リヴェンホールへ復讐する戦略を練りはじめているかもしれない。

ジョーンが先にキャサリンの個室から出た。「彼女の居場所がわかったら、かならずお知らせします」

「ありがとう」アリスは静かに言った。「毒の件は口外なさらないのがいちばんだと思います、院長様。人びとがどんなに恐れるか、おわかりでしょう」

「はい。黙っています」ジョーンは約束した。「この領地内に、毒にまつわるどんな噂も広がってほしくはありません」

「おっしゃるとおりです。またあした、うかがいます、マダム。さあ、急いで帰って、新たな嵐がこの地で暴れる前に、状況を明らかにしなくては」


ベネディクトは大広間でアリスを待っていた。姉を迎えたときのせっぱつまった表情が、山ほどあって伝えきれない思いを語っている。

「ほんとうに助かったよ、もどってきてくれて」ベネディクトは言った。「ヒュー様は、小一時間前に目を覚まされたとたん、姉さんはどこだって訊かれたよ。出かけたってお伝えしたら、ものすごく不機嫌になられて」

アリスは外套《がいとう》のベルトをはずした。「それで、どこにいらっしゃるの?」

「書斎に。姉さんがもどったら、すぐに来させるようにって」

「わたしもそのつもりよ」アリスは階段へ向かって歩き出した。

「アリス？」

一方のつま先を階段の一段目にのせたまま、アリスは立ち止まった。「はい、なに？」

「知らせたかったことがあるんだ」ベネディクトはさっとあたりを見回し、話が聞こえる範囲に使用人がいないことを確認した。一歩、アリスに近づいて、声をひそめて言う。「サー・ヒューの具合が悪くなったとき、僕はいっしょにいたんだ」

「知っているわ。それがどうかしたの？」

「カップに毒が入っていたことに気づいて、あの方が初めて口にしたのは、姉さんの名前だった」

アリスは殴られたかのようにたじろいだ。なにか、耐えがたく重いものがのしかかってきて、つぶされそうになる。「わたしがあの方を殺そうとしたと思われたの？」

「ちがうよ」ベネディクトは苦笑いをした。「最初、僕もあの方がそう思ったと勘ちがいしたんだ。それで、そんなことはありえないって言った。そうしたら、あの方ははっきりと、自分を救えるのは彼女だけだから呼んできてほしいとおっしゃったんだ。あの方は最初から、リヴェンホールのヴィンセントのしわざだと決めつけていた。姉さんのことは、みじんも疑っていないよ」

アリスの心にのしかかっていた耐えがたい重みが、消え去った。ベネディクトに向かって弱々しくほほえむ。「教えてくれてありがとう、弟くん。あなたには想像もつかないくらい、気持ちが楽になったわ」

ベネディクトは頬を染めた。「姉さんがどんなにあの方を思っているか、わかっているんだ。サー・ダンスタンが言うには、ヒュー様は自分がやさしい気持ちになるのを許せない性分なんだって。それで、愛するとか愛されるっていう感覚をあざけっていて、女性に思いを寄せたこともないんだって教えてくれたよ。でも、あの方は少なくとも姉さんを信頼していることを、姉さんは理解してあげるべきだと思う。サー・ダンスタンに言わせると、われらが領主様がだれかを信頼するなんて、まずありえないことなんだってさ」

「これは始まりよ、そうじゃない？」アリスはくるりと背中を向け、足早に階段を上っていった。

階段を上りきると、キャサリンのメモと指輪をきつく握りしめて、廊下を滑るように進んでいった。ヒューの書斎の扉まで来ると立ち止まり、鋭くノックする。

「入れ」ヒューの声は背筋が冷たくなるほど冷ややかで、とげがある。

アリスは息を吸い込み、扉を開けた。

ヒューはデスクに向かっていた。目の前には地図が広げられている。アリスが部屋に入っていくと、目を上げた。彼女を見て、すっくと立ち上がる。両方の手のひらはデスクに押しつけられたままだ。いまにも飛びかかってきそうな、恐ろしい目をしている。

「いったい、どこへ行っていたのだ、マダム？」

「修道院です」アリスはじっとヒューを見た。「もうつらくはなさそうですね。ご気分はいかがですか？」

「食欲はもどった」ヒューは言った。「さらに、復讐欲もわいてきたようだ」

「復讐したくてたまらないのは、あなただけではないらしいわ、ご主人様」そう言って、羊皮紙と指輪をデスクの上にぽんと放った。

「きょう、あなたは、あなたより復讐欲の強い女性の餌食になったようです」

19

「治療師が毒を盛ったのか？」ヒューは、キャサリンがベッドの上に残したメモから顔を上げた。アリスから聞かされた話には、驚くほかなかった。しかし、彼女が修道院から持ち帰った証拠を受け入れないわけにはいかない。

「この指輪と、残されたメモから判断して、彼女はあなたのお父様の婚約者だったのではないかと思うの」アリスはスツールに腰かけた。「フランスからもどったサー・マシューが、婚約は解消するつもりだと彼女に知らせた、という推測も成り立つわ」

「私の母と結婚できるように、ということか？」ヒューはなんとかがんばって、冷静かつそっけない声で言った。しかし、実際はいつになく感情がたかぶって、脈拍さえ速まっている気がした。父は私を自分の子と認めるつもりだったのだ。

「はい」アリスの温かい目はやさしさに満ちていた。「その可能性はとても高いと思います」

ヒューはアリスを見つめて思った。彼女はすべてを理解してくれている。彼女の知らせが私にとってどんな意味を持つのか、説明する必要はないのだ。いつもどおり、私の意味するところを理解してくれるから、私はうまい表現を探さなくてすむ。

「そして、キャサリンは私の両親を毒殺して報復した」ヒューは羊皮紙から手を離し、またゆっくり丸まっていくようすを見つめた。「ふたりを殺したのだ」

「そのように思えます」

「私のこれまでの人生が書き換えられてしまったようだ」ヒューは声をひそめて言った。

「長年のあいだ、真実が隠されていたとは、なんと罪なことでしょう」

「物心がつく前から、リヴェンホールのすべてを憎むように教えられたことを思うと――」

なんとつづけていいのかわからず、ヒューは口をつぐんだ。

決して忘れません、お祖父様。

ヒューは、彼の存在そのものを支えていた揺るぎない石の柱が、突然、足下で向きを変えてしまったような気がした。

父は、自分の赤ん坊の母親と結婚する気で、フランスからもどってきたのだ。スカークリフの若いマーガレットを誘惑し、捨てたわけではなかった。

「同じように、サー・ヴィンセントもあなたがたを憎むように教えられてきたわ」アリスは言い、物思いにふけっていたヒューを現実に引きもどした。

「そうだ。彼女が犯した罪によって、たがいの家族も領民たちも、計り知れない代償を支払うはめになった」ヒューはアリスの目を見つめ、意識して冷静に現状をみきわめようとした。「しかし、キャサリンはなぜ、いまになって私に毒を盛ったのだろう？　私がスカークリフの統治者として最初にやってきたときに、忌まわしい毒薬を使わなかったのはなぜだ？」

アリスは眉を寄せて考えこんだ。「わたしにもよくわかりません。今回の件では、まだ謎に包まれていることがたくさんあります」

「私を殺すなら、数週間前のほうがはるかに簡単だっただろう」ヒューは丸まった羊皮紙を手に取り、ぽんぽんとデスクの表面をたたいた。「城のなかは無秩序を絵に描いたような状態だった。密かに毒を混ぜる機会はいくらでもあっただろうし、私を救う技能を持つ者もそばにいなかった。なぜ、いまなのだ？」

アリスはきゅっと唇を結んだ。「おそらく、二家族の確執を見つづけて、いくらかでも満足していたのでしょう。これまでずっと、あなたがたの確執や恨み合いを堪能してきたのですから」

「そうだな」

「きのう、サー・ヴィンセントが家族を連れてやってきたのが、キャサリンは気に入らなかったのかもしれません。あなたとサー・ヴィンセントが馬を並べて村を横切ったのは、みんなが見ていましたから」

「そうだった」ヒューは、どうしてすぐそれに気づかなかったのだろうと思った。いまはまだ、頭がうまく働いていないらしい。過去を覆すような情報を得て、ものを理路整然と考える力が発揮できなくなっている。「キャサリンはそんなわれわれを見て、スカークリフとリヴェンホールの確執に終止符が打たれる最初の一歩だと判断したのかもしれない」

「はい」アリスは指先でとんとんと膝をたたいた。

「なにか気になることでも？」

「どうしても、彼女が修道士を毒殺した理由がわからないのです。さっぱりわからないわ」

「彼女を見つけ出さないかぎり、理由はわかるまい」急に思いついたように、ヒューは立ち上がった。「彼女を探し出すぞ」そう言って、デスクの縁をまわりかける。

「どちらへいらっしゃるのですか？」

「ダンスタンに指示をあたえに行く。スカークリフの隅から隅まで探索させるぞ。徒歩では、彼女もそう遠くまでは行っていまい。すぐに動き出せば、嵐が来る前に探し出せるだろう」

雷鳴が響いて稲妻が走り、ヒューが予定を言い終える前にもう、計画は頓挫《とんざ》した。

「遅かったですね」

「いまいましい」ヒューは窓辺に寄った。

外はひどい嵐になり、ものすごい風雨がスカークリフ城の黒い壁にも、背後の断崖にも吹きつけはじめた。これだけの強風ではたいまつは使えない。ヒューは耐えがたいくやしさを嚙みしめながら鎧戸《よろいど》を閉めた。

「だいじょうぶです」アリスは言った。「あすの朝にも、彼女は見つかります」

ヒューは振り返り、じっと自分を見つめているアリスを見た。心配のあまり、その目は暗く沈んでいる。私を心配しているのだ、とヒューは思った。彼女がこんな目をするのは、大切な人を気遣っているからだ。愛する人を心配しているのだ。

わが妻。

その彼女が自分の書斎に坐っているという単純な事実に、ヒューは一瞬、うっとりした。彼女の足下の床に、ふわりとたまっているスカートの優雅なこと。火鉢の明かりを受けて、濃い赤色の髪が燃えさかる炎のようだ。夜の帳が降りる直前の、みごとな夕日の色の髪。

わが妻だ。

きょう、彼女は私の命を救ったうえ、私の過去にまつわる真実を告げてくれた。あまりに多くをあたえてくれた。

また感情がこみ上げて、滝のようにヒューの体内を流れ落ちた。その激しさは、その夜、スカークリフに荒れ狂う暴風にも負けない。

こみ上げる感情の正体はわからなかったが、切ない思いばかりがふくれ上がってしかたがない。ヒューは突然、洗練されたほめ言葉のリストがいますぐほしいと思った。ジュリアンの優雅な言葉がほしい。詩人が言いそうな、なにか心に残る言葉を口にしたかった。アリスと同じくらい美しい言葉を。

「ありがとう」と、ヒューは言った。

数時間後、大きくて温かいベッドのなかで、ヒューはアリスに密着して、最後にもう一度、彼女のやわらかい部分へと突き進んだ。最初に感じたのは、かすかな震えだった。やわらかく吸いつくような温かさが、ヒューを締めつける。やがて、なにかから解き放たれたように、アリスが息も絶え絶えに甲高い声をあげた。

畏敬《いけい》と感謝の念に、ヒューは一瞬、ぼうっとなった。嵐のなか、私はひとりではない。アリスがいっしょなのだ。私は彼女に触れ、感触を味わい、抱きしめられる。彼女は私の一部なのだ。

思いがけない発見は、気づいたときと同様、あっというまにヒューの頭から消え去った。情熱的なアリスからほとばしる甘い光に包まれ、われを忘れてしまう。ヒューは一気に上昇し、空高く舞い上がった。驚きと満足感のあまり、くぐもってかすれた叫び声をあげ、荒々しい風に身をまかせる。

暗闇のなか、アリスといっしょにいるヒューは、嵐を抑える必要はなかった。大きな鷹《たか》のように自由きままに風に乗り、もう過去が影を落とさない場所へと飛んでいった。

すべてが終わったあと、ヒューは長いあいだ黙って横たわったまま、隣にアリスがいる喜びを堪能していた。

「ヒュー？」

「なんだ？」

「眠っていないのね」

ヒューは暗闇でほほえんだ。「あなたも眠っていないようだが」

「こんな遅くまで起きているのは、なにか大事なことを考えているからなの？」

「なにも考えていない。聞いているだけだ」

「なにを？」

「夜の音を」

アリスはしばらく黙りこんだ。「なにも聞こえません」

「そうだろう。風はおさまり、雨もやんだ。嵐はおさまったのだ」

「妙な日ね」ジョーンは修道院の門番小屋まで来て立ち止まった。両手を僧衣の袖に入れたまま組み合わせ、スカークリフを覆っている濃い霧を心配そうに見やる。「こんなことはさっさと終わって、すっきりしたいものだわねえ」

「今回のことが終わるのを待ちかねているのは、院長様ひとりではありません」アリスは母親の教本を脇にかかえ、外套のフードを具合がいいようにかぶりなおした。「本音を言うと、ヒュー様が治療師を見つけなければいい、という思いも心のどこかに少しあるんです」

夜明けと同時に、ヒューはキャサリンを探しに向かっていた。ベネディクトを含め、城内の強健な男はほぼ全員、彼といっしょに出かけた。出発して以来、ヒューからはなんの連絡もなかった。

心配でじっとしていられず、アリスはスカークリフ城の廊下を歩きまわったが、やがて、ひとりで閉じこもっていることにどうしても耐えられなくなった。とにかく、なにか役に立つことに没頭しようと、母親の薬草教本をかかえて村まで歩いていった。

修道院の医務室では、仕事はいくらでもあった。咳止め薬と関節炎に効く強壮薬を調合したあと、アリスは修道女たちとともに昼の礼拝をして、食事を取った。

「わかります」ジョーンは小声で言った。「キャサリンがただ消えていなくなってくれたほうが楽だけれど、そうなるとは思えないわね」

「そうですね。ヒュー様は、必要なら彼女を探して地獄の門までも行く方ですから」アリスは霧に目をやった。「わたしとしては、彼女を探し出したことで、あの方の気持ちが休まることを期待するだけです」

ジョーンは共感のこもった穏やかな目でアリスを見た。「人は、過去には決して安らぎを見いだせないものです、アリス。わたくしたちはみな、いまに安らぎを見いださなければなりません」

アリスは母の教本を抱える手に力をこめた。「あなたはほんとうに賢明な方です、マダム」

ジョーンは物言いたげにほほえんだ。「つらい思いをして学ばざるをえなかった教訓ですが、だれもが通らなければならない道です」

ジョーンはどうして信仰生活に入ったのだろう、とアリスは初めて思った。いつか訊いてみよう、と自分に言い聞かせる。もちろん、きょうではない。そんな立ち入ったことを訊くのはまだ早すぎる。でも、この先、そんな打ち解けた会話をする機会はいくらでもあるだろう。院長との友情を育てるのは、なぜかたがいにとって大事なことに思えた。冷え込む日にもかかわらず、アリスは体の奥に真に温かいなにかが花開くのを感じた。わたしの将来はここに、スカークリフにあると彼女は思った。いい人生になるわ。

「ご機嫌よう、マダム」アリスは門に向かって歩き出した。

「ご機嫌よう、マイ・レイディ」

さようならと手を振り、アリスは石造りの門のあいだを抜けていった。

霧はさらに濃くなって、道に刻まれた馬車の轍《わだち》さえほとんど見えない。こんな状態では、ヒューの探索は困難をきわめているだろう。同時に、彼が簡単に追及をあきらめたりしないこともわかっていた。スカークリフとそのまわりの土地を虱潰《しらみ》しに探し抜く、その断固たる信念こそ、彼が彼であるゆえんなのだ。

彼を責める気にはなれない、とアリスは思った。なんと言っても、彼が追っているのはほぼ確実に、彼の両親を殺した人物なのだ。ヒューにしてみれば、キャサリンが自分にも毒を盛ったかもしれないことは、彼女がおそらく三十年前に犯した罪にくらべたらたいして重要ではないと、アリスはわかっていた。

キャサリンは、彼から母親と父親の両方を奪ったのだ。そして、結果的に、彼の正当な相続財産である領地を取り上げた。彼女のせいでヒューは、彼を復讐の道具くらいにしか見ていない気むずかしい老人の世話にならざるをえなかったのだ。

彼がソーンウッドのエラスムスのもとにあずけられる運命にならなかったら、と考えてアリスは身震いした。ヒューが猛烈な嵐に呑み込まれそうになるのをひとりで阻み、彼の気質の大部分をかたちづくった謎の人物にいつかきっとお礼を言おう、とアリスは自分に言い聞かせた。

かならず獲物を探し出す、というヒューの断固たる信念は責められないとしても、ふたたびひとりになったアリスはまた不安でたまらなくなった。いまの状況にはなにか釈然としないものがある。説明のつかないことが多すぎる。まだ答えの出ない疑問も多すぎる。どうして修道士を殺したのだろう?

その日、百回目の疑問を繰り返しながら、アリスは村はずれにある最後の家の前を通りすぎた。音という音は霧に吸い込まれ、あたりは静まり返っている。畑に、仕事をしている男たちの姿はない。菜園にも女たちの姿はない。子供たちは冷えきった体を炉辺で温めている。アリスは、スカークリフ城までの道をひとりぼっちで歩いていた。

修道士、とアリスは思った。放浪の修道士カルバートと、ヒューの両親が毒殺されたことは、なにかでつながっているにちがいない。

霧のなかからアリスの行く手をさえぎるように、頭巾をかぶった黒い人影が姿を現した。アリスは凍りついた。大波のようなとてつもない恐怖に、全身を呑み込まれた。

「そろそろ現れるころだと思っていたよ」男は手を伸ばして、アリスをつかんだ。「日没の祈りまで修道院で油を売ってるつもりじゃないかと、思いかけたところだ」

叫び声をあげようと口を開けたが、遅すぎた。一瞬早く、ごつごつした手に口をふさがれた。

　アリスは母親の教本を落とし、死にものぐるいで男を蹴《け》ろうとした。ドレスのスカートのひだに脚をからませながら、それでもなんとか、やわらかいブーツに包まれたつま先で襲撃者の向こうずねを蹴飛ばした。

「ちくしょうめ」男はうめいた。「簡単にゃあいかないと思っていたよ。おっと、声を出すんじゃない」アリスのフードをぐいと引き下げて顔を覆い、目隠しにした。

　男から逃れようと、アリスはめちゃくちゃにあばれた。やみくもに腕を振りまわして、なにかを、なんでもいいから殴りつけようとしたが、そのあいだに襲撃者に抱え上げられてしまった。そのうち、道をやってくるくぐもった足音が聞こえて、男には仲間がいるとわかった。

「なにをやってもかまわねえから、フルトン、大声は出させるな」やってきた男が怒鳴った。「村はすぐそこだ。悲鳴なんかあげられたら、だれかに聞かれちまう」

　アリスはありったけの力を振り絞って助けを求めようとした。そして、やっとの思いでフルトンの手のひらに嚙みついた。

「このやろう」フルトンがあえぎながら言った。「このアマ、嚙みつきやがった」

「猿ぐつわを嚙ませろ」

　半狂乱になって抵抗するアリスの口に、いやな臭いの細長い布がかけられ、頭のうしろできつく縛られた。

「さっさとやりやがれ、フルトン。いつまでもこんな道の真ん中にはいられない。その霧の向こうから、サー・ヒューと兵士がひょっこり姿を現したら、俺たちゃ、なにがどうなったかわかる前に殺されちまうぞ」

「こうして奥方を人質にしてるかぎり、サー・ヒューは手出しできないよ」フルトンは言い返した。しかし、言葉とは裏腹に、声はいかにも不安そうだ。

「サー・ヒューに出会ったが最後、生きて逃れられるとは思わないね」もうひとりの男がぼそぼそと言った。

「でも、非情なヒューは新妻がかわいくてしょうがないんだって、サー・エドアルドは言ってたぞ」

サー・エドアルド。アリスは驚きのあまり、一瞬、体の動きを止めた。この人たちは、ロックトンのエドアルドの話をしているの？ まさか。エドアルドがヒューの怒りを覚悟でこんなことをするとは、とても思えなかった。ヒュー本人も、あの不愉快なエドアルドは自分の足下にもおよばないと、相手にもしていなかったのだ。

「サー・ヒューはこの女にほれているかもしれねえが」もうひとりの男が言った。「ソーンウッドのエラスムスが、あの黒ずくめの騎士の剣に〈嵐を呼ぶもの〉と刻ませたのは、それなりの意味があってのことだ。急げ。すぐにずらからねえと、すべてはパアだぞ」

わたしは自分から罠に飛び込んでいったのだ、とアリスは気づいた。

ようやく顔からフードが引きはがされ、アリスはぱちぱちと目をしばたたいた。スカークリフの洞窟の一つにいるのは、すぐにわかった。たいまつの明かりに照らされ、不気味な影が湿った壁に揺れている。どこか遠くで水のしたたる音がする。

フルトンが猿ぐつわをほどいた。アリスは顔をしかめ、外套の袖で唇をぬぐった。

暗がりからゆっくりキャサリンが姿を現し、アリスの目の前に立った。永遠の憂鬱《ゆううつ》をたたえて、治療師の顔には深いしわが刻まれている。その目は、彼女の魂と同様にどんよりと曇っていた。

「信じてもらえないでしょうけど、こんなことになってしまって残念です、レイディ・アリス。避けられないことだったのでしょうけれど。あなたには、過去の罪が邪悪な毒草を芽生えさせると言ったはずです」

「毒草を芽生えさせたのは過去ではないわ、キャサリン。あなたよ。あなたの最後の骨折りは失敗したわ。もう二度とチャンスはない。いまもサー・ヒューはこの領地を虱潰しに探しているのよ。遅かれ早かれ、あなたは見つかってしまうわ」

ロックトンのエドアルドが洞窟の奥へとつづく通路から、ぬっと姿を現した。たいまつの明かりに照らされた姿は、まるで邪悪なトロルそのものだ。ずる賢そうな小さな目が、憎々しげにきらりと光った。「やつはもう探しに来たんだ、洞窟の入り口あたりまでな。なかなか勘が鋭いじゃないか。しかし、奥のここまでは探しに来なかった、なあ、キャサリン？」

キャサリンはエドアルドのほうを見もしない。わかってほしいと言いたげにアリスを見つめつづけている。「エドアルドはわたしの従兄弟です、レイディ・アリス」

「従兄弟？」アリスはエドアルドを見つめた。「よくわからないわ」

「だろうな」エドアルドは、顎髭の奥で黄色い歯をむき出した。「だが、すぐだよ、マダム。心配はいらない。すぐになにもかもわかる。非嫡出子のあんたの旦那もわかるだろう。俺の剣に斬り殺される直前にな」

ひねくれた怒りがエドアルドの体から発散しているようで、アリスは気分が悪くなった。

「どうしてそんなに夫が憎いのです？」

「あいつが生まれたせいで、なにもかもだめになったからだ。なにもかもだ」エドアルドはいらだたしげにフルトンともうひとりの男に合図を送った。ふたりは、暗い通路の奥へと消えていった。エドアルドはアリスに近づいて言った。「キャサリンはリヴェンホールのマシューと結婚するはずだったんだ。婚約の段取りをつけたのは、この俺だ」

「わたしは、十三歳のときに両親を亡くしたのです」キャサリンはささやくような声で言った。「残されたわたしに、男性の親戚はエドアルドしかいませんでした。わたしの運命は彼の手にゆだねられたのです」

「彼女は、母方の親戚から莫大な持参金を遺贈されていたから、俺がうまくやってやったんだ」エドアルドがすごむように言った。「リヴェンホールのマシューは、領地を何か所か相続する立場にあった。やつの家族はキャサリンの持参金がほしかった。キャサリンを嫁にもらえるなら、喜んで領地の一部を差し出すと言った。両家にとって理想的な縁組みだったんだ」

「従姉妹の結婚で甘い汁を吸おうという魂胆だったのね」アリスはなじった。

「そのとおり」エドアルドはからかうように、たくましい肩の一方をすくめた。「結婚は商売だよ。女の使い道でいいのは二つだけ、体と結婚だ。体を満足させたきゃ酒場の女だってなんだって相手にすればいい。うまい結婚に利用できるのは、女相続人だけだ」

「あなたは、領地を自分のものにするために婚約話をまとめたのね」アリスは怒りをこめて言った。

キャサリンは憎々しげに口をゆがめた。「この人がほしかったのは、領地だけじゃないわ」

エドアルドは顔をしかめた。「結婚したら、サー・マシューには死んでもらう予定だった。未亡人になったキャサリンの値打ちは、さらに上がっていただろう。再婚する相手しだいで、俺は領地や金をもっと要求できたんだ」

「なにをするつもりだったの？」アリスは詰め寄った。「彼女の結婚相手をつぎつぎ毒殺して、再婚させるたびに儲けようとでも？」

「誓って言います。この人がなにをしようとしていたか、わたしはまったく知りませんでした」キャサリンがすがるような声をあげた。「たんなる無邪気な娘だったんです。大人の企みごととは無縁でした」

「ふん」エドアルドは心からさげすむようにキャサリンを見た。「それがすべておじゃんだ。マシューは、あの尻軽マーガレットと結婚するつもりでフランスからもどってきた。家族に反対されるのはわかっていたから、ふたりだけでこっそり結婚するつもりだった。ところが、俺がその計画を、結婚する予定の前日に知ってしまったんだよ」

「だから、ふたりを、マシューとマーガレットを殺したの?」

「サー・マシューは死ぬ予定じゃなかった」エドアルドは怒った声をあげた。「俺の予定どおり、キャサリンと結婚するはずだった。なのに、あのあほうはマーガレットと同じカップに口をつけやがった。愛の乾杯ってことなんだろうよ。で、死んじまった」

アリスはエドアルドを見つめた。「どうしてそんなに毒にくわしいの?」

エドアルドは一瞬、満足げに顔をゆがめた。「毒薬の作り方は、何年か前、しばらくトレドに住んでいたときに学んだ。これまでに、一度ならず使わせてもらった。最高の武器だよ。たとえ殺しだとばれても、だれもが犯人は女だと思いこむ」

「三十年前と同じように」アリスは言った。

たまらなく不快なエドアルドのほほえみは、とても正視するに耐えない。「そうだ。マーガレットが恋人を毒殺したあと自殺したと世間は思いこんでくれた。真犯人を探そうとは、だれも思いもしなかった」

「毒薬は女の武器だと、人は思いがちだわ」キャサリンがつぶやいた。

アリスは外套をつかんでさらに体に密着するように引っ張り、洞窟内によどんでいる恐ろしいほどの冷気を寄せつけまいとした。「どうしてわたしをさらったの? なにが目的なの?」

「わかりきったことだろう、マダム」エドアルドは穏やかに言った。「誘拐して身代金を取るんだよ」

アリスは眉をひそめた。「サー・ヒューがどうすると思っているの？　わたしと引き替えに大箱いっぱいの香辛料を差し出すとでも？」

「いいや、マダム。俺がほしいのは、大箱一杯分のショウガやサフランより、もっとはるかに満足できるもんだ」

アリスは不安そうにエドアルドを見つめた。「それは、なに？」

「復讐だよ」エドアルドは声をひそめて言った。

「でも、なぜ？」

「非情なヒューは、非嫡出子として生まれたくせに、俺のものになるはずだったものを手に入れた」こみ上げる怒りのあまり、とぎれとぎれに言う。「やつは領地を手に入れた。めったにない宝が隠されている領地だ」

「でも、スカークリフの石がどこに隠されているかは、だれも知らないわ」アリスは必死になって言った。「それどころか、ヒュー様はたんなる伝説にすぎないと思っている」

「あれは、伝説で片づけられるような代物ではない」エドアルドはきっぱり言った。「オックスウィックのカルバートはそれを知っていた。年をとって剣を使えなくなり、修道士になった老騎士から聞いたそうだ。その元騎士はかつて、スカークリフの領主につかえていた。その領主が見つけた古い手紙に、秘密の一部が記されていたそうだ」

アリスは一歩あとずさった。「秘密って？」

「緑の石が鍵、ということだ」エドアルドはきらりと目を輝かせた。「なんで俺が、そのためにもうふたりも殺したと思ってるんだ、マダム？」

「行商人と哀れな修道士ね？」

「そうだ。まぬけな吟遊詩人のギルバートだって、この手で殺してもよかったんだ。しかし、そんなとき、あんたがおせっかいをやいたせいで、サー・ヒューが緑の石を手にしてすべてが変わってしまった。まったく、もう、さいころゲームみたいじゃないか」

「人殺し」

「人を殺すのはなかなか楽しい気晴らしだ」エドアルドは認めた。「しかも、今回はことのほか楽しいだろうよ。非情なヒューは、生まれたことで俺のすべてをだめにした張本人だからな」

「お父様がキャサリンとの婚約の誓いを破る道を選んだのは、ヒュー様のせいじゃないわ」

「ほう、ところが、やつのせいなんだよ」エドアルドはきゅっと口を結んだ。「サー・マシューがどうしてもレイディ・マーガレットと結婚しようという気になったのは、自分の息子を産んでいたからだ。元気な跡継ぎを自分の息子だと認めたかったのだ。もう寝た女と結婚したがる理由なんて、俺にはそのくらいしか思いつかないね」

「たぶん、ほんきで彼女を愛していたんだわ」アリスはぴしゃりと言った。

「ふん。愛なんてものは、詩人や淑女のもんで、サー・マシューみたいな評判の男は気にも留めないだろう」エドアルドは肉厚の手を拳に握った。「三十年前、俺は多くを失ったが、これからその借りを返してもらう。これでやっとたんまり金を手に入れて、ついでに復讐も遂げられるというものだ」

アリスは深々と息を吸い込み、気持ちを落ち着けた。「なにをするつもり?」

「簡単なことだ。サー・ヒューに言づてをする。奥方を無事に返してもらいたかったら、緑の石をよこせ、とな」

アリスは意識して穏やかな声で言った。「ヒュー様がめったなことでは人を信じないことは、だれでも知ってるわ、サー・エドアルド。でも、あの方はわたしを好いてくださっている」

「よく知ってるとも、マダム。さらに言えば、それが俺の計画の元になっている」

「身代金として緑の石を手に入れたいなら、まず、わたしはまだ生きていると彼に信じさせなければ。わたしが死んでいると思ったら、彼はなにも差し出しはしない。あの方は根っからの商売人だから、緑の石だけを巻き上げられるような失敗はしないわ」

エドアルドはアリスをにらみつけた。「どうして、やつが俺からの言づてを信じないと? あんたが城にいないことは、すぐに気づくはずだろう」

アリスは肩をすくめた。「わたしは霧のなかで道に迷っただけで、わたしがいなくなったことを知ったならず者が誘拐されたように見せかけて、一儲《ひともう》けしようとたくらんだだけと思うかもしれない」

エドアルドはしばらくじっと考えこんだ。やがて、ずる賢そうな表情になって言った。

「あの男のところへあんたの持ち物を持っていかせて、あんたをあずかっている証拠にしよう」

「すばらしい考えだわ、サー・エドアルド」


「これが解決したら、エルバート」ヒューはきっぱり言った。「この城から永遠に消えてなくなれ」

「わかりました、旦那様」エルバートはがっくりと首をうなだれた。「ほんとうに取り返しのつかないことをしてしまって、お詫びの言葉もありませんと、ただ繰り返すばかりです。しかし、実際、レイディ・アリスは毎日のように、おひとりで歩いて村へいらっしゃるのです。きょうにかぎって護衛をつけなければならない理由は、思い当たりませんでした」

「ちくしょうめ」エルバートの言うとおりだとヒューもわかっていた。うろうろ歩きまわるのをやめて、大広間の炉の前で立ち止まる。執事を責めたところでなんにもならない。起こってしまったことは、この若者のせいではないと、だれよりもヒューはよくわかっていた。責められる者がいるとしたらこの私だ、とヒューは思った。妻を守りきれなかったのだから。

「いまいましい」ヒューは手にした本を見下ろした。アリスが道に落としていた薬草の教本だ。なんの手がかりも得られないままキャサリンの捜索を打ち切った帰り道、ヒューが見つけた。

「霧で道に迷っただけでしょう」ベネディクトは言ったが、声は不安げだ。

ヒューは奥歯を嚙みしめてから、言った。「それはないだろう。霧は濃いが、通い慣れた道のなじみ深い目印が見えなくなるほどではない。そう、彼女は無理やり連れ去られたのだ」

ベネディクトは目を見開いた。「誘拐されたとおっしゃるのですか？」

「そうだ」道に落ちている教本を初めて目にした恐ろしい瞬間から、それはわかっていた。つかの間、ヒューは目を閉じた。なんとか意志の力で、気持ちを平静に保つ。はっきりと、論理的に考えなければならない。自制心を押しつぶしそうな怒りと恐れの嵐を支配しなければ、すべてが失われてしまう。

「しかし、だれがレイディ・アリスを誘拐するのでしょう？」エルバートはすっかり途方に暮れているようすだ。「みんなに愛されているお方なのに」

ベネディクトの目にみるみる不安が広がった。「すぐにまた馬を出しましょう。姉を探さなくては」

「いや」ヒューが言った。「この霧のなか、毒殺者さえ見つけられなかったのだ。アリスを見つけられる可能性はまずない。誘拐犯から連絡があるまで待つべきだ」

「でも、連絡がなかったら？」ベネディクトは怒りをこめて尋ねた。「なにも言ってこなかったら、どうするんです？」

「きっとなにか言ってくる」ヒューは片手で剣の柄《つか》に触れた。すり切れた黒革の柄を握りしめる。「誘拐の目的といえば、身代金だけだ」

霧に包まれたスカークリフの地に夜の帳が降りるころ、門番に伝言が届いた。心配顔の門番は、直接、ヒューに要求を伝えた。

「城門に男がやってまいりました、旦那様。レイディ・アリスを返してほしかったら、村の古い排水溝の北の端に、緑の石を持ってくるようにと、あなた様に伝えるように言われました。石を置いて、城へもどって待っているようにとのことです。朝までに石はなくなり、レイディ・アリスは城にもどされるそうです」

「緑の石?」大きな黒檀の椅子に坐っていたヒューは、身を乗り出した。一方の肘を腿にのせて、じっと門番を見つめる。「それが身代金ということか?」

「はい、旦那様」門番は不安そうにごくりと喉を鳴らした。「私は、言づてをお伝えしているだけということを、どうか、お忘れくださいませんように」

「言づての主はだれだ?」

「主人はロックトンのエドアルドだと、男は言っておりました」

「エドアルド」ヒューは、広間の中央にある炉で燃えさかる炎を見つめた。「やはり、私に挑む気か。使いの者はほかになにか言っていたか? まったくなにも言わなかったのか? よく考えろ、ギャラン」

　ギャランは素速くうなずいた。「レイディ・アリスの身を拘束している証拠に、レイディ・アリスからの特別な伝言をあなた様に伝えるように、主人に命じられたそうです」

「どんな伝言だ？」

　ヒューが椅子から立ち上がりもしないのに、ギャランは一歩後ずさった。片手を差し出して、指を開く。手のひらの上に、オニキスの見慣れた指輪が現れた。「レイディ・アリスから、婚約の指輪と、これをお贈りになった日、あなた様がおっしゃった言葉をよく思い出すようにとの言づてを、おあずかりいたしました」

　ヒューは指輪を見つめた。私は詩才のある男ではない、と彼は思った。あの日、アリスにも愛の言葉は告げなかった。

　いい、いい、いい、いい、いい、いい。あの洞窟に、決してひとりで入ってはならない、ない、ない。

「そういうことか」ヒューはつぶやいた。

　ベネディクトは、一歩、二歩とヒューに近づいた。「どういうことでしょう？」

「エドアルドはアリスを、スカークリフの洞窟のどこかに監禁している」

20

計画を聞いて、ベネディクトは激怒した。「緑の石を渡さないって、どういうことですか？ お願いですから、姉をロックトンのエドアルドの好きにさせないでください。言づてを聞いたはずです。姉は殺されてしまいます」

ダンスタンは片手でベネディクトの肩をつかんだ。「落ち着け、ベネディクト。サー・ヒューは、これまでに何度も、エドアルドのような男たちと取り引きをされている。自分がなにをされているかは、よくわかっておられる」

ベネディクトは杖でドンと床を打った。「でも、サー・エドアルドに緑の石を渡さないとおっしゃってるんだ」

「そのとおり」

ベネディクトは振り返り、ヒューを見た。「緑の石に価値などほとんどないとおっしゃったのは、あなたですよ。ただの象徴だって。古い伝説の一部だとおっしゃった。だったら、そんなどうでもいい石より姉の命のほうが大事なはずだ」ヒューは、カルバートが残した洞窟の見取り図から顔も上げない。「落ち着け、ベネディクト」

「アリスのことを少しは気にかけてくれているのだと思っていました。面倒をみるとおっしゃったじゃないですか。姉を守るとおっしゃったはずです」

少しは気にかけている、とヒューは心のなかで繰り返した。そんな言葉は、いま私が静めようと必死になっている思いとあまりにかけ離れている。ヒューはゆっくり目を上げて、ベネディクトの不安にひきつった顔を見た。

「前に言ったとおり、石にはなんの価値もない」ヒューは静かに言った。「価値のあるなしはどうでもいい問題だ」

「どうか、緑の石を渡してください」ベネディクトは懇願した。「さもないと、姉は殺されてしまいます」

ヒューは黙ってベネディクトを見つめ、どこまで話すべきかと考えた。ちらりとダンスタンに目をやったが、肩をすくめられてしまった。若者に嘘をついてもなにもいいことはないとダンスタンの表情が告げている。

「いまの状況を、おまえはまるでわかっていない」ヒューは静かに言った。姉の命は風前の灯なのだと、どう弟に説明すればいいのか？　そして、妻の命が人殺しの手にゆだねられているという事実に、男はどう対処するものなのだ？

ヒューは自分の恐怖心をなんとか脇へ押しやった。身の毛もよだつような光景や、アリスのいないわびしい将来を描いているばかりでは、彼女のためになることはなに一つできない。

「それはちがいます」ベネディクトは怒りの声をあげた。「なにが起こっているのか、僕はしっかり把握しています。姉はロックトンのエドアルドに誘拐され、やつは姉と引き替えに緑の石を要求している。騎士はいつだって、たがいに身代金をやりとりしているじゃないですか。払ってください。石を渡してやってください」

「そんなことをしても、なにもいいことはない」ヒューは言った。「指示どおり、私が村の古い排水溝に緑の石を置いても、エドアルドはアリスを殺すにちがいない」

ダンスタンも静かにうなずいた。「サー・ヒューのおっしゃるとおりだ、ベネディクト」

ベネディクトはとまどいの目をダンスタンに、さらにヒューへと向けた。「でも……でも、あの男は緑の石を要求しているんです。引き替えに姉を解放すると言っています」

「馬上槍試合やなごやかな集団戦では、身代金のやりとりも競技の一部だが、今回はそんなものではない」ヒューはまた洞窟の見取り図を丹念に調べはじめた。「ロックトンのエドアルドが信用に裏づけされたルールにのっとってことを運ぶと思ったら、大まちがいだ」

「でも、彼は騎士です」ベネディクトはあとに引かなかった。「イプストークでも馬上試合に参加していました。僕はこの目で見ました」

「こんどのことで、エドアルドが真の騎士ではないのはだれの目にも明らかだ」ダンスタンがぼそっと言った。

「これまでのやつはずる賢いキツネよろしく、ほしいものがうまく手に入れられる機会を物陰からうかがっていた」ヒューは指先で、地図上の洞窟路をたどった。「馬上試合の会場では猫をかぶっているのだ。なにしろ、おおぜいの観客が見ているのだ。まわりはほんものの騎士ばかりだから、不正を働いたり不名誉な行動を取ったりすれば、激しい怒りを買うだろう。しかし、今回はまるで状況がちがう」

「どういうことですか？」ベネディクトは詰め寄った。

「やつは調子に乗り過ぎた」ヒューはテーブルに一方の肘をつき、拳に顎をのせた。「リヴェンホールを占拠したのもそうだ。あの領地になにがあっても私は気にかけないと、やつは知っていた。状況がちがえば――」そこまでしか言わず、ヒューは口をつぐんだ。

ベネディクトは険しい表情で考え込んだ。「アリスが兵をしたがえてリヴェンホールの救援に向かわなければ、あなたはなにもしなかったということですか？」

「そうだ。彼女が領地を救おうと立ち上がらなければ、エドアルドはまんまとあそこをわがものにして、私もそれを快く思っていただろう。やつにはわかっていたのだ。しかし、そんなことは……そんなことはどうでもいい」

こんどの駆け引きにはこれまでとはまるでちがう要素がかかわっている、とヒューは思った。そして、あらゆる可能性に思いをめぐらせた。エドアルドは緑の石についてなにを知り、これまで細心の注意を払って付き合ってきた男を激怒させるような危険を進んで冒したのか？

エドアルドは石についてなにを知り、命を危険にさらしてまで手に入れようとしているのか？

アリスを誘拐した瞬間、やつは自らの死刑執行令状に署名したのだ。それを思い知らせてやらなければなるまい。

「もちろん、そんなことはどうでもいいんです」ベネディクトはテーブルに拳を打ちつけた。「緑の石を渡したらアリスはエドアルドに殺されると、どうしてわかるんですか？」

「アリスを誘拐したことで、やつは直接、私に挑んでいるのだ」ヒューは眉間にしわをよせ、べつの洞窟路をにらんだ。「つまり、理由はわからないが、やつはもう私の警告にしたがうほどは私を恐れていないということだ。だとすれば、やつはもうキツネではなくイノシシだ。イノシシほど危険で、なにをしでかすかわからない生き物はいない」

ベネディクトはその場に凍りついた。イノシシがもっとも獰猛な獣であることは、だれでも知っている。あんな獲物を狙うのは、よほど腕のいい猟師だけだ。硬くて分厚い筋肉と、大きな牙と、並みはずれた凶暴性をそなえ、馬や、運悪く鞍《くら》にまたがっていた人間さえ殺されてしまうことがある。どんなに勇敢な猟犬でさえ、闘争心あふれる他の犬たちの協力と、猟師の矢という援護がなければ、イノシシを打ち倒すことはできない。

「どうされるんですか？」ようやくベネディクトがショックにうちひしがれた声で訊いた。

ヒューは、カルバートが地図を描いた羊皮紙を、くるくると丸めた。「野生のイノシシ相手にできる、唯一のことをやるまでだ。追いつめて、殺す」

キャサリンの悲しげな目が、アリスの目を見つめた。「サー・マシューが亡くなってから、従兄弟はわたしが受け継いだ遺産をほとんど使い尽くしたうえ、わたしにふさわしい結婚話をまとめることもできませんでした。わたしは彼の許可を得て、スカークリフ修道院に入りました。その後、彼とはめったに顔を合わせませんでしたし、わたしとしてはそれがとてもありがたかったのです」

「あなた、修道院では幸せだったのかしら？」

「こういう性分ですけれど、それなりに幸せだとは思っています」

自分が窮地に立たされているのも忘れて、アリスは彼女が気の毒になった。「たまに気持ちがふさいでしまうのだと、ジョーン院長様からうかがいました」

「はい。でも、心の病に苦しんでいる者に菜園の作業は合っています。薬草の調合も満足できる仕事です。いまのところ、ほとんど不満はありません」

洞窟内の硬い石の床に坐っているアリスは、居心地悪そうに体を揺すった。だだっ広い洞窟の片隅に、もう永遠とも思える時間、キャサリンといっしょに坐っている。いまにも恐怖心に呑み込まれてしまいそうなのを、かろうじて踏みとどまっていられる理由はただ一つ、口数の少ない治療師と言葉を交わしているせいだ。

リヴェンホール城でエドアルドに立ち向かったときとはくらべものにならないほど、不安だった。あのときは、ダンスタンとヒューの兵士たちが背後にいたせいもあるが、理由はそれだけではない。エドアルド本人がまるでちがうのだ。それは、ぞっとするような変化だった。今夜のエドアルドは異様に感情を高ぶらせ、どんな恐ろしいことでもやりかねないように見える。リヴェンホールを乗っ取ろうとしたときよりいまの彼のほうがはるかに危険だ、とアリスは感じた。あのときの彼はヒューに一目《いちもく》置いていた。それが今夜は、なにがなんでも緑の石を手に入れようとして、自分を律する気持ちをすっかり忘れている。

アリスがほっとしたことに、エドアルドは少し前に洞窟から出ていった。迷路のような洞窟路を知り尽くした男らしく、たいまつを掲げてしっかりした足取りで暗い通路に吸い込まれていった。

エドアルドが洞窟を出て古い村の排水溝をうかがいに行くのは、これで三度目だ。アリスは、洞窟の壁が刻々と迫ってくるような気がした。一方の壁に立てかけられたたいまつの火が、しだいに弱まっていく。炎からふき出るすすで、壁の上のほうが黒ずんで見える。揺らめく影は確実に暗く、さらに濃くなっていく。

石の床になにかが当たってカチカチと音がする。アリスは広間のような洞窟の反対側に目をやった。フルトンと、もうひとり、ロイスと呼ばれる男があぐらをかいてさいころをころがし、博打を打っていた。ふたりとも武器は手の届くところに置いている。

「俺の勝ちだ」フルトンがうなるように言うのはこれが初めてではない。勝ちつづけているのだ。

「ふん。さいをよこせ」ロイスは骨でできた小さなさいころをつかみ、床に放った。目を読んでうめき声をあげる。「ちくしょうめ。なんだってつきまくってるんだよ、おめえは？」

「勝負ごとはこうやるもんだって、教えてやるよ」フルトンはさいころに手を伸ばした。

「サー・エドアルドはもうもどってきてもよさそうなもんだがなあ。なにを手間取っているんだろう？」

「だれにもわからねえよ」フルトンはさいころを振った。「今夜のあの人は、どう見てもようすがおかしいからな」

「そうだな。あの緑のクソ石のことしか考えられないみたいだしな。まじめな話、これはおかしいぞ。あの石にたいした価値がないのは、だれだって知ってる」

「でも、サー・エドアルドは、あれにすげえ価値があるって信じてるんだ」

アリスは自分を抱きしめるようにして身を縮めながら、キャサリンを見た。「もう日は暮れたわ」

洞窟の奥にいては、太陽の高さなど知るよしもないが、日が暮れたことはなんとなくわかる。

「はい」キャサリンは両手を組み合わせた。「まもなく、なにもかも終わってしまいます。わたしたちは殺され、エドアルドは緑の石を手に入れるんです」

「わたしの夫が助けにきてくれます」アリスは穏やかに保証した。

そういえばエマにも同じように誓った、と思い出した。かわいそうなヒュー、と皮肉をこめて思い、ちょっとだけおもしろがった。いつもいつも、わたしの勝手な誓いを実現させなければならないんだもの。

キャサリンは悲しげに首を振った。「だれにもわたしたちは救えません、レイディ・アリス。過去を毒した草の根が、邪悪な花を咲かせたのです」

「悪く思わないでほしいのだけれど、キャサリン、あなたって人の気持ちを落ち込ませるようなことばかり口にされるようね」

キャサリンの表情がさらに暗く翳《かげ》った。「わたしは、現実と向き合うほうが好きなんです。むなしい希望に安らぎを見いだしたいとおっしゃるなら、それはあなたの問題です」

「希望は力をあたえるって、母は強く信じていたわ。薬と同じくらい大事だ、って。わたしは、主人がエドアルドをうまく始末してくれると心から信じています。あなたにもいまにわかるわ」

「ご主人様の力を信じきってらっしゃるようですね」キャサリンはぼそっと言った。

「こうして信じて裏切られたことは一度もないって、あなたも認めざるをえなくなるわ」アリスはぴんと背筋を伸ばした。「それに、エドアルドがサー・ヒューと互角に戦えるとでも思っているなら、大きなまちがいよ」

「わたしには、男性は信用するに足ると思えるような経験がありませんから」キャサリンが悲しい結末になるものとあきらめているのは明らかだった。

キャサリンの悲観的な態度を改めるのは無理と判断して、アリスは話題を変えることにした。「数週間前に、だれが修道院から緑の石を盗んだかご存じ？」

キャサリンは膝の上の両手をねじり上げた。「わたしです」

「あなたが？」

キャサリンはため息をついた。「スカークリフの石を見つける鍵は緑の石だと知ったエドアルドが、保管所から盗むようにとわたしに伝言してきたのです。彼に……脅されて」

「どんな脅しを？」

「言うことをきかなければ、村人か修道女のだれかに毒を盛る、と」

「なんてこと」アリスはささやいた。

「危険を冒すわけにはいきませんでした。だから、彼の言いなりになったのです。ある晩遅く、わたしは石を盗み、エドアルドに命じられて修道院の門まで受け取りにやってきた男に渡しました」

「どうしてエドアルドは、いまになって緑の石を盗む気になったのかしら？」

キャサリンは一方の肩を上げ、ちょっと軽蔑をこめて言った。「ほんとうの価値を知ったのが、二、三か月前ですから」

「それは、スカークリフの石は実際に存在すると、オックスウィックのカルバートが結論を出したときね？」

「はい」

アリスは眉を寄せた。「サー・ヒューがスカークリフの領地を手に入れたのも、ちょうどそのころだわ」

「緑の石が盗まれればヒュー様にとって厄介なことになると知り、エドアルドは喜んでいました。でも、それが理由でわたしに石を盗ませたのではありません。話はもっと単純です。スカークリフの石はたんなる伝説ではないと知って、それを探し出すことに取りつかれてしまったのです」

「エドアルドがよこした男はあなたから緑の石を受け取ったあと、どうなったのかしら？」

「その愚か者はエドアルドを裏切りました」キャサリンは唇をきゅっと引き締めた。「一儲けしようと、石を持って逃げたのです。でも、石の秘密を突き止めるにはいたらず、行商人に売り払ってしまいました。それから、石はあなたの手に渡り、やがては正当な持ち主のもとにもどったのです」

「そのころ、カルバートはスカークリフにいて、修道士なら怪しまれないのをいいことに、暇にまかせて洞窟内を探索していたのね」

「はい。修道士が洞窟についてくわしいのを知り、エドアルドは彼を利用しようと思いつきました。カルバートと取り引きしたのです。修道士と手を組んだ、というわけです。カルバートが洞窟を探索しているあいだに緑の石を見つけてやろうと、エドアルドは約束しました」

「でも、エドアルドはカルバートを殺したわ」

キャサリンはうなずいた。「はい。最初から、ほしいものが手に入ったら殺すつもりだったに決まっています。でも、サー・ヒューが緑の石を見つけ出し、スカークリフ城に保管してしまうと、エドアルドとカルバートは仲たがいしました」

「なぜ、仲たがいを？」

「取り引きしたのに、やるべきことをやりそこねたと、カルバートがエドアルドを責めたのです。エドアルドは激怒し、修道士はもう利用できないと判断しました。カルバートを殺したエドアルドは、ちがう戦略を練らなければならないと気づいたのです」

「そして、わたしを誘拐した」アリスは小声で言った。

「はい」

「愚かな男だわ」

「いいえ、残忍で、危険な男です」キャサリンは声をひそめて言った。「いつだっていやな男でした。でも、今夜の彼はそれだけではないような気がします。なんだか恐ろしくてたまらない感じなのです」

「どこか狂気じみている？」アリスは不安げにフルトンとロイスをちらりと見た。

「はい」キャサリンは自分の手を見下ろした。「憎くてたまらない」

「エドアルドのこと？」

キャサリンはうつろな目を洞窟の壁に向けた。「両親が亡くなると、わたしは無理やり彼と同居させられました。彼は、わたしが受け継いだ遺産を自分の好きにしたかったのです」

アリスは顔をしかめた。「とくに珍しいことではないわ。機会があれば、女相続人の財産を横取りする男性は多いし、法律もそういうことがやりやすいようにできているのよ」

「おっしゃるとおりですが、従兄弟のわたしの扱いは異常で……人の道に反したものでした」キャサリンは、きつく組み合わせた手に視線を落とした。「わたしを……わたしをわがものにしたのです」

アリスはぎょっとして彼女を見つめた。「ああ、キャサリン」治療師の腕にそっと触れた。「なんてお気の毒な」

「そのあと、あの男は領地を手に入れるため、わたしをサー・マシューと結婚させようとしました」あまりの心の痛みに、キャサリンは顔をこわばらせた。「神様はお許しくださらないかもしれませんが、わたしは、ほかの女性たちが人を愛するのと同じくらい激しく、エドアルドを憎んでいます」

石にこすれるブーツの音がして、アリスはぎくりとした。振り返って、暗い洞窟路に目をこらす。開口部に揺らめくたいまつの炎が見えた。つぎの瞬間、ぬっとエドアルドが大きな姿を現した。その顔に怒りが張りついている。

フルトンはあわてて立ち上がった。エドアルドの、なにも持っていないほうの手に目をやる。「サー・ヒューはまだ、身代金代わりの石を差し出さないんですか？」

「あの野郎、俺をこけにしやがって」フルトンの手にたたきつけるようにしてたいまつを渡す。「もう夜明けだというのに、臭い排水溝の北の端に石を置いていやがらない。いまいましい霧はますます濃くなるばかりだ」

「この女と引き替えに石を渡すのは、もったいないと思っているんでしょうよ」フルトンはわずらわしげにちらりとアリスを見た。「厄介払いできていいと思っているのかもしれない」そう言って、アリスに嚙みつかれた手のひらをなでた。「まったく、手のかかる女ですからね」

エドアルドは声を荒らげて食ってかかった。「ばか野郎。おまえはなにもわかっていないんだ」

「そうかもしれねえ」フルトンはぼそっと言った。「しかし、俺はこういう成り行きは気に食わない。それだけはわかってる」

「サー・ヒューは女房にぞっこんだ」エドアルドは自分の顎髭をつかみ、せわしなく指先でしごいた。「ばかみたいに甘やかしてやがる。俺たちがリヴェンホール城を占拠した夜、やつがなにをしたか見ただろう。思いつきで権限をあたえただけなのに、あの女のために念願の復讐を遂げる機会を棒に振ったのだ」

「たしかにそうだが――」

「あんなふうに女に操られて平気なのは、すっかりのぼせ上がってる証拠なんだ。そうさ、あのまぬけは女房をそれは大事に思ってる。かならず石を持ってくるだろう。それで女房の命が助かると思いこんでな」

ロイスは眉をひそめた。「俺もフルトンと同じなんだ。こういう取り引きは好きになれねえ。逃げ場を失ったネズミみたいに、〝非情なヒュー〟に追いつめられるかもしれないんだぞ。そんな危険を冒す価値は、その石にはないって」

「泣き言を言うんじゃない」エドアルドは洞窟のなかをうろうろ歩き出した。「このなかにいるかぎり、俺たちは安全だ。カルバートが死んだいま、俺以外にここまでのルートを知っている者はいない。さすがのサー・ヒューも、この迷路に入りこむ勇気はあるまい」

「そう、まあな。前にもあなたはそう言ってたよ」ロイスはさいころをベルトの袋にしまった。「でも、だからと言って安心はできねえ。この洞窟だって、とりあえず隠れるにはいいかもしれないが、追いつめられたら一巻の終わりだ」

エドアルドは歩き回るのをやめて振り返り、脅すように目を細めた。「俺にたてつく気か、ロイス？」

ロイスは縮み上がりはしなかった。それどころか、疑わしげな表情でまじまじと主人を見つめた。やがて、意を決したらしい。「こんな報われない企みにかかわるのは、もうたくさんだ」

「なんだって？　子分の分際で」エドアルドは大声をあげた。その手はすでに、剣の柄にかかっている。「俺のもとを去るというなら、いますぐ、ここでおまえを殺す」

「やるならやってみろ」ロイスも剣に手を伸ばした。

フルトンは、後ずさってふたりから離れた。「まいったな、ふたりともどうかしてるぞ」

「裏切り者」エドアルドは剣を鞘から引き抜き、前方へ飛び出した。

「それ以上、近づくな」ロイスは警告した。ずっしりと重い剣をかまえる。

「ばかなことはやめろ」フルトンが叫んだ。「じゃないと、すべておじゃんだ」

アリスはキャサリンの手に触れた。「行きましょう」と、ささやく。「わたしたちにとって唯一のチャンスかもしれない」

キャサリンは石の床に坐ったまま凍りついたように動かない。その目は恐怖をたたえてぎらついている。「逃げるなんて無理です。通路の途中で迷子になってしまう」

アリスは、つかんだキャサリンの手首をいらだたしげに引っ張った。「だいじょうぶ、エドアルドの道をたどればいいの」

「道って？」

「彼は何度も出たり入ったりしているから、通り道にたいまつのすすがついているはず」ほんとうにそうでありますように、とアリスは祈った。一つ、たしかなのは、エドアルドとロイスのあいだで始まった喧嘩は、アリスとキャサリンには無視できない絶好の機会だということだ。

「ほんとうに逃げられると思いますか？」キャサリンは困惑顔だ。死はもうまぬがれないと、あきらめていたのは明らかだ。もっとも体調のいいときでさえ、キャサリンにとって望みを持ちつづけるというのは、とらえがたい感覚だった。せっぱつまっているいまは、ただ途方に暮れてまごつくばかりだ。

「来て」

アリスは油断なく、怒鳴り合いながら一点を中心に回転を始めたエドアルドとロイスから視線を離さない。フルトンは女たちのことなど頭にない。男たちふたりをなだめようと、無駄な努力をつづけるばかりだ。

アリスはキャサリンの手首をつかんだまま、いちばん近くにあるたいまつへと、少しずつ少しずつ慎重に近づいていった。たいまつをつかもうと手を伸ばしたちょうどそのとき、アリスはうなじの産毛が逆立つのを感じた。はっとしたとたん、全身に震えが走った。ヒューの到着を告げる物音はなに一つ聞こえなかったが、アリスには彼がすぐそばにいるのがわかった。振り返って、エドアルドがちょっと前に姿を現した通路の開口部を見つめた。

暗い洞窟路から、幽霊でも出てきそうな冷たい風がかすかに吹いてきた。なにか不吉なことが起こりそうな雰囲気が漂う。洞窟の広間のような空間に配されたたいまつが揺らめき、ぱちぱちと盛んに音をたてる。

「ヒュー」アリスはささやいた。

暗い開口部に、琥珀色のかすかな輝きが見えた。数秒後、黒々とした人影の輪郭が現れた。

アリスの背後で争っている男たちに、アリスの唇から漏れた敵の名は聞こえなかったが、その本人の声が聞こえないわけはなかった。その声は夜空を切り裂く稲妻のように、洞窟内の張りつめた空気を切り裂いた。

「そこまで」その一言が、洞窟の壁に響き渡った。「武器を置かなければ、この場で死ぬことになるぞ」

洞窟内の広間のような空間にいる全員が、一瞬、体の動きを止めた。石の通路の開口部をふさぐように立っているヒューを見つめる。

彼が現れるのを予期していたとはいえ、アリスも彼らに劣らずぎょっとした。だれにもなにも言われなくとも、今夜のヒューがこれまでに知っている彼の、千倍も危険だということはわかった。

キャサリンが十字を切った。「〈嵐を呼ぶもの〉」

ヒューは復讐の化身であり、目の前にあるすべてを吹き飛ばす暗い風だった。その目は冷ややかで、情けのかけらもない。体はというと、肩先から黒革のブーツのつま先まで、すっぽり黒いコートに覆われている。兜《かぶと》はかぶらず、ぎらりと光ったのは抜き身の剣の刃だ。

まもなく、ダンスタンと城の警備兵、アレインがヒューの背後から現れた。彼を挟んで立ち、きらめく剣をかまえる。さらにあとから、ベネディクトが追いついてきた。たいまつを高く掲げている。不安そうに洞窟内をうかがっていた視線が、アリスに吸い寄せられた。ほっとして、その表情がゆるむ。

広間のような空間にいた全員が支配されていた麻痺《まひ》状態から、最初に立ち直ったのはエドアルドだった。

「ちくしょうめ」と、声を張り上げる。「おまえのせいで、すべて台無しだ。合法的に俺のものになるべきものを、生まれたその日から奪おうとしやがって。落とし前をつけてもらうぞ」

エドアルドは剣を突き出したが、狙った相手はヒューではなかった。体の向きを変えて、アリスに襲いかかった。恐怖と驚きとともにアリスは、狙われているのは自分だと気づいた。

「アリス、逃げろ」ヒューは前方に突進したが、エドアルドとはまだ数歩離れている。

ヒューの命じる声が、アリスにとりついていた恐怖の呪縛を解いた。彼女が脇へ飛びのいた瞬間、エドアルドの重い剣が力まかせに振り下ろされた。剣は、さっきまでアリスが立っていた石の地面に突き当たった。金属と石がぶつかる恐ろしい音が、洞窟に響きわたる。

アリスは胃がむかむかした。肌がじっとり冷たい。よけていなければ、エドアルドの渾身《こんしん》の一振りで体をまっぷたつにされていただろう。

いまもエドアルドはじりじりと体の向きを変えて、ふたたびアリスを襲おうとしている。両手で握った剣を大上段にかまえる。

アリスはよろめきながらあとずさった。一方の足にスカートの裾がからみついた。「なんてこと」黒と琥珀色の新しいドレスのひだから逃れようと、必死になる。

「この性悪女め。こうなったのは、すべておまえのせいだ」小さな目を残忍な獣のようにぎらつかせ、エドアルドはアリスを洞窟の壁へと追いつめていった。

猛烈な怒りがこみ上げて、アリスの胸から恐怖心が消し飛んだ。「わたしから離れなさい。

そばへ来ないで」

「死ね、性悪女」

アリスの視界の端に、ヒューが洞窟の広間のなかほどまで迫ってきたのが見えたが、エドアルドを切り倒すにはまだ遠すぎた。

アリスは気力を振り絞り、つぎの一撃をかわそうと身構えた。

しかし、エドアルドはようやく理性を取りもどして、怒りを抑えこんだ。「寄るな。さもないと、こいつを殺すぞ」と、ヒューに警告する。

ヒューは渦巻くコートのひだのあいだに手を突っ込み、あるものを取りだした。彼の手に握られた緑の石が、鈍く光った。「おまえがほしかったのはこれだろう、エドアルド？」

「石だ」エドアルドは唇を湿らせた。「それをよこしたら、女房の命は助けてやろう」

「受け取れるものなら、受け取れ」ヒューはエドアルドが立っている右後ろの壁をめがけ、石を投げつけた。

エドアルドが大きく目を見開いた。叫び声をあげる。「やめろ」横飛びになって石を受け止めようとしたが、届かない。

緑の石は壁に激突して、粉々に砕け散った。きらめく七色の宝石が、ばらばらと床にこぼれ落ちる。ルビー、金緑石、真珠、エメラルド、サファイア、そしてダイヤモンドが散らばり、かつてそれらを包みこんでいた濁った緑の石のかけらにまぎれて、光り輝いている。

「スカークリフの石」アリスはつぶやいた。

そして、ふと、緑の石は分厚いガラス製だったのだと気づいた。もっと早く気づくべきだったのに、と思う。ほかの人たちと同じように、天然の石と決めつけてしまった。ガラスを自然石の塊のように見せかける技術を見いだした、超一流の腕を持つ職人が手がけたのだろう。

エドアルドが悲鳴のような声をあげた。「石だ」光り輝く宝石の小山を、うっとりと見つめる。一瞬遅れて、背後にヒューが迫っていることを思い出した。

エドアルドは振り返って、ヒューの剣の、命をも奪う冷淡な嵐に面と向かった。しかし、宝石に見とれていたぶん、出遅れてしまった。

鋼と鋼がぶつかる、耳障りな音が響いた。

ヒューが振り下ろす剣の衝撃に負けて、エドアルドは膝をついた。ヒューは剣を何度も振り上げては、エドアルドの剣にたたきつける。

とどめを刺すべく、最後に剣をかまえたヒューの目には、たいまつの炎と同じ色の炎が燃えていた。

つぎに起こることを目撃する気になれず、アリスはあわてて背中を向けた。自分の背後を見つめているキャサリンが、恐ろしい光景に呆然としているのが見えた。洞窟の反対側では、ダンスタンとアレインが、エドアルドの部下ふたりに剣の切っ先を突きつけている。ベネディクトは、通路の暗がりからすべてを見つめていた。

アリスは息を詰めたが、背後から断末魔の悲鳴は聞こえなかった。

一秒、二秒と経過する。三、四、五秒。アリスが目を上げると、そこにいる全員がまだ、ヒューがエドアルドをひざまずかせた一点を見つめている。

どうなったのだろうかと、アリスはゆっくり振り向いた。

エドアルドは仰向けの状態で、まぎれもなくまだ生きていた。黙りこくったまま、喉元に突きつけられた剣の刃を見上げている。

「なにをためらっておられる？」ダンスタンが訊いた。「さっさと始末を。みんな、この長い夜をおしまいにしたがっています」

「訊かなければならないことが残っている」ヒューは言った。「この男を縛って、城へ連れていけ、アレイン。地下牢に入れておくように。あした、話をする」

「かしこまりました」アレインは急いで前に出て、拘束者の処置を引き受けた。

ヒューはようやくアリスのほうを見た。その目にはまだ炎の名残があったが、それ以外は風呂から出たばかりのようにくつろいで見える。「さてと、マダム、あなたは、私の夜を忙しくさせるのがよほど好きらしい」

「そして、ご主人様、あなたは伝説をおもしろくするのがおじょうずです」アリスは、石の床に散らばっている目にもあざやかな宝石を見つめた。「ご自分の伝説に磨きをかけるすべをよくご存じだわ」

「アリス？」

「ああ、ヒュー」安堵《あんど》と喜びの涙がこみ上げ、喉が詰まる。「きっと助けに来てくださるとわかっていました。もちろんです、いつもそうしてくださいますから」

アリスはヒューに駆け寄った。つぶしてしまいそうなほど強く、ヒューは彼女を胸に抱き寄せた。そして、たっぷりした黒いコートをひるがえして、彼女を包み込んだ。


その後かなり時間がたってから、アリスは広間の炉の前にヒューと坐り、暖を取っていた。どうにも体は温まりそうにない、とアリスは思った。洞窟で過ごした数時間を思うたび、寒気が全身を走り抜けるのだ。ソーンウッドのエラスムス様に届けた薬をわたしも一服飲まなければ、と思う。

アリスはまた新たな質問をして、ヒューを困らせていた。二時間前に城にもどってからというもの、つぎからつぎへと質問ばかりしていた。

「スカークリフの石は緑の石のなかにあると、いつ気づかれたのです?」

「緑の石が洞窟の壁にぶつかって、粉々になったときだ」ヒューは両脚をにゅっと伸ばし、物憂げな目つきで炎を見つめた。

まさか、と思い、アリスはヒューのけわしい横顔を見た。「それまで、緑の石は宝石の入れ物にすぎないとは、考えもしなかったということ?」

「そうだ。〈スカークリフの石〉のことは、とくに気にも留めていなかったから、まじまじと見た覚えもない。私の手元にありさえすれば、それでよかったのだ」

「わかりました」アリスはまたしばらく口をつぐんだ。「わたし、なんだか具合がよくないの、ヒュー」

ひどく心配そうに、ヒューはアリスを見つめた。「どうした？　病気か？」

「いいえ、少なくとも熱がある感じではないの。でも、気持ちを収められないというか。神経がぴりぴりしているわ」

「ああ。わかった。暴力的な光景を目の当たりにしたあと、そういう状態になるのは珍しくないのだ、マイ・スイート。時間がたてば不快感は消える」ヒューはアリスの肩を抱いて、引き寄せた。

「あなたはなんともないみたい」ヒューの温かい肩口に頬をすり寄せながら、つぶやいた。

「心配しなくとも、私の神経は、あなたがさらわれたと知ったときにすり切れかけた。卒倒してベッドに倒れ込まずにいるだけで、精一杯だった」

「まあ。動揺して神経をすり減らしているあなたなんて、想像もつかないわ」

「どんな男でも、動揺して神経を高ぶらせることは珍しくないぞ、アリス」驚くほど真剣に言う。

アリスはなんと応じていいのかわからず、話題を変えた。「今夜、キャサリンの前でエドアルドを殺さずにいてくださって、感謝しています。いくら彼を憎んでいても、彼女にとっては従兄弟ですもの」

「できることなら、女性の、とりわけ治療師の目前で人を殺すのは避けるべきだろう。いずれにしても、あの男には訊きたいことがある」

「あなたがさっそうと登場されるのを待つあいだ、ふたりでおしゃべりをして時間をつぶしていましたが、そのあいだにキャサリンが話してくれたことは、あなたがお訊きになりたいことの一つだと思います」

「どんなことだ？」

「あなたのカップに毒を入れたのはだれか、ということです。実際にどうやったのか、キャサリンはエドアルドから聞いたと言っていました。村のみんなが城の補修を手伝いに来てくれたとき、エドアルドは部下のひとりを農民に見せかけて城内に侵入させたそうです」

ヒューは炉の炎を見つめた。「リヴェンホールのヴィンセントがやって来て、いっしょに食事をした日だ。あの午後、城内はてんてこ舞いの忙しさだった。厨房にまぎれ込むのもむずかしくはなかっただろう」

「同じように、昼食後、あなたのカップを見分けるのも簡単だったはず。城で使われている飲み物用の器で、いちばん立派ですもの」

「たしかに」

「ヒュー？」

「ふむ？」

「エドアルドになにを訊くつもり？」

ヒューは炎を見つめたままだ。「まだはっきりしていない。これから考える」

けれども、アリスにはわかっていた。三十年前のあの夜、エドアルドがべつのカップのワインに毒を入れたとき、実際になにがあったのか、ヒューは知りたがっている。エドアルドの口から直接、サー・マシューはマーガレットと結婚して、赤ん坊は自分の息子であると認めるつもりだった、と聞きたいのだ。

21

薄暗い石の廊下を、大股で急いで進んでいくあいだ、ヒューのやわらかな黒いブーツは音をたてず、漆黒の外套がシュッ、シュッとこすれ合う音だけが響いた。彼は激怒していた。

「いまいましい。ほんとうに、やつは死んだのか?」

「はい、領主様」ダンスタンはたいまつを傾け、通路の角を曲がった。「少し前、監視の者が死んでいるのを発見しました」

「なぜ、持ち物を検《あらた》めなかった?」ヒューはダンスタンにつづき、廊下の角を曲がった。

スカークリフ城の地下通路は、断崖の洞窟路と大差ない。暗くて、狭く、不気味だ。城のこの一角に自然光は届かず、香辛料や穀物や反物の保管場所として使われているほか、たまに拘束者が収容される。

「持ち物検査はしました」ダンスタンは言った。「しかし、監視の者は、刀剣のたぐいを隠し持っていないかどうかを調べたそうです」鉄格子のはまった、湿っぽい小部屋の前で立ち止まる。

ヒューがのぞきこむと、ロックトンのエドアルドのねじれた体が、床にころがっていた。むらむらと挫折感がこみあげてくる。エドアルドに問いかけたいことも、両親を殺したこの男に言いたいことも、山ほどあったというのに。

正義と復讐心の両方が満たされるものと、心から期待していたのだ。かぐわしいスパイスの香りを味わうような満足感を、何十年も期待して待ちつづけていたヒューは、ほとんど手にしかかったそれをむしり取られたという事実を、しばらく受け入れられなかった。

「彼が密かに隠し持っていた毒は、だれにも見つけられなかった」ヒューはつぶやいた。

「そうです、領主様。おそらく、これでよかったのです」ダンスタンはヒューを見つめた。

「きょうですべてが終わりました」

ヒューは、城の深層部から上へと延びる石の階段を上っていた。立ち止まって、自分がどこへ向かっているのか考えもしない。昼食の準備が始まっている大広間を横切っていく。塔の石づくりの階段は、踊り場を一つ挟んで、長い長い一続きの階段を二つ、上っていかなければならない。

塔の上の階にたどり着くと、アリスの書斎を目指して廊下を歩いていく。ノックもせずに書斎の扉を開けた。

部屋に入っていくと、アリスが驚いて顔を上げた。ヒューの表情を見て、心配そうに眉をひそめる。「ご主人様」デスクの上に開いてあった本を閉じた。「どうなさったの？」

「ロックトンのエドアルドが、夜のあいだに毒を飲んだ。死んでしまった」

アリスはスツールから立ち上がり、デスクの向こうから前に出てきた。なにも言わずにヒューに近づき、両腕を彼に巻きつけた。彼の肩に頭をもたせかけて、ただ黙っている。

アリスはいつも真に私を理解してくれる、とヒューは思った。言葉にしなくても、思いを受け止めてくれるのだ。

長いあいだ、ヒューはアリスをきつく抱きしめていた。しばらくすると、エドアルドが死の世界へ逃げてしまったと知ってから取りついていたやり場のない挫折感が、少しずつ癒されていくのがわかった。

沈黙のまま、さらに数分が過ぎた。腕のなかのアリスがたまらなくやわらかくて、温かく、心地よく感じられる。

やがて、静かな幸福感がヒューを包みこんだ。いつも冷たい嵐が吹き荒れていた過去への扉が、やっと閉ざされたのだ。


一か月後のあるすがすがしい秋の朝、塔の見張り番が丸めた片手を口に当て、忙《せわ》しげに人がうごめいている城の中庭に向かって、声を張り上げた。

「なにものかが馬で近づいてきます、領主様。騎士がひとりと、兵士が五人。召使いたちと、荷馬車もいっしょです」

ヒューはさっと腕を上げ、声をあげて刀剣や剣の稽古をしている兵士たちを黙らせた。見張り番を見上げる。「騎士が掲げている旗は何色だ?」

「緑と黄色です」

ヒューはダンスタンを見た。「ソーンウッドのエラスムス様の色だ」

「はい」ダンスタンは眉を寄せた。「部下の者たちが、ご主君様の死去の知らせを告げに来たのでしょう」

ヒューは悲しみにうちひしがれた。予期はしていたが、歓迎できない知らせを受けて驚くほかはない。アリスの薬が効いてエラスムス様が助かることを、心のどこかで期待していたのだと、いまさらながら気づいた。

ヒューは目の上に片手をかざして午前の日射しをさえぎり、ふたたび見張り番を見上げた。「騎士の旗の色に、まちがいはないか?」

「はい、領主様」見張り番は道に目をこらした。「一行のようすを見るかぎり、とても裕福そうな騎士です。武器の装備もすばらしい。ご婦人もいらっしゃいます」

「ご婦人?」未亡人となったエレノアが夫の死をみずから告げに来たのだろうか、とヒューは思った。すぐにベネディクトに身振りで合図した。「アリスを連れてこい。急げ。ご婦人を含めて数人の来客があり、いっしょに昼食を取ると伝えろ」

「わかりました」ベネディクトは練習していた弓をダンスタンに渡して杖をつかむと、足早に正面玄関のステップへ向かった。

数分後、騎乗の一行はスカークリフ城の門前で立ち止まり、礼儀正しく入城の許可を求めた。見張り番が手を振って、一行を中庭へ誘導する。

アリスが城の玄関前に姿を現した。問いかけるような目をして、ヒューを見る。

「どなたなの？」

「だれかが、ご主君様が亡くなられたと告げに来たのだろう」ヒューは静かに言った。

「どうしてご主君様は亡くなられたと思うの？」アリスは眉をひそめてヒューを見た。「わたしがロンドンに持たせた鎮静薬の処方箋を、お渡しするのを忘れたの？」

「いいや」

「医者に瀉血《しゃけつ》をやめさせるように、奥様にお伝えしなかったの？」

「伝えたとも、アリス、あなたの指示は伝えたが、エラスムス様を含めてだれもが、終わりは近いと感じていた。人は自分の死期を悟るものだ」

「ばかばかしい。あなたの話から判断するかぎり、ご主君様は神経の過度の興奮にともなう症状に苦しまれていただけです」

馬上の客人が門を抜けてきたので、アリスは小言を切り上げた。ヒューは、ささやかな一行を率いる騎士を見た。最初は、信じられないという面持ちで、やがて、徐々に驚きの表情を浮かべながら、なじみ深い顔を見つめた。

「ご主君様」ヒューはつぶやいた。

「え？」アリスはいらだたしげに訊いた。「どなたなんです？」

「ソーンウッドのエラスムス様だ」

「まあ、どうしましょう」アリスは小声で言った。「これを恐れていたんです。ジュリアンは今朝、もどったばかりなのに。エラスムス様がいらっしゃる予定を、どうして教えてくれなかったのかしら？　大事な伝言を伝えない使者に、なんの意味があるの？」

ヒューは口元をゆるめながら言った。「あまりジュリアンを責めるな。彼は彼で役に立つのだ」そう言って、主君を迎えようと前へ出ていく。

中庭の中央で、エラスムスは筋肉隆々とした牡馬を止めた。日の光を反射して、豪華な上着と磨き上げられた武器がきらめく。

「ようこそいらっしゃいました、ご主君様」ヒューは手を伸ばして、手綱をつかんだ。「お姿を拝見するかぎり、ご自分の葬儀の手配をして楽しむのはおやめになったようですね」

「葬式は洗礼式よりよほどつまらないとわかったからな」エラスムスは、並んで馬を止めていたエレノアにほほえみかけた。「この先、一、二回は洗礼式の手配をするつもりでいると、おまえに告げられることをうれしく思う」

エレノアが喜びに顔を輝かせ、ヒューを見下ろした。「そうできるようにしてくださった奥様に、お礼を言いに参りました」

「それほど薬が効いたと聞けば、アリスも喜びます」ヒューはつい口元がほころぶのを抑えきれない気分だった。「私もうれしくてなりません。いつも言っていたのです。ご主君様は子供を育てる名人だ、と。どうか奥方様に妻を紹介させてください」

歓迎の笑みを浮かべ、アリスは正面ステップを降りていった。「わたしの指示を守っていただけたようで、うれしゅうございます」

その日の夜、チェス盤から顔を上げたエラスムスの知的な灰色の目は、感謝をたたえて輝いていた。「あなたの番のようですよ、マダム」

「はい」

「ヒューの言うとおり。あなたはなかなかの好敵手ですな」

「ありがとうございます、ご主君様」アリスは、ずっしり重いオニキスのビショップをつまんだ。眉間に深いしわを刻み、大きな盤のどこへ駒を動かそうかと一心に考える。「チェスは大好きですから」

「それはまちがいなさそうだ。この勝負は、私の負けに終わるかもしれん」

「お気を安らかに、ご主君様。わたしは、ただひとり、夫以外を相手に負けたことはないのです。戦略を練ることにかけて、夫の右に出る者はいません」

「重々承知している」

エレノアが笑い声をあげ、エラスムスはそちらに顔を向けた。ヒューの隣に坐っている妻を見て、にっこりとほほえむ。ふたりは炉の前で話をしながら、ボウルに盛られた蜂蜜漬けのイチジクをつまんでいる。そのそばで、ジュリアンが竪琴をつまびいていた。

「あなた様の番です」アリスがうながした。

「よし」エラスムスはチェス盤に気持ちをもどした。ルークに触れて、ためらう。「お祝いを言わせてもらうぞ、マダム。わが友、ヒューの内面で荒れ狂う嵐を静められる女性は、決して多くはなかったはずだ」

「わたしが？」アリスは驚いて顔を上げた。ちらりとヒューを見る。ヒューもアリスと目を合わせてにっこりほほえみ、またエレノアと話をはじめた。

「あなたは彼に安らぎをもたらした」エラスムスは言った。「それまでの道は、簡単でもなく、単純でもなかったであろう」

「サー・ヒューは領地の主人であることを楽しんでいらっしゃいます」アリスは言った。「わたしの経験から言わせていただけば、仕事を楽しんでいればいるほど、人は満足感を得るものです。夫は、ほんとうにじょうずにこの土地を治めています。でも、夫が商才にも恵まれていることは、だれよりもあなた様がよくご存じです」

「うちで暮らすようになった最初の日から、ヒューの頭の良さは明らかだった」

「夫に教育を受けさせ、香辛料の貿易にかかわることをお許しになったのは、ほんとうにすばらしい判断だと思います」アリスはまっすぐエラスムスを見つめた。「あなた様のような立場にいらして、彼の騎士としての才能を利用するばかりで頭のよさを無視する方は、ほんとうに多いはずですから」

「私としても、彼の頭のよさを無視せずにいて、ほんとうによかったと思っているのだ」エラスムスはさらりと言った。「ヒューの巧みな戦略と、卓越した剣の腕前の両方を必要としたことは、何度もあった」

「そして、気前よく報酬をあたえられました」

「ヒューにスカークリフを授けたのは、頭がいいせいでも剣の腕が立つせいでもない」エラスムスは言った。「領地をあたえたのは、そんなものよりはるかに価値あるものを、私がヒューからもらったからだ。金では買えないすばらしいものをもらったからだ」

「それはなんでしょう？」

「揺るぎなき忠誠心だ」

アリスはにっこりした。「わかります」

「彼があたえてくれるものに劣らない贈り物を、私からも差し出せたらどんなにいいかと、何度も思ったものだ」

「ご心配にはおよびません。夫は自分の領地を得て、心から満足しています」

「満足しているのは、スカークリフの領地を得たせいだけではあるまい、マダム」エラスムスはことさら真剣な目でアリスを見つめた。「今回の件で、真にヒューを癒したのはあなただ」

アリスはたまらなくばつの悪い思いだった。「それはどうでしょうか」

「ロンドンに見舞いに来てくれたとき、ヒューはあなたについていろいろ聞かせてくれた。すばらしく勇気があって大胆な女性だと言っていた。初対面の彼に、図々しいほどの取り引きを持ちかけたそうではないか」

「はい」アリスは眉間にしわを寄せ、どう説明すればいいのかと考えた。「ふたりで、なにものにも代えがたい関係を築きました」

「もちろん、取り引きを交わすだけの関係ではあるまい」

アリスは真っ赤になった。「それは、その、結局は結婚したわけですから」

「そして、あなたは心からヒューを愛しているのだろう？」

アリスはチェスの駒を強く握りしめた。「どうしてわかるのでしょう？」

「私とて、まるで知性がないわけではない。何週間も、いわゆる死の淵をさまよっていた者は、ある種のことに敏感になるのだ。直観力が鋭くなると言うべきだろうか？」

「そういった状況で、以前よりも敏感になったり、直観力が増したりするのは、ずば抜けて知的な方だけです」アリスはため息をついた。「そして、おっしゃるとおりです。わたしは夫が大好きです。たまにびっくりするほど頑《かたく》なになる人ですけれど」

「そうだが、彼は男なのだ。どうしてもゆずれないことはある。死にかけた話をして思い出したが、マダム、薬のお礼が言いたい」

「お礼など必要ありません。母の処方箋なのです。母は、さまざまな病状をくわしく説明した本を遺してくれました。わたしはただ、あなた様と同じ症状に指示されていた処方をお伝えしただけです。薬を試していただいて、しかもそれが効いて、ほんとうにうれしゅうございます」

「たいした効き目だったぞ」エラスムスはほほえんだ。「どんなに感謝しても感謝しきれない。逆立ちしてもお返しができないくらい、あなたには世話になった、マダム」

「やめてください、ご主君様。恐れながら、これでおあいこなのです」

「どういうことだ？」

「あなた様は、まだ八歳の小さな男の子だった夫の命を救ってくださいました」

エラスムスの額にしわが刻まれた。「八歳のヒューが死にかけたという記憶はないぞ。馬上から槍で突く練習をしていて、一度か二度、ぞっとするような落ち方をしたことと、ある日、橋から深い川に落ちて死にかけたことはあったが、それをのぞけばごくごく健康だった」

「そういうことではありません」アリスは穏やかにほほえんだ。「体は健康でぴんぴんしていても、男の子の内面のなにかが死んでしまうということはありうるのです」

「なるほど。合点がいった」なにもかもわかっていると言いたげな目で、エラスムスはアリスを見つめた。「あなたこそ、驚くべき直観力の持ち主ではないか、マダム」

「いいえ、わたしは見たままを言っているだけです」アリスはさらりと言った。「あなた様がいらっしゃらなければ、ヒューは心と魂で荒れ狂う嵐に負けて、ずたずたに引き裂かれていたにちがいありません」

「私も、その荒々しい風をおさめ、支配するすべをヒューに教えたかもしれない、レイディ・アリス。しかし、あなたはもっと大きなことを成し遂げた。愛する心の秘術を用いて、嵐をおさめたのだ」

エラスムスとエレノアが帰っていって数週間後の、ある午前中、ヒューはぶらぶらとアリスの書斎へ入っていった。ジュリアンに新しいほめ言葉の一覧表を作らせたので、使ってみたくてならなかった。

しかし、窓辺に立っているアリスの姿を目にしたとたん、ヒューは思わずぼんやりと立ちつくした。少し前、丹念に記憶したロマンチックな言葉の数々も、一瞬、消し飛んでしまった。このアリスが自分の妻だということに慣れる日がくるのだろうか、と思う。

手にした透明な石の塊を食い入るように見つめるアリスの、その表情の生き生きとしていること。午前中の日射しを受けて、髪が輝いている。体のラインのほどよい凹凸が、ヒューの体が覚えてしまった痛いほどの欲求をかきたてる。

アリスは振り返ってヒューを迎えはしない。彼が書斎に入ってきた物音にも気づかないのだ。

ヒューは咳払いをして、一覧表にあった最初のほめ言葉を記憶の底から引っ張り出した。

「マダム、あなたの髪のみごとな炎は赤く燃えさかり、凍えるような朝にも、その絹のような巻き毛さえあれば、私の手は温まるぞ」

「おほめいただいて、ありがとうございます」アリスは顔も上げずに言った。もっと光が当たるように、手にした石を傾ける。

ヒューは眉をひそめた。これまで髪ばかりをほめすぎたのだ、と思った。アリスはもうんざりしているのかもしれない。もっと独創的な表現をするようにジュリアンに伝えること、と心のメモに書き留める。

「白鳥のように優美な首だ」

「ありがとうございます」アリスは口をすぼめ、さらに真剣に石を見つめた。

ヒューは丸めた羊皮紙でぽんぽんと腿を打った。ジュリアンのほめ言葉に、いつもの効き目はないようだ。「あなたの肌は、クリームに浸けたハトの羽のようにやわらかだ」

「気づいていただいて、うれしいわ」アリスは透明な石をテーブルに置いた。すぐに大きな灰色の石をつかんで、かがみこむようにして目をこらす。

ヒューは手にした羊皮紙をこっそり開いて、ほめ言葉の一覧表に素速く視線を走らせた。

「まったく、うっとりしてしまう。あなたの足は小さくて、華奢《きゃしゃ》で、開いたばかりの小さなシカの葉のようだ」

アリスはためらいがちに訊いた。「シカ、ですか？」

ヒューは眉をひそめて文字に見入った。ジュリアンめ、字の汚さにもほどがあるぞ。「いや、シダだ。小さくて、きゃしゃで、開いたばかりの小さなシダの葉のようだ」急いでまた羊皮紙を丸める。最後のは、ちょっと言いにくいフレーズだった。

「ええ、そうでしょう。シダですね。どうかもっと続けてください、旦那様」

「ああ、いや、いまのところ、頭に浮かぶのはそのくらいだ」きょうのアリスはどうしたというのだ？　反応がいつもとまるでちがうではないか。ジュリアンの力量が衰えたのだろうか、とヒューは思った。

「わたしの目はどうでしょう？　エメラルドのような緑色でしょうか、それとも、もっとあざやかなクジャク石の色かしら？」

ヒューは落ち着かないようすで、片方の足からもう一方へと重心を移した。だめになったのはジュリアンではなく、私の力量だったらどうすればいい？　ほめ言葉を、それにふさわしい調子で言えていなかったらどうすればいい？　「エメラルドだろう。クジャク石の緑も、あれはあれでよい色合いだが」

「ありがとうございます。それでは、わたしの胸はどうでしょう？」

ヒューはごくりと喉を鳴らした。「胸？」ふだんから、そういう部分へのほめ言葉は寝室でしか口にしない。

「熟れた桃のように、まだふっくらとして優美だとおっしゃる？」

「もちろんだ」

「では、ウエストは？」

ヒューは目を細めた。「ウエスト？」

「はい」アリスは灰色の石を脇に置き、黒っぽい石を手にした。顔はまだうつむいたままだ。「わたしのウエストは、花の茎のように華奢だとおっしゃいますか？」

以前、ジュリアンに作らせた一覧表に、ほっそりしたウエストと花の茎がどうのこうのというフレーズがあったような気がした。古いほめ言葉を繰り返そうとしたヒューは、きょうのアリスはどこがどうとは言えないが、数週間前よりふっくらしているようだと気づいた。

ヒューはいまのようなアリスも大好きだが、ちょっとふっくらしたと言われてアリスが喜ぶかどうか、よくわからない。

「あの、あなたのウエストについては、あまりよく考えていなかったが」と、慎重に言葉を選んで言う。「そう言われると――」言葉を切って、さらにじっくりアリスを観察した。

気のせいではない、とヒューは判断した。逆光を受けたアリスのシルエットは、叔父の屋敷から連れ出したときほどはほっそりしていない。ゆうべ、両手でまさぐった体の心地よい手応えを思い出し、ヒューはため息をついた。

「旦那様？」

「正直言って、マダム、あなたのウエストは花の茎ほどは細くないが、いまの体型もとても魅力的だ。ほんとうに、骨にほどほどの肉がついて、とても健康そうでいきいきして見える」いったん言葉を切ったヒューは、アリスの肩が震えているのに気づいてぎょっとした。「アリス、泣くことはないではないか。あなたのウエストは、やはり花の茎のように細いぞ。そうではないという者がいたら、この私が決闘を申し込んで息の根を止めてやろう」

「まあ、なんて勇ましいのでしょう」アリスはくるりと振り返って、ヒューと向き合った。その目は、涙ではなく笑みをたたえて輝いている。「でも、そういうことは正直に言ってくださるほうが、ずっと好きだわ」

「アリス？」

「あなたのおっしゃるとおりです。わたしのウエストはもう花の茎のようには細くありません。もっと言えば、最近のわたしの胸は、夏の桃より少し大きくなっています。理由は明らかです。赤ちゃんができたのです、旦那様」

一瞬、ヒューは動けなくなった。彼女は妊娠しているのだ。私の子を宿している。

「アリス」嵐が去って明るい日の光が差し込むように、喜びがヒューの全身を駆け抜けた。アリスの一言で身動きがとれなくなったヒューは、気持ちをしゃんとさせて体の自由を取りもどした。さっと駆け寄って、用心してそろそろとアリスを抱き上げる。

アリスは両腕をヒューの首に巻きつけた。「あなたに会うまで伝説なんて信じていませんでした、旦那様」

ヒューは彼女の目をのぞきこみ、そこにふたりで分かち合う将来をかいま見た。愛と幸せの約束された将来を。「では、おたがい様だ。私も、あなたに会うまで愛の魔力などまるで信じていなかった」

アリスは輝くような笑みを浮かべた。「愛、ですか?」

「そう」ヒューはにっこりほほえんだ。生まれてこのかた、これほど幸せを感じたことはない。「愛だ」

22

晩秋のある暖かい日、ヒューはまだ赤ん坊の息子を連れてスカークリフ城の防壁に上り、将来、彼のものになる土地を見せた。

ヒューは一方の腕で赤ん坊を抱え、こみ上げる喜びとともに自分の豊かな領地をながめた。今年は豊作に恵まれた。羊毛の質も最高だ。香辛料貿易からの収益が途絶えることはない。

「覚えることが山ほどあるぞ」ヒューは赤ん坊に話しかけた。「しかし、おまえの母上も私もそばにいて、必要なことはなんでも教えてやろう」

小さなエラスムスはうれしそうによだれを垂らし、父親の大きな親指をつかんだ。

「あちらの、東に広がる土地が見えるか？　あそこはリヴェンホールだ。将来、領主になるべく、サー・ヴィンセントの息子は勉強中だ。小さいレジナルドはおまえの親族だ。それを決して忘れるな」

「お父様のおっしゃるとおりよ、エラスムス」アリスが見張りの塔の階段を上ってやって来た。「親族はとても大切なのよ」

ヒューは顔をしかめた。「こんなところへ来て、だいじょうぶなのか？」

「ご覧のとおり、わたしは健康そのものよ。実際、お産のあと順調に回復して、もう何週間もたつんです」

たしかに元気そうだしまぶしいほど輝いて見える、とヒューは納得した。赤ん坊の誕生を目前にして、ヒューは頭がどうにかなりそうなほど心配したが、アリスは馬上試合におもむく歴戦の戦士のように、落ち着き払って出産をなし遂げた。

「エラスムスにはもう〝スカークリフの石たち〟の話はなさったの？」アリスは笑顔で息子を見下ろした。

「まだだ。先に学ばなければならない、もっと大事なことがある」ヒューは言った。

赤ん坊は好奇心の塊のようになって父親を見上げた。息子の目にはかぎりない知性が宿っている、と早くもヒューは確信していた。

「では」と、アリスは言った。「〝非情なヒュー〟の伝説はもう話して聞かせました？」

ヒューはうめき声をあげた。「いいや。そんなものは、はなはだつまらぬ話だ。この子にはそのうち、香辛料貿易の手ほどきをしようと思っている」

アリスは笑い声をあげた。「けっこうです。では、取り引きをしましょう。あなたはこの子に商売のあれこれをお教えになる。わたしは、この子が知っておくべき家族の伝説について教えます。よろしいですか？」

ヒューはアリスの愛のこもった目をのぞきこんだ。あの月のない晩、彼女の叔父の屋敷で、アリスがふたりを生涯結びつけることになる取り引きをもちかけてきたときのことが思い出される。

「知ってのとおり、あなた以外に取り引きをしたい相手はいないのだ、マイ・ラブ」

訳者あとがき

「ご主人様、あなたのせいでなにがなんだかわからなくなりました」アリスはヒューの喉元にキスをした。「わからない、なんなの、この感じは?」

「詩人が愛と呼ぶものだ」ヒューはアリスの髪を包んでいたネットを引っ張った。長い赤毛が肩にこぼれ落ちる。「私としては、この思いには情欲という言葉のほうがふさわしいと思っている」――

ロマンス小説ファンのなかでもとくにヒストリカル・ロマンス・ファンの心をわしづかみにしている人気作家、アマンダ・クイック著『黒衣の騎士との夜に』(原題は〝Mystique〟)をお届けします。

舞台は中世のイギリス。時代もののロマンス小説は一八〇〇年代初めの摂政時代を舞台にした物語が多く、中世が舞台というのはちょっと珍しいかもしれません。ヒーローは、〝非情なヒュー〟として知られる黒ずくめの騎士。ほしいものを手に入れるためならなにがあろうとためらわずに突き進むのが〝非情〟と呼ばれる所以《ゆえん》です。髪はオニキスよりも黒く、金色がかった琥珀色の目は、その輝きから底知れぬ知性がうかがわれます。

仕えていた主君から領地スカークリフを賜《たまわ》ったばかりのヒューは、沈滞した領地をなんとか守り立てようと、領民たちが信じている言い伝えの実現に乗り出します。それには、スカークリフの失われた宝、緑の石を手に入れなければなりません。その緑の石を所有していたのが、赤毛に緑色の目のヒロイン、アリスです。アリスは若くして両親を失い、弟が継ぐべき領地を叔父に横取りされて、いまは叔父の屋敷で居候生活を余儀なくされています。なによりも自然科学の研究が大好き、という当時としてはかなり変わった女性で、机の上はさまざまな色の石や、「干からびた虫」で埋め尽くされています。そうです。彼女もまたアマンダの作品ではお馴染みの、変わり者のオールドミス（といっても二十三歳ですが）です。どうにかして叔父の屋敷を出て、弟には外国で教育を受けさせ、自分は修道院で研究をつづけるのがアリスの望みです。

緑の石を盗まれてしまったアリスは、石の行方を追って屋敷へやってきたヒューに取り引きを持ちかけます。いっしょに石を探し出して所有権を譲る代わりに、弟には外国で教育を受けさせ、自分には修道院に入るための持参金を用意してほしい、というのです。ところが、アリスのユニークな人柄に興味を引かれ、家事を取り仕切る才能を見抜いたヒューは、彼女に妻になるように迫ります。初めて姿を目にしたときからヒューの存在感に圧倒され、恋心を抱いたアリスですが、能力ではなく愛ゆえに求められたい、と心は揺れ動きます。それでも、とりあえずは叔父の屋敷を出たい一心で、婚約を受け入れます。

夫の愛を得られなかった母を見て育ったアリスと、幼年時代、自分を復讐の道具としか見てくれない祖父に育てられ、実の父親に求められなかったと信じるヒューは、ともに愛にたいして臆病なところがあります。そんなふたりが誤解して苦しんだり、反発し合ったり、それでも引かれ合う気持ちはどうしようもなく、不器用ながら愛をぶつけ合う姿はちょっとはらはらしますが魅力的です。親とヒーロー、ヒロインの関係や思いも丁寧に描かれていて、胸を揺さぶられます。

思いどおりにならないアリスに振りまわされても怒りを抑えこみ、理性的に彼女の意思を尊重するヒューは、傲慢そうに見えてなかなかのフェミニストではないでしょうか? 〝非情なヒュー〟と呼ばれて恐れられながらも、無節操に散財する多くの騎士たちとちがって、手広く香辛料の貿易を手がけて莫大な利益も得ていて、魅力度満点のヒーローです。ほかにも、ハンサムでお洒落なメッセンジャー、ジュリアンや、若々しく正義感あふれるアリスの弟、ベネディクトなど、魅力的な脇役もそろっています。

中世の馬上槍試合には、二組の集団に分かれて戦う「トーナメント」と、一対一で戦う「ジュースト」があり、本書に描かれているのは前者です。運動会で観られる「騎馬戦」の本格版というところでしょうか。勝負や賞金を争うほか、実践の訓練という意味合いも大きかったようです。馬や武器、鎧や兜のほか、打ち倒した相手から身代金も得られたそうですから、騎士たちには恰好の稼ぎどころだったのでしょう。ちなみに、後者の「ジュースト」は映画〈ロック・ユー!〉で観られます。現代のロック音楽をバックに、平民のウィリアムが騎士になりすまして活躍する姿から、馬上槍試合がフットボールやサッカーのように市民の人気イベントだったのがよく伝わってきます。敵役のアダマー伯爵は黒ずくめの姿で試合に登場しますが、黒ずくめの〝非情なヒュー〟とはだいぶようすがちがうようですね。

騎士のほか、流浪の修道士や吟遊詩人も登場するロマンあふれる中世の物語とともに、どうぞ、秋の夜長をお過ごしください。そして、つぎのアマンダのヒストリカル・ロマンスもお楽しみに……。

二〇〇六年十月

黒衣の騎士との夜に

著者　アマンダ・クイック

訳者　中《なか》谷《たに》ハルナ

2006年11月20日 初版第1刷発行

発行人　鈴木徹也

発行元　株式会社ヴィレッジブックス
〒102-0074 東京都千代田区九段南2-1-30
電話 03-3221-3131（代表）03-3221-3134（編集内容に関するお問い合わせ）
http://www.villagebooks.co.jp

発売元　株式会社ソニー・マガジンズ
〒102-8679 東京都千代田区五番町5-1
電話 03-3234-5811（販売に関するお問い合わせ）
03-3234-7375（乱丁、落丁本に関するお問い合わせ）

印刷所　中央精版印刷株式会社

ブックデザイン　鈴木成一デザイン室

 ISBN4-7897-3001-8 Printed in Japan

ヴィレッジブックス好評既刊

「妖精の丘にふたたび I　アウトランダー10」
ダイアナ・ガバルドン　加藤洋子[訳]　924円(税込) ISBN4-7897-2903-6

新天地アメリカにたどり着いたクレアとジェイミーたちを、新たな苦難が襲う!『時の彼方の再会』につづく感動のロマンティック・アドベンチャー巨編第4弾、いよいよ登場!

「雨の罠」
バリー・アイスラー　池田真紀子[訳]　998円(税込) ISBN4-7897-2902-8

日米ハーフの殺し屋レインが依頼された仕事は、マカオへとび、武器商人を暗殺する事。それは造作ない仕事のはずだった。だが、ひとりの謎の美女が状況を一変させた……。

「マタニティ・ママは名探偵」
アイアレット・ウォルドマン　那波かおり[訳]　840円(税込) ISBN4-7897-2901-X

2歳の娘をもつ元刑事弁護士のジュリエットは現在第二子妊娠中。娘の名門幼稚園お受験の失敗が思わぬ事件に発展し…。子育て、出産、犯人捜し、ママは大忙し!

「ホロスコープは死を招く」
アン・ペリー[編]　山本やよい[訳]　1260円(税込) ISBN4-7897-2900-1

犯人は星が知っている……。ピーター・ラヴゼイほか錚々たる顔ぶれで贈る、占星術とミステリーの極上のコラボレーション! 全16篇収録。[解説]鏡リュウジ

「結婚までの法則」
マーガレット・ケント　村田綾子[訳]　840円(税込) ISBN4-7897-2880-3

「うまくいく結婚」をするための12ステップを紹介! 世界中で20年も読み継がれている、「結婚本」の決定版、遂に登場!! この本があなたの結婚運命を切り拓く。

ヴィレッジブックス好評既刊

「妖精の丘にふたたびⅢ　アウトランダー12」

ダイアナ・ガバルドン　加藤洋子[訳]　924円(税込)　ISBN4-7897-2930-3

ブリアナはとうとう母クレアに再会、実の父親ジェイミーと初の対面を果たした。だがブリアナを追ってきたロジャーは、想像を絶する窮地に！　シリーズ第4弾、堂々完結！

「波間に眠る伝説」

アイリス・ジョハンセン　池田真紀子[訳]　903円(税込)　ISBN4-7897-2931-1

美貌の海洋生物学者メリスを巻き込んだ、ある海の伝説をめぐる恐るべき謀略。その渦中で彼女は本当の愛を知る―女王が放つロマンティック・サスペンスの白眉！

「ミス・ラモツエの事件簿3　No.1レディーズ探偵社、引っ越しす」

アレグザンダー・マコール・スミス　小林浩子[訳]　861円(税込)　ISBN4-7897-2924-9

のんびりのどかなアフリカに、身近な事件をすっきり解決してくれる、素敵な探偵社があるのです！　世界中の人々が癒されているサバンナのミス・マープル、好評第3弾！

「高度一万フィートの死角」

カム・マージ　戸田裕之[訳]　1155円(税込)　ISBN4-7897-2929-X

飛行中の旅客機に常識ではありえないトラブルが発生。事故機の背後に潜む巨大な陰謀に女性パイロットが立ち向かう！　息を呑むスリリングな展開の航空サスペンス。

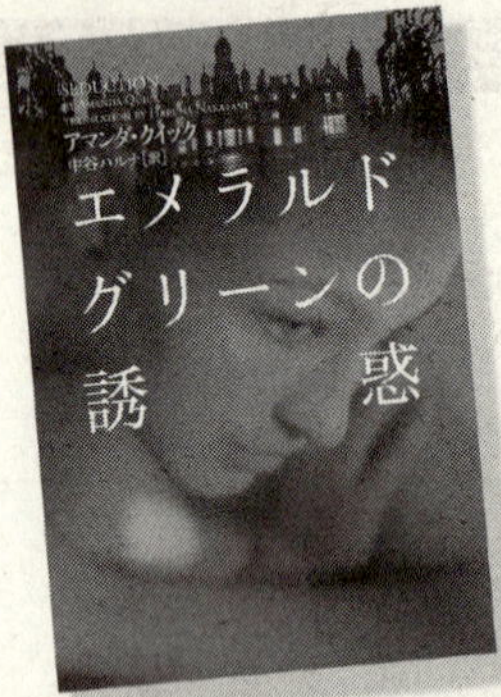

エメラルド グリーンの誘惑

中谷ハルナ＝訳

村人たちから悪魔と呼ばれる謎めいた伯爵と結婚した娘ソフィー。彼女が伯爵夫人となったのは、三年前に妹をもてあそんで死に追いやった人物を突き止めるためだった……。

定価：840円（税込）　ISBN4-7897-1899-9

隻眼のガーディアン

石原未奈子＝訳　840円（税込）

片目を黒いアイパッチで覆った子爵ジャレッドは先祖の日記を取り戻すべく、身分を偽って女に近づいた。出会った瞬間に二人が恋に落ちるとは夢にも思わずに……。

定価：903円（税込）　ISBN4-7897-2314-3

雇われた婚約者

石原未奈子＝訳　840円（税込）

19世紀前半、氷のような男と評される伯爵アーサーは、ある危険な目的を実現すべく婚約を偽装した。誤算だったのは、そのために雇った美女を心底愛してしまったこと……。

定価：924円（税込）　ISBN4-7897-2869-2